CARRY UND CARRIE

Das Buch

Wie viel familiären Druck kann ein Mensch ertragen, bevor seine Psyche ernsthaften Schaden nimmt?

Seaford ... eine kleine Stadt in East Sussex, an der Südküste Englands. Hier werden in den frühen sechziger Jahren die Zwillingsschwestern Carolyn und Carina Harris geboren.

Die stille Carolyn steht von Kindheit an im Schatten ihrer selbstsüchtigen Schwester, die von der Mutter mit Liebe überschüttet wird. Carolyn fühlt sich ungeliebt und zurückgestoßen.

Die Ungerechtigkeit der Mutter, die boshaften Demütigungen der Schwester und die Ignoranz des Vaters führen dazu, dass aus kindlicher Eifersucht bitterer Hass wird.

Als Carolyn sich in Ben verliebt, plant die intrigante Carina, die zarte Liebesbeziehung zu zerstören.

Es kommt zu einer folgenschweren Konfrontation zwischen den Mädchen, und fortan wird Carolyn fast jede Nacht von einem schrecklichen Albtraum gequält.

Kurze Zeit später geschieht ein Unglück, und Carolyns Albtraum wird grausame Realität ...

Die Autorin

Edina Davis lebt mit ihrem Ehemann David, einem englischen Musiker, in einem kleinen Ort im Ruhrgebiet.

Seit ihrer frühen Kindheit hat sie das geschriebene Wort geliebt, sodass sie bereits als Jugendliche kleine Geschichten und Gedichte zu Papier brachte.

Nachdem sie ihren Mann kennengelernt hatte, komponierte und textete sie einige Songs in englischer Sprache.

Ihre zweite Heimat Seaford in East Sussex stellt auch den Schauplatz ihres Romans dar.

EDINA DAVIS

CARRY UND CARRIE

Im Schatten des Zwillings

Bibliografische Information der Deutschen Nationalbibliothek: Die Deutsche Nationalbibliothek verzeichnet diese Publikation in der Deutschen Nationalbibliografie; detaillierte bibliografische Daten sind im Internet über dnb.dnb.de abrufbar.

Carry und Carrie – Im Schatten des Zwillings
2. Auflage
Copyright © 2020 Edina Davis
Alle Rechte vorbehalten

Herstellung und Verlag:
BoD – Books on Demand, Norderstedt
ISBN 978-3-749-48659-5

Covergestaltung: Casandra Krammer
www.casandrakrammer.de
Covermotiv: © Shutterstock.com

Für meinen Mann David,
der mich ermutigt hat,
dieses Buch zu schreiben,
für meinen Sohn Markus
und für meine Mutter.

*Jeder von uns ist sein eigener Teufel,
und wir machen uns diese Welt zur Hölle.*

Oscar Wilde

PROLOG

Sie stand gerade unter der Dusche, als das Telefon klingelte. Ihr schlanker Körper drehte sich wohlig unter dem prickelnden Strahl des heißen Wassers. Das dichte goldbraune Haar, das ihr sonst in weichen Wellen bis weit über die Schultern fiel, war jetzt von einer Schaumkrone bedeckt. Sie war eine hübsche junge Frau von einunddreißig Jahren. Ihr fein geschnittenes Gesicht, in dem zweifellos die großen braunen Augen dominierten, wirkte fast immer eine Spur zu ernst. Die schmale Nase passte gut zu dem vollen Mund, um den bei näherem Hinsehen ein bitterer Zug zu erkennen war.

Als sich der Anrufbeantworter einschaltete und sie durch das Rauschen des Wassers die aufgeregte Stimme ihrer Mutter hörte, runzelte sie unwillig die Stirn. Sie hatte sich so sehr auf dieses Wochenende gefreut, es geradezu herbeigesehnt. Alles würde sich schon bald für sie ändern, ihr ganzes Leben, das endlich wieder einen Sinn bekäme! In diesem Leben aber war kein Platz für ihre Mutter, zu der sie vor einer halben Ewigkeit den Kontakt abgebrochen hatte.

Ihre ambivalenten Gefühle für die Mutter reichten bis in ihre frühe Kindheit zurück. Die lieblose und ungerechte Behandlung im Elternhaus hatte sich tief und unauslöschlich in ihre Seele eingebrannt und sie für den Rest ihres Lebens geprägt.

Ihrem Vater, den sie als kleines Mädchen innig geliebt hatte, war es immer wichtiger gewesen, seiner Frau alles recht zu machen, als sich für das Wohl seiner vernachlässigten Tochter einzusetzen. Auch er hatte sie nur selten unterstützt, auch er hatte sie im Stich gelassen, und von ihrer Liebe zu ihm war im Laufe der Jahre nur Verachtung übrig geblieben ...

Mit einem leisen Fluch auf den Lippen sprang sie aus der Dusche, riss ein Handtuch vom Haken und rannte ins Wohnzimmer zum Telefon. Schnell nahm sie den Hörer ab und fragte mit einem deutlich ironischen Unterton: »Mutter, was verschafft mir die Ehre? Wenn du mich nach zehn Jahren am frühen Morgen anrufst, und deine Stimme klingt, als stünde der Weltuntergang kurz bevor, dann muss es ja wirklich ernst sein. Was ist denn los?«

»Wie gut, dass du zu Hause bist!«, stammelte ihre Mutter. Sie zögerte kurz und sprach dann weiter: »Etwas ganz Schreckliches ist passiert. Du kannst es dir nicht vorstellen!« Sie stieß einen tiefen Seufzer aus. »Ach, deine arme Schwester! Ich kann es immer noch nicht fassen.«

Augenblicklich versteinerte sich ihr Gesicht, und ihre Augen bekamen einen kalten Glanz.

Das ist ja wieder einmal typisch! Nichts hat sich in all den Jahren geändert. Noch immer dreht sich alles nur um sie!

»Was hat sie denn wieder angestellt, Mutter? Und was in aller Welt habe *ich* damit zu tun?«, fragte sie mit einem bösen Lächeln auf den Lippen.

Mit zitternder Stimme erzählte ihre Mutter, was geschehen war und fing dann laut zu schluchzen an.

Das soeben Gehörte war so unfassbar und grauenvoll, dass sie vor Entsetzen wie gelähmt war. In ihrem Kopf begann sich alles zu drehen, Schweiß trat auf ihre Stirn, und bunte Blitze tanzten vor ihren Augen.

»So sag doch endlich was«, jammerte ihre Mutter.

Aber sie saß vor Schreck wie erstarrt und war einer Ohnmacht nahe ...

TEIL EINS

KAPITEL 1

Die Zwillingsschwestern Carolyn und Carina wurden als Töchter von Deborah und Philipp Harris an einem heißen Sommertag in Seaford, einer kleinen Stadt in East Sussex, an der Südküste Englands, geboren.

Das Haus, in dem die Familie wohnte, lag ganz in der Nähe eines malerischen Tales, des Cradle Valley. Dieses Tal übte einen einzigartigen Zauber auf die kleine Carolyn aus, als sie es als Dreijährige zum ersten Mal sah. Es war bei einem der sonntäglichen Spaziergänge, die die Familie Harris traditionsgemäß jede Woche machte. Die Kleine hatte das Gefühl, als käme sie in ein Märchenland, von dem der Vater ihrer Schwester und ihr manchmal abends vorlas.

Völlig überwältigt von der herrlichen Farbenpracht lief sie staunend an der Hand ihres Vaters auf den schmalen, von Efeu umrankten Wegen, durch Wiesen und Felder, und betrachtete fasziniert ein Meer von gelben Butterblumen, das in der Sonne glänzte wie Gold. Sie konnte sich nicht sattsehen an den leuchtend blauen Veilchen, den verschiedenfarbigen Orchideen, den Haselnusssträuchern und den herrlich duftenden Fliederbäumen, deren taufeuchte Blüten in der Morgensonne glitzerten.

Als sie dann die vielen seltenen Schmetterlinge in ihren prachtvollen, schillernden Farben von Blüte zu Blüte flattern sah, die sich an dem süßen Nektar labten, hielt sie nichts mehr. Das eher stille kleine Wesen riss sich von der Hand des Vaters los, rannte lachend hinter den Schmetterlingen her und versuchte sie zu fangen. Es reckte seine Ärmchen, sprang in die Höhe und quietschte vor Vergnügen.

Von diesem Tage an liebte Carolyn das Cradle Valley, und später wurde es für sie zu einem besonderen Zufluchtsort, zu ihrem ganz eigenen Märchenreich.

Aus Erzählungen ihres Vaters wussten die Zwillinge, dass auch ihre Eltern in Seaford geboren wurden und dort gemeinsam zur Schule gegangen waren. Deborah Foster, genannt Debbie, und Philipp Harris waren von Anfang an unzertrennlich gewesen, und schon früh hatten beide gewusst, dass sie eines Tages heiraten würden.

Oft erzählte der Vater seinen Töchtern von der ersten Begegnung mit seiner Debbie, diesem bezaubernden kleinen Mädchen, in das er sich als siebenjähriger Junge auf den ersten Blick verliebt hatte. Er geriet regelmäßig ins Schwärmen, wenn er von seiner Debbie sprach und davon, wie hübsch sie schon damals gewesen war. Manchmal holte er aus einer alten Schachtel eine abgegriffene Fotografie hervor, die ein niedliches kleines Mädchen mit langen blonden Haaren, heller Haut und sommersprossiger Stupsnase zeigte. Das Schönste in dem kleinen, runden Gesicht war zweifellos der herzförmige Mund mit den vollen, fein geschwungenen Lippen und den kräftigen weißen Zähnen. Das Mädchen hatte ein besonders strahlendes Lächeln, was selbst auf dem alten Schwarzweißfoto deutlich zu sehen war.

»Eure Mutter hat mich schon damals in der Schule mit ihrem einzigartigen Lächeln verzaubert«, schwärmte Philipp Harris nicht nur einmal, und seine Gedanken wanderten regelmäßig zurück zu dem Tag, als er dieses Lächeln zum allerersten Mal sah.

KAPITEL 2

Er war damals in der dritten Klasse, als ihm das schüchterne kleine Mädchen mit den langen goldblonden Zöpfen auffiel. Es gehörte zu den neu eingeschulten Erstklässlern und stand mit einem Butterbrot in der Hand völlig allein mitten auf dem Schulhof. Der Blick aus den strahlend blauen Augen mit den langen hellen Wimpern, der ihn ganz zufällig traf, wirkte seltsam verloren. Augenblicklich hatte der siebenjährige Junge das Gefühl, dieses so hilflos wirkende kleine Wesen beschützen zu müssen. Nach der Schule sprach er die Kleine an und fragte schüchtern, ob er ihre Bücher tragen dürfe. Und dann sah er dieses Lächeln zum ersten Mal ... dieses strahlende Lächeln. Es wirkte auf den Jungen so, als ginge über einem blauen Horizont langsam die Sonne auf, bis sie in ihrer vollen Pracht am Sommerhimmel stand und ihn mit ihren Strahlen erwärmte. Bewundernd sah er das kleine Mädchen so lange an, bis es verlegen seinen Kopf senkte.

Debbie erging es ähnlich. Nie zuvor in ihrem kurzen Leben hatte ihr ein Junge so gut gefallen wie dieser. Er hatte ein schmales Gesicht und goldbraunes, leicht gelocktes Haar. Die braunen Augen wurden von einem dichten Kranz schwarzer Wimpern umrahmt, und die dunklen Augenbrauen gaben seinen Augen etwas Tiefgründiges, Geheimnisvolles. Der Mund wirkte durch die etwas vollere Unterlippe weich und sensibel.

Schüchtern sagte die Kleine: »Ich heiße Debbie Foster, und wie heißt du?«

»Mein Name ist Phil ... Philipp Harris«, stotterte der Junge verlegen.

»Dann darfst du jetzt meine Bücher tragen, Phil«, sagte die kleine Debbie und wieder zog dieses Strahlen über ihr Gesicht, als sie ihn anlächelte. Von diesem schicksalhaften Moment an verbrachten die beiden Kinder jede freie Minute miteinander. Sie waren unzertrennlich, und daran änderte sich auch nichts, als beide zu Teenagern heranwuchsen.

Philipp war mit Abstand der attraktivste Junge in der ganzen Schule, und die Mädchen waren verrückt nach ihm. Philipp aber hatte nur Augen für seine Debbie, sodass er das Interesse der anderen Mädchen gar nicht wahrnahm.

Mit sechzehn Jahren verließ er die Schule und begann eine Ausbildung als Automechaniker in der Werkstatt seines Vaters. Danach machte er eine Fortbildung zum Meister und stieg nach bestandener Prüfung als Partner in das Geschäft ein. Matthew und Emily Harris waren sehr stolz auf ihren einzigen Sohn, und Matthew hatte vor, die Werkstatt noch zu seinen Lebzeiten auf Philipp überschreiben zu lassen.

Debbie erlernte den Beruf der Drogistin in einer kleinen Drogerie in Eastbourne und sparte fleißig für ihre Aussteuer. Ihre Mutter, Helen Foster, war seit vielen Jahren Witwe, bekam nur eine kleine Rente und konnte somit nicht viel zur Aussteuer ihrer Tochter beitragen.

Debbie und Philipp waren sehr zielstrebig und legten jeden Penny beiseite, den sie verdienten. Sie wollten so schnell wie möglich heiraten und eine Familie gründen.

KAPITEL 3

An einem sonnigen Spätsommertag waren die beiden verliebten jungen Leute endlich am Ziel ihrer Wünsche. Sie gaben sich in der St. Leonards Church von Seaford das Jawort und zogen in ein hübsches zweistöckiges Haus am Stadtrand, das sie ein Jahr zuvor gekauft hatten.

Das Haus hatte einen kleinen Vorgarten mit einer Zufahrt zur angebauten Garage. Im Erdgeschoss befanden sich ein geräumiges Wohnzimmer mit offenem Kamin im viktorianischen Stil, die Küche mit direktem Durchgang zum Esszimmer und ein großes Schlafzimmer mit angrenzendem Bad.

Im Obergeschoss gab es zwei Zimmer mit Bad. Eines der Zimmer war riesengroß und hatte zwei Fenster, sodass es mit einer entsprechenden Vorrichtung in zwei geräumige Kinderzimmer aufgeteilt werden könnte. Das kleinere Zimmer wurde als Gästezimmer genutzt, war aber groß genug, um im Bedarfsfall ein weiteres Kinderzimmer darin einrichten zu können.

Eine große Terrasse erstreckte sich über die gesamte Breite des Hauses. Der Garten bestand zum größten Teil aus einer gepflegten Rasenfläche. In der Mitte des Gartens befand sich ein kleiner Teich, daneben ein Apfelbaum mit seltsam gebogenen Zweigen, die aussahen wie die sehnsüchtig ausgebreiteten Arme einer ihrem Bräutigam entgegenlaufenden Braut. Im hinteren Teil des Gartens wuchs ein üppiger Johannisbeerstrauch und auf der rechten Seite ein hoher Rosenstock mit weißen Rosen.

Debbie und Philipp Harris waren unendlich stolz auf

ihr Traumhaus mit dem schönen großen Garten, für das sie so lange gemeinsam gespart hatten. Philipps Eltern hatten ihnen finanziell ein bisschen unter die Arme gegriffen, sonst wäre es doch ziemlich knapp geworden. Außerdem hatten Matthew und Emily Harris die Kosten für die komplette geschmackvolle Einrichtung des Hauses übernommen, als Hochzeitsgeschenk für das junge Paar.

Der offene Kamin hatte es den beiden verliebten jungen Leuten besonders angetan, und sie hatten es kaum erwarten können, dass endlich der Winter kam.

Als sie es sich an einem frostigen Winterabend zum ersten Mal mit einem Glas Wein auf dem großen Bärenfell vor dem Feuer gemütlich machten, fühlten sie sich wie im siebten Himmel. Debbie und Philipp verlebten nicht enden wollende Flitterwochen, und Philipp las seiner Debbie jeden Wunsch von den Augen ab. Er bedachte sie mit den seltsamsten, oftmals sogar lächerlich anmutenden Kosenamen, wie Debbie-Schätzchen, Debbie-Mäuschen, Debbie-Häschen und so fort. Die Ideen für neue Namen schienen ihm einfach nie auszugehen.

Das Glück der jungen Eheleute war perfekt, als Debbie im Juli des darauffolgenden Jahres eineiige Zwillinge auf die Welt brachte. Es gab keinen Vater in der kleinen Stadt, der so stolz war wie Philipp, als er seine beiden kleinen Töchter zum ersten Mal sah. Seine Debbie, die nach der Geburt der beiden Mädchen ein paar Kilo mehr auf den Hüften behielt, nannte er nun auch manchmal Debbie-Pummelchen.

»Weißt du was, mein Debbie-Pummelchen«, sagte er einmal und blickte verliebt auf ihren rundlichen Po, »du gefällst mir jetzt fast noch besser als vorher.«

Er küsste sie zärtlich, und Debbie war heilfroh, dass sie sich nicht mit lästigen Diäten herumplagen musste, die am Ende doch nichts bringen würden.

KAPITEL 4

Die Zwillinge Carolyn und Carina glichen mit ihren großen braunen Augen und den goldbraunen Lockenköpfchen dem Vater. Die beiden Mädchen waren äußerlich kaum voneinander zu unterscheiden, jedoch von ihrer Wesensart her umso mehr. Die kleine Carina war ein sehr lebhaftes Kind, das von früh bis spät herumtobte und deren fröhliches Lachen und Kreischen man im ganzen Haus hören konnte. Auch war sie schon als ganz kleines Mädchen genauso eitel wie Debbie Harris. Einmal, sie war gerade zweieinhalb Jahre alt, und die Zwillinge hatten jede ein neues Sonntagskleidchen bekommen, stand sie vor dem Spiegel und drehte sich selbstgefällig hin und her. Sie konnte sich gar nicht sattsehen an ihrem eigenen Spiegelbild.

»Mummy, kuck doch ma, wie szön is bin«, zwitscherte ihr helles Stimmchen.

»Ja, mein Schätzchen, du siehst wirklich allerliebst aus«, flötete Debbie Harris und an ihren Mann gewandt: »Nicht wahr, Phil? Sie ist ein richtiger kleiner Sonnenschein.«

Die kleine Carolyn stand still daneben und bestaunte die Szene. Auch sie trug das neue Kleidchen. Sah sie denn nicht auch wunderschön darin aus?

So machte Carolyn schon sehr früh die Erfahrung, dass sich in ihrem Elternhaus von Anfang an alles um ihre Schwester Carina drehte, die ihre Mutter ständig in Atem hielt. Niemals konnte die Mutter das Mädchen auch nur eine Minute aus den Augen lassen, ohne dass es etwas anstellte. Mal schüttete es im Bad das Duschgel auf den Boden und rutschte fröhlich quietschend auf dem

Po durchs Bad, mal verteilte es in der Küche Mehl auf dem Fußboden, mischte es mit Wasser und wollte Kuchen backen! Wenn die Mutter schimpfte, dann lächelte das kleine Mädchen sie an, legte seine Ärmchen um ihren Hals und gab ihr einen dicken Schmatzer auf den Mund.

»Nis böse sein, Mummy. Is wollte Kuchen für dis backen!«

Debbie Harris war dann so hingerissen von dem Charme dieses kleinen Wesens, dass sie ihm nicht mehr böse sein konnte.

Die kleine Carolyn war das genaue Gegenteil ihrer Schwester. Sie hatte das Wesen ihres Vaters geerbt, war ruhig und folgsam und spielte oft ganz allein stundenlang still in einer Ecke. Nichts musste die Mutter ihr zweimal sagen. Egal, ob es sich um das Aufräumen der Spielsachen, um das Waschen der Hände vor dem Essen oder um das Zähneputzen handelte, Carolyn gehorchte immer aufs Wort. Wenn die Familie Besuch von Freunden bekam, gab Carolyn ihnen artig die Hand, zog sich dann aber unaufgefordert zurück, um die Erwachsenen nicht in deren Unterhaltung zu stören.

Carina hingegen dachte nicht daran, sich zurückzuhalten. Sobald die Erwachsenen es sich im Wohnzimmer bequem gemacht hatten, kam sie auch schon angerannt. Sie baute sich vor einem der Besucher auf, stemmte die kleinen Hände in die Hüften und fragte mit schelmischem Lächeln: »Hattu mir was mittebacht?«

Meistens kletterte sie dann unbefangen auf den Schoß eines männlichen Besuchers und plapperte munter drauflos.

»Piels tu mit mir?«, fragte sie mit ihrem niedlichen Lächeln, und kaum jemand konnte sich dem Charme des kleinen Mädchens entziehen. Carina eroberte alle Herzen im Sturm und war für den Rest des Abends der Star. Die Erwachsenen genossen die Gegenwart des kleinen Mädchens, und die Kleine genoss es, im Mittelpunkt des Interesses zu stehen. Niemand schien die kleine Carolyn zu bemerken, die still in einer Ecke saß und alles mit einem seltsamen Ausdruck in den Augen beobachtete.

Einzig und allein Melissa und Jason Thompson, die besten Freunde und Nachbarn, mochten Carolyn von Anfang an lieber. Sie fanden, dass Carina maßlos verwöhnt wurde, besonders von Debbie, und Carolyn tat ihnen leid. Melissa, die schon zusammen mit Debbie zur Schule gegangen war, nahm sich vor, ihre Freundin darauf anzusprechen. Es war nicht leicht für sie, die richtigen Worte zu finden, weil sie wusste, dass Debbie nicht gut mit Kritik umgehen konnte. Immerhin hatte Melissa es nicht nur einmal erlebt, dass sie sogar Helen Foster, ihrer eigenen Mutter, gegenüber sehr heftig geworden war, wenn die es ab und an gewagt hatte, ihre Erziehung in Frage zu stellen.

So brauchte es einige Anläufe, bis Melissa sich endlich dazu durchringen konnte, mit ihrer Freundin zu sprechen. Sie fühlte, dass dies ihre Pflicht war ... ja, dass sie es ihrer langjährigen Freundschaft schuldete.

So nahm sie eines Tages, als beide Frauen bei Debbie in der Küche saßen und einen Kaffee zusammen tranken, all ihren Mut zusammen und sagte: »Debbie, weißt du, mir ist jetzt schon einige Male aufgefallen, dass sich bei dir alles immer nur um Carina dreht. Ich habe das Gefühl, dass du sie vorziehst und Carolyn sehr darunter leidet.«

Melissa hatte, während sie sprach, den Blick auf ihre Kaffeetasse gerichtet. Nun sah sie auf und erschrak. Debbies Augen sprühten.

»Das ist eine verdammte Lüge, Melissa Thompson!

Nimm das sofort zurück«, rief sie mit sich fast überschlagender Stimme.

Obwohl Melissa über diese Reaktion zutiefst erschrocken war, sagte sie mit fester Stimme: »Nein, das nehme ich nicht zurück, Debbie. Und du weißt ganz genau, dass es keine Lüge ist, sonst würdest du nicht so heftig darauf reagieren. Deine eigene Mutter und sogar Philipps Eltern haben dich doch auch schon einige Male darauf aufmerksam gemacht, nicht wahr?«

Debbie antwortete nicht, sondern blickte trotzig an Melissa vorbei zur Wand. Ihre Finger trommelten nervös auf dem Tisch herum, was ein Zeichen dafür war, dass sie in höchstem Grad erregt war.

»Ich meine es doch nur gut mit dir, Debbie, weil ich nicht möchte, dass du dir eines Tages den Vorwurf machen musst, Carolyn vernachlässigt zu haben. Ich wünsche es dir nicht, dass sie sich später einmal von dir abwendet. Aber ich denke dabei auch an Carolyn! Du kannst doch nicht wollen, dass sie in dem Gefühl aufwächst, weniger geliebt zu werden als ihre Schwester. Weißt du überhaupt, was das in einem jungen Menschen bewirken kann?«

Debbie funkelte ihre Freundin einen Augenblick lang so wütend an, dass es aussah, als wolle sie auf sie losgehen. Dann aber beherrschte sie sich und sagte erstaunlich ruhig: »Ach was, Mel, rede doch keinen Unsinn. Ich liebe meine beiden Mädchen, Carolyn genauso wie Carina. Carolyn ist nur immer so still und in sich gekehrt, und es ist schwer, an sie heranzukommen. Carina dagegen ist ganz anders, viel anhänglicher und zugänglicher als Carolyn, das ist alles!«

So ähnlich hatte Melissa sich die Unterredung mit der Freundin vorgestellt. Debbie wollte es einfach nicht zugeben, dass sie die Zwillinge unterschiedlich behandelte, nicht einmal vor sich selbst. Was sollte Melissa also tun? Sie hatte es versucht, aber keinen Erfolg gehabt. Arme kleine Carolyn!

KAPITEL 5

Carolyn gewöhnte sich im Laufe der Zeit daran, dass ihre Zwillingsschwester Carina immer und überall im Mittelpunkt stand und sie selbst nur selten beachtet wurde. Sie konnte sich später nur an eine einzige Begebenheit erinnern, als *sie* einmal im Blickpunkt des Interesses gestanden hatte. Da dieses Ereignis aber gleichzeitig mit einer schlimmen Erfahrung ihrer ersten Lebensjahre verknüpft war, verflüchtigte sich der positive Aspekt in Carolyns Erinnerung im Laufe der Jahre immer mehr. Das Einzige, was sich tief in ihr Gedächtnis eingebrannt hatte, war die Tatsache, dass Carina ihr an diesem Tag etwas sehr Wichtiges gestohlen hatte ...

Die Zwillinge waren gerade vier Jahre alt geworden und standen mit der Mutter in einer langen Warteschlange im Supermarkt von Seaford. Carina wurde bald ungeduldig, rannte herum und ärgerte einige Kunden. Als ihr auch das langweilig wurde, fing sie an zu quengeln.

»Mummy, wie lange dauert das denn noch? Wann sind wir denn endlich dran?«, jammerte sie, und von ihrem sonstigen Frohsinn war überhaupt nichts mehr zu spüren.

Eine ältere Frau, die hinter ihnen stand, beobachtete die Szene missbilligend. Sie sah auch, dass Carolyn still und brav dastand und wartete. Sie lächelte das kleine Mädchen an und sagte: »Deine Mum ist bestimmt sehr stolz auf dich, weil du so brav bist! Wie heißt du denn, mein Kind?«

»Carry«, kam es wie aus der Pistole geschossen. Der Name Carolyn gefiel ihr nicht, und in Gedanken nannte sie sich immer Carry.

»Das stimmt doch gar nicht«, rief Carina, die das kurze Gespräch mitbekommen hatte. »Sie lügt! Ihr Name ist Carolyn. Mummy, sag du doch mal.« Sie blickte Beifall heischend zu ihrer Mutter auf.

»Natürlich heißt sie Carolyn«, bestätigte Debbie und blickte wütend auf Carolyn hinab. »Was redest du denn da für einen Unsinn?«

Zu Hause angekommen, sagte Carina zu ihrer Mutter: »Der Name Carrie gefällt mir, Mummy, und zu mir passt er doch auch viel besser, weil ich Carina heiße. Stimmt doch Mummy, oder?«

Carolyn warf mit leiser Stimme ein: »Aber ich hab mir den Namen doch zuerst ausgesucht. *Ich* bin Carry!« Hilfesuchend blickte sie zur Mutter auf.

Bevor diese etwas sagen konnte, rief Carina: »Aber zu Carolyn passt doch viel besser Lynn. Stimmt doch Mummy, sag doch mal.«

Dieser Logik konnte sich Debbie Harris nicht entziehen, und so kam es, dass Carina den Namen Carrie und Carolyn den Namen Lynn bekam. Auf Carolyns Protest hin sagte die Mutter nur: »Lynn klingt doch sehr hübsch und passt zu dir, mein Kind.«

Damit war die Sache für sie erledigt, nicht aber für *Lynn,* die diesen Namen verabscheute. Von diesem Tag an hegte die Kleine einen tiefen Groll gegen ihre Zwillingsschwester, die ihr den Namen gestohlen hatte, mit dem *sie* sich identifizierte. Die Mutter fiel ihr in den Rücken und auch vom Vater bekam sie keine Hilfe.

Philipp Harris war ein Mensch mit einem ausgeprägten Harmoniebedürfnis und ging jedem Konflikt am liebsten aus dem Wege. Es kam sehr selten vor, dass er die Meinung seiner Frau einmal nicht teilte. Er liebte zwar seine Töchter, vergötterte aber seine Debbie und wollte sie nicht enttäuschen. Daher war das Einzige, was er zu Carolyns Klage äußerte: »Es ist doch nur ein Name, mein Kind, und mir gefällt er auch sehr gut.«

Debbie Harris warf ihrem Mann einen dankbaren Blick zu, der Philipp im Nu dafür entschädigte, dass er Carolyn im Stich gelassen hatte. Denn ganz tief in seinem Inneren empfand er die Ungerechtigkeit, die ihr widerfuhr und schämte sich, dass er nicht in der Lage war, seiner Frau zu widersprechen, um Carolyn zu unterstützen. Aber Debbie war nun einmal sein Ein und Alles, und nichts und niemand konnte ihr das Wasser reichen, nicht einmal die eigenen Töchter.

Die kleine Carolyn aber fühlte sich von den Eltern im Stich gelassen, und deren Verrat vergiftete ihr kleines Herz mit Eifersucht und Bitterkeit.

KAPITEL 6

Im Alter von fünf Jahren wurden die Zwillinge eingeschult. Carolyn machte das Lernen von Anfang an großen Spaß. Sie war sehr fleißig und ehrgeizig, und innerhalb weniger Jahre war sie die beste Schülerin ihres Jahrgangs. Trotzdem fand sie nach wie vor keine Freunde.

Die Pausen verbrachte sie allein auf dem Schulhof und las in ihren Büchern. Sie freute sich schon auf die weiterführende Schule, die sie im kommenden Herbst besuchen würde.

Carina hatte weniger Freude am Lernen, dafür aber machte es ihr umso mehr Spaß, Carolyn in Gegenwart anderer Schüler zu ärgern und zu demütigen. Sie hatte immer eine Riesenschar von Jungen und Mädchen um sich herum versammelt, zu der auch Pamela Thompson und Samantha Gillis, die beiden Nachbarskinder, gehörten. Pamela war die Einzige, die sich manchmal in der Pause zu Carolyn setzte und sich eine Weile mit ihr unterhielt. Carina schien darüber verärgert zu sein, und eines Tages hörte Carolyn, wie sie absichtlich laut sagte: »Du musst dich schon entscheiden, mit wem du befreundet sein willst, Pam! Wenn du lieber auf der Streberbank sitzen willst ...«

Was Pamela darauf antwortete, konnte Carolyn nicht hören, aber von diesem Tag an hielt Pamela sich von ihr fern.

Carolyn war verletzt. Als sie sich aber bei ihrer Mutter beklagte und erwähnte, wie traurig sie darüber sei, sagte die nur leichthin: »Das kannst du doch Carrie nicht zum Vorwurf machen. Es liegt ganz allein an dir, mein

Kind! Du bist einfach viel zu still und introvertiert, da ist es doch kein Wunder, dass alle Kinder lieber mit Carrie zusammen sind. Sie ist halt immer fröhlich und geht sofort freimütig auf die Menschen zu. Also nimm dir ein Beispiel an ihr!«

»Und mich vor allen anderen eine Streberin zu nennen, ist auch nachahmenswert?«, konterte Carolyn.

»Ach, das musst du nicht so tragisch nehmen, Lynn. Du bist ja auch wirklich übertrieben ehrgeizig! Immer steckst du deine Nase in irgendwelche Bücher! Du lässt Carrie oft genug spüren, wie überlegen du dich ihr fühlst und dass dir das Lernen viel leichter fällt als ihr. Da ist sie vielleicht manchmal ein kleines bisschen frustriert, aber ich bin sicher, dass sie es nicht böse meint, Lynn. Du musst lernen, anderen Menschen nicht immer alles so furchtbar übel zu nehmen, mein Kind.«

Während die Mutter das sagte, beschäftigte sie sich weiterhin mit ihrer Hausarbeit und sah ihre Tochter nicht einmal an. Dabei hatte Carolyn sich so sehr gewünscht, dass die Mutter sich zu ihr setzen, sie vielleicht sogar in den Arm nehmen und trösten würde.

»Warum hast du mich eigentlich nicht lieb, Mum?«, fragte sie mit trauriger Stimme.

»Wie kommst du denn auf eine solch absurde Idee, Lynn? Natürlich hab ich dich lieb«, erwiderte Debbie entsetzt und warf ihr nun sogar einen kurzen Blick zu.

»Aber Carina hast du viel lieber als mich. Das spüre ich ganz genau. Immer hältst du zu ihr, egal, was sie auch anstellt! Immer hast du eine Entschuldigung für ihr Verhalten, während du mich ständig kritisierst. Carina ist gemein zu mir, und du gibst *mir* die Schuld daran.«

»Das ist doch überhaupt nicht wahr!«, rief die Mutter empört. »Was unterstellst du mir denn hier? Carrie ist halt manchmal ein bisschen gedankenlos, nicht so vernünftig wie du.«

»Aber warum rügst du dann ständig *mich* und niemals Carina, wenn ich doch vernünftiger bin und nicht so gedankenlos? Das verstehe ich nicht!«, insistierte Carolyn verzweifelt, und ihre Augen füllten sich mit Tränen.

»Auch auf die Gefahr hin, dass ich mich wiederhole! Ich sagte bereits vor zwei Minuten, dass du deiner Schwester nicht alles so übel nehmen solltest. Sie meint es doch nicht böse! Ich finde eben, dass du vernünftig genug bist, Carrie ihre Gedankenlosigkeit nachzusehen, das ist alles«, beharrte ihre Mutter.

»Du willst mich einfach nicht verstehen, Mum«, versuchte Carolyn es ein letztes Mal. »Ich fühle mich benachteiligt, wenn du mehr von *mir* erwartest als von Carina. Immer bekommt *sie* die Streicheleinheiten und *ich* die Kritik. Niemals nimmst du mich in den Arm, immer nur sie. Das war schon so, als wir noch ganz klein waren. Ständig saß Carina auf deinem Schoß und kuschelte.«

»Du liebe Güte, Lynn, jetzt mach aber mal einen Punkt.« Debbie Harris runzelte unwillig ihre Stirn. »Du kannst es doch Carrie nicht zum Vorwurf machen, dass sie gerne schmust. Du wirst doch immer gleich stocksteif, wenn man dich anrührt, richtig abweisend. Da ist es dann kein Wunder, dass man es irgendwann aufgibt, sich dir zu nähern. So, und jetzt ist Schluss mit dem Unsinn. Daddy und ich, wir lieben euch beide, Carrie *und* dich.«

Damit war das Gespräch für Debbie Harris beendet, und Carolyn kam nie wieder auf dieses Thema zurück. Die Mutter verstand einfach nicht oder wollte nicht verstehen, um was es hier ging. Natürlich hatte sie es irgendwann nicht mehr gemocht, wenn ihre Mutter sich ihr körperlich näherte. Immer hatte sie nur Augen für Carina und lobte sie über den grünen Klee, obwohl sie ständig Dummheiten machte. Carolyn hingegen, die immer alles tat, was man von ihr erwartete, bekam niemals auch nur das geringste Lob. Egal, was sie tat, welche Gefälligkeiten sie der Mutter auch erwies, wie gehorsam sie auch immer war, alles wurde als selbstverständlich hingenommen. Kurzum, Carolyn fühlte sich ungeliebt, unverstanden und unglücklich! Der einzige Trost waren ihre Bücher und ihr geliebtes Cradle Valley, ihr Refugium. In jeder freien Minute ging sie dorthin, setzte sich in den Schatten ihrer Birke und las. An diesem besonderen Ort, jenseits des *weißen Tunnels,* fühlte sie sich geborgen und vergaß alles, was ihr Kummer bereitete.

Der *weiße Tunnel* war eine schmale Allee mit weißen Fliederbäumen, deren Wipfel sich einander zuneigten und im Frühling einen weißen *Blütentunnel* bildeten. Carolyn liebte diese herrliche Blütenpracht, und in ihren Gedanken war diese wunderschöne Allee ihr *weißer Tunnel.* Dort hatte sie eines Tages ihren Birchy gefunden, eine alte Birke, die etwas versteckt weiter hinten auf der rechten Seite des Feldes stand. Carolyn konnte hier stundenlang ungestört sitzen und lesen, völlig gefangen genommen von den Erlebnissen und Abenteuern der Helden und Heldinnen in ihren Büchern, sich mit ihnen freuen oder mit ihnen leiden. Das harte Schicksal des Waisenjungen Oliver Twist ging ihr so sehr ans Herz, dass sie beim Lesen dieses Buches so manche Träne vergoss.

Ab und zu hob sie ihren Kopf, lauschte dem Gesang der Vögel, dem Rauschen der Blätter im Wind und dem leisen Plätschern des kleinen Baches, der vom Hügel ins Tal hinabfloss. In diesen Augenblicken, wenn sie mit sich und der Natur im Einklang war und von der Wirklichkeit in ihre Fantasiewelt entfloh, war sie wirklich glücklich, so glücklich, dass sie sich wünschte, die Zeit möge stillstehen. Sie stellte sich vor, völlig allein auf der Welt zu sein, in ihrer eigenen Welt, in der die Stille sie einfing und mit ihr davonflog in das Land ihrer Träume. In diesem Land war alles anders als in der Wirklichkeit. Die Menschen dort waren ehrlich und gerecht, aufmerksam und liebevoll. In diesem Land hatte sie Eltern, die sie beschützten und liebten, die stolz auf sie waren und sie lobten. In diesem Land hatte sie keine Schwester, die ihr ständig ihre Sachen wegnahm oder zerstörte, sie tyrannisierte, an den Rand drängte und ihr die Liebe der Eltern nahm. Sie allein war Carry, das einzige Kind ihrer Eltern!

Wenn sie dann am frühen Abend widerwillig nach Hause ging, um mit der Familie das Abendbrot einzunehmen, fühlte sie sich wie ein Vogel, der für kurze Zeit aus dem goldenen Käfig entflogen und viel zu bald wieder eingefangen worden war.

KAPITEL 7

Im September wechselten die Zwillinge die Schule. Carolyn besuchte die Grammar School in Lewis und fuhr nun jeden Morgen mit dem Bus dorthin. Carina, die keine Lust hatte, sich über Gebühr mit Lernen zu verausgaben, blieb zusammen mit ihren beiden besten Freundinnen Pam und Sam in Seaford und besuchte die Secondary School. Zuvor hatte es natürlich heiße Diskussionen gegeben, weil Debbie einfach nicht einsehen wollte, dass die beiden Mädchen unterschiedliche Schulen besuchen sollten. Sie schimpfte wie ein Rohrspatz über den armen Klassenlehrer, Mr. White, der es ihrer Meinung nach in den letzten sechs Jahren nicht verstanden hatte, das Interesse des Kindes am Lernen zu wecken.

Carolyn war insgeheim froh darüber, dass ihre Schwester nicht auf dieselbe Schule ging wie sie, musste sie doch nicht mehr ihre ewigen Sticheleien und Gemeinheiten ertragen. Sie fühlte sich wie von einer schweren Last befreit und war deshalb viel fröhlicher und ungezwungener.

Endlich fand sie auch eine Freundin. Laura Carson lebte mit ihrer Mutter in Newhaven, nicht weit von Seaford entfernt. Die beiden Mädchen verstanden sich vom ersten Moment an und merkten schon bald, dass sie sehr viel gemeinsam hatten. Sie waren sofort so vertraut miteinander, als hätten sie sich von klein auf gekannt. Laura war ein kleines, zartes Mädchen mit flachsblonden Haaren, meerblauen Augen und vielen Sommersprossen auf der kleinen Stupsnase. Sie hatte wie Carolyn ein stilles Wesen und war ebenso wissbegierig und ehrgeizig wie sie. Mit Laura verbrachte Carolyn einen großen Teil ihrer Freizeit.

Laura liebte Bücher genauso sehr wie sie, und manchmal saßen die beiden Freundinnen einfach nur schweigend zusammen, eine jede in ihr Buch vertieft. Dann wieder philosophierten sie stundenlang über den Wert der gelesenen Literatur und tauschten Gedanken und Gefühle aus, die sie bei der jeweiligen Lektüre empfunden hatten. Beide Mädchen liebten die Bücher von Charles Dickens, und besonders David Copperfield hatte es ihnen angetan. Auch die Bronte-Schwestern waren bei beiden Mädchen gleichermaßen beliebt. Das schwere Schicksal der Jane Eyre hatte Carolyn tief berührt, sodass sie, nachdem sie das Buch ausgelesen hatte, nicht aufhören konnte, über die Geschichte nachzusinnen und sich mit Laura darüber auszutauschen. Mit Laura fühlte Carolyn sich frei, und was das Wichtigste war, sie fühlte sich zum ersten Mal in ihrem Leben angenommen. Das Verhältnis der beiden Freundinnen war aufgebaut auf gegenseitiger Zuneigung und Achtung. Die Zeit, die Carolyn mit Laura verbrachte, bedeutete ihr sehr viel, sie war so wertvoll für sie wie die Zeit, die sie in der Einsamkeit ihres geliebten Cradle Valley verbrachte.

An den Wochenenden gingen die beiden Mädchen zusammen an den Strand von Seaford. Es war ein wunderschöner Spätsommer in diesem Jahr, und es gab für die Freundinnen keine schönere Art der Freizeitgestaltung, als auf einer Decke am hellen Kiesstrand zu sitzen, miteinander zu plaudern oder ein spannendes Buch zu lesen. Manchmal saßen sie auch nur schweigend nebeneinander und blickten verträumt auf das wogende Meer, auf dem im strahlenden Sonnenlicht Tausende und Abertausende silberner Sterne in einem ewig gleichen Rhythmus tanzten. Oftmals gingen sie abends an der Strandpromenade spazieren, setzten sich zwischendurch in einen der kleinen Pavillons und sahen fasziniert zu, wie die Sonne sich am Horizont langsam dem Meer näherte, sich in einen rotgoldenen Feuerball verwandelte, um dann im Meer zu verschwinden.

Ein weiterer Lieblingsplatz der Mädchen war der Hindover Hill, ein Aussichtspunkt etwas außerhalb der Stadt.

Carolyn war zum ersten Mal in ihrem jungen Leben wirklich glücklich. Endlich hatte sie eine verwandte Seele gefunden, einen Menschen, mit dem sie reden und schweigen, lachen und weinen, dem sie alles anvertrauen konnte, was sie bedrückte. Sie konnte Laura ihr Herz ausschütten und vollkommen sicher sein, dass die Freundin sie verstand. Deshalb war Laura auch der einzige Mensch, dem Carolyn von ihrem geheimen Platz im Cradle Valley erzählte.

***

Eines Tages im Frühling, die beiden Mädchen kannten sich nun bereits seit über einem halben Jahr, beschloss Carolyn, ihre Freundin in ihr Märchental mitzunehmen. Sie wollte ihr damit ihre tiefe Zuneigung und ihr Vertrauen beweisen. Auf dem Weg dorthin lief ihnen ein kleines graues Kätzchen über den Weg. Es war völlig abgemagert und sah zum Erbarmen aus. Jämmerlich miauend strich es um Carolyns Beine.

»Oh, Laura, guck doch mal! Was für ein süßes, kleines Ding«, rief Carolyn entzückt.

»Es sieht aus, als wäre es am Verhungern«, sagte Laura mitleidig und bückte sich, um das Kätzchen zu streicheln.

»Meinst du, es hat ein Zuhause?«, fragte Carolyn.

»Sieht nicht danach aus«, meinte Laura zögernd. Sie kannte ihre Freundin inzwischen gut genug, um zumindest erahnen zu können, was dieser im Kopf herumging.

»Dann nehme ich es mit nach Hause«, entschied Carolyn wie erwartet. »Wir können das Kätzchen doch nicht verhungern lassen, Laura!«

»Und was willst du deiner Mutter erzählen? Du hast dich doch immer darüber beklagt, dass sie partout keine Haustiere haben will.«

Carolyn runzelte ihre Stirn. Ja, was würde sie ihrer Mutter sagen, die sich bis jetzt immer heftig gegen Haustiere gesträubt hatte.

»Ich werde es halt nicht mit ins Haus nehmen, sondern ihm im Garten eine kleine Hütte bauen«, meinte sie dann. »Da kann doch niemand was dagegen haben, oder?«

Laura bezweifelte das zwar, nickte aber und meinte: »Na ja, einen Versuch ist es wert. Aber lass uns doch mal nachsehen, ob's ein Mädchen oder ein Junge ist. Nimm es doch mal hoch, und ich schau nach.«

Carolyn strahlte. Nun hatte sie etwas, was ihr ganz allein gehörte, etwas zum Liebhaben! Zärtlich hob sie das Kätzchen auf ihren Arm und hielt es hoch.

»Es ist ein Junge«, stellte Laura nach einem kurzen Blick fest.

»Oh, wie schön! Ich nenne ihn Dusty.« Carolyn lächelte glücklich und streichelte das Kätzchen hingebungsvoll.

Die Freundinnen besorgten zunächst im nahe gelegenen Supermarkt etwas Katzenfutter und verbrachten einen wunderschönen Nachmittag im Cradle Valley, zusammen mit dem kleinen Dusty. Nie zuvor hatte Laura ihre Freundin so glücklich und gelöst erlebt. Ihre Augen strahlten, und ihr Gesicht hatte einen weichen, völlig entspannten Ausdruck.

Wie erwartet, war Debbie Harris überhaupt nicht begeistert, als Carolyn mit dem kleinen Kätzchen nach Hause kam. Nach langem Bitten und Betteln unter Tränen und dem Versprechen, das Kätzchen bestimmt nicht ins Haus zu holen, ließ sie sich dann aber doch erweichen.

»Okay, okay, ich erlaube es dir, aber nur unter einer Bedingung«, sagte sie und verdrehte ihre Augen, als würde sie jeden Moment in Ohnmacht fallen. »Falls diese Kreatur auch nur ein einziges Mal hier im Haus auftaucht und mir zwischen den Beinen herumstreicht, so muss sie augenblicklich weg. Hast du mich verstanden, Lynn?«

»Ja, Mummy. Du kannst dich auf mich verlassen. Dusty wird dich nicht belästigen, versprochen!«

»Dusty?«, zeterte ihre Mutter. »Um Himmels willen! Was ist denn das für ein Name!?« Dann ging sie in die Küche, ohne die Antwort abzuwarten, die Carolyn schon auf den Lippen lag.

»Er ist grau, und ich hab ihn im Staub der Straße gefunden«, flüsterte sie.

KAPITEL 8

In den Sommerferien durfte Carolyn ab und zu bei Laura in Newhaven übernachten. Lauras Mutter, Doreen Carson, mochte Carolyn sehr gern. Gleich zu Anfang hatte sie bemerkt, wie ähnlich sich die beiden Mädchen waren, und sie war davon überzeugt, dass die beiden eine wertvolle Freundschaft aufgebaut hatten.

Laura und Carolyn waren die besten Schülerinnen der Klasse und wurden von vielen anderen Schülern als Streberinnen bezeichnet. Doch das störte die Mädchen nicht, denn sie hatten ja sich und hielten zusammen wie Pech und Schwefel. Das Vertrauen zwischen ihnen war sehr groß, und sie hatten deshalb auch keinerlei Geheimnisse voreinander. So wusste Laura natürlich auch von den Konflikten Carolyns mit ihrer Zwillingsschwester, sogar über die Sache mit den Namen hatte Carolyn mit Laura gesprochen. Laura fand die Sache im Gegensatz zu Carolyns Mutter überhaupt nicht lächerlich, sondern sie verstand, dass ein solcher Vorfall ein kleines Kind im Alter von vier Jahren sehr verletzen konnte. Darum hatte Laura ihre Freundin auch von Anfang an Carry genannt.

Im Frühherbst des darauffolgenden Jahres, die Mädchen waren dreizehn Jahre alt, beklagte sich Carolyn bei der Freundin darüber, dass Carina sich neuerdings wie selbstverständlich an ihren Schulutensilien bediente, wenn ihre eigenen aufgebraucht waren. Statt sich von dem Geld, das sie von der Mutter dafür bekam, neue Sachen für die Schule zu kaufen, benutzte Carina dieses Geld als zusätzliches Taschengeld. Zu allem Überfluss wurde Carolyn dann von der Mutter gerügt, weil sie so oft Geld für neue Schulsachen brauchte.

Die Freundinnen saßen auf einer Bank am Hindover Hill und blickten hinab auf das Cuckmere Valley und den in schlangenförmigen Linien hindurchfließenden Cuckmere River.

»Du musst es deinen Eltern erzählen, Carry«, sagte Laura eindringlich.

»Das nützt mir doch nichts!« Carolyn seufzte und vergrub ihren Kopf in den Händen. »Meine Schwester kann sich einfach alles erlauben. Ich hab noch nie erlebt, dass meine Eltern mal richtig mit ihr geschimpft haben, und meine Mutter schon gar nicht. Carina hat immer irgendeine Ausrede parat, und meine Mutter glaubt ihr einfach alles.«

»Dann rede doch endlich einmal mit deinem Vater.«

»Ach was, mein Vater, der ist doch so vernarrt in meine Mutter, dass er sich überhaupt nicht traut, ihr auch nur ein einziges Mal zu widersprechen. Wenn sie Carina in Schutz nimmt, dann war's das für ihn.«

»Dann bleibt dir wohl nichts anderes übrig, als deine Sachen gut zu verstecken«, sagte Laura und stand auf. »Komm, lass uns noch ein Stück hinunter zum Meer laufen.«

Carolyn stand auf und lief schweigend und mit gesenktem Kopf neben ihrer Freundin her. Laura war sehr nachdenklich. Was konnte sie tun? Ähnliche Geschichten wie diese hörte sie fast täglich von Carolyn, und auch die Ratschläge, die sie ihr gab, waren immer die gleichen. Trotzdem änderte sich nichts. Carolyn hatte einfach Angst davor, ihren Eltern etwas Negatives über Carina zu berichten, und das nicht ohne Grund.

Carina war nicht nur eine notorische Lügnerin, sondern auch sehr eloquent. Sie besaß das außergewöhnliche Talent, Menschen von *ihrer* Wahrheit zu überzeugen und manipulierte ihre Eltern, ohne dass diese sich dessen überhaupt bewusst waren. Laura bekam ja nun schon seit zwei Jahren mit, was im Hause Harris abging, und Carolyn tat ihr von ganzem Herzen leid.

Langsam näherten sie sich dem Meer, das in der Nachmittagssonne glitzerte.

»Wie wunderschön es hier ist«, flüsterte Carolyn. »Fast könnte man alles Schlechte vergessen.« Andächtig blickte sie übers Meer auf die *Seven Sisters*, eine Kette aufeinanderfolgender Kreidefelsen, die majestätisch und stolz erhobenen Hauptes am Fuße des Meeres standen und im Schein der Sonne schneeweiß glänzten.

Als Laura an diesem Abend nach Hause kam, fragte sie ihre Mutter um Rat. Doreen Carson hörte sich geduldig die ganze Geschichte an, fand jedoch auch keine wirkliche Lösung für das Problem.

»Du kannst nichts weiter tun, als Carry zuzuhören, Verständnis zu zeigen und ihr mit Rat und Tat zur Seite zu stehen, mein Kind«, meinte sie. »Sieh mal, zunächst wissen wir nicht genug über die näheren Umstände, und außerdem haben wir nicht das Recht, uns in die Angelegenheiten anderer Leute einzumischen, es sei denn, wir hätten handfeste Beweise dafür, dass Carry misshandelt wird. In diesem Fall könnten wir ... nein, müssten wir die Jugendfürsorge benachrichtigen, um Schlimmeres zu verhindern. Aber so, wie die Dinge liegen, sind uns leider die Hände gebunden, Liebes. Wir beide können nichts weiter tun, als Carry unsere Zuneigung zu geben. Und du als ihre Freundin musst natürlich immer für sie da sein, wenn sie Hilfe braucht.«

Als sie den verzweifelten Blick ihrer Tochter sah, fügte

sie hinzu: »Sei ihr einfach eine gute und treue Freundin. Mehr erwartet sie gar nicht, glaube mir.«

Einen Monat nach diesem Gespräch zwischen Laura und ihrer Mutter stand Carolyn völlig verzweifelt vor der Tür der Carsons und schellte Sturm. Kaum hatte Mrs. Carson geöffnet, stürzte sie sich laut schluchzend in ihre Arme.

»Was ist denn nur passiert, mein Kind?«

»Mein kleiner Dusty ... oh, mein Gott, mein Dusty!«

Laura kam aus ihrem Zimmer gerannt. »Was ist los, Carry?«, rief sie entsetzt.

»Mein Dusty ist tot!«, weinte Carolyn. »Mein süßer kleiner Dusty ... jemand hat ihn vergiftet! Ich hab ihn hinten im Garten unter dem Rosenstock gefunden, ganz steif ... mein lieber kleiner Dusty.« Sie weinte herzzerreißend.

Laura und ihre Mutter sahen sich über Carolyns Kopf hinweg an, und beide dachten in diesem Augenblick das Gleiche. Es gab nur einen einzigen Menschen, dem sie diese Gemeinheit zutrauten! Carina hatte den kleinen Kerl von Anfang an gehasst, und Carolyn hatte sie nicht nur einmal dabei erwischt, wie sie den Kater ärgerte. Einmal war sie dabei, ihn mit einer Wasserpistole zu bespritzen, ein anderes Mal jagte sie ihn mit einer Rute durch den Garten und schlug nach ihm.

Laura und ihre Mutter vermuteten, dass auch Carolyn ahnte, wer ihren kleinen Dusty auf dem Gewissen hatte. Nachdem sie sich in den Armen ihrer Freundin ausgeweint hatte, sprach sie nie wieder über den Vorfall. Aber Laura spürte, dass dieses schreckliche Erlebnis, der Tod ihres geliebten kleinen Katers, ihr das Herz gebrochen hatte.

Von diesem Tag an veränderte sich Carolyn Harris, und ein für ihr junges Alter unangemessen bitterer Zug lag um ihren Mund.

KAPITEL 9

So verging ein weiteres Jahr. Die Zwillinge waren vierzehn Jahre alt und zu hübschen jungen Mädchen herangewachsen. Carina benutzte bereits Make-up, lackierte sich die Fingernägel und bemalte ihre Augen mit schwarzem Kajal und tiefschwarzer Mascara. Ihre Lippenstifte waren zu rot, die Röcke zu kurz und die Jeans zu eng. Dazu trug sie Schuhe mit hohen Absätzen. Carolyn konnte es nicht verstehen, dass die Eltern ihr eine solche Aufmachung erlaubten. Sie legten doch sonst so viel Wert auf Anstand und Moral! Bei jeder Gelegenheit predigten sie, was sich für ein junges Mädchen geziemte und was nicht. Carolyns eigenes Outfit war verglichen mit dem ihrer Zwillingsschwester eher konservativ zu nennen. Sie benutzte lediglich ein farbloses, leicht schimmerndes Lipgloss, und wenn sie am Wochenende mit ihrer Freundin Laura ausging, tuschte sie sich ganz dezent ihre Wimpern. Ihre Röcke waren zwar auch eine Handbreit kürzer als knielang, wie es halt der Mode der siebziger Jahre entsprach, aber sie waren bei Weitem nicht so kurz und eng wie die ihrer Zwillingsschwester.

Eines Tages, die Familie saß beim Abendbrot, meinte Carina: »Mummy und Daddy, hört mir mal zu. Ich will mir morgen blonde Strähnchen färben lassen. Das sieht total super aus in braunem Haar. Könnt ihr mir das Geld für den Friseur geben?«

»Bist du dafür nicht noch ein bisschen zu jung, mein Schätzchen?«, fragte ihre Mutter entsetzt. Philipp Harris blickte ebenfalls überrascht auf.

»Wo denkst du hin, Mummy. Viele Mädchen in meiner Klasse haben sich Strähnchen machen lassen.«

»Was meinst du, Phil?«, wandte Debbie Harris sich an ihren Mann.

»Also, ich finde, dass Mum völlig recht hat. Du bist noch viel zu jung für solch einen Firlefanz«, meinte der Vater.

Carina schürzte trotzig die Lippen. »Seid doch nicht so spießig! Was könnt ihr denn dagegen haben? Soviel ich weiß, hat Mum sich schon mit dreizehn die Wimpern pechschwarz getuscht und sich Dauerwellen legen lassen. Immerhin bin ich schon vierzehn. Und ich hab mich so auf die Strähnchen gefreut. Wenn ihr nein sagt, verzeihe ich euch das nie.« Ihre Augen sprühten Funken.

Die Mutter wurde blass und sagte zögernd: »Nun ja, wenn die anderen Mädchen auch Strähnchen haben ...« Dabei sah sie hilfesuchend zu ihrem Mann, der intensiv mit seinem Steak beschäftigt zu sein schien.

»Phil, was meinst du? So sag doch auch mal was.«

»Na ja, was soll ich sagen? Ich finde es halt wirklich noch etwas früh«, murmelte Phil Harris. Als er dann aber den eindringlichen Blick seiner Frau sah, fügte er hinzu: »Aber wenn die Eltern der anderen Mädchen es erlaubt haben ... naja, dann bin ich auch einverstanden.«

Debbie lächelte ihn so dankbar an, dass ihm augenblicklich ganz warm ums Herz wurde.

»Ihr seid die besten Eltern der Welt!« Carina sprang auf und gab zuerst ihrer Mutter und dann ihrem Vater einen schmatzenden Kuss auf den Mund.

Debbie Harris war erleichtert, dass ihre kleine Carrie wieder gut mit ihr war.

Sie wird bestimmt wunderschön aussehen mit den blonden Strähnchen, dachte sie.

Carolyn, die die Unterhaltung mit wachsendem Interesse verfolgt hatte, war während dieser Szene immer wütender geworden. Die Eltern ließen ihrer Schwester aber auch wirklich alles durchgehen! Blonde Strähnchen mit vierzehn ... Carina sah doch jetzt schon aus wie ein richtiges Flittchen! Carolyn stellte sich vor, wenn *sie* den Eltern damit käme. *Ihr* würden sie es mit Sicherheit nicht erlauben. Sie konnte es sich nicht verkneifen, den Test zu machen und sagte mit unschuldigem Lächeln: »Gute Idee, da mach ich mit. Ich lasse mir auch blonde Strähnchen ziehen.«

Die Mutter sah sie überrascht an und sagte: »Aber das passt doch gar nicht zu dir, Lynn. Du bist doch eher der konservative Typ.«

Carina kicherte. »Da hat Mum aber recht, Lynn. Du bist nun wirklich nicht der Typ.«

»Ach, halt du doch deinen Mund«, platzte es da aus Carolyn heraus. »Ich bin nicht der Typ! Was ist denn das für ein Unsinn? Immerhin sind wir Zwillinge und sehen fast gleich aus!«

»Mit besonderer Betonung auf *fast*!«, konterte Carina mit einem süffisanten Grinsen. Sie schlug provokativ ein Bein über das andere und klimperte mit ihren schwarz getuschten Wimpern.

Carolyn sah hilfesuchend zu den Eltern, die sich intensiv mit ihrem Abendbrot zu beschäftigen schienen und so taten, als hätten sie den letzten Teil der Unterhaltung nicht gehört. Wie so oft zuvor, ballte Carolyn unter dem Tisch die Hände zu Fäusten. Am liebsten hätte sie mit einer Faust ihrer Schwester in ihr überheblich lächelndes, aufgetakeltes Gesicht geschlagen.

Aber um des lieben Friedens willen, und um dem längst fälligen Konflikt aus dem Wege zu gehen, gab sie wie immer klein bei.

KAPITEL 10

Eines schönen Sommertages, die Mädchen waren inzwischen fünfzehn Jahre alt, fuhr Carolyn mit dem Bus in die Nachbarstadt Eastbourne, um sich einen neuen Badeanzug zu kaufen. Die Sommerferien hatten gerade begonnen, und Carolyn wollte zum Schwimmen an den Strand gehen. Da sie aber keinen passenden Badeanzug mehr hatte, wollte sie sich in Eastbourne umschauen, weil es dort mehr Einkaufsmöglichkeiten gab als in Seaford. Sie war bereits im dritten Geschäft, als sie endlich einen Badeanzug sah, der ihr gefiel. Sie hielt ihn gerade in der Hand, als eine wohlklingende männliche Stimme hinter ihr sagte: »Ja ... den musst du unbedingt kaufen, der würde super an dir aussehen!«

Sie drehte sich um und blickte in ein hübsches Jungengesicht mit strahlenden dunkelblauen Augen. Carolyn starrte den Jungen sekundenlang überrascht an. Sofort fiel ihr auf, wie gut er aussah. Er war groß und schlank und hatte naturgewelltes braunes Haar, das er im Nacken länger trug. Und seine Stimme ... niemals zuvor hatte sie eine solche Stimme bei einem Jungen gehört.

»Meinst du wirklich?«, fragte sie unsicher. »Soll ich nicht lieber etwas Helles nehmen?«

»Nein, auf gar keinen Fall«, antwortete der Junge, »der ist genau richtig für dich. Ich kann ihn schon an dir sehen. Glaub mir, ich hab einen Blick dafür!«

»Na gut, ich werde ihn aber erst anprobieren. Wenn du recht hast, kaufe ich ihn.«

»Darf ich hier auf dich warten?«, fragte der Junge.

»Ich heiße übrigens Benjamin, Benjamin Gibson. Meine Freunde nennen mich Ben.«

»Ich bin Carolyn Harris, aber du kannst mich Carry nennen«, sagte Carolyn. Dann fügte sie schnell hinzu: »Du kannst ruhig auf mich warten, wenn du willst.«

»Okay, Carry. Dann bis gleich«, sagte Ben und zwinkerte ihr fröhlich zu. Rasch ging sie in eine Umkleidekabine und probierte den kleinen schwarzen Badeanzug an. Er war wirklich toll geschnitten! Das Vorderteil wurde im Nacken gehalten und war mit dem hinteren Teil des Badeanzugs durch zwei Knoten an den Hüften verbunden, sodass der Rücken völlig frei und von hinten nur ein sehr knappes Höschen zu sehen war. Der Beinausschnitt war dadurch sehr hoch, und ihre ohnehin langen Beine sahen nun optisch noch länger aus. Ben hatte recht, der Badeanzug war wie für sie geschneidert. Schnell zog sie sich um und verließ die Kabine. Ob Ben wirklich auf sie gewartet hatte? Er sah wahnsinnig gut aus! Sie sah sich suchend um und erblickte ihn, nur etwa einen Meter entfernt, an einen Kleiderständer gelehnt. Er hatte auf sie gewartet.

»Und?«, fragte er. »Sieht super aus, oder?«

»Ja, du hattest recht«, antwortete Carolyn. »Er steht mir wirklich gut.«

»Siehst du, ich verstehe was davon. Jetzt möchte ich dich aber auch in dem Teil sehen, das habe ich mir verdient! Also, wann treffen wir uns?«

Carolyn wurde rot. »Es sind ja Ferien, da hab ich eigentlich so ziemlich jeden Tag Zeit«, sagte sie leise.

»Super, dann lass uns doch gleich morgen treffen, unten am Strand, direkt rechts neben dem Pier. Ein paar Freunde von mir kommen auch. Kannst du so um elf dort sein?«

»Werde ich versuchen. Allerdings ist der Bus nicht immer pünktlich, ich komme aus Seaford.«

»Kein Problem, dann weiß ich Bescheid. Du wirst uns schon finden. Ich freue mich darauf, dich in dem heißen Teil zu bewundern.«

Carolyn spürte deutlich, wie ihr das Blut in den Kopf schoss. »Ich bring meine Freundin mit. Ist das okay?«, fragte sie schüchtern.

»Ja klar, bring sie ruhig mit. Je mehr Leute wir sind, desto mehr Spaß haben wir«, meinte Ben.

»Ich muss jetzt noch einiges erledigen. Tschüss bis morgen, Ben«, sagte Carolyn und wandte sich zum Gehen.

»Tschüss, Carry«, rief Ben fröhlich hinter ihr her. Carolyns Herz klopfte plötzlich sehr heftig, und sie rannte fast aus dem Laden. Draußen holte sie tief Luft und ging dann langsamer weiter. Ihr Herz pochte immer noch in einem seltsamen Rhythmus. Der Junge hatte sie völlig durcheinandergebracht. Er schien sie wirklich zu mögen, und wie gut er aussah! Sie freute sich schon so auf morgen ... doch halt! Wenn sie der Mutter sagte, dass sie morgen nach Eastbourne an den Strand wollte, dann würde ihre Schwester davon erfahren. Ihre Neugier wäre geweckt, und sie würde mitkommen wollen, nur um zu sehen, mit welchen Leuten Carolyn sich traf. Und dann ... sie wagte es nicht weiterzudenken. Ja, was wäre dann? Sie wusste genau, was dann passieren würde. Ihr Schwesterchen würde sich wieder so in Szene setzen, dass ...

Nein, schrie es in ihr, *diesmal nicht. Ich werde zu Hause nichts erzählen. Ich werde ...* Ja, was würde sie? Sollte sie die Mutter anlügen? Das hatte sie bis jetzt noch nie getan. Ihre Eltern waren beide sehr religiös erzogen worden und hatten ihren Kindern ebenfalls von klein auf beigebracht, immer die Wahrheit zu sagen. Aber sie musste ja nicht lügen! Sie würde der Mutter erzählen, dass Laura und sie zur Abwechslung mal an den Strand von Eastbourne wollten, ohne dass Carina es mitbekam. Diesmal würde sie sich nicht von ihr die Show stehlen lassen!

Carolyn konnte sich nämlich ausmalen, was passieren würde, wenn Carina herausfinden würde, dass Carolyn einen Jungen kennengelernt hatte und sich mit ihm treffen wollte. Sie würde unter Garantie mitkommen, was Carolyn nicht verhindern könnte, und ihre Show abziehen. Mit einem strahlenden Lächeln würde sie auf ihn zugehen, ihn auf beide Wangen küssen, als würde sie ihn schon seit Jahren kennen, und mit ihrem bezaubernden Augenaufschlag sagen: »Hey, Ben, ich bin Carrie. Schön, dich kennenzulernen!« Dann würde sie ihn zuerst mit tausend Fragen in Beschlag nehmen, ihn naiv-kokett bewundern, und am Ende heftig mit ihm flirten. Und Ben … er könnte sich diesem geballten Charme nicht entziehen, wie die meisten anderen Menschen es auch nicht konnten. Bis auf Laura natürlich … die hatte sich nicht von Carina blenden lassen, sondern deren Taktik sofort durchschaut. Aber Laura war halt etwas ganz Besonderes. Eine solche Freundin würde sie kein zweites Mal im Leben finden. Laura war loyal, ehrlich, gerecht und unvoreingenommen. Sie ließ sich niemals von Äußerlichkeiten beeindrucken, weil für sie einzig und allein der innere Wert eines Menschen zählte. Mit ihrem untrüglichen Feingefühl hatte sie gleich zu Anfang gespürt, wie Carina tickte und was zwischen den beiden Schwestern vor sich ging.

Nein, dachte Carolyn entschlossen, *ich will auf gar keinen Fall, dass Carina Ben kennenlernt.*

Bevor sie nach Hause ging, lief sie noch schnell zur Telefonzelle und rief Laura an. Sie erzählte ihr, dass sie in

Eastbourne einen Jungen kennengelernt habe und ihn und seine Freunde am nächsten Tag um elf Uhr am Pier treffen wolle. Dann fragte sie die Freundin, ob sie Lust hätte mitzukommen.

Laura war begeistert von dem Vorschlag und fragte neugierig: »Wie sieht dein Ben denn aus?«

»Er sieht toll aus«, schwärmte Carolyn, »und er ist wirklich sehr nett.«

»Oh, du magst ihn wohl sehr, was?«, fragte die Freundin.

»Na ja, ich habe ihn ja gerade erst kennengelernt«, erwiderte Carolyn verlegen. Sie wurde knallrot, aber das konnte ihre Freundin ja nicht sehen.

»Gut, dann bis morgen«, lachte Laura, »ich bin schon sehr gespannt auf den tollen Ben. Wir treffen uns dann im Bus, okay?«

»Ja, tschüss Laura, bis morgen.«

Als Carolyn zu Hause ankam, war Carina gerade dabei, den Tisch fürs Abendbrot zu decken.

»Na, wo kommst du denn so spät her?«, fragte sie keck. »Du bist doch sonst immer die Erste, die Mum beim Tischdecken hilft.«

Ohne auf die Bemerkung einzugehen, ging Carolyn zu ihrer Mutter in die Küche und fragte sie leise: »Mum, hast du was dagegen, wenn ich morgen mit Laura nach Eastbourne zum Schwimmen gehe?«

»Nach Eastbourne?«, fragte die Mutter erstaunt. »Bis jetzt seid ihr in den Sommerferien doch immer an unseren Strand gegangen.«

»Das stimmt schon, aber dieses Mal würden wir ganz gern mal an den Strand in Eastbourne gehen«, sagte Carolyn.

»Ich habe nichts dagegen«, sagte die Mutter, »aber sei bitte pünktlich zum Abendbrot zurück.«

»Danke Mum, ich werde wie immer superpünktlich sein.« Im Stillen fügte sie hinzu: *Im Gegensatz zu Carina.* Schnell gab sie der Mutter einen Kuss und ging zurück ins Esszimmer, wo Carina und ihr Vater schon warteten.

Carina schien nichts mitbekommen zu haben, sonst hätte sie nicht so munter und unbeschwert geplaudert, sondern Carolyn mit Fragen gelöchert. Ihre Mutter schnitt das Thema zum Glück auch nicht mehr an.

Carolyn atmete erleichtert auf. Mit gesundem Appetit machte sie sich an ihr Abendbrot. Sie war glücklich. Morgen würde sie sich mit Ben treffen, und ihre Schwester konnte ihr nicht in die Quere kommen! Unwillkürlich lächelte sie.

»Was grinst *du* denn so blöd?«, fragte Carina spöttisch. »Hast dir wohl selbst einen Witz erzählt, was?«

Carolyn gab keine Antwort. Sie war an die dummen Bemerkungen ihrer Schwester gewöhnt. Wieder lächelte sie und dachte glücklich: *Morgen werde ich Ben treffen, und ich freue mich riesig darauf.*

KAPITEL 11

Am nächsten Morgen wachte Carolyn bereits um 8.30 Uhr auf und sprang sofort aus dem Bett. Sie öffnete weit das Fenster an ihrer Seite des Zimmers, blickte in den strahlend blauen Morgenhimmel und atmete tief die frische Brise ein, die den salzigen Geruch des Meeres zu ihr hinauftrug. Heute war ihr Tag! Sie sah durch den Vorhang hinüber zum Bett der Schwester und stellte fest, dass diese noch fest schlief. Rasch packte sie ihre Badesachen in eine Tasche und ging fröhlich ins Bad, duschte ausgiebig und wusch sich die Haare. Als sie mit allem fertig war, warf sie einen Blick in den Spiegel. Sie sah wirklich sehr hübsch aus! Ihre Wangen waren rosig, und die goldbraunen Haare fielen in weichen Wellen bis zu den Hüften hinab. Fröhlich ging sie zurück in ihr Zimmer, um Carina zu wecken.

»Steh auf, Carina! Mum hat sicher das Frühstück schon fertig«, rief sie und berührte ihre Schwester am Arm. Diese rührte sich jedoch nicht.

»Carina, aufstehen, es ist ein herrlicher Tag. Du hast doch sicher auch was vor. Mach schnell.« Sie rüttelte Carina leicht am Arm. Nichts! Hoffentlich würde die Schwester ihr nicht ihre Verabredung verhageln!

Carolyn lief die Treppe hinunter in die Küche, wo ihre Mutter schon dabei war, das Frühstück zuzubereiten. Es roch herrlich nach Kaffee und frischen Brötchen.

»Guten Morgen, Mummy«, sagte sie fröhlich, »ich hab einen Bärenhunger.«

»Guten Morgen, Lynn«, antwortete ihre Mutter. »Ist Carrie auch schon wach?«

»Ich glaube nicht. Bevor ich heruntergekommen bin, hat sie noch fest geschlafen«, erwiderte Carolyn.

»Kannst du nicht mal nach ihr sehen?«, fragte die Mutter. »Ohne sie können wir ja wohl nicht anfangen.«

Carolyns gute Laune war mit einem Mal verflogen. Carina wusste doch genauso gut wie sie, dass in den Ferien um 9.30 Uhr gefrühstückt wurde. Ständig verschlief sie, und andere mussten auf sie warten. Sollte sie sich doch den Wecker stellen, wenn sie von selbst nicht aufwachte. *Das ist doch wohl nicht mein Problem,* dachte sie erbost. Laut sagte sie: »Ist gut, Mum, ich sehe nach.«

Ärgerlich lief sie die Treppe hinauf, um nachzusehen, ob Carina nun bald fertig wäre. Die lag jedoch immer noch tief und fest schlafend in ihrem Bett und schnarchte leise.

Das darf doch wohl nicht wahr sein, dachte Carolyn empört. *Ihretwegen komme ich womöglich nicht rechtzeitig weg.* Sie ging zum Bett ihrer Schwester und rüttelte sie nun hart an den Schultern hin und her.

»Aufstehen, du Schlafmütze. Das Frühstück ist fertig«, rief sie laut.

»Lass mich doch schlafen, es sind Ferien«, knurrte Carina. »Ich hab eh' keinen Hunger.« Damit drehte sie sich zur Wand und schlief weiter.

Carolyn starrte einen Moment wütend auf den Rücken Carinas und lief dann zurück in die Küche.

»Mummy, sie will nicht aufstehen. Lass uns bitte allein frühstücken. Ich möchte doch heute nach Eastbourne«, sagte sie jämmerlich. »Ich werde noch zu spät kommen.«

»Dann kommst du halt etwas später, was macht das schon?«, antwortete ihre Mutter. »Wir frühstücken doch immer zusammen, und so soll es auch bleiben.«

»Warum gehst du denn nicht und sagst ihr, dass sie aufstehen soll«, wagte Carolyn einen zweiten Vorstoß. »Es ist nicht fair, dass ich ihretwegen zu spät zum Bus komme. Laura steigt doch in Newhaven ein, und wenn ich nicht rechtzeitig ...«

»Dann rufst du Laura eben an und sagst ihr, dass sie einen Bus später nehmen soll. Wo ist das Problem, Lynn? Carrie soll sich in den Ferien ausschlafen. Wir trinken jetzt schon mal einen Kaffee und warten dann mit dem Frühstück auf sie.«

»Erstens könnte es sein, dass Laura bereits auf dem Weg zur Haltestelle ist. Die liegt nämlich ein gutes Stück vom Haus entfernt. Zweitens frage ich mich, warum ich eigentlich immer auf Carina Rücksicht nehmen muss. Schließlich habe auch *ich* Ferien und möchte nicht den ganzen Tag vertrödeln! Carina kann tun und lassen, was sie will, immer ist es okay für dich. Wenn es jetzt umgekehrt wäre, *mich* würdest du wecken.«

Die Mutter lief rot an. »Das ist doch überhaupt nicht wahr, Lynn. Wie kannst du nur so etwas sagen. Natürlich würde ich im umgekehrten Fall genauso handeln. Was ist nur mit dir los? Du bist doch sonst immer so vernünftig.«

»Ja, weil du und Daddy das immer von mir erwartet«, sagte Carolyn mühsam beherrscht.

»Ach, willst du damit sagen, dass du dich verstellst und in Wirklichkeit gar nicht einsichtig bist, sondern innerlich murrst?«, fragte ihre Mutter ärgerlich. »Das ist ja interessant zu erfahren.«

»Ich verstelle mich doch gar nicht«, rief Carolyn verzweifelt. »Ich möchte euch halt nicht enttäuschen, Dad und dich. Aber sieh mal, Mum, es ist mir nun mal wichtig, immer pünktlich zu sein, weil ihr mich Pünktlichkeit gelehrt habt. Ich kann doch mein Sandwich mitnehmen und es unterwegs essen. Bitte, bitte Mum, mach ein einziges Mal eine Ausnahme. Es ist schon nach zehn, und der Bus kommt bald. Außerdem ist es jetzt viel zu spät, um Laura noch Bescheid zu sagen. Bitte Mum, lass mich gehen, nur dieses eine Mal.«

Carolyns Augen füllten sich mit Tränen. Es war nicht nur, dass sie befürchtete, zu spät zu kommen, sondern auch, dass ihre Schwester nun doch noch Wind davon bekommen würde, dass sie und Laura nach Eastbourne an den Strand wollten. Ihre Mutter würde es nach dieser Diskussion ganz sicher am Frühstückstisch erwähnen. Carina würde neugierig werden und mitkommen wollen oder aber überraschend dort auftauchen.

»Also gut, dann lauf, aber nur dieses eine Mal«, sagte ihre Mutter überraschenderweise. »Verabrede dich das nächste Mal etwas später, dann kann nichts passieren.«

»Mach ich, Mummy. Danke!« Schnell belegte Carolyn ein Brötchen mit Cheddar, gab ihrer Mutter einen Kuss auf die Wange und schnappte sich ihre Badetasche. Ohne sich noch einmal umzuschauen, rannte sie mit dem Brötchen in der Hand in Windeseile aus dem Haus. *Nur schnell weg, ehe womöglich Carina plötzlich doch noch die Treppe herunterkommt,* dachte sie grimmig.

Als sie die Haltestelle gerade erreicht hatte, kam der Bus auch schon um die Ecke gefahren. Blitzschnell sprang Carolyn hinein, als hätte sie immer noch Angst, ihre Schwester könne jeden Moment um die Ecke kommen. Laura saß ganz hinten und winkte sie zu sich.

Als der Bus losfuhr, atmete Carolyn erleichtert auf. Geschafft! Nun kam ihre gute Laune zurück, und sie freute sich auf das Treffen mit Ben und seinen Freunden.

KAPITEL 12

Fast auf die Minute genau erreichten die beiden Freundinnen den Eastbourne Pier. Carolyn sah schon von Weitem Ben, der ihnen zuwinkte. Freudestrahlend begrüßte er sie und stellte sie seinen drei Freunden vor.

»Das ist Carolyn Harris, genannt Carry. Ich hab ihr gestern beim Einkaufen geholfen.« Er zwinkerte Carolyn vergnügt zu. »Und das ist Carrys Freundin ... äh ...«

»Laura Carson, genannt Laura«, sagte Laura mit einem schelmischen Lächeln und nickte den drei Jugendlichen freundlich zu.

»Hi, Carry! Hi, Laura!«, kam es mehrstimmig zurück.

Dann stellte Ben ihnen zuerst Johnny vor, einen schlaksigen Jungen mit strohblondem Haar und Sommersprossen.

»Das ist mein bester Freund, Johnny Lawrence«, sagte er. »Er wohnt drüben in Bexhill.«

Johnny grinste schüchtern, als die Mädchen ihn mit einem freundlichen »Hey, Johnny!« begrüßten und ihm nacheinander die Hand reichten. Er blickte bewundernd auf Laura, die ihm auf Anhieb gefiel.

Laura erging es ähnlich. *Was für ein netter Junge, genau mein Typ,* dachte sie und wurde unwillkürlich rot.

»Und das hier sind Michael Lewis und Jennifer Richards, kurz Mike und Jenny, die verliebten Turteltauben«, stellte Ben weiter vor.

»Hi, Jenny! Hi, Mike! Nett, euch alle kennenzulernen.«

»Wir freuen uns auch, dass ihr gekommen seid«, sagte Mike, und an seine Freundin gewandt: »Nicht wahr,

Jenny? Ben hat uns schon damit in den Ohren gelegen, ob ihr kommen würdet. Er hat in den höchsten Tönen von dir geschwärmt, Carry. Den Jungen hat's schwer erwischt.«

Mike grinste verschmitzt. Er war ein hübscher Junge mit dunklen Haaren und hellgrünen Augen.

»Ja, das ist wahr«, lachte Jenny, und ihre blauen Augen strahlten vergnügt mit denen ihres Freundes um die Wette.

»Er konnte sich gar nicht mehr einkriegen, was für ein tolles Mädchen du bist.«

Fröhlich zwinkerte Ben ihr zu und sagte: »Jetzt zeige uns aber mal den coolen Badeanzug, den wir zusammen gekauft haben. Ich kann's kaum erwarten, dich darin zu bewundern.«

Verlegen streifte Carolyn ihr Kleid über den Kopf und stand dann ein wenig unsicher da.

»Wow!« Ben stieß einen Pfiff aus. »Sieht echt heiß aus! Bist ein richtig steiler Zahn, Carry.«

Diese offensichtliche Bewunderung des Jungen war Carolyn peinlich, und sie wich seinem Blick aus.

»So, und nun lasst uns alle eine Runde schwimmen. Wer zuerst im Wasser ist! Komm, Carry!« Er hielt ihr seine Hand hin.

»Wir bleiben noch ein bisschen in der Sonne«, sagte Mike, und Jenny stimmte ihm zu. Johnny schien auch noch keine Lust aufs Schwimmen zu haben, und Laura meinte: »Geht ihr schon mal, ich muss mich noch eincremen. Du weißt ja, Carry.«

Laura hatte nämlich eine sehr helle, empfindliche Haut und bekam schnell einen Sonnenbrand.

»Okay, dann bis später!«

Mit Carolyn an der Hand rannte Ben dem Meer entgegen, hob sie hoch und warf sie in die Wellen. Sie schwammen weit hinaus und ließen sich auf dem Wasser treiben. Carolyn konnte ihr Glück kaum fassen. Das Meer glitzerte in der Sonne, und ein traumhaft aussehender Junge war an ihrer Seite. Es war einfach himmlisch! Sie schloss die Augen und stellte sich vor, mit Ben auf einer der schneeweißen Wolken dahinzuschweben, die langsam am Himmel vorbeizogen und ständig ihre Gestalt veränderten.

»Hey, du kleine Träumerin«, riss Bens Stimme sie in die Wirklichkeit zurück. »Wo bist du denn gewesen? Nach deinem Gesichtsausdruck zu urteilen, warst du Dornröschen und hast sehnsüchtig darauf gewartet, vom Prinzen wachgeküsst zu werden. Hier bin ich!« Seine Lippen näherten sich ihrem Mund, aber Carolyn drehte ihren Kopf schnell zur Seite. Sie fühlte sich ertappt.

»Ach Quatsch!«, sagte sie deshalb ein bisschen zu heftig. »Die Sonne hat mich geblendet, und ich habe die Augen geschlossen. Das ist alles! Lass uns jetzt zurückschwimmen. Die anderen warten sicher schon auf uns.« Ihre Tagträume waren aber auch zu albern! Ben würde sie jetzt bestimmt für eine dumme Gans halten.

Als Ben und Carolyn wieder ans Ufer zurückkamen, winkten die anderen vier Jugendlichen ihnen schon fröhlich zu.

»Wir wollen Wasserball spielen. Habt ihr auch Lust?«, rief Jenny den beiden zu.

»Wir sind dabei, nicht wahr, Carry?«, meinte Ben.

»Ja, aber klar doch«, erwiderte Carolyn fröhlich.

Die sechs Teenager hatten viel Spaß beim Spiel. Carolyn und Laura verstanden sich auf Anhieb mit Bens Freunden, besonders mit Jenny. Das zierliche Mädchen mit den langen, dunkelblonden Locken war den beiden Freundinnen von Anfang an sympathisch. So entwickelte sich bereits in wenigen Stunden eine natürliche Vertrautheit zwischen den drei Mädchen.

Später schleckten alle Eiscreme und lagen faul in der Sonne. Laura und Johnny schauten sich oft verstohlen von der Seite an.

Es war ein wundervoller Tag, und am frühen Abend brachten Ben und seine Freunde Carolyn und Laura zum Bus.

»Das war ein toller Tag heute«, strahlte Ben. »Treffen wir uns morgen wieder, oder habt ihr schon was anderes vor?«

»Nein, haben wir nicht«, meinten beide Mädchen wie aus einem Munde.

»Prima«, lachte Ben, »dann sehen wir uns alle morgen um die gleiche Zeit am selben Ort, ist das okay?«

»Okay«, sagte Carolyn. Dann fiel ihr jedoch ein, dass ihre Mutter gesagt hatte, sie solle sich das nächste Mal später verabreden, und so fügte sie schnell hinzu: »Allerdings kann ich morgen erst um zwölf.«

»Na ja, ihr wisst ja, wo wir sind«, sagte Jenny. »Gut, dass ich nicht mehr das einzige Mädchen unter all den Jungen bin. Bis morgen dann.«

Mike und Jenny verabschiedeten sich und gingen Arm in Arm davon.

Ben und Johnny warteten noch mit Carolyn und Laura zusammen auf den Bus, der ein paar Minuten später kam. Die Mädchen stiegen ein und winkten den beiden Jungen noch einmal zu.

Ben warf eine Kusshand in Carolyns Richtung.

»Ben hat sich total in dich verguckt, Carry«, sagte Laura und lächelte vielsagend.

»Meinst du wirklich?«, fragte Carolyn verlegen.

»Klar doch, so wie der dich angesehen hat! Und du hast dich doch auch in ihn verknallt, sei ehrlich!«

Carolyn wich dem Blick ihrer Freundin aus. »Ich ... ich weiß nicht ... äh ... ja doch, kann schon sein«, stotterte sie.

Laura lachte. »Mir musst du doch nichts vormachen, Carry. Was ist denn schon dabei?«

Eine Weile schwiegen die Mädchen. Dann sagte Carolyn plötzlich: »Bitte Laura, versprich mir, dass du bei Ben und seinen Freunden nicht erwähnst, dass ich eine Zwillingsschwester habe.«

Laura sah sie überrascht an, sagte aber: »Okay, wie du willst.« Dann konnte sie aber doch nicht an sich halten zu fragen: »Warum eigentlich nicht?«

»Weil ich einfach mal das Gefühl haben möchte, frei von ihr zu sein. Verstehst du das nicht?«, erwiderte Carolyn ungewohnt heftig.

Laura sah besorgt aus und meinte: »Du musst lernen, dich mit deiner Situation auseinanderzusetzen, Carry. Stell dich den Problemen mit Carina! Es ist falsch, in Gegenwart deiner Eltern alles unter den Teppich zu kehren. Deine Eltern sollen wissen, wie du empfindest. Immer tust du so, als wäre nichts und innerlich platzt du vor Wut. Das kann auf die Dauer nicht gut gehen.«

Carolyn schwieg.

»Ich mache mir wirklich Sorgen um dich, Carry. Du frisst alles in dich hinein, und irgendwann explodierst du. Du musst über die Dinge reden, die dich belasten, jeder muss das, denn nur so lassen sich Konflikte lösen. Bitte Carry, ich will dir doch nur helfen.« Laura sah verzweifelt aus.

Carolyn blickte stur aus dem Fenster und gab sich den Anschein, als hätte sie nichts von dem gehört, was ihr die Freundin gesagt hatte.

»Carry, bitte ...«, setzte Laura wieder zum Reden an, wurde aber heftig von Carolyn unterbrochen.

»Lass uns jetzt bitte von etwas anderem reden, Laura. Ich habe keine Lust, mir meine gute Laune verderben zu lassen. Ich möchte endlich einmal frei durchatmen können. Ich möchte ein einziges Mal die Ferien genießen, ohne ständig an *sie* denken zu müssen. Sie nimmt mir die Luft zum Atmen, verstehst du? Willst du, dass ich ersticke? Willst du das?« Die letzten Worte klangen wie ein leises, aber hasserfülltes Zischen.

Als Laura die Freundin anschaute, überlief sie eine Gänsehaut. Carolyns Gesicht war wutverzerrt, und ihre Augen hatten einen beinahe grausamen Ausdruck. Laura zog es nun vor, nichts mehr zu sagen. Es hatte keinen Sinn, zumindest in diesem Augenblick nicht.

Den Rest der Busfahrt verbrachten die Mädchen schweigend, und als sie Seaford erreichten, verabschiedeten sie sich nicht wie sonst mit einem Kuss auf die Wange, sondern lediglich mit einem kurzen »Tschüss, bis morgen.«

Carolyn sprang aus dem Bus und lief schnell davon, ohne sich noch einmal umzudrehen und zu winken, als der Bus an ihr vorüberfuhr.

Laura sah ihr schweren Herzens nach und seufzte.

KAPITEL 13

Am nächsten Tag strahlte die Sonne wieder vom Himmel, und Carolyn bemühte sich, ihre Ungeduld zu bezähmen. Sie freute sich schon auf den Tag mit den anderen. Das, was Laura ihr am Vortag auf dem Nachhauseweg im Bus gesagt hatte, war vergessen. Sie konnte und wollte sich einfach nicht die Laune verderben lassen, so hatte sie es einfach aus ihrem Gedächtnis verbannt. Im Laufe der Jahre hatte sie so viele unangenehme Begebenheiten verdrängt, die meisten davon ihre Schwester betreffend, dass es ihr zur zweiten Natur geworden war.

Glücklicherweise zog es Carina heute auch etwas früher aus dem Bett. Sie hatte sich nämlich mit ihren beiden »Hofdamen« Pamela Thompson und Samantha Gillis, kurz Pam und Sam, zu einem Trip nach Brighton verabredet. Ihre Haare waren mit einem pinkfarbenen Band zu einem neckischen Zopf ganz oben auf dem Kopf zusammengebunden, und eine blonde Strähne fiel ihr locker ins Gesicht. Ihr Make-up war heute noch sorgfältiger als sonst, und sie trug knappe weiße Shorts, ein pinkfarbenes Top mit Spaghettiträgern und ebenfalls pinkfarbene Plateau-Sandaletten. Sie sah aus, als wäre sie einem Modemagazin entsprungen.

»Carrie, du siehst ja ganz reizend aus«, rief die Mutter auch schon.

»Danke, Mum. Wir haben heute vor, nach Brighton zu fahren und dort ein paar Freunde zu treffen. Da muss ich doch so hübsch wie möglich sein«, antwortete Carina kokett. »Die Konkurrenz schläft nicht.«

»Die brauchst *du* doch nicht zu fürchten«, sagte Debbie Harris mit einem stolzen Lächeln. »Pam und Sam sind jedenfalls keine Konkurrenz für dich.«

Mit einem spöttischen Seitenblick auf Carolyn, sagte Carina lachend: »Nicht nur die!«

Ein Stich fuhr durch Carolyns Herz. Trotzdem sagte sie mit gleichgültig klingender Stimme: »Na ja, kein Kunststück bei der Aufmachung und zehn Pfund Make-up im Gesicht.«

»Bist wohl neidisch, was?«, feixte Carina.

Die Mutter warf Carolyn einen ärgerlichen Blick zu. »Vertragt euch, und lasst uns in Ruhe frühstücken. Ich habe heute Croissants gekauft, und Kirschmarmelade habe ich auch gekocht.«

»Hey Mummy, du bist einsame Spitze! Ich liebe Croissants.« Carina schenkte der Mutter ein strahlendes Lächeln.

»Das weiß ich doch, mein Schatz.« Debbie lächelte geschmeichelt. »Nun lasst es euch schmecken, meine Mädchen. Guten Appetit!«

Carina war sehr schnell mit ihrem Frühstück fertig und fragte: »Mum, kann ich schon gehen? Ich habe es wirklich sehr eilig.«

»Ja, dann lauf mal, mein Kind«, antwortete Debbie Harris lächelnd, »und hab einen schönen Tag.«

»Danke, Mummy.« Carina sprang auf, lief zu ihrer Mutter und gab ihr einen dicken Kuss auf den Mund. »Du bist die Allerbeste.« Damit stürmte sie auch schon hinaus.

Carolyn war wütend. Warum durfte Carina den Frühstückstisch vorzeitig verlassen, nur weil sie sagte, sie habe es eilig? Als sie, Carolyn, es gestern eilig hatte, musste sie die Mutter fast auf Knien anbetteln, nicht auf Carina warten zu müssen. Das war doch wohl das Allerletzte! Aber da sie heute nicht die geringste Lust auf eine Diskussion mit ihrer Mutter verspürte, sagte sie nur: »Ich bin auch fertig. Also, bis heute Abend dann, Mum.« Sie gab der Mutter einen Kuss auf die Wange, schnappte ihre Tasche und lief hinaus.

»Viel Spaß, Lynn, und sei bitte pünktlich«, rief die Mutter ihr nach.

Erzähle das lieber deiner süßen Carrie, dachte Carolyn beim Hinauslaufen. *Immerhin ist sie diejenige, die ständig unpünktlich ist.*

Die Begrüßung zwischen Laura und ihr fiel heute ein bisschen kühler aus als sonst, und auch während der Busfahrt waren beide sehr schweigsam.

Trotzdem wurde es wieder ein sehr schöner Tag mit den neuen Freunden. Die sechs Teenager spielten erst ein bisschen Wasserball und lümmelten sich dann träge auf ihren Badematten herum. Jenny und Mike machten ihrem Namen als verliebte Turteltauben alle Ehre und knutschten fast die ganze Zeit herum.

Auch Johnny und Laura kamen sich langsam näher. Sie schienen sich ohne Worte zu verstehen, und nach einer Weile gingen sie wie selbstverständlich zusammen ins Wasser und kamen so bald nicht zu den anderen zurück. So hatten auch Ben und Carolyn genügend Zeit für sich. Hand in Hand liefen sie am Strand entlang und sahen sich von Zeit zu Zeit verliebt in die Augen. Später schwammen sie wieder weit aufs Meer hinaus und ließen sich von den Wellen treiben.

Ein glückliches Lächeln erhellte Carolyns Gesicht.

Ach, wie wunderschön das Leben doch ist!

Am frühen Nachmittag standen Jenny und Mike auf und verabschiedeten sich von den anderen.

»Jenny hat sturmfrei«, sagte Mike augenzwinkernd.

Jenny wurde knallrot und knuffte Mike heftig in die Seite. Der legte den Arm um ihre schmalen Schultern und küsste sie zärtlich auf die Nasenspitze.

»Ach, muss Liebe schön sein«, meinte Ben, nachdem die beiden gegangen waren. Dabei blickte er Carolyn ganz tief in die Augen.

In dieser Nacht lag Carolyn noch lange wach und lauschte dem Rauschen des Meeres, das der Wind zum Haus hinauftrug.

Wie herrlich konnte das Leben sein! Wie wunderbar könnte alles erst sein, gäbe es ihre Schwester nicht.

Angestrengt dachte sie darüber nach, wie sie es anstellen könnte, Ben so oft wie möglich zu treffen, ohne dass Carina Wind davon bekäme. Sie wollte ihre Ferien mit Ben und den anderen verbringen, ohne auch nur einen einzigen Gedanken an ihre ungeliebte Zwillingsschwester verschwenden zu müssen. Diese Zeit wollte sie einmal so richtig genießen!

Glücklicherweise hatte Carina selbst genug Freunde und interessierte sich nicht im Geringsten für Carolyn, solange sie keine Neuigkeit witterte. Carolyn nahm sich fest vor, Ben nichts von ihr zu erzählen, auch wenn Laura eine andere Meinung vertrat, die sie ja gestern Nachmittag zur Genüge kundgetan hatte. Aber in dieser Hinsicht wollte sie nicht auf die Freundin hören. Ben würde nur neugierig werden und Carina kennenlernen wollen. Die meisten Leute wurden neugierig, wenn sie von einem eineiigen Zwilling hörten. Sie wollten dann immer unbedingt die Geschwister zusammen sehen, um feststellen zu können, ob sie sie voneinander unterscheiden könnten. Lernten sie dann beide zusammen kennen, waren die meisten ziemlich enttäuscht, denn es war nicht allzu schwierig, die Mädchen voneinander zu unterscheiden. Während es früher eher an ihrem völlig unterschiedlichen Temperament gelegen hatte, unterschieden sie sich später auch deutlich im Aussehen voneinander, was aber in erster Linie an Carinas Outfit lag. Sie war zwar zwei Zentimeter größer als Carolyn, und ihre Lippen waren eine winzige Spur voller, was jedoch kaum ins Auge gefallen wäre, wenn Carina nicht angefangen hätte, diese kleinen Unterschiede mit auffallender Kleidung und einem gekonnten Make-up auf raffinierte Weise zu betonen.

Ja, die liebreizende Carrie und die langweilige Lynn, dachte Carolyn bitter. Dann aber rief sie sich zur Ordnung. Sie wollte heute an nichts Negatives denken. Ben mochte sie, und das war Grund genug, um glücklich zu sein.

Bevor sie einschlief, dachte sie noch einmal daran, wie wundervoll dieser Tag gewesen war und wie sehr sie sich auf morgen freute.

Im Halbschlaf hörte sie das Singen des Windes in den Bäumen und das leise Rauschen des Meeres. Wind und Meer ... eine ewige, verheißungsvolle Melodie, die sie langsam davontrug ins Land der Träume.

Mit einem Lächeln auf den Lippen schlief sie endlich ein.

KAPITEL 14

Carolyn und Ben sahen sich von da an regelmäßig. Meistens waren sie mit den Freunden zusammen, manchmal trafen sie sich auch allein.

Sehr bald stellten sie fest, dass sie viele gemeinsame Interessen hatten. Beide waren sehr naturverbunden, interessierten sich für Literatur und Poesie und hatten außerdem dieselben naturwissenschaftlichen Lieblingsfächer, wie Biologie, Physik und Chemie.

Sie sprachen über ihre Zukunftspläne und über die Dinge, die sie gefühlsmäßig bewegten. Carolyn erfuhr, dass Ben ebenso wie sie vorhatte, Medizin zu studieren. Sein Vater war vor viereinhalb Jahren an Hodenkrebs gestorben. Zu dem Zeitpunkt war Ben gerade einmal zwölf Jahre alt gewesen, und der Tod des Vaters hatte ihn sehr mitgenommen. Seine Mutter hatte bereits ein Jahr später wieder geheiratet, und ohne dass Ben es aussprach, fühlte Carolyn, dass er dies seiner Mutter immer noch übel nahm.

Der Tod seines Vaters hatte Ben auf den Gedanken gebracht, ein Medizinstudium anzustreben. Er wollte Menschen helfen, die wie sein Vater an Krebs litten. Carolyn bewunderte Ben dafür und sah dies als Beweis für seinen guten Charakter. Sie fühlte sich in seiner Gegenwart warm und geborgen.

Auch sie sprach mit Ben über ihre eigenen privaten und beruflichen Zukunftspläne, achtete jedoch akribisch darauf, mit keinem Wort ihre Zwillingsschwester zu erwähnen. Zum Glück fragte Ben auch nicht danach, ob sie Geschwister hatte. Nach einer Weile hatte Carolyn die Illusion, es gäbe Carina gar nicht, und in gewisser Weise erschreckte sie das, weil es ihr ein Hochgefühl vermittelte. Plötzlich fühlte sie sich wie von einer schweren Bürde befreit. Sie genoss dieses Gefühl in vollen Zügen und wünschte, dass es nie zu Ende gehen möge. Zum bestimmt hundertsten Mal dachte sie darüber nach, wie fantastisch das Leben doch sein könnte, wenn Carina nicht existierte ... wenn sie ... Sie zwang sich mit aller Kraft, den Gedanken nicht zu Ende zu denken, er war zu furchtbar. Stattdessen dachte sie daran, wie wunderbar es doch war, dass sie Ben kennengelernt hatte. Ununterbrochen dachte sie an ihn, und obwohl die beiden sich erst seit ein paar Tagen kannten, hatte Carolyn das Gefühl, Ben schon ihr ganzes Leben lang zu kennen. Ob es ihm wohl genauso ging? Sie hoffte es.

Aus Laura und Johnny war inzwischen ein Paar geworden, und sie waren unzertrennlich. Mit den hellblonden Haaren und den lustigen Sommersprossen hätte man sie für Bruder und Schwester halten können, wenn sie sich nicht immer so verliebt angeschaut hätten. Carolyn freute sich sehr, dass ihre Freundin so glücklich war.

Eines Tages erzählte Laura ganz aufgeregt, dass Johnny sie bald seinen Eltern vorstellen wolle. Inzwischen wusste sie, dass Johnny aus wohlhabendem Hause kam. Als sie es vor Kurzem von ihm erfahren hatte, war das ein richtiger Schock für sie gewesen. Ihr Johnny der Sohn reicher Eltern? Niemals hatte sie einen bescheideneren Menschen als ihren Johnny kennengelernt, und jetzt das!

Da sie selbst in eher bescheidenen Verhältnissen aufgewachsen war, hatte sie eine riesige Angst vor der Begegnung mit seinen Eltern.

»Carry, am liebsten würde ich mich vor dem Besuch drücken. Was soll ich bloß tun?«

»Hingehen natürlich, was denn sonst?«, meinte Carolyn lapidar. Sie konnte die Aufregung ihrer Freundin nicht nachvollziehen. Wenn Johnnys Eltern nur halb so liebenswert waren wie ihr Sohn, dann hatte Laura doch überhaupt nichts zu befürchten.

»Ich weiß, da komm ich wohl nicht drumherum. Schließlich haben sie mich eingeladen, und Johnny freut sich schon so darauf. Meinst du denn, seine Eltern werden mich mögen?«

»Wer dich nicht mag, ist selber schuld!«, sagte Carolyn im Brustton der Überzeugung. »Du und Johnny, ihr seid die liebsten Menschen, die ich kenne. Glaube mir, Laura, wenn seine Eltern ihren Sohn lieben, so werden sie auch dich in ihr Herz schließen.«

Laura war gerührt und umarmte ihre Freundin herzlich.

»Danke, Carry, das hast du lieb gesagt. Mir ist jetzt schon viel leichter ums Herz.«

Carolyn sollte recht behalten. Nach dem Besuch erzählte Laura ihr strahlend, wie lieb und nett Janice und Wilfried Lawrence waren. Sie war sofort warm mit ihnen geworden, und sie hatten geplaudert und gelacht bis spät in den Abend hinein. Zum Abschied hatten sie Laura umarmt und ihr gesagt, wie sehr sie sich freuten, dass ihr einziger Sohn ein so nettes Mädchen kennengelernt habe.

»Carry, du kannst dir nicht vorstellen, wie glücklich ich bin. Nie hätte ich gedacht, dass ich einmal einen so netten Jungen kennenlernen würde, der dann auch noch solch liebe Eltern hat«, strahlte sie. »Und das habe ich alles nur dir zu verdanken!«

»Ach was, wie kommst du denn darauf?«, fragte Carolyn verblüfft.

»Ja, wenn du mich damals nicht mitgenommen hättest, dann hätte ich Johnny doch niemals getroffen.«

»Ich bin sicher, dass ihr beide euch eines Tages sowieso begegnet wäret, weil das Schicksal euch füreinander bestimmt hat.« Carolyn nahm ihre Freundin in die Arme. »Daran glaube ich ganz fest!«

Ob das Schicksal auch Ben und sie füreinander bestimmt hatte?

KAPITEL 15

Eines Tages gingen Carolyn und Ben Hand in Hand hoch oben auf den Klippen des Beachy Head spazieren. An einer bestimmten Stelle, Lovers' Leap genannt, blieb Ben plötzlich stehen und drückte Carolyn ganz fest an sich.

»Ich mag dich sehr gern, Carry. Du bist so ganz anders als die anderen Mädchen ... nicht so albern und zickig, und man kann mit dir über alles reden. Ich glaube, ich habe mich in dich verliebt.« Er beugte sich zu ihr hinab und berührte ganz sanft mit seinen Lippen ihre Wange. Dann fühlte sie seinen Atem an ihrem Ohr.

»Du bist wunderschön«, flüsterte er, »und ich würde dich jetzt wahnsinnig gern küssen, darf ich?«

Carolyn nickte nur. Ben legte den Arm um sie und küsste sie zärtlich. Es war Carolyns erster Kuss, und ihr wurde ganz schwindelig. So war es also, wenn man sich küsste! Es war ein angenehmes Gefühl, das sie bis dahin nicht gekannt hatte.

»Ich bin so froh, dass ich dich getroffen habe«, sagte Ben, als sie sich voneinander lösten. Er stockte kurz und sprach dann weiter: »Magst du mich denn auch ein bisschen?«

Carolyn senkte ihren Kopf. »Ja klar, ich mag dich auch«, stammelte sie verlegen.

Ben fasste sie unters Kinn, hob ihren Kopf, sodass sie ihm in die Augen blicken musste.

»Sieh mich doch bitte an, und sag es noch einmal.«

Da nahm Carolyn ihre ganze Kraft zusammen, sah ihm mit festem Blick in die Augen und sagte klar und deutlich: »Ich mag dich, Ben, sehr sogar.«

»Danke, Carry. Es war mir sehr wichtig, das von dir zu hören, an genau dieser Stelle. Dies ist mein Lieblingsplatz, weißt du.«

Und dann erzählte er ihr, dass er sehr oft hier oben sei, berauscht von dem Gefühl, ganz nah am Abgrund zu stehen, auf die peitschenden Wellen hinabzublicken und das wilde Rauschen des Meeres zu hören. Er sagte, er sei fasziniert von der Geschichte dieses 162 Meter hohen Felsens, von dem sich seit Generationen immer wieder verzweifelte Menschen hinabstürzen ins Meer, weil sie keinen anderen Ausweg sehen. Häufig sind es sogar blutjunge Menschen, die meinen, ohne ihre erste große Liebe niemals mehr im Leben glücklich werden zu können.

»Du bist das erste Mädchen, mit dem ich diesen einzigartigen Platz teilen möchte, Carry«, flüsterte Ben. Er zog sie wieder in seine Arme und küsste sie sanft auf die Lippen.

Eine Zeitlang standen sie eng aneinandergeschmiegt und blickten hinaus aufs Meer, bis Ben plötzlich sagte: »Meine Mutter und mein Stiefvater fahren morgen nach Clacton, um meine Großeltern zu besuchen. Sie bleiben drei Tage dort, und ich habe gedacht ... Nun, was hältst du davon, wenn wir morgen zu mir nach Hause gehen und es uns gemütlich machen? Hast du Lust?«

»Morgen können wir uns nicht treffen«, bedauerte Carolyn. »Du weißt doch, dass ich den Sonntag mit meiner Familie verbringen muss.«

»Das hast du doch schon letzten Sonntag getan. Musst du denn wirklich jeden Sonntag dabei sein?«

»Ich habe dir doch erzählt, dass mein Vater unter der Woche sehr viel arbeitet, sogar samstags, und kaum Zeit für die Familie hat. Da bleibt nur der Sonntag, weißt du?

Außerdem besuchen wir jeden zweiten Sonntag meine Großeltern.«

»Schade!« Ben sah ziemlich enttäuscht aus.

Carolyn zuckte mit den Schultern und erwiderte nichts. Sie sah unglücklich aus.

»Okay, da kann man wohl nichts machen«, meinte Ben. »Wie wär's denn dann mit Montag? Meine Leute kommen erst Mittwochabend zurück.«

Als er Carolyns ängstlichen Blick sah, fügte er schnell hinzu: »Keine Angst, ich versuche schon nicht, dich zu verführen. Aber es wäre doch schade, die Gelegenheit zu einem romantischen Abend nicht zu nutzen. Wir essen Pizza und trinken ein Glas Rotwein dazu, meine Leute haben immer welchen im Keller. Na, wie hört sich das an?«

»Klingt gut«, sagte Carolyn zögernd, »aber wir treffen uns doch am Montag tagsüber mit den anderen. Was erzähle ich Laura, wenn ich nicht mit ihr zurückfahre? Außerdem muss ich um halb zehn zu Hause sein.«

»Um halb zehn schon, und das in den Ferien? Na, deine Eltern scheinen aber wirklich etwas hinter'm Mond zu leben! In den Ferien kann ich so lange wegbleiben, wie ich will.«

»Du wirst ja schon bald siebzehn, Ben. Ich bin gerade erst fünfzehn geworden.«

»Na und? Jenny ist auch fünfzehn und muss in den Ferien erst um elf zu Hause sein.«

»Da kann *ich* doch nichts dafür! Dann lassen wir es eben bleiben.« Carolyn war beleidigt. Zuerst nahm er sie mit zu seinem Lieblingsplatz, machte ihr eine romantische Liebeserklärung, und dann das.

»Nein, nein, ist schon gut. Dann verbringen wir den Tag halt nicht mit den anderen, machen stattdessen einen schönen Bummel durch die Stadt und gehen am frühen Nachmittag zu mir nach Hause. Dann haben wir genügend Zeit für uns, und du brauchst Laura nicht anzuschwindeln. Was hältst du davon?«

»Ja, so könnte es gehen.«

Aber so ganz wohl war ihr nicht bei der Sache.

KAPITEL 16

Der Sonntag war diesmal für Carolyn eine richtige Qual. Zuerst zog sich das gemeinsame Frühstück endlos dahin. Carina redete ununterbrochen, und ihr gurrendes Lachen ging Carolyn gehörig auf die Nerven. Sie musste an sich halten, dass sie sich nicht die Ohren zuhielt.

Nach dem Gottesdienst machte die Familie den üblichen sonntäglichen Spaziergang, diesmal in Alfriston. Danach waren alle hungrig und gingen in ein gemütliches kleines Restaurant. Debbie und Philipp Harris genossen diese Sonntage im Kreis der Familie. Sie freuten sich schon immer die ganze Woche darauf.

Als die Zwillinge noch klein waren, liebten auch sie diese Sonntage, doch mittlerweile hätten beide liebend gern darauf verzichtet. Aber selbst die eigenwillige Carina wagte es nicht, sich gegen diese Familientradition aufzulehnen.

Heute prahlte sie damit, dass fast alle Jungen in der Schule hinter ihr her wären. Die Blicke der Eltern hingen wie immer gebannt an ihren Lippen, als sie mit ihrem vor dem Spiegel einstudierten kindlich-koketten Augenaufschlag erzählte, dass sie natürlich einen Verehrer nach dem anderen abblitzen ließe, weil sie ja noch viel zu jung sei. Debbie und Philipp Harris lobten ihre ach so anständige Tochter, die sich trotz ihrer Beliebtheit mit keinem der Jungen einließ.

»Du bist eben ein anständiges Mädchen«, sagte Debbie Harris stolz, und der Vater nickte zustimmend.

Carolyn drehte sich fast der Magen um, so angewidert

war sie von dem scheinheiligen Getue ihrer Zwillingsschwester. Wenn ihre Eltern gewusst hätten, was Carina tatsächlich so alles trieb, wären sie vermutlich beide auf der Stelle tot umgefallen. Auf die Idee, dass sich auch einmal ein Junge für Carolyn interessieren könnte, kamen die Eltern erst gar nicht, und so fragten sie auch nicht danach.

Wie immer wurde fast die gesamte Unterhaltung von Carina bestritten. Carolyn sprach an diesem Nachmittag vielleicht ein oder zwei Sätze und begnügte sich ansonsten damit, die Tiraden ihrer Familie über sich ergehen zu lassen.

Am späten Nachmittag zogen dunkle Wolken auf, und der Vater schlug deshalb vor, sofort aufzubrechen. Er befürchtete, dass es schon bald anfangen würde zu regnen und sie alle dann womöglich pitschnass wären, bevor sie im Auto säßen. Glücklicherweise endete der verhasste Sonntag dadurch viel früher als erwartet.

Der Vater hatte recht gehabt, denn kaum stand der Wagen in der Garage, kam ein heftiger Gewittersturm auf und kurz darauf regnete es wie aus Kübeln.

Als Carolyn in ihrem Bett lag, dachte sie an Ben und daran, wie sehr sie ihn heute vermisst hatte. Draußen blitzte und donnerte es, der Sturm heulte, und der Regen klatschte ans Fenster. Carolyn hoffte inständig, dass sich das sommerliche Unwetter bis morgen gelegt haben würde. Ihre Bedenken, mit Ben ganz allein in der Wohnung zu sein, hatte sie mittlerweile völlig beiseitegeschoben. Sie freute sich einfach nur darauf, den morgigen Tag mit ihm ganz allein verbringen zu können.

Mit einem sehnsüchtigen Lächeln auf den Lippen schlief sie ein.

Am nächsten Morgen erinnerte nichts mehr an das Unwetter vom Vortag, und die Sonne strahlte von einem nahezu wolkenlosen Himmel herab. Carolyn und Ben trafen sich um die Mittagszeit wie verabredet in der Stadt. Sie liefen eng umschlungen durch die Straßen von Eastbourne, bummelten durch die Kaufhäuser und gingen Eis essen. Dabei unterhielten sie sich so angeregt, dass die Zeit wie im Fluge verging. Plötzlich war es schon kurz vor drei, und Ben schlug vor, jetzt zu ihm nach Hause zu gehen.

»Du wirst staunen, was ich schon alles für uns vorbereitet habe«, erzählte er ganz stolz. »Zuerst machen wir es uns auf der Terrasse gemütlich. Cola hab ich schon kaltgestellt, und was zum Knabbern gibt es auch. Außerdem hat meine Mutter letzte Woche Pizza gebacken und vier große Stücke eingefroren. Die lassen wir uns abends schmecken, was meinst du?« Erwartungsvoll blickte er Carolyn von der Seite her an.

»Hört sich wirklich super an!« Carolyn schien beeindruckt zu sein.

»Und als absolutes Highlight habe ich eine Flasche Rotwein aus dem Keller geholt!«

»Wow«, sagte Carolyn nur, obwohl ihr etwas mulmig zumute war. Alkohol ... bis jetzt hatte sie noch nie welchen getrunken.

Um zehn Minuten nach drei erreichten sie das Penthouse der Gibsons. Stolz zeigte Ben ihr die große Dachterrasse, die mit den vielen Grünpflanzen und bunten Blumen fast aussah wie ein Garten.

Ben hatte zwei Liegestühle bereitgestellt, und sie genossen die Nachmittagssonne mit eisgekühlter Cola, gesalzenen Erdnüssen und Kartoffelchips.

Später um fünf Uhr machte Ben Tee und stellte gebutterte Crumpets und Shortbread auf den Tisch.

»Wow!«, entfuhr es Carolyn freudig. »Ich liebe Short-bread!«

»Hab ich's mir doch gedacht«, lachte Ben. »Alle Frauen lieben Süßes!«

Am frühen Abend klappten sie die Liegestühle zusammen und machten es sich im Wohnzimmer gemütlich. Mit gesundem Appetit aßen sie die Hackfleisch-Pizza und tranken Rotwein dazu. Dann tanzten sie eng aneinandergeschmiegt zu leiser Musik. Carolyn lehnte ihren Kopf an Bens Schulter und wünschte sich, die Zeit möge stillstehen. Aber als sie unauffällig auf ihre Armbanduhr schaute, war es bereits acht Uhr.

»Bitte Ben, denke daran, dass ich um halb neun los muss. Wenn ich nicht pünktlich um halb zehn zu Hause bin, machen mir meine Eltern die Hölle heiß«, erinnerte sie ihn leise.

»Klar doch, hast du ja gesagt«, meinte Ben. »Eine halbe Stunde haben wir aber noch. Lass uns noch ein Glas Wein trinken, und dann bringe ich dich zum Bus.«

Schweigend saßen sie dicht nebeneinander auf dem Sofa, lauschten der Musik und tranken Wein. Carolyn fühlte sich seltsam leicht und beschwingt. Verliebt blickte sie zu Ben hoch und wusste nicht, wie bezaubernd sie in diesem Moment aussah mit ihren großen rehbraunen Augen und den rosig angehauchten Wangen.

»Ich liebe dich, Carry«, flüsterte Ben. Dann zog er sie an sich und küsste sie zärtlich.

Carolyn spürte, wie ein angenehmer Schauer durch ihren Körper lief. Sie erwiderte seinen Kuss und flüsterte: »Ich liebe dich auch, Ben.«

Er küsste sie erneut, aber diesmal war etwas in seinem Kuss, was Carolyn Angst machte ... etwas Wildes, Forderndes. Als er seine Hand auf ihre Brust legte und sie zu streicheln begann, stieß sie ihn mit einer solchen Wucht von sich, dass der überraschte Ben fast von der Couch gefallen wäre.

»Ich muss jetzt gehen!« Hastig sprang sie auf und lief in die Diele.

Erschrocken lief Ben ihr nach. »Was ist denn los, Carry? Habe ich etwas falsch gemacht? Ich dachte, du liebst mich. Das hast du jedenfalls gesagt.«

Ohne eine Antwort darauf zu geben, wollte Carolyn die Wohnungstür öffnen. Ben hielt sie am Arm fest.

»Entschuldige bitte, Carry. Es tut mir ja so leid. Ich wusste doch nicht, dass du ...«

Carolyn zitterte am ganzen Körper.

»Bitte, sei mir nicht böse, Carry. Es kommt nie wieder vor, wirklich. Bitte, verzeih mir.«

»Ich muss jetzt wirklich gehen. Bitte, lass mich los.«

Jetzt erst bemerkte Ben, dass er immer noch ihren Arm festhielt. Er ließ ihn los und sah sie verzweifelt an.

»Sehen wir uns trotzdem morgen? Die anderen wollten gern mal wieder nach Bexhill.«

»Ich weiß nicht ... ja, ich glaub schon.« Carolyn hielt den Blick gesenkt.

»Darf ich dich denn zum Bus bringen? Es wird doch schon langsam dunkel, da möchte ich dich nicht allein gehen lassen.«

»Nein, bitte ... ich möchte allein gehen. Es ist noch hell genug.«

»Okay, wie du willst. Dann bis morgen, und sei mir bitte nicht mehr böse.«

»Tschüss, Ben.« Carolyn öffnete die Wohnungstür und lief schnell hinaus. Ihr war plötzlich speiübel. Tränen brannten in ihren Augen, und sie hatte Mühe, sie zurückzuhalten. Den Weg zur Bushaltestelle rannte sie fast, und als sie endlich im Bus nach Seaford saß, überschlugen sich ihre Gedanken. Die Eltern wären bitter enttäuscht, wenn sie wüssten, dass sie mit einem Jungen allein in der Wohnung gewesen war. Langatmig würden sie ihr erklären, dass sich das für ein fünfzehnjähriges Mädchen nicht gehörte. Womöglich würden sie ihr Carina als leuchtendes Beispiel vor Augen halten, die anständige, unschuldige Carrie.

Dabei war es genau andersherum. In Wirklichkeit war es Carolyn, die den Eltern gehorchte, immer die Wahrheit sagte und sich deren Ansichten über Anstand und Moral ebenfalls zum Lebensmotto gemacht hatte. Carina dagegen scheute sich nicht, den Eltern frech ins Gesicht zu lügen, wenn es um ihren Vorteil ging. Carolyn hatte sie nicht nur einmal dabei beobachtet, wie sie knutschend in irgendeiner Hausecke stand, jedes Mal mit einem anderen Jungen. Einmal hatte Carolyn sie darauf angesprochen, von Carina jedoch nur Spott geerntet.

Carolyn schloss die Augen und ließ die Szene noch einmal vor ihrem geistigen Auge ablaufen ...

KAPITEL 17

»Na und? Mir laufen halt alle Jungen hinter-her. Da muss ich ab und zu mal nett zu ihnen sein«, flötete Carina. »Außerdem ... was hast du schon gesehen? Das bisschen Knutschen ... das ist doch gar nichts! Was denkst du denn, was erst passiert, wenn ein besonders süßer Junge sturmfrei hat? Na, was glaubst du wohl, Dummerchen? Dann geht die Post ab!« Sie seufzte vielsagend und leckte sich lasziv mit der Zunge über die Lippen.

»Nun schau doch nicht so entsetzt, Lynn.« Sie lachte. »Was ist denn schon dabei, wenn man Spaß hat? Du hast doch selbst gehört und gesehen, wie viel Spaß sogar unsere Alten zusammen haben. Du erinnerst dich doch, oder?«

Natürlich erinnerte Carolyn sich nur zu gut, zog es aber vor, diese unerwünschten Bilder zu verdrängen, die sich seit Jahren in ihrem Kopf eingenistet hatten.

»Immerhin sind sie verheiratet«, sagte sie deshalb nur.

»Ach was!«, brauste Carina auf. »Du glaubst doch nicht etwa an ihr frommes Geschwätz, von wegen ›keinen Sex vor der Ehe‹ und so?! Dass ich nicht lache! Wenn du mich fragst, haben die nicht all die Jahre vorher nur Händchen gehalten und den Rosenkranz gebetet! So lange hätten die das gar nicht ausgehalten, so wie sie heute noch drauf sind. Die sind doch beide scharf wie Rasierklingen!«

Obwohl Carolyn ihrer Schwester in diesem Punkt ins-geheim recht geben musste, war sie dennoch entsetzt über deren vulgäre Sprache. Angeekelt entschied sie sich, die respektlosen Worte zu ignorieren.

»Was würdest du tun, wenn ich den Eltern erzählen würde, was du so treibst?«, fragte sie stattdessen.

»Das wirst du schon nicht. Und falls doch, dann streite ich eben alles ab und sage, dass du neidisch auf mich bist und mich deshalb in Misskredit bringen willst. Was denkst du wohl, wem sie glauben würden? Mum hat doch selbst schon gemerkt, wie eifersüchtig du auf mich bist. Also, überlege dir gut, was du tust. Leben und leben lassen! Ich kümmere mich ja auch nicht um deinen Kram.«

Mit diesen Worten drehte Carina sich auf dem Absatz um und ließ Carolyn einfach stehen ...

Der Bus näherte sich nun Seaford, und Carolyn seufzte. War sie wirklich neidisch auf ihre Zwillingsschwester? Neidisch auf ihre Art, sich zu produzieren, sich bei anderen beliebt zu machen, neidisch auf ihren Charme, ihren Sex-Appeal? Ja, wollte sie vielleicht sogar sein wie sie? Sie war sich dessen manchmal nicht so sicher und wollte sich der Beantwortung dieser Frage eigentlich auch nicht stellen, zumindest jetzt nicht.

Ihre Gedanken wanderten zurück zu Ben und dem heutigen Abend. Sie hatte ihm vertraut, als er versprach, keine körperlichen Annäherungsversuche zu machen, und nun war sie zutiefst enttäuscht von ihm. Sie hatte nun mal ihre Prinzipien, und wenn Ben sie wirklich mochte, würde er diese akzeptieren und sie nicht bedrängen. Er hatte sich zwar entschuldigt, aber konnte sie sicher sein, dass so etwas nicht noch einmal passierte? Natürlich nicht.

In dieser Nacht konnte sie lange nicht einschlafen. Zu viele Gedanken gingen ihr durch den Kopf. Wie würde es mit ihr und Ben weitergehen? Wie sollte sie sich nun ihm gegenüber verhalten? Alles hatte so wunderbar begonnen. Es konnte doch unmöglich nach so kurzer Zeit schon wieder vorbei sein! Sie konnte die Tränen nicht zurückhalten und weinte so lange, bis sie endlich vor Erschöpfung einschlief.

KAPITEL 18

Ben schien die Sache wirklich leid zu tun, denn in der nächsten Zeit verhielt er sich vorbildlich. Sie trafen sich fast täglich, jedoch war seit dem bewussten Abend bei Ben nichts mehr wie zuvor. Wenn er sie in die Arme nahm und küsste, war da eine merkwürdige Befangenheit, die liebevollen Momente wurden immer seltener und hörten irgendwann ganz auf. Carolyn war darüber sehr unglücklich, denn sie hatte sich in den letzten Wochen ernsthaft in Ben verliebt. Ja, sie war sogar sicher, dass sie ihn wirklich von ganzem Herzen liebte. Und er? Liebte er sie denn nicht mehr? Seit dem gewissen Abend hatte er es ihr nicht ein einziges Mal mehr gesagt. Aber sie traute sich nicht, ihn danach zu fragen. Viel zu groß war ihre Angst vor der möglicherweise negativen Antwort.

Eines Tages sagte Ben überraschend: »Mike hat mir gestern erzählt, dass er im Einkaufscenter ein Mädchen gesehen hat, das dir unheimlich ähnlich sieht. Allerdings hatte es blonde Strähnen im Haar und ein auffälliges Make-up. Komisch, nicht?«

Carolyn fühlte einen plötzlichen Schwindel. Nun musste sie Ben doch noch von Carina erzählen. Wenn sie es jetzt länger geheim hielte und es dann irgendwann doch herauskäme, würde Ben sie für eine Lügnerin halten.

»Das kann nur meine Zwillingsschwester Carina gewesen sein«, sagte sie leichthin.

»Seit wann hast du denn eine Zwillingsschwester? Das hast du mir ja nie erzählt.« Ben sah sie skeptisch an.

»Du hast mich doch auch nie danach gefragt, ob ich Geschwister habe, und ich hab halt nicht daran gedacht. Ist das denn so wichtig?«

»Nein, das nicht, aber ich finde es schon ziemlich merkwürdig, dass du es nie erwähnt hast.« Ben sah nachdenklich aus, sagte aber nichts mehr.

Carolyn war froh, dass er sie nicht weiter mit Fragen bedrängte. Sie wusste jedoch, dass irgendwann das Unabänderliche auf sie zukommen würde, ob sie es nun wollte oder nicht.

Als sie später im Bus saß, überschlugen sich ihre Gedanken. Was sollte sie denn jetzt machen? Sie ging zu ihrem Lieblingsplatz im Cradle Valley und dachte nach. Was sollte sie tun? Erst, als die Dunkelheit sich langsam über das Tal legte, hatte Carolyn einen Entschluss gefasst und ging schweren Schrittes in Richtung Seaford. Sie musste unbedingt Laura um Rat fragen!

In der Stadt angekommen, fing es plötzlich so stark an zu regnen, dass sie in wenigen Sekunden pitschnass war. So schnell sie konnte, rannte sie auf die nächste Telefonzelle zu und wählte die Nummer ihrer Freundin. Laura war noch nicht zu Hause und würde erst in ungefähr einer halben Stunde zurück sein, meinte ihre Mutter.

Was nun? Carolyn wollte auf keinen Fall von zu Hause aus anrufen und riskieren, dass jemand von der Familie mithörte. Wenn sie jetzt aber hier eine halbe Stunde wartete, so käme sie zu spät nach Hause. Seit wann durfte Laura so lange draußen bleiben?

Carolyn stand unschlüssig in der Telefonzelle, während es noch immer in Strömen regnete. Wenn sie sich keine dicke Erkältung einfangen wollte, war sie sowieso gezwungen, noch eine Weile hier auszuharren. So konnte sie es später noch einmal versuchen, ihre Freundin zu erreichen. Vielleicht kam Laura ja in der Zwischenzeit nach Hause.

Und wahrhaftig, als sie es zehn Minuten später wieder versuchte, hatte sie Glück. Rasch schilderte Carolyn ihrer Freundin das Problem. Am anderen Ende der Leitung herrschte für einen Augenblick Stille.

Carolyn wurde ungeduldig.

»Bitte, sag doch was, Laura. Ich brauche deinen Rat«, jammerte sie.

»Carry, du kennst meine Meinung zu dem Thema. Immer und immer wieder haben wir darüber gesprochen.«

»Ja, aber jetzt ist es etwas anderes. Jetzt geht es um Ben.«

»Nein, Carry, gar nichts ist anders als sonst. Dein Problem ist im Grunde genommen immer dasselbe, und dieses ewige Davonlaufen vor deinen Problemen hilft dir auf Dauer nicht. Carina vor Ben und den anderen zu verleugnen, schon gar nicht.«

»Ja, dann sag mir doch, was ich tun soll.«

»Du kennst die Antwort, Carry.«

Carolyn schwieg.

»Wie willst du denn feststellen, ob dich jemand wirklich mag, wenn du deine Schwester aus Angst vor ihrer Konkurrenz versteckst? Ich habe Carina seinerzeit doch auch kennengelernt und mochte dich trotzdem lieber. Du musst einfach darauf vertrauen, dass es Ben wirklich um *dich* geht, dass er *dich* mag. Oder zweifelst du daran, dass er dich wirklich mag?«

»Nein, das tue ich nicht.«

»Na also, dann hast du auch nichts zu befürchten. Und selbst wenn Ben wirklich auf Carinas Masche abfahren sollte, was ich mir nicht vorstellen kann, so hättest du sowieso nicht viel an ihm verloren.«

»Du meinst also, ich soll ihn mit Carina bekannt machen, ja?«

»Ich an deiner Stelle würde genau das tun, ja. Ich würde fragen, ob sie Lust hat, mal mit dir und deinen Freunden etwas zu unternehmen. Irgendwann wird sie euch doch sowieso zufällig über den Weg laufen, ist nur eine Frage der Zeit. Sei ein einziges Mal selbstbewusst, Carry. Frage sie, ob sie am Samstag mitkommt, und stelle sie den anderen ganz ungezwungen vor.«

Carolyn schwieg bekümmert.

»Nun sag schon was, Carry. Ich habe nicht diese lange Rede gehalten, damit du mich jetzt anschweigst.«

»Was soll ich sagen? Du hast ja recht. Ich weiß das alles ja selbst und trotzdem …«

Carolyn fing an zu schluchzen. »Ich habe solche Angst, Laura. Kannst du das nicht verstehen?«

»Nein, so richtig verstehen kann ich das nicht!«, erwiderte Laura. »Du bist doch immer total locker, wenn Carina nicht da ist. Aber sobald sie auftaucht, wirkst du unsicher und verkrampft. Zugegeben, ihr beide seid grundverschieden vom Temperament her. Du bist halt still und etwas schüchtern, wenn neue Leute auf dich zukommen. Sie dagegen benimmt sich bei jedem gleich so, als würde sie ihn schon seit Jahren kennen. Das ist aber nicht der springende Punkt, sondern einzig und allein die Tatsache, dass du dich von allen zurückziehst, sobald Carina auf der Bildfläche erscheint. Du kannst dich gerade mit jemandem gut unterhalten haben, dann kommt sie, und prompt überlässt du ihr das Feld. Sie spielt die Alleinunterhalterin, und du bist mucksmäuschenstill, bis dich keiner mehr wahrnimmt. Und genau das wirst du jetzt ändern.«

»Ich weiß nicht, wie ich das ändern soll. Ich weiß es einfach nicht«, weinte Carolyn.

»Du musst dir unbedingt vor Augen führen, dass Carina nicht besser ist als du, nur weil sie leichter Kontakte knüpfen kann. Es gibt viele Menschen, die es sympathisch finden, wenn jemand sich nicht immer in den Mittelpunkt drängt. Sie sieht auch nicht besser aus als du, nur weil sie sich auffälliger kleidet und schminkt. Würdest du dich so anmalen und zurechtmachen wie sie, so könnte man euch äußerlich nicht voneinander unterscheiden. Aber würdest du so herumlaufen wollen wie Carina? Schau sie dir doch an! Welche Art von Jungen laufen ihr denn hinterher? Bestimmt nicht die Art von Jungen, die du gut findest, oder? Carry, bitte nimm meinen Rat an, und pack den Stier bei den Hörnern.«

Carolyn wischte sich die Tränen aus dem Gesicht. Immer noch nicht richtig überzeugt, sagte sie zögernd: »Na gut, ich frage sie heute Abend.«

»Versprochen?«

»Versprochen.«

KAPITEL 19

Laura dachte noch lange nach dem Gespräch über die schwierige Situation nach, in der ihre Freundin sich befand. Es waren wirklich haarsträubende Geschichten, über die Carolyn sich in regelmäßigen Abständen beklagte.

Beispielsweise vergriff Carina sich gewohnheitsmäßig an Carolyns persönlichen Sachen, nahm sie entweder völlig in Besitz oder zerstörte sie. Im Kleinkindalter waren es Carrys Spielsachen gewesen, später Bücher und andere Dinge, an denen ihr Herz hing. Ständig fand sie Fettflecken und Tintenspritzer in ihren Büchern. Aus einigen waren ganze Seiten herausgerissen worden, und nicht selten befanden sich braune Ränder von Tee- oder Kaffeetassen auf den Buchdeckeln. Sogar zwei ihrer Lieblingsbücher, *Vom Winde verweht* und *Onkel Toms Hütte,* waren auf diese Weise ruiniert worden. Nachdem Carolyn im letzten Jahr ihre Aufgabenhefte mit Fettflecken und Eselsohren verunstaltet vorgefunden hatte und daraufhin sämtliche Hausaufgaben noch einmal machen musste, versteckte sie ihre sämtlichen Schulutensilien unter ihrer Matratze.

Inzwischen hatte sie es auch aufgegeben, sich bei ihrer Mutter zu beschweren, denn Carina hatte immer wie auf Bestellung eine passende Ausrede parat; sie log überzeugend das Blaue vom Himmel herunter. Entweder bestritt sie einfach alles und behauptete frech, Carolyn habe es womöglich selbst getan und wolle sie nur diskreditieren. Ein anderes Mal war es ein bedauerliches Versehen oder eine kleine Ungeschicklichkeit. In diesem Fall entschuldigte sie sich in Gegenwart der Mutter wortreich bei Carolyn, vergoss wie auf Kommando ein paar Krokodilstränen, und das Thema war für Debbie Harris erledigt.

Wie auch immer, Carina kam grundsätzlich mit ihren dreisten Lügen bei der Mutter durch, und Carolyn hatte das Nachsehen. Arme Carry, sie war wirklich nicht zu beneiden!

Laura fand, dass sich nun endlich etwas ändern musste! Nicht zu ändern war allerdings die Tatsache, dass Debbie Harris hoffnungslos vernarrt in Carina war und ihr jedes verlogene Wort glaubte. Damit würde Carolyn wohl oder übel leben müssen. Aber sie konnte etwas an dem Verhältnis zu ihrer Schwester ändern. Sie musste unbedingt lernen, in der Gegenwart Carinas selbstsicher aufzutreten, sich vehement gegen ihre fiesen Machenschaften zur Wehr zu setzen, sie unter Umständen sogar mit ihren eigenen Waffen zu schlagen.

Ja, Laura wollte ihrer Freundin dabei helfen, und sie war fest entschlossen, alles in ihren Kräften Stehende dafür zu tun.

Carolyn hielt Wort und fragte Carina noch am selben Abend. Zu ihrer Freude hatte die aber schon etwas anderes geplant.

»Immerhin ist es der letzte Samstag, bevor die Schule wieder losgeht«, sagte sie, »da habe ich was Besseres vor, als deine langweiligen Freunde kennenzulernen.«

»Woher willst du denn wissen, ob meine Freunde langweilig sind. Du kennst sie doch gar nicht«, empörte sich Carolyn. Gleichzeitig war sie natürlich mehr als erleichtert.

»Wenn sie so sind wie deine Freundin Laura ... gääähhhn ...«, provozierte Carina, »dann weiß ich genug.

Ich gehe mit meinen Mädels jedenfalls nach Brighton. Wir treffen dort ein paar nette Leute, und mit denen gehen wir später noch in die Disco.«

»In die Disco? Hast du das Mum und Dad erzählt?«

»Natürlich nicht, du Dummchen. Und wehe dir, du erzählst es ihnen. Dann weißt du ja, was dir blüht.«

»Ist mir sowieso egal, was du so treibst«, sagte Carolyn und setzte ein gleichgültiges Gesicht auf. *Hauptsache, du kommst morgen nicht mit,* fügte sie in Gedanken hinzu. Der Krug war noch einmal an ihr vorübergegangen.

Aber wie es manchmal im Leben so geht, hatte sie sich zu früh gefreut. Am Samstagmorgen nach dem Frühstück verkündete Carina plötzlich: »Ich komme jetzt heute doch mit dir mit. Unsere Verabredung ist leider geplatzt. Schade, aber da kann man nichts machen. Wird doch Zeit, dass ich deine Freunde mal kennenlerne und sie ein bisschen aufmische.«

Carolyn traf die Nachricht so überraschend, dass sie ihr Entsetzen nicht verbergen konnte, was Carina natürlich sofort bemerkte. Lauernd fragte sie: »Willst du wirklich, dass ich mitkomme?«

»Natürlich will ich, dass du mitkommst. Warum hätte ich dich sonst gefragt?«, erwiderte Carolyn mit gewollt gleichgültiger Stimme, die ihr gequältes Gesicht Lügen strafte.

»Keine Ahnung, aber du siehst aus, als wärst du mit deinen Freunden lieber allein. Gibt es da etwa einen Jungen, den du vor mir verstecken willst?«

Carolyns Gesicht sprach Bände, und Carina lachte.

»Sei ehrlich, du hast einen Freund und befürchtest, ich könnte ihn dir ausspannen. Aber sei unbesorgt, Schwesterherz. Das würde ich dir doch nicht antun. Wer auch immer er sein mag, ich gönne ihn dir. Er spielt mit Sicherheit nicht in meiner Liga.«

In Carolyn kochte der Zorn hoch, aber wie immer beherrschte sie sich und ließ sich nichts anmerken.

»Du siehst das ganz falsch, Carina«, sagte sie mit ruhiger Stimme, »ich möchte auf jeden Fall, dass du mitkommst. Du hast recht, es gibt da einen Jungen. Er heißt Ben. Ich kenne ihn lange genug, um zu wissen, dass er mich mag. Warum also sollte ich mir Sorgen machen?«

»Na ja, wir werden sehen.« Carina blickte sie vieldeutig an und lachte spöttisch.

KAPITEL 20

Gemeinsam gingen sie später zum Bus. Laura blickte Carolyn mit einem skeptischen Ausdruck in den Augen entgegen. Sie kannte ihre Freundin gut genug, um in ihrem Gesicht die Furcht zu sehen.

Carina begrüßte Laura mit einem hochmütigen Kopfnicken. Seit ihrer ersten Begegnung hatte sie instinktiv gespürt, dass Laura einer der wenigen Menschen war, die hinter ihre strahlende Fassade blickten, und aus diesem Grund benahm sie sich ihr gegenüber stets mit einer herablassenden Arroganz. Laura aber störte das überhaupt nicht, ganz im Gegenteil. Auf die Sympathie von Menschen wie Carina legte sie nicht den geringsten Wert.

Als die drei Mädchen am Strand ankamen, lagen die anderen Jugendlichen bereits faul in der Sonne und blinzelten ihnen entgegen. Neugierig beäugten sie Carina, die in ihren kurzen roten Shorts und dem ärmellosen weißen Top sofort auffiel.

»Hey Laura, hey Carry!«, rief Mike. Da er von Ben wusste, wer sie war, wandte er sich Carina zu. »Du bist also Carrys Zwillingsschwester Carina. Nett, dich kennenzulernen.« Er legte seinen Arm um Jenny und fügte hinzu: »Das ist meine Freundin Jenny, und ich bin Mike.«

Ehe Carolyn etwas sagen konnte, fragte Carina: »*Carrys* Schwester? Habe ich irgendwas verpasst, Lynn?« Sie sah wirklich verdutzt aus. Ben blickte fragend zu Carolyn, und die drei anderen sahen ebenfalls verwirrt von einer zur anderen. Carolyn fühlte sich äußerst unwohl in ihrer

Haut. Natürlich war sie auf das Unvermeidliche gefasst gewesen, hatte aber jetzt trotzdem ein Problem damit.

»Wie du weißt, habe ich den Namen *Lynn* schon immer gehasst!«, sagte sie mit einem erzwungenen Lächeln. »Du wirst dich bestimmt daran erinnern und auch daran, wer ihn mir verpasst hat. Außerdem solltest du eigentlich mitgekriegt haben, dass Laura mich seit jeher Carry nennt, und von meinen anderen Freunden werde ich auch so genannt. Du hast doch nichts dagegen, oder?«

Carina erinnerte sich sehr wohl an die Geschichte. Ihr hämisches Lächeln sprach Bände.

»Sei doch nicht albern, Schwesterherz. Was sollte ich denn dagegen haben? Ich habe wahrhaftig wichtigere Dinge zu tun, als mich mit einem solchen Kinderkram zu beschäftigen.«

An die anderen gewandt, sagte sie ironisch: »Also, darf ich vorstellen? Carry und Carrie.«

Mike lächelte ein wenig schief und sagte dann: »Okay, dann macht es euch mal gemütlich, Carry und Carrie.«

Carina war nun wieder ganz sie selbst. Mit den Bewegungen einer professionellen Stripperin zog sie ihr Top über den Kopf, langsam ihre Shorts herunter und stand da in einem knappen, knallroten Bikini, der nur sehr wenig von ihrer gut proportionierten Figur verbarg. Sie setzte ein strahlendes Lächeln auf, drehte sich kokett in den Hüften und sagte: »Ich gehe jetzt schwimmen. Wer kommt mit?« Dabei sah sie abwechselnd Ben und Mike an, die sie beide mit großen Augen anstarrten.

Carolyn fühlte einen Stich im Herzen. War Ben doch wie die meisten Jungs? Würde sie ihn verlieren? Nein, sie würde um ihn kämpfen, denn sie liebte ihn!

Johnny hatte überhaupt keinen Blick für Carina. Er saß neben Laura und sah sie so verliebt an, dass Carolyn fast neidisch auf ihre Freundin wurde. Warum konnte Ben nicht wie Johnny sein? Als Mike merkte, dass seine Freundin ihn argwöhnisch beobachtete, blickte er verlegen zur Seite.

Jenny, die sich ihre aufflammende Eifersucht nicht anmerken lassen wollte, sprang jetzt auf, nahm ihren Freund an die Hand und zog ihn lachend mit sich in Richtung Wasser.

»Lass uns eine Runde planschen, Mike«, rief sie dabei übermütig.

Beide rannten Hand in Hand aufs Meer zu.

Ben wandte sich an Carolyn. »Komm, Carry, wir gehen auch schwimmen.«

Carolyn fühlte sich unter den Blicken ihrer Schwester äußerst unwohl, während sie ihr Kleid über den Kopf zog. Darunter trug sie wieder den schicken schwarzen Badeanzug, den Ben für sie ausgesucht hatte.

Carina sah sie von oben bis unten an.

»Wow, da hat sich mein Schwesterherz ja mal richtig in Schale geschmissen«, meinte sie sarkastisch. Dann drehte sie sich um und ging mit wiegenden Hüften vor ihnen her zum Wasser.

»Na, meine Schwester gefällt dir wohl, was?«, konnte Carolyn es sich etwas später nicht verkneifen zu fragen.

»Wie kommst du denn darauf? Ihr seht doch beide gleich aus.«

»Und warum hast du sie dann so angestarrt? Das war ja schon richtig peinlich!«

»Na, weil ich total geschockt war, wie sie sich benimmt! Sie verhält sich ganz anders als du, und das hat mich irgendwie umgehauen. Außerdem finde ich es ziemlich schräg, dass ihr euch beide Carry nennt.«

»*Ich* bin Carry, merk dir das!« Carolyns Stimme klang ungewohnt schrill. »*Sie* ist Carina, ist das klar?«

»Okay, okay, bleib mal locker. Ich merk mir das.« Befremdet blickte er sie kurz von der Seite her an und schüttelte den Kopf.

Sie schwammen weit hinaus und ließen sich dann, auf dem Rücken liegend, von den Wellen treiben. Von Weitem hörten sie Carina, die lachend und kreischend mit Jenny und Mike im Wasser herumtobte, als würde sie die beiden schon ewig kennen.

Typisch!, dachte Carolyn erbost.

Nach einer Weile fragte sie: »Liebst du mich eigentlich noch, Ben?«

»Warum fragst du mich das?«

»Du hast es mir einmal gesagt. Du weißt schon ... an dem betreffenden Abend. Aber seitdem nie wieder.«

»Wenn du reden willst, lass uns lieber ans Ufer zurückschwimmen und am Strand entlanglaufen«, meinte Ben.

Sie schwammen zurück und liefen eine Weile schweigend nebeneinander her.

Endlich sagte Ben: »Ich will ganz ehrlich zu dir sein, Carry. Ja, ich habe mich in dich verliebt. Du bist bildhübsch, intelligent, wir haben viele Gemeinsamkeiten. Eigentlich hast du alles, was ich mir von einem Mädchen wünsche ... und doch ... irgendetwas stimmt nicht. Bitte, denke jetzt nicht, dass ich das sage, weil du damals nicht mit mir ... nun, weil du so überstürzt gegangen bist. Das ist es wirklich nicht, glaube mir. Ich verstehe das sogar sehr gut. Es ist etwas anderes, etwas Ungewisses. Ich kann nicht einmal konkret sagen, was es genau ist. Es kommt mir nur manchmal so vor, als hättest du zwei verschiedene Persönlichkeiten. Am Anfang, als wir uns kennenlernten, da warst du so ... ach, ich weiß nicht. Du warst wahnsinnig süß, und ich hab mich sofort in dich verknallt. In der Nacht konnte ich nicht einschlafen, weil ich immerzu an dich denken musste. Später aber hatte ich das Gefühl, dass du irgendwas mit dir herumträgst, über das du nicht sprechen willst. Dieses Gefühl hatte ich schon einige Male, bevor du bei mir zu Hause warst, habe es aber verdrängt. Seit diesem bewussten Abend jedoch ist es mir immer öfter aufgefallen. Obwohl ich mich bei dir entschuldigt habe, verhältst du dich so, als hättest du mir in Wirklichkeit gar nicht verziehen. Es steht immer etwas zwischen uns, etwas nicht Greifbares. Dann die Sache mit deiner Zwillingsschwester, die du mir verschwiegen hast. Und nun fragst du mich, ob ich mich für sie interessiere, obwohl ich sie gar nicht kenne. Dein ganzes Wesen ist so widersprüchlich, so ... ach, ich weiß auch nicht. Ich weiß nicht einmal mehr, ob es noch Zweck hat mit uns.«

Ben sah wirklich ratlos aus, und Carolyn dachte verzweifelt daran, dass es wieder einmal passiert war. Kaum tauchte Carina auf, da sagte ihr Ben, dass irgendetwas zwischen ihnen nicht stimmte. Sie brach plötzlich in Panik aus und warf sich in seine Arme.

»Ben, das stimmt doch alles gar nicht. Ich liebe dich doch! *Ich* habe es so empfunden, als ginge die Distanz von *dir* aus, bitte glaube mir, dass ich ... ach Ben ... bitte, küss mich.«

Ben war überrumpelt. In der letzten Zeit war sie so unnahbar gewesen, und er hatte sich nicht getraut, sich ihr in irgendeiner Form zu nähern. Immer hatte er befürchtet, sie könnte denken, er wolle wieder zudringlich werden. Nun warf sie sich ihm in die Arme und wollte geküsst werden. Was war bloß los mit ihr? Er verstand sie einfach nicht. Aber war das jetzt nicht völlig egal? Er spürte den schlanken Mädchenkörper, der sich zitternd an ihn presste. Zärtlich nahm er sie in seine Arme und küsste sie.

»Oh, Carry«, flüsterte er, »meine Carry, ich bin ja so verliebt in dich.«

Carolyn bekam es wieder mit der Angst, wollte Ben aber nicht erneut von sich stoßen. So sagte sie: »Ben, wir sind hier nicht allein.«

Ben ließ sie langsam los, sah sich um und lachte. »Du hast recht, die Leute schauen uns schon komisch an. Ich bin so froh, Carry. Jetzt bist du wieder wie am Anfang, als wir uns kennenlernten. Bitte, bleibe so, hörst du? Lass uns heute Abend zusammenbleiben, ja? Meine Eltern sind nicht zu Hause, und wir könnten es uns gemütlich machen. Willst du?«

Als er Carolyns erschreckten Blick sah, fügte er hinzu: »Nein, nein, Carry ... bitte versteh das nicht falsch. Ich verspreche dir, dass ich nicht versuchen werde ... Ich möchte nur gern mit dir allein sein und ein bisschen kuscheln, wirklich.«

Carolyn wurde es heiß und kalt. Was sollte sie tun? Wenn sie jetzt nicht zustimmte, würde er sich zurückgestoßen fühlen. Er würde glauben, dass sie ihm nicht vertraute, und wahrscheinlich würde sie ihn dann endgültig verlieren.

»Okay, Ben. Aber ich muss trotzdem wie immer um halb zehn zu Hause sein. Ist das in Ordnung für dich?«

»Ja klar. Ich bin ja so froh, Carry.«

Sie gingen zurück zu den anderen. Laura und Johnny saßen eng umschlungen auf ihrer Badematte und bemerkten sie gar nicht. Jenny saß mit unglücklichem Gesicht allein auf ihrer Badematte und beobachtete Carina und Mike, die fröhlich im Wasser herumtobten. Mike hob Carina immer wieder hoch und warf sie ins Wasser. Sie kreischte, bespritzte ihn und warf sich ihm erneut in die Arme.

Carolyn und Ben sahen mitleidig auf Jenny, der jetzt langsam Tränen aus den Augen kullerten. Carolyn legte den Arm um ihre Schultern und versuchte, sie zu trösten.

»Das ist doch nur ein Spiel, Jenny. Mike liebt dich doch, er wird bestimmt gleich zu dir kommen.«

»Ich weiß nicht«, sagte Jenny kläglich, »das geht nun schon eine ganze Weile so. Mike scheint mich völlig vergessen zu haben. Schmeißt sich deine Schwester eigentlich immer so an Jungen heran?«

»Ach, Jenny«, seufzte Carolyn mitleidig, »ich glaube schon. Es tut mir so leid.«

»Du kannst ja nichts dafür, Carry.« Jenny weinte jetzt lautlos in sich hinein.

Als Carolyn sich wieder Ben zuwandte, sah sie, dass er Carina und Mike beobachtete.

Als sie an diesem Nachmittag mit Ben nach Hause ging, war ihr doch etwas mulmig zumute. Sie hatte sich jedoch fest vorgenommen, ihm zu vertrauen. Er hatte ihr sein Versprechen gegeben und würde sich dieses Mal daran halten, da war sich Carolyn ganz sicher.

Ben ging an den Kühlschrank und nahm eine Flasche Sekt heraus. Es gab einen Knall, als er die Flasche öffnete. Er holte zwei Gläser aus dem Schrank und schenkte ein. Der Sekt schmeckte herrlich, und Carolyn trank ihr Glas in einem Zuge aus. Ben füllte die Gläser erneut, und nachdem sie das zweite Glas getrunken hatte, fühlte sie sich leicht und beschwingt.

Ben ging zur Stereoanlage und legte eine Musikkassette ein.

Nights in White Satin ..., klang es aus den Lautsprechern. Es war Carolyns Lieblingssong.

»Komm, lass uns tanzen«, sagte Ben und zog sie an sich.

Vertrauensvoll schmiegte sie sich in Bens Arme, und alles schien wieder wie am Anfang zu sein. Sie sahen sich verliebt in die Augen, und Ben küsste sie ganz sanft und zärtlich auf die Lippen.

»Ich liebe dich, Carry«, flüsterte er dann.

»Ich liebe dich auch, Ben.« Carolyn war überglücklich. Endlich stimmte es zwischen Ben und ihr wieder.

Es wurde ein besonders schöner Abend. Eng aneinandergeschmiegt tanzten sie, und Carolyn spürte ganz deutlich, dass Ben sie liebte und es wirklich ernst mit ihr meinte. Sie nahm sich fest vor, ihm von nun an zu vertrauen.

**

Nachdem Carolyn und Ben den Strand verlassen hatten, setzte Carina ihre dreiste Anmache bei Mike fort und machte nicht den geringsten Hehl daraus, dass sie ihn für sich haben wollte. Nachdem sie sich von ihm den Rücken und die Beine hatte eincremen lassen, zog sie einfach seinen Kopf zu sich herab und küsste ihn.

Die arme Jenny starrte die beiden fassungslos an, packte dann schluchzend ihre Sachen zusammen und lief davon.

Mike, der nun doch ein schlechtes Gewissen bekam, wollte ihr hinterherlaufen, wurde aber von Carina zurückgehalten.

»Ach, Mikey, lass sie doch laufen. Die kriegt sich schon wieder ein! Du hast doch jetzt mich!« Schmeichelnd legte sie ihm die Arme um den Hals und presste sich dicht an ihn.

Als die beiden daraufhin wieder anfingen zu knutschen, verließen Laura und Johnny wortlos den Strand, ohne die beiden noch eines einzigen Blickes zu würdigen.

KAPITEL 21

Carolyn erfuhr am nächsten Tag von Laura, dass es mit Jenny und Mike zu Ende war und wie es dazu gekommen war.

Die arme Jenny! Sie tat Carolyn wirklich von Herzen leid. Carina bekam einfach alles, was sie wollte. Das war wie ein Naturgesetz! Aber obwohl Carolyn Mitleid mit Jenny empfand, konnte sie doch nicht umhin, froh zu sein, dass Carina sich Mike geschnappt hatte und nicht Ben.

Aber halt ... hatte sie sich nicht fest vorgenommen, Ben zu vertrauen? Warum also glaubte sie immer noch, dass es ihrer Schwester gelungen wäre, Ben für sich einzunehmen, wenn sie es nur gewollt hätte?

Laura machte sich im Nachhinein bittere Vorwürfe, dass sie das Zusammentreffen mit Carina initiiert und somit unbewusst diese Situation herbeigeführt hatte.

»Dabei wollte ich doch nur *dir* helfen«, sagte sie betrübt. »Ich habe dir beweisen wollen, dass Ben nicht auf Carina abfahren würde, um damit dein Selbstbewusstsein zu stärken. Nicht im Traum hätte ich gedacht, dass unsere Freunde dabei in Mitleidenschaft gezogen würden.«

»Aber das weiß ich doch, Laura!«, beteuerte Carolyn. »Du meinst es immer nur gut mit anderen. Es ist nicht *deine* Schuld, dass Carina und Mike keinen Anstand haben!«

»Ja, das schon, aber ich weiß doch, wie Carina tickt! Ich weiß doch ganz genau, dass sie keine moralischen Skrupel hat und vor nichts zurückschreckt«, klagte Laura verzweifelt und wischte mit dem Handrücken ein paar Tränen fort, die ihr über die Wangen kullerten. »Darum hätte ich mit einer solchen Möglichkeit rechnen müssen und bin zumindest mitverantwortlich für Jennys Kummer.«

Es tat Carolyn weh zu sehen, wie hart ihre Freundin mit sich selbst ins Gericht ging. Sie nahm Laura in ihre Arme und sagte tröstend: »Das bist du nicht, Liebes. Sieh mal, du selbst hast mir vor nicht allzu langer Zeit gesagt, dass ein Junge, der sich so verhält wie Mike, es nicht wert sei, ihm auch nur eine Träne nachzuweinen! Und damit hast du vollkommen recht gehabt, das weiß ich jetzt.«

»Trotzdem werde ich niemals wieder versuchen, Schicksal zu spielen«, sagte Laura traurig.

***

»Weißt du schon, dass ich jetzt mit Mikey gehe?«, fragte Carina am selben Abend, als Carolyn aus dem Bad kam.

»Ja, hab ich gehört«, brummte Carolyn. »Bist wohl auch noch stolz darauf, dass du Jenny den Freund ausgespannt hast, was?«

»Das war ja nun ganz leicht!«, grinste Carina. »Aber sei doch froh, dass ich es nicht auf deinen Ben abgesehen hatte. Das wäre nämlich ebenso leicht gewesen, so wie der mich angestarrt hat.«

»Ben hat dich überhaupt nicht angestarrt«, rief Carolyn erbost, obwohl sie doch eigentlich selbst den Eindruck gehabt und seine Erklärung für das Anstarren nicht wirklich überzeugend gefunden hatte.

»Du bist so was von eingebildet. Das ist ja direkt widerlich! Und Johnny hat sich auch nicht für dich interessiert, das kannst du ja wohl nicht bestreiten.«

»Ach, Johnny!« Carina lachte verächtlich. »Dieser Johnny käme für mich sowieso nicht in Betracht. Strohblonde Haare und Sommersprossen sind nun wirklich nicht mein Ding!«

Carolyn war so wütend, dass sie ihrer Schwester am liebsten mitten ins Gesicht geschlagen hätte.

»Schämst du dich eigentlich überhaupt nicht? Warum tust du das? Du bist so gemein! Hast du denn nicht einen winzigen Funken Empathie?« Carolyns Stimme zitterte vor Empörung.

»Empathie? Was ist das denn?!«, feixte ihre Schwester. »Und wenn du mich noch lange so beschimpfst, muss ich mir die Sache mit Ben doch noch überlegen. Er sieht nämlich auch ganz schnuckelig aus.«

Carolyn konnte kaum noch an sich halten. Am liebsten hätte sie vor Wut geweint. *Du gemeines, widerliches Biest!,* dachte sie. Laut sagte sie: »Ben liebt *mich,* und er will überhaupt nichts von dir.«

»Das werden wir ja sehen, wenn es soweit ist«, meinte Carina lapidar. »Jetzt habe ich erst einmal Mike. »Aber in zwei bis drei Wochen, wenn ich ihn satthabe …« Sie ließ den Rest des Satzes in der Luft hängen und ging ins Bad.

Carolyn sah ihr nach und konnte die Tränen nicht mehr zurückhalten. Sie rannen ihr über die Wangen in den Mund hinein. Ein leises Schluchzen entrang sich ihrer Kehle. Sie wusste, wie eitel und selbstverliebt Carina war und wie sie es genoss, wenn die Jungen ihr nachliefen. Würde sie es wirklich bei Ben versuchen? Und wie würde er reagieren? Der gestrige Abend war so wunderschön gewesen, und Carolyn hatte gefühlt, dass sie ihm wirklich viel bedeutete. Ja, er liebte sie und würde nicht auf Carina fliegen! Sie musste einfach Vertrauen zu ihm haben und auch an sich selbst glauben, wie Laura es ihr schon hundertmal gesagt hatte.

Carolyn wischte sich entschlossen die Tränen von den

Wangen und ging zu Bett. Sie war schon eingeschlafen, als Carina aus dem Bad kam, und bemerkte nicht, dass diese in ihren Sachen herumkramte.

Nach einer Weile schien sie fündig geworden zu sein. Sie hielt den Zettel mit der gesuchten Telefonnummer in der Hand. Leise schlich sie zu ihrem Schreibtisch, nahm einen Kugelschreiber und ein Stück Papier aus der Schublade und notierte die Nummer. Dann steckte sie den Zettel an seinen Platz zurück, legte sich mit einem zufriedenen Lächeln in ihr Bett und schlief bald darauf ein.

KAPITEL 22

Die nächsten Wochen vergingen wie im Flug. Die Schule hatte inzwischen wieder angefangen, und Carolyn und Ben konnten sich jetzt nur noch an den Samstagen sehen.

Ihre Mutter wusste nach wie vor nichts von Ben und nahm an, dass sie den Tag mit Laura verbrachte. Tatsächlich trafen sie und Ben sich an jedem zweiten Samstag mit Laura und Johnny in Bexhill und unternahmen an den anderen Samstagen etwas zu zweit.

Carolyn war sicher, dass auch ihre Schwester der Mutter nicht von Ben erzählen würde, und zwar im Hinblick auf die Geschichte mit Mike. Wenn Carolyn geahnt hätte, welche Gründe ihre Schwester in Wahrheit hatte, wäre sie zutiefst beunruhigt gewesen. So aber genoss sie die Zeit mit Ben, Laura und Johnny völlig unbeschwert.

Jenny hatten sie seit dem bedeutenden Samstag leider nicht mehr gesehen. Sie hatte sich verständlicherweise völlig von den anderen zurückgezogen. Mit Mike wollten die vier Freunde nichts mehr zu tun haben, so gemein, wie er sich Jenny gegenüber verhalten hatte!

Einmal sahen sie ihn von Weitem mit Carina im Arm. Sie taten so, als hätten sie die beiden nicht bemerkt und gingen schnell in eine andere Richtung.

Eines Abends, nachdem die Zwillinge sich fürs Bett fertig gemacht hatten, kam Carina mit einem süffisanten Grinsen auf den Lippen zu Carolyn ans Bett geschlendert.

»Übrigens habe ich heute mit Mike Schluss gemacht. Vier Wochen mit ihm haben mir echt gereicht. So ein

Langweiler! Der hat buchstäblich alles gemacht, was ich von ihm verlangt habe. Sein gesamtes Taschengeld hat er für mich ausgegeben! Und als ich ihm heute den Laufpass gegeben habe, hat er Rotz und Wasser geheult. Ein richtiger Schlappschwanz ist das! Auf den Knien ist der vor mir herumgerutscht und hat mich angefleht, bei ihm zu bleiben.«

Dann, mit einem lauernden Ausdruck in den Augen, fragte sie: »Und wie läuft es mit dir und Ben?«

Carolyn zuckte zusammen. »Wie soll es mit uns laufen?«, erwiderte sie, sichtlich bemüht, ihrer Stimme einen fröhlichen Klang zu geben. »Super läuft's!«

»Habt ihr etwa immer noch nicht genug voneinander? Das geht doch jetzt schon seit Monaten mit euch. So lange würde ich es niemals mit einem Jungen aushalten.«

»Wir sind eben ineinander verliebt und verstehen uns super.«

»Pah, Liebe ... dass ich nicht lache! Das ist doch alles bloß romantisches Gewäsch! Ich bin da eher für die Philosophie von Oscar Wilde: *Sich selbst zu lieben ist der Beginn einer lebenslangen Romanze* oder wie war das noch? Du kennst dich doch so gut aus in Literatur! Nun, dann wollen wir sehen, wie lange die Romanze mit dir und deinem Benny-Boy noch dauert, nicht wahr, Schwesterherz?« Dabei warf sie Carolyn einen vielsagenden Blick zu.

Carolyn ließ sich ihr Entsetzen nicht anmerken. »Das lass mal meine Sorge sein, Carina.«

Lachend sprang Carina ins Bett und war kurze Zeit später auch schon eingeschlafen.

Carolyn aber lag noch lange wach und grübelte über das nach, was ihre Schwester gesagt hatte. Es hatte wie eine Drohung geklungen. Was hatte Carina vor? Carolyn kannte ihre Schwester gut genug, um zu wissen, dass sie etwas im Schilde führte.

In dieser Nacht hatte Carolyn einen schrecklichen Traum ...

Carina und Ben standen lachend Hand in Hand auf dem Beachy Head. Sie flüsterten sich abwechselnd etwas ins Ohr, dann küssten sie sich.

Als Carolyn sich ihnen näherte, blickte Carina ihr spöttisch entgegen und sagte: »Es tut mir ja so furchtbar leid, Schwesterherz, aber du kannst ihn nicht haben! Er gehört mir!«

»Das ist nicht wahr«, schrie Carolyn. »Er liebt mich! Er hat es nur vergessen ... er hat es vergessen ... vergessen ... vergessen ...«

Plötzlich hörte sie Ben nach ihr schreien. Sein gellender Schrei drang tief in ihr Ohr, und auch sie begann laut zu schreien. Sie schrie und schrie ...

Laut schreiend und schweißgebadet wachte sie auf. Was war das nur für ein fürchterlicher Traum gewesen?

Auch Carina war aufgewacht und kam zu Carolyns Bett gelaufen. »Was um alles in der Welt ist denn in dich gefahren?«, rief sie aufgebracht.

Carolyn lag nun wie ein Häufchen Elend zitternd in ihrem Bett. »Ich habe nur schlecht geträumt, Carina. Es tut mir leid, dass ich dich geweckt habe. Bitte, leg dich wieder hin. Es geht mir gut.«

Carina zögerte, legte sich dann aber wieder in ihr Bett und war bald darauf tief und fest eingeschlafen.

Carolyn aber lag noch stundenlang wach, bevor sie gegen Morgen in einen unruhigen Schlummer fiel.

KAPITEL 23

Zwei Wochen später kündigte Philipp Harris an, dass er und Debbie beabsichtigten, am kommenden Wochenende die Automobilmesse in London zu besuchen. Danach würden sie mit einigen Geschäftsfreunden zum Abendessen ausgehen und später in einer Bar ein Glas Wein zusammen trinken.

»Wir werden am frühen Vormittag losfahren und erst spät in der Nacht zurückkommen.« Philipp Harris sah seine Töchter fragend an. »Ihr werdet doch für ein paar Stunden ohne uns zurechtkommen?«

»Aber, klar doch«, riefen beide Mädchen wie aus einem Munde.

»Schließlich sind wir keine Babys mehr!«, fügte Carina hinzu.

»Ich hoffe, es macht euch nichts aus, dass ihr euch das Abendbrot einmal selbst zubereiten müsst«, sagte Debbie Harris. Dabei sah sie wie selbstverständlich Carolyn an, die sich jedoch taub stellte.

»Klar Mum, ich mach das schon«, sagte Carina wider Erwarten. »Lynn macht ja sonst schon so viel. Da kann ich ruhig auch mal ran.«

Carolyn sah sie verwundert an. Nanu, was hatte denn das auf sich? Carina war doch sonst nicht so entgegenkommend, wenn es sich darum handelte, einmal etwas selbst machen zu müssen. Da musste etwas anderes dahinterstecken.

Schon viel zu bald sollte Carolyn erfahren, was hinter der ungewöhnlichen Hilfsbereitschaft ihrer Schwester steckte!

Der Samstag, an dem ihre Eltern nach London zur Messe fahren wollten, war ein sonniger Tag im Oktober. Es wehte ein leichter Wind, der die von den Bäumen herabfallenden Blätter spielerisch umhertrieb.

Debbie und Philipp Harris waren schon ganz aufgeregt, und als die ganze Familie am Frühstückstisch saß, fragte Debbie an ihre Töchter gewandt: »Na, und was habt ihr zwei Hübschen für heute geplant?«

»Ich bleibe zur Abwechslung einfach mal zu Hause, lese ein bisschen und räume meine Sachen auf«, strahlte Carina.

Carolyn beschlich ein merkwürdiges Gefühl. Da stimmte ganz offensichtlich etwas nicht! Carina war doch überhaupt nicht häuslich und lesen ...? Wann hatte ihre Schwester jemals ein Buch zur Hand genommen? Höchstens ab und zu mal eines von Carolyns Büchern, um es auf irgendeine Art und Weise zu lädieren! Normalerweise war sie an den Wochenenden in jeder freien Minute mit ihren »Hofdamen« Pam und Sam unterwegs. Da war doch etwas oberfaul!

Aber wie sollte sie das in Erfahrung bringen? Sie war mit Ben verabredet und hatte nicht die Absicht, dieses Treffen zu verschieben, nur um herauszufinden, was hinter der plötzlichen Häuslichkeit ihrer Schwester steckte.

»Oh, das ist aber eine gute Idee, Carrie-Schatz, dass du deine Sachen aufräumen möchtest«, lobte die Mutter. »Und was hast du geplant, Lynn?«

»Ich gehe in die Stadt und kaufe mir eine neue Jeans. Später um zwei Uhr bin ich in Bexhill verabredet. Wir wollen zum Egerton Park und später im De La Warr Pavilion eine Kleinigkeit essen.« Bevor ihre Mutter etwas erwidern konnte, fügte sie schnell hinzu: »Meine Sachen sind nämlich aufgeräumt, weißt du!«

Philipp Harris hob den Kopf und blickte Carolyn wohlwollend an. »Ja, das wissen wir doch, Lynn. Du warst ja schon immer sehr ordentlich, nicht wahr Debbie-Liebling?«

Widerwillig erwiderte Debbie Harris: »Ja, das stimmt schon. Also, dann wünsche ich euch beiden einen schönen Tag. Da Daddy und ich heute Abend erst sehr spät zurück sein werden, sehen wir euch erst morgen früh beim Frühstück wieder. Passt auf euch auf, meine Mädchen.«

Als die Eltern abgefahren waren, fragte Carolyn ihre Schwester: »Was hast du denn nun wirklich vor, Carina? Den Bären, dass du ein Buch lesen und deine Sachen aufräumen willst, kannst du den Eltern aufbinden, aber doch nicht mir. Also, komm schon, sag's mir.«

»Es geschehen eben noch Zeichen und Wunder.« Carina hatte ein geheimnisvolles Lächeln im Gesicht. »Kümmere dich lieber um dich selbst, Schwesterchen. Und pass gut auf deinen Benny auf.« Damit drehte sie sich auf dem Absatz um und lief die Treppe hinauf.

Carolyn stand einen Moment regungslos da, bevor sie ihre Tasche nahm und sich auf den Weg zum Bus machte. Sie fuhr in die Stadt und fand nach einigem Suchen eine enge schwarze Röhren-Jeans und eine cremefarbene, leicht schimmernde Bluse, die wunderbar zu ihrem goldbraunen, hüftlangen Haar passte. Carolyn drehte sich vor dem Spiegel, und ihr gefiel, was sie sah. So behielt sie die neuen Sachen gleich an und freute sich auf Bens Gesicht, wenn er sie in der hautengen Jeans sah.

Glücklich verließ sie den Laden und ging zur Bahn. Ben und sie hatten sich vorgenommen, nach dem Essen im De La Warr Pavilion zurück nach Eastbourne zu fahren und zu Ben zu gehen. Ach, es war in den letzten Wochen einfach traumhaft mit ihm gewesen. Er war so lieb und zärtlich wie nie zuvor, und es hatte sich eine Vertrautheit zwischen ihnen entwickelt, wie sie es noch vor einigen Wochen nicht vermutet hätte. Es musste daran liegen, dass Ben, obwohl er Carina begegnet war, fest zu ihr hielt und Carolyn sich nun sicher und geborgen mit ihm fühlte.

Sie hatte inzwischen auch seine Mutter und deren zweiten Ehemann Bruce kennengelernt, die sie einige Male zum Tee eingeladen hatten. Evelyn Gibson-Wilding war eine sympathische Frau Anfang Vierzig, die für ihr Alter sehr mädchenhaft wirkte. Carolyn mochte sie sehr. In ihrer Gegenwart fühlte sie sich gelöst und konnte ganz sie selbst sein.

Ben war froh darüber, dass die beiden wichtigsten Frauen in seinem Leben so gut miteinander auskamen, und Carolyn fühlte sich schon bald richtig zugehörig.

Ja, Ben liebte sie, und selbst Carina konnte nichts daran ändern.

KAPITEL 24

Nachdem Carolyn das Haus verlassen hatte, gab sich Carina einem geschäftigen Treiben hin. Sie holte den Zettel mit Bens Telefonnummer, die sie vor Kurzem heimlich abgeschrieben hatte, aus ihrer Tasche und wählte. Es läutete dreimal, ehe am anderen Ende der Leitung der Hörer abgenommen wurde.

»Bei Wilding. Benjamin Gibson am Apparat«, meldete sich Bens Stimme. Carina bemühte sich, ihre Stimme wie die ihrer Schwester klingen zu lassen.

»Hallo, Ben, hier ist Carry. Was hältst du davon, wenn wir uns heute mal bei mir zu Hause treffen? Meine Eltern sind in London auf der Automesse und kommen erst spät in der Nacht zurück.«

Einen Augenblick war es still in der Leitung, und Carina bekam einen leichten Schreck. Wusste Ben, dass sie es war und nicht Carolyn? Nein, das war unmöglich. Sie hatte die Stimme ihrer Schwester perfekt imitiert. Außerdem konnte Carolyn unmöglich schon bei ihm sein. Sie hatte das Haus um halb zwölf verlassen, wollte aber noch zum Shoppen in die Stadt, und die beiden wollten sich um zwei Uhr in Bexhill treffen, also ...

»Und was ist mit deiner Schwester?«, warf Ben nun ein, und Carina atmete erleichtert auf.

»Was ist, wenn sie früher nach Hause kommt und mich bei dir antrifft? Ich finde, wir sollten alles so belassen, wie wir es geplant hatten und es uns später bei mir zu Hause gemütlich machen. Meine Eltern kommen erst morgen Abend zurück, und ich hab keine Schwester, die plötzlich auftauchen könnte. Ich bin auch wieder ganz brav, versprochen.«

Ach, sieh an! Carinas Gesicht verzog sich zu einem höhnischen Grinsen. *Mein Schwesterchen will es sich heute Abend mit Ben allein »gemütlich« machen, und er will wieder brav sein ... wie süß! Ob er wohl noch lange brav bleiben wird? Da komme ich ja gerade zur rechten Zeit. Na, dann warte mal ab, welche Überraschung du heute erleben wirst, mein süßes, unschuldiges Schwesterherz.*

»Ach Ben, meine Schwester kommt nie vor zehn Uhr nach Hause«, bettelte Carina jetzt und gab sich alle Mühe, wie Carolyn zu klingen, wenn diese um etwas bat. »Wenn du um drei Uhr hier bist, dann haben wir lange genug Zeit für uns. Ich würde dir so gern unser Haus und mein Zimmer zeigen. Wir könnten ein wenig Zeit im Garten verbringen und die Sonne genießen. Es ist so schönes Wetter heute und wer weiß, wie viele sonnige Tage wir noch bekommen. Immerhin haben wir schon Oktober.«

»Die Sonne können wir auch auf unserer Terrasse genießen«, konterte Ben.

»Ach, Ben! Du musst doch auch *mein* Zuhause kennenlernen. Jetzt komm schon, sei kein Frosch!«

»Na gut, ist okay. Ich komme.« Er notierte sich die genaue Adresse und versprach, um Punkt drei Uhr dort zu sein.

Carina war zufrieden mit sich. Sie hatte alles perfekt geplant. Wenn Ben zum verabredeten Zeitpunkt nicht in Bexhill auftauchte, würde Lynn ungefähr zehn Minuten warten. Dann würde sie in eine Telefonzelle gehen und bei Ben zu Hause anrufen. Jedoch vergeblich, da Ben um diese Zeit bereits unterwegs sein würde. Wie Carina ihre Schwester kannte, würde sie weitere fünf Minuten warten und dann betrübt nach Hause zurückkommen. Sie würde annehmen, Ben hätte sie versetzt. So gegen viertel vor vier würde sie zu Hause eintreffen, die Treppe zu ihrem Zimmer hochlaufen und dann ...

Carina lächelte bei dem Gedanken, was ihr Schwester-herz dann erleben würde. Das würde ein köstlicher Spaß werden! Einfach fabelhaft!

Sie mochte ihre Schwester nicht, hatte sie nie gemocht, weil sie so völlig anders war als sie selbst. Sie hasste Carolyns blinden Gehorsam gegenüber den Eltern, ihre Strebsamkeit in der Schule, ihre pedantische Ordnungs-liebe und die akribische Erfüllung sämtlicher Pflichten. All diese »Tugenden« gingen Carina gehörig gegen den Strich. Am meisten aber war ihr Carolyns scheinbar so hohe Moral zuwider. Wie sie sich immer ihr gegenüber aufspielte, so als wäre sie etwas Besseres und sie, Carina, wäre total verdorben ... pah! Dabei hatte Carolyn doch genau wie sie schon als Kind mitbekommen, wie wild es die Eltern miteinander trieben! Aber während Carina ihre Eltern mit einem ihr damals noch unbekannten, seltsam kribbelnden Gefühl beobachtet und belauscht hatte, hatte ihre Schwester starr vor Entsetzen mit einem schmerzlichen Gesichtsausdruck dagestanden und leise geweint. Diese Langweilerin! Heute bekam sie von ihr einen Denkzettel verpasst, den sie ihr Leben lang nicht vergessen würde.

Gut gelaunt und fröhlich summend ging sie nun ans Werk. Zuerst stellte sie unten in der Küche den heimlich gekauften Sekt in den Kühlschrank und den Sektkühler bereit. Dann lief sie zurück nach oben und wusch sich das Haar mit einer braunen Coloration, die ihre blonden Strähnen überfärbte. Nachdem sie das hüftlange Haar ge-trocknet hatte, stellte sie zufrieden fest, dass es nun wieder in dem natürlichen goldbraunen Ton glänzte. Sie befes-tigte es mit einer goldenen Spange ganz oben am Kopf. Danach schminkte sie sich, jedoch ein wenig dezenter als gewöhnlich, so wie Carolyn es zu tun pflegte. Sie umrahmte ihre Augen mit braunem statt mit schwarzem Kajal, tuschte die Wimpern ganz leicht und trug einen zart schimmernden goldbraunen Lippenstift auf. Wunderbar!

Sie zog ihr enges, braunes Seidenkleid an, das genau den Farbton ihrer natürlichen Haarfarbe hatte und je nach Lichteinwirkung golden oder braun schimmerte, und dazu hochhackige hellbraune Sandaletten. Beides hatte sie sich erst vor Kurzem heimlich für die Disco gekauft. Das knielange Kleid war tailliert und an einer Seite geschlitzt. Bei jedem Schritt teilte sich der zart fließende Stoff und entblößte ihre langen, wohlgeformten Beine. Das Dekolleté des Kleides war besonders raffiniert geschnitten, sodass von vorn so gut wie nichts zu sehen war, dafür von der Seite umso mehr.

Eitel drehte Carina sich vor dem Spiegel und fand, dass sie einfach umwerfend aussah. Sie warf ihrem Spiegelbild einen Kuss zu und sah auf die Uhr. Es war jetzt halb drei, und sie hatte noch genügend Zeit, um das Mädchenzimmer in ein kuscheliges Liebesnest zu verwandeln. Sie stellte den silbernen Kerzenleuchter und die Sektschalen, die sie aus der Vitrine der Eltern stibitzt hatte, auf den Tisch, zündete die Kerzen an und zog die Übergardinen zu. Das Kerzenlicht tauchte den Raum in einen warmen, goldenen Schimmer, und Carina betrachtete zufrieden ihr Werk. Nun konnte Ben kommen!

Zuerst würde er denken, dass er Carolyn vor sich hätte. Carina hatte nicht umsonst dieses dezente Make-up gewählt und ihre geliebten goldblonden Strähnchen geopfert. Er würde sich zwar über das Kleid wundern und darüber, dass Carolyn sich entgegenkommender als sonst zeigte, aber noch keinen direkten Verdacht schöpfen. Sie würde ihn nach oben führen und nach allen Regeln der Kunst verführen. Natürlich ließe sie ihn kurz vorher wissen, wen er in Wahrheit vor sich hatte. Dann aber wäre es für den armen Ben zu spät, dessen war sich Carina sicher. Sie kannte ihre Wirkung auf das männliche Geschlecht nur zu gut. Selbstverliebt lächelte sie ihrem Spiegelbild zu.

Jetzt fehlten nur noch der Sekt und leise romantische Musik. Sie stellte den Plattenspieler an und lief hinunter, um den Sekt aus dem Kühlschrank zu holen. Sie nahm etwas Eis aus dem Gefrierfach, füllte es in den Sektkühler und stellte die Flasche hinein. Schnell stöckelte sie wieder nach oben und stellte den Sektkühler neben die Gläser. So, nun war alles perfekt!

Ungeduldig blickte sie auf ihre Armbanduhr. Ben musste jeden Moment hier sein.

KAPITEL 25

Kurz vor drei Uhr klingelte es an der Tür. Carina sah durch den Spion. Ja, es war Ben. Sie atmete einmal tief durch und öffnete langsam die Tür.

Ben starrte sie ungläubig und zugleich bewundernd an. Wow! In einem solchen Outfit hatte er seine Carry bisher noch nicht gesehen!

»Komm doch rein, Ben. Ich hatte ja schon solche Sehnsucht nach dir«, wisperte Carina und zog den verdutzten Jungen ins Haus. Sie legte ihre Arme um seinen Hals und küsste ihn.

Ben, noch immer völlig überrascht, ließ sich von Carina nach oben führen.

»Setz dich doch«, forderte sie ihn auf und deutete auf den Stuhl neben ihrem Bett. Sie füllte zwei Gläser mit Sekt und hielt Ben eines davon hin. Zögernd nahm Ben es entgegen. Er kam aus dem Staunen nicht heraus. Was ging hier vor sich? Was war nur plötzlich in seine Carry gefahren? Nachdem sie beide ausgetrunken hatten, zog Carina ihn vom Stuhl hoch.

»Komm, lass uns tanzen, Ben.«

Bens schwachen Protest, dass sie doch eigentlich im Garten in der Sonne sitzen wollten, ignorierte sie. Stattdessen legte sie ihre Arme um seinen Hals und drückte sich an ihn. Eng umschlungen tanzten sie zu der langsamen Musik und küssten sich. Ben verspürte eine seltsame Erregung. Irgendwie fühlten sich die Küsse seiner Freundin anders an als sonst.

»Ich kenne dich überhaupt nicht wieder, Carry«, sagte er heiser, als sich der Mund des Mädchens nach einer gefühlten Ewigkeit von seinem löste. »Du bist auf einmal so völlig anders, so ... als ob du ...« Verwirrt brach er ab.

»Als ob ich was?«

»Ich ... ich weiß nicht«, stotterte der Junge verlegen, »halt anders ... irgendwie.«

Die Augen des Mädchens hatten einen seltsamen Ausdruck.

»Wie gefalle ich dir denn besser?«, fragte sie leise.

Ben wusste es nicht so genau. Alles schien ihm so unwirklich, so ... er traute sich nicht, das Wort in seinen Gedanken zu verdeutlichen. Und doch, es drängte an die Oberfläche seines Bewusstseins ... konstruiert ... ja, alles war konstruiert! Und trotzdem ...

»Du gefällst mir, wie du jetzt bist, so ... sexy«, flüsterte er. Sanft streichelte er über ihren Rücken und ihre Hüften, die sich aufreizend im Takt der Musik bewegten. Das Mädchen drückte sich fester an ihn, und Bens Herz begann wie wild zu pochen.

»Ich liebe dich wahnsinnig, Carry, weißt du das?« Seine eigene Stimme kam ihm plötzlich fremd vor.

»Ich weiß, Benny, und ich liebe dich auch. Worauf warten wir dann noch?«

Wieder war Ben irritiert. Carry musste betrunken sein! Anders konnte er sich die plötzliche Veränderung nicht erklären. Sie hatte ihn auch noch nie zuvor Benny genannt. Ihm blieb jedoch nicht viel Zeit zum Nachdenken, denn sie führte ihn tanzend in Richtung Bett, gab ihm einen leichten Schubs und schon saß er auf der Bettdecke.

»Lass uns vorher noch einen Schluck trinken.« Sie füllte die Gläser und prostete ihm zu.

»Auf uns beide, Benny«, sagte sie und trank ihr Glas in einem Zug leer, während die schmeichelnde Stimme der Soulsängerin erklang.

Whenever you need my love, I am always there for you ...

»Ich liebe diesen Song!«, schwärmte das Mädchen, drehte kokett die Hüften im Takt der Musik und sang den Text mit.

Take me any way you want, I can take it all night long ...

Dabei blickte sie ihm vielsagend in die Augen, während sie mit den Händen provokant über ihren Körper strich.

Ben schaute ihr stolz und bewundernd zu, so als sähe er sie heute zum ersten Mal. Seine Carry ... wie wunderschön sie war! Die langen braunen Locken, die im Schein der Kerzen einen goldigen Schimmer hatten, die makellose, zart gebräunte Haut, die wohlgeformten Beine, die in dem geschlitzten Kleid noch länger wirkten, die Art, wie sie sich bewegte ... das alles erschien ihm wie ein Traum!

Aber war das wirklich seine Freundin? Oder war es am Ende ihre ... Er wagte den Gedanken nicht zu Ende zu denken.

Langsam tanzte seine Traumfrau auf ihn zu, bis sie ganz dicht vor ihm war und er den Duft ihrer Haut riechen konnte. Mit einem unergründlichen Ausdruck in ihren großen braunen Augen blickte sie ihn an, und ein laszives Lächeln umspielte ihre vollen Lippen, als sie langsam tanzend ihr Kleid öffnete und es zu Boden fallen ließ.

Wie hypnotisiert starrte Ben sie an. Sie sah einfach atemberaubend aus! Ehe er wusste, wie ihm geschah, setzte sie sich auf seinen Schoß und küsste ihn.

Ben wurde es abwechselnd heiß und kalt, und der Gedanke, dass dies Carina sein könnte, ließ ihn erstarren. Gleichzeitig aber erweckte dieser Gedanke und die Art, wie sie ihn küsste, ein ungewolltes Begehren in ihm.

»Nun sei doch nicht so schüchtern, Benny-Boy«, sagte Carina plötzlich mit dem für sie typischen rauchigen Unterton in der Stimme.

Ben erschrak, denn der letzte Zweifel war nun endgültig ausgeräumt. Mit schmerzlicher Gewissheit erkannte er, wer in Wirklichkeit auf seinem Schoß saß.

»Du bist nicht Carry«, stieß er schwer atmend hervor. Eine starke Erregung hatte von ihm Besitz ergriffen, und er hörte plötzlich sein Blut in den Ohren rauschen.

»Natürlich bin ich Carrie«, raunte es dicht an seinem Ohr.

»Ich bin *die* Carrie, die dich verwöhnen will.«

»Du bist Carina!«, stöhnte Ben verzweifelt auf und machte einen letzten, aber vergeblichen Versuch, sie von sich wegzustoßen, aufzustehen und wegzurennen.

Mit sanfter Gewalt hielt sie ihn zurück und drückte seinen Kopf in die Kissen.

»Aber das hast du doch schon viel früher gewusst, Benny-Boy, gib's ruhig zu«, flüsterte sie und lächelte. »Und es gefällt dir doch, oder etwa nicht?«

Er musste weg, auf der Stelle! Das konnte er Carry nicht antun, auf gar keinen Fall!

Aber da waren die streichelnden Hände und diese wunderbar sinnlichen Lippen, die zärtlich sein Ohr liebkosten. Ein wohliger Schauer durchlief seinen Körper. Es gab kein Zurück!

Tell me anything you need, I can make it better ...

Er erwiderte die fordernden Küsse, berührte die samtweiche Haut und stöhnte auf vor Verlangen.

Tief in seinem Herzen verschloss er die Wahrheit. Er konnte und wollte es sich nicht eingestehen, dass er von Anfang an gespürt hatte, dass dies nicht seine Carry sein konnte, so sehr er es sich auch gewünscht hätte.

Ja, das war es! Seitdem er Carina damals am Strand zum ersten Mal gesehen hatte, wünschte er sich insgeheim, Carry wäre ein bisschen so wie sie.

Aber diese Erkenntnis war unangenehm und schmerzte. Er wollte und konnte sie nicht an die Oberfläche seines Bewusstseins vordringen lassen, ohne sich wie ein Verräter zu fühlen, und so verscheuchte er diesen unangenehmen Gedanken, bevor er Gestalt annehmen konnte.

Nein, ihn traf keine Schuld. Er war getäuscht worden, und nun war es zu spät!

Baby, I need your love, I need you now ...

Der Zauber der Stunde nahm ihn gefangen, und jeder störende Gedanke war ausgelöscht.

Baby, I need your love, I need you right now!

Erst viel später wurde ihm die doppelte Bedeutung klar, die der Song in diesem Augenblick für ihn gehabt hatte.

KAPITEL 26

Ungefähr eineinhalb Stunden früher ging Carolyn mit hängenden Schultern und Tränen im Gesicht zur Bahnstation, um nach Hause zurückzufahren. Ben war nicht gekommen! Sie hatte versucht, ihn anzurufen, aber niemand hatte abgenommen. Wo war er nur? Was war los? Sie hatten sich doch nicht gestritten, ganz im Gegenteil, sie verstanden sich besser als je zuvor. Was war nur passiert?

Carolyn weinte lautlos vor sich hin. Als sie endlich im Bus saß, beruhigte sie sich ein bisschen und rief sich zur Vernunft. Es musste irgendetwas geschehen sein. Ben würde sie nicht ohne Grund versetzen, das hatte er noch nie getan. Alles würde sich aufklären. Vielleicht hatte er ja inzwischen schon versucht, bei ihr zu Hause anzurufen. Ja, so musste es sein! Er würde es sicher wieder versuchen. Nun konnte Carolyn es kaum erwarten, nach Hause zu kommen.

Endlich um zwanzig vor vier war sie in ihrer Straße und rannte das letzte Stück bis zur Haustür. Hastig schloss sie auf, stürmte in die Diele und zum Telefon. Dort verharrte sie einige Sekunden, starrte das Telefon an, so als könnte sie es mit ihren Blicken zum Läuten bringen. Dann wurde ihr bewusst, wie dumm das war, dass es besser war, erst einmal nach oben in ihr Zimmer zu gehen. Von dort würde sie das Telefon doch sowieso läuten hören. Hoffentlich war Carina nicht wirklich zu Hause geblieben. Carolyn hatte keine Lust auf ihre neugierigen Fragen und ihr schadenfrohes Gesicht.

Sie hängte ihre Tasche an die Garderobe und ging langsam die Treppe zu ihrem Zimmer hinauf. Als sie fast den letzten Treppenabsatz erreicht hatte, hörte sie aus dem Mädchenzimmer leise romantische Musik und ein unterdrücktes Stöhnen. Auf Zehenspitzen schlich sie zur Tür, blieb dicht davor stehen und lauschte angespannt. Sie hörte die Stimme Carinas, die einen seltsam heiseren Klang hatte, konnte aber nicht verstehen, was sie sagte. Dann hörte sie eine männliche Stimme, die ihr seltsam vertraut schien, irgendetwas murmeln. Dann war wieder nur ein leises Stöhnen zu hören.

Carolyn erschrak. War ihre Schwester wirklich so dreist, einen Jungen mit in ihr gemeinsames Zimmer zu bringen? Was dachte sie sich nur dabei? Gerade in dem Moment, als Carolyn die Klinke herunterdrücken wollte, hörte sie wieder die Männerstimme, die seltsam heiser und erregt klang und die sie urplötzlich erkannte. Ein stechender Schmerz fuhr durch ihre Glieder, als sie hörte, wie diese vertraute Stimme wilde Zärtlichkeiten stammelte ... und einen Namen, der in ihrem Kopf widerhallte wie ein Echo.

Carolyn stand sekundenlang wie erstarrt, bevor sie leise die Tür öffnete.

***

»Carry, nun beruhige dich doch«, rief Laura. »Hier, trink erst mal ein Glas Wasser.«

Gehorsam trank Carolyn einen Schluck, bevor sie wieder wie wild zu schluchzen begann.

»Carry, bitte ... ich kann doch kein Wort verstehen, wenn du dich nicht beruhigst.«

»Ben und ... und Ca... Carina«, schluchzte Carolyn, »sie haben ... sie waren ...« Carolyn fing jetzt laut zu weinen an.

Laura erschrak. Was war da geschehen?

»Carry, nun hör doch mal für einen Moment auf zu weinen und erzähle mir der Reihe nach, was passiert ist.« Ihre Stimme klang nun streng. »Habe ich das richtig verstanden, dass Ben und Carina zusammen waren?«

»Ja, mein Gott, ja«, weinte Carolyn. »Ich habe sie gesehen ... gerade, als sie ... oh, Laura, es war ja so furchtbar ... schrecklich war es, so schrecklich.«

Laura war betroffen, aber irgendwie auch nicht besonders überrascht. Das passte zu Carina. Dieses Mädchen tat alles, worauf es gerade Lust verspürte, ohne jede Rücksicht auf andere. Im Gegenteil, Carina schien es sogar auf eine geradezu sadistische Weise zu genießen, wenn sie andere Menschen verletzen konnte. Jenny hatte es ebenfalls schmerzlich zu spüren bekommen und auch Mike, denn er bereute nun zutiefst, was geschehen war. Leider kam diese Reue viel zu spät. Als ihm endlich bewusst geworden war, für welche Art von Mädchen er Jenny aufgegeben hatte, wollte die nichts mehr von ihm wissen. Sie konnte ihm die Demütigung nicht verzeihen, zu tief hatte er sie verletzt. Mike hatte es noch einige Male versucht, es dann aber schweren Herzens aufgegeben.

»Carry, ich möchte, dass du mir alles von Anfang an erzählst«, verlangte Laura. Nach einigem Hin und Her und einer Flut von Tränen erfuhr sie endlich, was passiert war. Carolyn tat ihr unendlich leid. Das hatte sie nicht verdient!

»Was hat Ben denn zu seiner Entschuldigung gesagt?«

»Nichts von Belang.« Carolyn hatte sich nun etwas beruhigt. »Das Einzige, was er sagte, als er mich in der Tür stehen sah, war: ›Carry, lass es mich bitte erklären. Ich dachte zuerst, dass du es bist, wirklich. Bitte, glaube mir ... ich wollte das doch nicht!‹ Dann hörte ich Carinas schadenfrohes Gekicher im Hintergrund und bin einfach hinausgerannt.«

»Ja, aber vielleicht hat er ja die Wahrheit gesagt. Vielleicht wusste er ja wirklich nicht, dass es Carina war. Warum hast du es ihn denn nicht erklären lassen?«

»Ihn erklären lassen? Spinnst du? Im Beisein von Carina? Außerdem hab ich vor der Tür deutlich gehört, wie er ihren Namen stammelte«, erwiderte Carolyn erbost.

Laura verstand. Sie konnte sich genau vorstellen, wie das abgelaufen war. Carina hatte ihm vorgespielt, sie sei Carolyn, und Ben hatte bis zu einem gewissen Zeitpunkt daran geglaubt, davon war Laura fest überzeugt. Als dieses raffinierte Biest sich ihm dann zu erkennen gab, war es für den armen Ben zu spät gewesen ... er war schwach geworden.

»Ich hasse sie!«, stieß Carolyn erbittert hervor. »Mein Gott, wie ich sie hasse! Ich könnte sie eigenhändig umbringen!«

Als Laura in Carolyns Augen sah, glaubte sie es ihr, denn ihre Augen sprühten vor Hass. Obwohl Laura ihre Freundin lieb hatte und wusste, dass Carina ein wirkliches Biest war, konnte sie einen derartigen Ausbruch nicht einfach hinnehmen.

»Carry, ich verstehe, dass du wütend und verletzt bist, aber du solltest dich davor hüten, deine Schwester zu hassen und sie sogar töten zu wollen. Du weißt selbst ganz genau, dass das Unrecht ist.«

»Sie soll also immer und immer wieder mit ihren Boshaftigkeiten davonkommen, ja?«, begehrte Carolyn auf. »Und das brave kleine Dummchen muss ihr jedesmal verzeihen. Nein, diesmal ist sie zu weit gegangen, Laura. Das werde ich ihr niemals verzeihen, in meinem ganzen Leben nicht. Ich werde es ihr heimzahlen, das schwöre ich dir.« Carolyn hatte sich in Rage geredet, und ihr Gesicht war rot angelaufen.

»Bitte, Carry, jetzt hör mir einmal zu. Du musst diesen Konflikt zwischen dir und Carina ein für alle Mal aus der Welt schaffen. Sie hat ihre Freude daran, dir wehzutun und dich unglücklich zu sehen. Und du, Carry, hast dir immer viel zu viel von ihr gefallen lassen, ohne sie die Konsequenzen ihres Handelns spüren zu lassen, und bekommst nun die Quittung dafür. Wenn du sie jetzt nicht in Gegenwart deiner Eltern zur Rede stellst, wird sie sich immer schlimmere Dinge ausdenken, um dich zu verletzen. Und wer weiß ... eines Tages endet das wirklich in Mord und Totschlag.«

Carolyn sah aus, als hätte sie Laura nicht zugehört. Tatsächlich hatte sie jedes Wort gehört, aber es interessierte sie nicht. Tief in ihrem Inneren wusste sie zwar, dass die Freundin recht hatte, aber sie wollte es nicht wissen. Sie wusste, was sie zu tun hatte, und niemand konnte sie umstimmen, nicht einmal ihre treue Freundin Laura.

»Carry, hast du mir überhaupt zugehört?«

»Ja, natürlich«, murmelte Carolyn.

»Und was meinst du dazu?«

»Ich werde es mir durch den Kopf gehen lassen.«

»Ich an deiner Stelle würde auch Ben die Gelegenheit geben, dir alles genau zu erklären. Vielleicht hat er ja die Wahrheit gesagt. Okay, er hat sie Carina genannt, aber das war doch erst später. Vielleicht hat sie es ihm erst gesagt, als ... na ja, du weißt schon, was ich meine.«

»Na und?«, begehrte Carolyn auf. »Auch wenn er es erst später bemerkt hat, so hätte er doch immer noch Gelegenheit gehabt zu gehen, oder etwa nicht? Aber nein, er ist geblieben! Du hättest ihn sehen sollen, wie er mit ihr ...« Verzweifelt schlug sie die Hände vors Gesicht.

»Und dann sein Gestöhne! Ja, du hättest ihn hören sollen, seine Worte, sein Gestammel! Dann würdest du nicht so daherreden!«

»Du solltest nicht so unerbittlich sein, Carry. Ich weiß genau, dass Ben in *dich* verliebt ist. Carina hat alles darangesetzt, ihn zu verführen, und das ist ihr nur mit einem Trick gelungen, da bin ich völlig sicher. Ich traue Ben einfach nicht zu, dass er dich leichtfertig hintergangen hat. Hätte er von Anfang an gewusst, mit wem er es zu tun hatte, wäre er sofort wieder gegangen, davon bin ich fest überzeugt. Und wenn *ich* das zu seinen Gunsten annehme, solltest *du* erst recht diese Möglichkeit in Betracht ziehen. Ich finde, du müsstest ihm zumindest die Chance geben, dir die ganze Situation aus seiner Sicht zu schildern.«

»Mal sehen, vielleicht höre ich mir an, was er zu sagen hat, vielleicht aber auch nicht. Und jetzt muss ich gehen.« Damit erhob Carolyn sich und ging zur Tür.

»Auf Wiedersehen, Mrs. Carson«, rief sie in Richtung Wohnzimmer und an ihre Freundin gewandt: »Tschüss, Laura. Danke, dass du mir zugehört hast.« Sie gab Laura einen flüchtigen Kuss auf die Wange und stürmte hinaus.

Laura blieb mit nachdenklich gerunzelter Stirn zurück. Wie lange würde das wohl noch gut gehen? Carry war dabei, ihren Weg zu verlieren.

KAPITEL 27

Auf dem Nachhauseweg brodelte in Carolyn ein Sturm. *Dieses hinterhältige Biest! Wieder einmal hat sie bekommen, was sie wollte!* Sie dachte an das triumphierende Grinsen in Carinas Gesicht, an ihr schadenfrohes Gelächter. Von Anfang an hatte dieses gewissenlose Luder vorgehabt, ihr Ben auszuspannen, und als das nicht auf Anhieb geklappt hatte, schnappte sie sich aus purer Bosheit zuerst Mike und plante währenddessen diesen gemeinen Trick. Denn in diesem Punkt hatte Laura hundertprozentig recht, nämlich, dass Carina einen Trick anwenden musste, um Ben zu bekommen.

Carolyn verspürte plötzlich eine wahnwitzige Lust, ihrer Schwester wehzutun. Sie konnte das Verlangen, Carina körperlichen Schmerz zuzufügen, kaum unterdrücken, und ihre Hände krallten sich so fest zusammen, dass ihre Fingernägel in ihre Handballen schnitten. Sie stellte sich vor, ihrer Schwester den Hals zuzudrücken, so lange, bis sie keine Luft mehr bekäme.

Ich wünschte, sie wäre tot!, dachte sie wutentbrannt. Dann aber schämte sie sich. Nein, sie durfte sich nicht so gehen lassen. Es war trotz allem Unrecht, ihre Schwester zu hassen. Es war nicht richtig, so zu fühlen, da hatte Laura völlig recht.

Als Carolyn endlich um elf Uhr nach Hause kam, war es im Mädchenzimmer dunkel. Carina schlief bereits tief und fest, und ein zufriedener Ausdruck lag auf ihrem Gesicht. Eine Zeitlang betrachtete Carolyn voller Bitterkeit das Gesicht ihrer Schwester, das im Schlaf so unschuldig und kindlich aussah. Dann ging sie hinüber zu ihrem Bett und zog sich leise aus, um Carina nicht zu wecken. Auf keinen Fall wollte sie ihr die Genugtuung geben, ihre verweinten Augen zu sehen.

Lange lag sie im Bett und starrte mit offenen Augen ins Leere. Ihre Gedanken kreisten unentwegt um dieselben Dinge, bis sie kurz vor einer Panikattacke stand.

Gewaltsam zwang sie sich dazu, ruhig und gleichmäßig zu atmen und nicht mehr an das, was geschehen war, zu denken. Weit nach Mitternacht fiel sie endlich in einen unruhigen Schlaf.

Was sie in dieser Nacht träumte, hätte sie später am liebsten aus ihrem Gedächtnis verbannt, weil es ihr davor graute!

Und doch ... dieser Traum ließ sie von da an nicht mehr los.

Am nächsten Morgen, als die ganze Familie beim Frühstück zusammensaß, gab Carolyn sich den Anschein, als wäre alles in bester Ordnung, denn sie bemerkte sehr wohl, wie akribisch Carina sie beobachtete. Auf keinen Fall wollte sie ihrer Schwester die Genugtuung geben, ihr wehgetan zu haben.

Carina hatte sich schon auf Carolyns leidendes Gesicht und die verheulten Augen gefreut. Natürlich hatte sie fest damit gerechnet, dass ihre Schwester völlig mit den Nerven am Ende wäre. Nachdem Carolyn sie gestern mit Ben erwischt hatte, hatte sie sekundenlang wie paralysiert dagestanden und war dann sang- und klanglos verschwunden. Das hatte Carina schwer enttäuscht, denn sie hatte mit Tränen und Vorwürfen gerechnet. Und auch jetzt war Carolyn absolut cool und brachte Carina um ihren Spaß. Tat sie nur so oder war es ihr wirklich egal, dass sie und ihr Ben zusammen gewesen waren?

Wieder warf sie Carolyn einen forschenden Blick zu, konnte jedoch nicht das geringste Anzeichen von Liebeskummer erkennen. Aber Carolyn war in bestimmten Situationen schon immer völlig intransparent gewesen. Nie konnte man dann hundertprozentig wissen, was wirklich in ihr vorging.

Carina war so enttäuscht, dass sie kaum ein Wort sprach. Debbie und Philipp plauderten unbefangen über ihren London-Trip und bemerkten gar nicht, wie schweigsam ihre sonst so quirlige Tochter war.

Nach dem Frühstück ging die Familie wie jeden Sonntag in die Kirche. Danach waren sie zum Lunch bei Granny Helen eingeladen, worauf Carolyn sich eigentlich schon gefreut hatte. Helen Foster fiel natürlich sofort auf, dass mit ihrer Enkelin etwas nicht stimmte, dass sie zutiefst unglücklich war. Als Einzige in der Familie hatte Debbies Mutter von Anfang an erkannt, was sich im Haus ihrer Tochter abspielte. Aber so oft sie es auch versucht hatte, mit Debbie über die ständigen Konflikte der Zwillinge zu reden, so wenig erfolgreich waren ihre Bemühungen gewesen. Ihre Tochter war einfach blind und taub, wenn es um Carina ging.

Der nachmittägliche Spaziergang zog sich für die beiden Mädchen endlos dahin.

Debbie und Philipp gingen voraus, hielten sich an den Händen und wirkten wie ein frisch verliebtes Paar. Sie hatten einen unvergesslich schönen Tag in London verlebt. Niemals hätten sie es sich eingestanden, aber der Tag ohne die Töchter hatte ihnen ausnehmend gut gefallen. Endlich konnten sie sich einmal wieder nur auf sich selbst besinnen und ihre Gefühle füreinander neu entdecken.

Hinter ihnen gingen die Mädchen stillschweigend nebeneinander her. Nach einer Weile machte Carina den Anfang.

»Was gestern passiert ist, war wirklich nicht meine Schuld, Lynn. Benny stand plötzlich vor der Tür ... also, ich fand ihn auf einmal so süß, weißt du. Damals am Strand dachte ich, er sei voll der Langweiler, und dann ... na ja ... ich wollte ihn dir ganz bestimmt nicht ausspannen, das musst du mir glauben.«

Als Carolyn nicht antwortete, sprach sie weiter.

»Also, wie gesagt, Benny stand vor der Tür und starrte mich an. Na, und da hat es auf einmal zwischen uns beiden gefunkt, weißt du. Es ist einfach so passiert! Wir konnten nichts dagegen tun, die Gefühle haben uns einfach übermannt, Lynn. Benny tut es wahnsinnig leid, das hat er mir selbst gesagt. Also, wir beide ... du musst das verstehen, Lynn! Ich habe mich zuerst dagegen gewehrt, weil du ja meine Schwester bist und so ... aber dann ... na ja, ich konnte wirklich nichts dafür, weißt du.«

»Ach, Carina, gib dir bitte keine Mühe. Wir wissen doch beide genau, wie es in Wirklichkeit war.« Carolyn lächelte gekonnt gleichgültig. »Die Wahrheit ist doch, dass du bei ihm angerufen hast und ihn zu uns nach Hause bestellt hast. Du hast so getan, als wärst du ich, und zu einem für dich günstigen Zeitpunkt hast du dich zu erkennen gegeben. War es nicht so?«

Carina war überrumpelt. »Woher weißt du ... hat Benny ...«, setzte sie an, »also, das stimmt so nicht ganz, was auch immer Benny gesagt hat. Okay, ich gebe zu, dass ich ihn herbestellt hatte. Ich wollte dir eins auswischen wegen deiner ewigen Moralpredigten und so ... und weil du dir so sicher warst, dass Ben anders ist als all die anderen Jungs. Irgendwie bist du an allem selbst schuld, weißt du. Die Wahrheit ist, dass Benny ganz genau wusste, wen er vor sich hatte, und zwar von Anfang an. Der war doch wahnsinnig scharf auf mich! Frag ihn doch. Wenn er etwas anderes sagt, dann lügt er! Nun, und ich war eben auch scharf auf ihn. Wir hatten beide unseren Spaß. Was ist denn schon dabei? Du hättest ihn eben nicht so lange hinhalten dürfen.«

»Weißt du, Carina, eigentlich interessiert mich das alles gar nicht mehr«, sagte Carolyn mit gleichgültiger Stimme. »Die Ära Ben ist für mich abgeschlossen. Du kannst ihn gern behalten, denn *ich* habe etwas Besseres verdient. Und *ich* habe es auch nicht nötig, irgendwelche miesen Tricks anzuwenden, um einen Jungen für mich einzunehmen.« Dann fiel ihr Blick auf Carinas Haare.

»Ach, übrigens, wo sind denn deine schönen blonden Strähnchen so plötzlich geblieben?« Mit diesen Worten ließ sie Carina stehen und lief hinter ihren Eltern her.

»Hallo, ihr beiden«, lachte sie, »ihr seht aus wie zwei verliebte Turteltäubchen.« Sie hakte sich bei ihrem Vater ein und machte einen fröhlichen Eindruck.

Carina war wütend und fürchterlich enttäuscht. Es schien Carolyn wirklich nicht das Geringste auszumachen, was zwischen ihr und Ben passiert war. Und auch Ben hatte gestern Nachmittag nicht so reagiert, wie Carina es eigentlich von ihm erwartet hätte. Als er Carolyn in der Tür hatte stehen sehen, war er wie von einer Tarantel gestochen aus dem Bett gesprungen. Wie von Sinnen hatte er versucht, sich vor Carolyn zu rechtfertigen, sie festzuhalten.

Nachdem unten die Haustür hinter Carolyn ins Schloss gefallen war, hatte er Carina angeschrien: ›Das ist alles nur deine Schuld, du hinterhältiges Biest. Du hast das alles eingefädelt, um Carry und mich auseinanderzubringen, und wahrscheinlich ist dir das auch gelungen. Trotzdem werde ich Carry um Verzeihung bitten, und ich kann nur hoffen, dass sie mir noch eine Chance gibt. Ich bin nämlich in *sie* verliebt, und nicht in dich. Das mit dir hatte überhaupt nichts zu bedeuten, dass du es nur weißt. Ich hasse mich dafür ... ja, das tue ich ... und ich will dich nie mehr wiedersehen, hörst du? Nie mehr!‹ Dann hatte er sich blitzschnell angezogen und war zur Tür hinausgerannt.

Dieser verdammte Bastard! Carina war nach diesem Abgang Bens so wütend gewesen, dass sie ihm am liebsten hinterhergerannt wäre und ihn geschlagen hätte. Wie wild hatte sie mit ihren Fäusten auf dem Bett herumgetrommelt, geschrien und getobt, bis sie völlig außer Atem gewesen war.

Ihre Intrige hatte ihr wider Erwarten nicht den erwünschten Triumph beschert. Sie hatte gehofft, Ben würde ihr hinterherlaufen wie Mike und all die anderen Jungen. Ach, wie hatte sie sich schon darauf gefreut, Lynn am Boden zerstört zu sehen, und nun hatte beides nicht geklappt. Nichts war so gelaufen, wie *sie* es geplant hatte, und das konnte sie nicht einfach so hinnehmen. Niemand sprang so mit ihr um! Das würde dieser Ben ihr büßen! Er würde es noch bitter bereuen, ein Mädchen wie sie so schlecht behandelt zu haben. Sie würde eine Möglichkeit finden, es ihm heimzuzahlen, ganz sicher.

Carolyn freute sich unterdessen, dass sie Carina hatte täuschen können. In Wahrheit fühlte sie sich nämlich hundsmiserabel. Bens Untreue hatte sie zutiefst verletzt, und sie wollte ihn nie mehr wiedersehen. Obwohl sie wusste, dass Carina das alles inszeniert hatte, konnte sie ihm den Treuebruch nicht verzeihen. Ständig hatte sie das verstörende Bild von ihm und Carina vor Augen.

Auch sein Stöhnen und die Worte, die er in ihren Armen gestammelt hatte, kurz bevor Carolyn die Tür geöffnet hatte, gingen immer und immer wieder durch ihren Kopf und vergifteten ihr Herz.

KAPITEL 28

Am nächsten Tag in der Mathematikstunde war Carolyn nervös und unkonzentriert. Ihre Lehrerin, Mrs. Celia Kent, eine kleine, unauffällige Frau in mittleren Jahren, wunderte sich nicht nur einmal über ihre Musterschülerin. Carolyn war eine aufmerksame und wissbegierige Schülerin, die sich immer eifrig am Unterricht beteiligte. Heute hingegen war ihr Blick leer und geistesabwesend, sie arbeitete nicht mit und schien mit ihren Gedanken ganz woanders zu sein. Mrs. Kent konnte sich das nicht erklären. Sie hielt sehr viel von ihrer Lieblingsschülerin und rief sie deshalb nach dem Unterricht zu sich.

»Was ist denn heute los mit dir, mein Kind?«, fragte sie das Mädchen. »Du weißt hoffentlich, dass du mit allem, was dir auf dem Herzen liegt, zu mir kommen kannst, dass ich jederzeit ein offenes Ohr für dich habe.«

»Es ist nichts, Mrs. Kent. Wirklich, gar nichts! Ich habe letzte Nacht nur kaum geschlafen und schlecht geträumt, das ist alles. Morgen bin ich wieder völlig okay! Machen Sie sich bitte keine Sorgen.«

»Na ja, ich weiß nicht, Carolyn. Du siehst wirklich aus, als hättest du ein ernsthaftes Problem.«

»Bitte, glauben Sie mir, Mrs. Kent! Es ist wirklich nichts, kein Grund zur Sorge. Morgen bin ich wieder in Ordnung, ganz sicher!«

»Nun gut«, lenkte die Lehrerin zögernd ein. »Aber sieh zu, dass du in der kommenden Nacht genügend Schlaf bekommst. Du weißt ja, dass wir morgen eine wichtige Klausur schreiben.«

»Ja, kein Problem, Mrs. Kent, ich werde mich wie immer gut vorbereiten, einen Kamillentee trinken und früh zu Bett gehen, versprochen.« Carolyn rang sich ein Lächeln ab und verabschiedete sich von ihrer Lehrerin.

Wenn diese gewusst hätte, welche Gedanken während der Mathematikstunde in Carolyns Kopf herumgegangen waren, so wäre sie schockiert gewesen.

***

Am Freitagnachmittag bekam Carolyn einen Anruf von Ben. Er bat sie um ein Treffen, um ihr zu erklären, wie es zu dem Vorfall mit Carina hatte kommen können. Obwohl für Carolyn die Sache mit Ben unwiderruflich erledigt war, interessierte es sie dennoch, was er ihr zu sagen hatte. So stimmte sie zu, sich am nächsten Tag mit ihm zu treffen. Allerdings sollte er nach Seaford kommen, da sie absolut keine Lust dazu hatte, seinetwegen noch bis nach Eastbourne oder Bexhill zu fahren. *Er* hatte Gesprächsbedarf, so sollte *er* auch den Weg auf sich nehmen.

Sie trafen sich am Nachmittag um drei Uhr am Beach Comber, und Ben bestellte die Getränke. Als Carolyn den ersten Schluck getrunken hatte, sagte sie mit kühler Stimme: »Du wolltest mit mir reden. Nun, ich höre!«

Ben sah ganz kläglich drein. Er wusste nicht, wie er anfangen sollte. Dann endlich fasste er sich ein Herz, und alles sprudelte aus ihm heraus. Er erzählte ihr schonungslos die ganze Geschichte. Nichts ließ er aus, nicht einmal, dass er eigentlich von Anfang an so ein ungewisses Gefühl gehabt hatte, welches der beiden Mädchen er nun eigentlich vor sich hatte.

»Ich wollte glauben, dass du es bist, Carry, denn irgendwie gefielst du mir so ... so verführerisch«, gab er zu.

»Als Carina sich dann zu erkennen gab, wollte ich weg ... wirklich Carry, aber ... aber irgendwie konnte ich nicht. Sie hat mich geküsst und ... und ... ich bin schwach geworden. Aber Carina bedeutet mir nichts, das musst du mir glauben. Ich liebe nur dich, Carry. Das habe ich ihr auch gesagt. Ich habe ihr gesagt, dass ich in *dich* verliebt bin und für sie überhaupt nichts empfinde.« Er sah sie um Verständnis flehend an.

Carolyn aber schwieg und blickte ihn nur durchdringend an. Ihm blieb nichts anderes übrig, als weiterzureden.

»Carry, es tut mir so furchtbar leid. Das, was ich getan habe, war gemein und eine Riesendummheit. Nie in meinem Leben habe ich etwas so sehr bereut! Wenn ich könnte, würde ich es ungeschehen machen, aber das kann ich leider nicht.« Tränen traten in seine Augen, als er plötzlich an den schicksalhaften Song denken musste.

»Carry, ich liebe dich, nur dich! Das, was ich mit ihr getan habe, wollte ich in Wahrheit mit *dir* tun. Ich hab so oft davon geträumt, genau das mit *dir* zu erleben, und ich weiß, dass ich hätte warten müssen. Ich hätte auf *dich* warten müssen. Ach, Carry! Kannst du mir nicht dieses eine Mal verzeihen? Ich schwöre dir, dass so etwas nie wieder vorkommen wird.«

»Natürlich wird so etwas nie wieder vorkommen, Ben!« Carolyns Stimme klang so eiskalt, dass Ben erschrak.

»Weil ich dir nämlich gar nicht die Gelegenheit dazu geben werde. Weißt du, Ben, ich habe euch gehört, bevor ich die Tür öffnete, dein Stöhnen, dein erbärmliches Gestammel! Ich habe dich gesehen, wie du sie ... all das hat mich so angeekelt, dass meine Gefühle für dich genau in diesem Augenblick gestorben sind. Ich liebe dich nicht mehr, Ben. Mach's gut.« Damit stand sie auf und ging, ohne sich noch einmal umzudrehen.

Bens erster Impuls war, ihr nachzulaufen. Er tat es nicht, weil er wusste, dass es keinen Zweck gehabt hätte. Er hatte sie verloren. Er hatte dieses wunderbare Mädchen verloren, weil er nicht die nötige Kraft gehabt hatte, einer Intrigantin zu widerstehen. Er wusste nun, warum Carry ihre Zwillingsschwester nie erwähnt hatte. Traurig trank er sein Bier aus und verließ mit hängenden Schultern das Lokal.

***

Noch ein einziges und letztes Mal begegneten sich die beiden zufällig. Es war kurz vor Weihnachten, ungefähr zweieinhalb Monate nach der unseligen Geschichte.

Carolyn hatte gerade einige Einkäufe in Eastbourne erledigt und schlenderte am Pier entlang, als sie Ben ganz plötzlich vor sich sah. Er stand am Geländer des Piers und starrte ins Wasser, und im selben Moment, als sie schnell an ihm vorbeigehen wollte, drehte er sich plötzlich um, und ihre Blicke trafen sich. In seinen Augen sah sie seine tiefe Betroffenheit, als er sie erkannte, und zugleich nahm sie eine stumme Bitte darin wahr. Schnell wandte sie ihren Blick von ihm ab und schritt stolz erhobenen Hauptes davon. In diesem Augenblick hatte die Begegnung für Carolyn etwas seltsam Befreiendes. Sie machte ihr deutlich klar, dass ihre Liebe zu Ben endgültig erloschen war.

Und doch hatte sie in der darauffolgenden Nacht wieder diesen grauenhaften Traum.

Zwei Wochen später – fast auf den Tag genau nach dieser Begegnung am Pier – war Ben tot. Er wurde am Fuß des Beachy Head zerschmettert auf den Klippen gefunden, und sofern man den Zeitungsberichten Glauben schenken durfte, handelte es sich nach einer gründlichen polizeilichen Ermittlung um einen Unfall.

Verschiedene Zeugen erklärten unabhängig voneinander, den Jungen am betreffenden Nachmittag außerhalb von Eastbourne gesehen zu haben, wie er raschen Schrittes allein in Richtung des Beachy Head lief. Einer der Zeugen sagte aus, der Junge habe sehr aufgeregt gewirkt und ihn fast umgerannt. Später am Unglücksort schien ihn dann niemand mehr gesehen zu haben. Es konnte daher nur vermutet werden, dass Benjamin Gibson am höchsten Punkt des Beachy Head – auch Lovers'Leap genannt – zu nah am Abgrund entlanggelaufen, abgerutscht und hinabgestürzt war.

Wie Benjamins Freunde aussagten, war der berüchtigte Felsen von jeher sein Lieblingsplatz gewesen, an dem er sich oft allein aufgehalten hatte, wenn er über etwas in Ruhe nachdenken wollte. Aufgrund aller Zeugenaussagen konnte somit ein Fremdverschulden ausgeschlossen werden.

Die Mutter des Jungen war zunächst davon überzeugt, ihr Sohn habe Selbstmord begangen. Evelyn Gibson-Wilding, in zweiter Ehe mit Bruce Wilding verheiratet, gab an, Benjamin habe sehr unter dem Verlust seiner ersten großen Liebe gelitten und sich in letzter Zeit mehr und mehr zurückgezogen.

Die Ermittlungen, die daraufhin in dieser Richtung eingeleitet wurden, ergaben jedoch, dass auch ein Suizid höchst unwahrscheinlich war. Benjamin Gibson war nach Meinung aller Freunde und Mitschüler überhaupt nicht der Typ gewesen, der Selbstmord begangen hätte. Im Gegenteil, er wäre nach wie vor in der Schule sehr ehrgeizig und zielstrebig gewesen und hätte ihnen keineswegs den Eindruck eines Lebensmüden vermittelt. Ein Schulfreund,

Sean Sommers sagte aus, dass Benjamin sich von seinem Liebeskummer ausreichend erholt und auch sonst keine ernsthaften Probleme gehabt hätte. Auch Sean sprach davon, wie ehrgeizig sein Freund gewesen wäre und wie oft er mit ihm über seine beruflichen Zukunftspläne gesprochen hätte.

Benjamin Gibson war ein Kämpfer gewesen, und er hatte ein festes Ziel vor Augen gehabt.

Er hatte unbedingt und um jeden Preis Arzt werden wollen.

KAPITEL 29

Die Nachricht von Bens Tod erschütterte Carolyn zutiefst. Tagelang konnte sie kaum etwas essen, ganz zu schweigen von den Nächten, in denen sie stundenlang wach lag und grübelte. Die Furcht, der grausige Albtraum, der sie in der ersten Nacht und in unzähligen Nächten nach Bens Treuebruch gequält hatte, könnte die dramatischen Ereignisse heraufbeschworen haben, ließ sie nicht mehr zur Ruhe kommen. Immer wieder sah sie jedes schreckliche Detail dieses Traumes vor sich ...

Sie stand mit geballten Fäusten vor Ben, der ganz dicht am Abgrund stand. Sie sah blankes Entsetzen in seinen Augen, als er Schritt für Schritt vor ihr zurückwich. Plötzlich rutschte er ab, streckte nach Halt suchend beide Arme aus, bevor er mit einem markerschütternden Schrei die Klippen hinabstürzte. Aber statt Bestürzung und Grauen empfand sie eine wahnwitzige Freude, als sie seinen zerschmetterten Körper unten auf den zerklüfteten Felsen liegen sah ...

Bei der Vorstellung, die Kraft ihrer Gedanken könnte Ben in den Tod getrieben haben, überkam sie eine Gänsehaut. Aber war es nicht völlig irrational zu glauben, böse Gedanken und Wünsche, die sich in einem Albtraum manifestierten, könnten dies auch in der Realität? Natürlich war es das, denn es widersprach dem gesunden Menschenverstand, und sie musste sich ganz schnell wieder von diesen affektiven Überlegungen befreien!

»Jeder bekommt am Ende, was er verdient!«, meinte Carina eiskalt, nachdem auch sie die Nachricht von Bens Tod in der Zeitung gelesen hatte. »Dieser Ben hat uns beide so mies behandelt, dass er ...«

»Halt *du* bloß deinen Mund«, unterbrach Carolyn sie. Ihre Augen blickten die Schwester hasserfüllt an. »*Du* bist diejenige, die andere ständig mies behandelt, hörst du ... nur *du*! Also bekommst *du* hoffentlich eines Tages, was du verdienst! Und nun lass mich in Ruhe. Ich kann deinen Anblick nicht mehr ertragen!« Mit diesen Worten drehte sie sich auf dem Absatz um und ließ Carina stehen. Die war so überrascht von dem Gefühlsausbruch ihrer Schwester, dass sie nur mit offenem Mund hinter ihr herblickte.

Von dem Tag an lag eine ständige Spannung in der Luft, sobald sich die Geschwister im selben Zimmer aufhielten. Carina beobachtete ihre Schwester neugierig, was Carolyn nicht wahrzunehmen schien, da ihre Gedanken immer nur um die schrecklichen Geschehnisse kreisten. Sie dachte oft daran, wie kalt sie sich damals im Beach Comber Ben gegenüber verhalten hatte. Sicher, er hatte sie zutiefst verletzt, war er doch der erste Junge gewesen, in den sie sich ernsthaft verliebt hatte, und trotzdem ... sie hätte ihn nicht so zurücklassen dürfen, so verzweifelt, wie er gewesen war.

Sie trug zwar keine unmittelbare Schuld am Tod von Ben, aber dennoch ... Sie erinnerte sich nur zu gut daran, dass Ben immer dann allein auf dem Beachy Head herumgelaufen war, wenn er Probleme hatte oder es ihm sonst irgendwie nicht gut ging. Darum konnte sie nicht umhin, sich den Vorwurf zu machen, dass sie damals am Eastbourne Pier so stolz an ihm vorbeigegangen war. Sie kannte ihn doch gut genug, um zu wissen, dass ihn ihr Verhalten tief gekränkt haben musste. Immer wieder dachte sie an diese letzte Begegnung, an das stumme Flehen in seinen Augen. Und sie ... sie war einfach an ihm vorbeigelaufen, ohne ihn auch nur eines Blickes zu würdigen. Mein Gott, wie hatte sie nur so unbarmherzig sein können? Alles, was Ben gewollt hatte, war doch nur ein einziges Wort der Vergebung. Er wusste, dass er sie verloren hatte, und das war schlimm genug für ihn gewesen. Musste sie ihn darüber hinaus noch mit einer solchen Verachtung strafen, ihn wie Luft behandeln?

Der einzige Mensch, der ihre Verachtung wirklich verdiente, war ihre Schwester! Sie empfand nichts anderes mehr für Carina als Ekel und Abscheu.

Carolyn brauchte viel Zeit und unzählige Gespräche mit ihrer Freundin Laura, um diesen tragischen Vorfall einigermaßen verarbeiten zu können. Das Verhalten ihrer Schwester trug auch nicht gerade dazu bei, dass sie darüber hinwegkam, ganz im Gegenteil, bei jeder sich bietenden Gelegenheit streute sie Salz in die Wunde.

**

Eines Nachmittags klagte Carina plötzlich über starke Schmerzen im Unterleib, wenig später wurde ihr übel, und sie erbrach sich. Debbie Harris war in heller Aufregung, denn keines der Mädchen war bisher ernsthaft krank gewesen, von einigen kleinen Erkältungen und den üblichen Kinderkrankheiten einmal abgesehen.

»Mummy, bitte hilf mir«, jammerte Carina, »ich hab höllische Schmerzen.«

Debbie Harris legte ihre Hand auf die Stirn ihrer Tochter und fühlte, dass sie glühend heiß war.

»Carrie-Schatz, wie lange hast du diese Schmerzen schon?«, fragte sie besorgt.

»Seit heute Morgen«, hauchte Carina. »Da waren sie aber noch nicht so stark wie jetzt. Es fühlte sich zuerst an wie Magenschmerzen, darum konnte ich auch nichts essen. Aber seit heute Mittag habe ich die Schmerzen im Unterleib und so stark, dass ich ...« Sie fing an zu schluchzen. »Ich kann nicht mehr ... ich halte es kaum noch aus, Mummy.« Jetzt fing sie laut zu weinen an.

»Kind, da stimmt doch was nicht! Mein Gott ... und Fieber hast du auch. Ich rufe jetzt sofort den Doktor.«

Doktor Baker, der Hausarzt der Familie, kam nach etwa einer halben Stunde. Debbie und Carolyn begleiteten ihn nach oben.

»Hat Ihre Tochter sich übergeben, Mrs. Harris?«

»Ja, schon einige Male«, stammelte Debbie.

»Hat sie Fieber?«

»Ja, ich denke schon ... ja, natürlich hat sie Fieber, ihre Stirn ist ja ganz heiß.«

Doktor Baker holte ein Fieberthermometer aus seiner Arzttasche.

»Guten Tag, junge Dame«, begrüßte der Arzt das wimmernde Mädchen gewollt munter.

»Hallo, Doktor«, kam es schwach zurück.

»Dann wollen wir mal Fieber messen und das Bäuchlein abtasten. Öffne mal deinen Mund.«

Gehorsam tat Carina, wie ihr geheißen.

»Nun hebe doch bitte mal dein Nachthemd hoch.«

Langsam tastete Doktor Baker den Bauch ab. Als er in den rechten Unterbauch drückte, spannte Carina sich reflexartig dagegen. Dann drückte der Arzt an einer bestimmten Stelle etwas tiefer in den Unterbauch, wartete einige Sekunden und ließ ganz plötzlich los.

Carina schrie laut auf.

Augenblicklich stürzte Debbie zum Bett ihrer Tochter und nahm deren Hand. Dabei warf sie Doktor Baker einen vernichtenden Blick zu. Der Arzt nahm das Thermometer aus Carinas Mund und stellte fest, dass sie über 39,5 Grad Fieber hatte.

»Was ist es denn, Doktor? Es ist doch hoffentlich nichts Ernstes?« Debbies Stimme zitterte.

»Ihre Tochter hat eine akute Blinddarmentzündung, Mrs. Harris. Sie muss ins Krankenhaus und sofort operiert werden. Es besteht die Gefahr eines Durchbruchs. Nimmt sie irgendwelche Medikamente ein?«

»Nein, natürlich nicht. Sie war bisher immer kerngesund!« Debbie Harris fing an zu weinen. »Oh Gott, mein armes Kind! Sie muss doch nicht ... sie wird doch nicht etwa ... Bitte, Doktor, sagen Sie es mir ... es wird ihr doch wieder besser gehen?«

»So beruhigen Sie sich doch, Mrs. Harris. Im Krankenhaus wird alles für Ihre Tochter getan. Ich rufe jetzt sofort einen Krankenwagen. Wo steht Ihr Telefon?«

Debbie Harris verlor nun völlig ihre Fassung und fing heftig zu schluchzen an.

»Das Telefon steht unten in der Diele«, meldete sich nun Carolyn zu Wort. »Kommen Sie, Doktor.« Sie ging vor ihm her hinunter in die Diele.

Der Arzt wählte die Nummer des Notdienstes und schilderte kurz den Fall. Als der Krankenwagen zehn Minuten später eintraf, war Debbie Harris einem Nervenzusammenbruch nahe. Sie hatte während der ganzen Zeit unterbrochen geschluchzt und gejammert. Als Carolyn mit ihrer Mutter endlich im Krankenwagen saß, der sofort mit hoher Geschwindigkeit und Blaulicht losfuhr, streichelte Debbie weinend Carinas Hand, und in mehr oder weniger regelmäßigen Abständen stammelte sie immer wieder dieselben Worte: »Mein armes Baby ...«

Carolyn saß da mit starrem Gesicht und sagte kein Wort. Ob sich die Mutter wohl genauso anstellen würde, wenn es sich um *sie* handelte? Natürlich nicht ... was für eine Frage! Wahrscheinlich würde sie sich ihretwegen nicht einmal die Mühe machen, mit ins Krankenhaus zu fahren.

Nachdem der Krankenwagen nach einigen endlos erscheinenden Minuten sein Ziel erreicht hatte, ging alles sehr schnell. Carina wurde sofort in den OP gebracht. Debbie wollte mitkommen, aber es wurde ihr nahegelegt, zusammen mit Carolyn draußen auf dem Gang zu warten. Sie würde so bald wie möglich erfahren, wie es ihrer Tochter ging. Wie ein Häufchen Elend saß sie daraufhin zusammengekauert auf ihrem Stuhl und weinte still in sich hinein, während Carolyn sie mit einem eiskalten Gesichtsausdruck beobachtete.

Plötzlich blickte Debbie Harris hoch, sah Carolyn verächtlich an und sagte mit anklagender Stimme: »Dir scheint es überhaupt nichts auszumachen, was mit deiner Schwester geschieht. Was bist du nur für ein Mensch!«

Carolyn sah ihre Mutter mit einem seltsamen Ausdruck in den Augen an.

»Wie kannst du so etwas sagen, Mum? Immerhin habe *ich* Doktor Baker gezeigt, wo unser Telefon steht, nachdem *du* ja wohl dazu nicht in der Lage warst. Aber zum Glück reagiert eben nicht jeder so völlig kopflos wie *du*. Immerhin handelt es sich lediglich um eine Blinddarmentzündung, an der man nicht gleich stirbt. Was also hast du mir vorzuwerfen? Im Gegenteil, du hättest eher noch Grund, mir dankbar zu sein, dass ich keine wertvollen Minuten habe verstreichen lassen.«

»Ja, Lynn, du handelst immer völlig überlegt, das weiß ich, aber wo ist dein Herz? Niemand weiß jemals wirklich, woran er mit dir ist. Du tust immer die richtigen Dinge, jedoch ohne jedes Gefühl.«

Carolyn schwieg und sah ihre Mutter nur an. In ihren Augen lag ein unergründlicher Schimmer, der Debbie zum Erschauern brachte.

Endlich öffnete sich die Tür zum OP und ein Arzt kam heraus. Debbie Harris sprang auf und rannte ihm entgegen. »Was ist mit meiner Tochter, Doktor«, fragte sie mit sich fast überschlagender Stimme.

»Guten Abend, Mrs. Harris. Ich bin Doktor James Evans. Der Blinddarm Ihrer Tochter war kurz vor dem Durchbruch. Es war also höchste Eile geboten, und wir haben sofort operiert. Ihrer Tochter wird es bald besser gehen, trotzdem werden wir sie ein paar Tage hierbehalten müssen. Bitte, machen Sie sich jetzt keine Sorgen mehr, Mrs. Harris. Gehen Sie ruhig nach Hause, schlafen sich aus und kommen morgen wieder. Wollen wir es so halten, Mrs. Harris?«

Schweren Herzens stimmte Debbie zu, und Carolyn und sie fuhren in einem Taxi nach Hause. Als sie das Haus erreichten, sahen sie Licht im Wohnzimmer brennen. Sie betraten die Diele, da kam Philipp Harris ihnen auch schon entgegengerannt.

»Wo kommt ihr denn her?«, rief er aufgebracht.

Wie auf Kommando, fing Debbie wieder laut zu weinen an. Unter Schluchzen stotterte sie: »Unsere ... arme Carrie ... wir mussten sie ins Krankenhaus bringen ... oh, Philipp, es ist ja so furchtbar!«

»Lynn, bitte erzähle *du* mir, was los ist«, sagte Philipp Harris, an seine Tochter gewandt. Er kannte seine Frau und wusste nur zu gut, dass nichts Vernünftiges aus ihr herauszubringen war, wenn sie sich in diesem Zustand befand. So erzählte Carolyn ihrem Vater die ganze Geschichte von Anfang an. Der Vater war zwar verständlicherweise auch schockiert, aber glücklicherweise verhielt er sich nicht so penetrant wie die Mutter, was Carolyn als große Erleichterung empfand. Noch einmal die gleiche Rührseligkeit wie vonseiten der Mutter hätte sie nicht ertragen können.

»Der Arzt hat gesagt, wir sollen uns keine Sorgen machen. Das wird schon wieder mit Carina«, beendete sie ihren Bericht mit gleichgültiger Stimme.

KAPITEL 30

Am nächsten Morgen, es war ein Samstag, gingen Carolyn und die Eltern gemeinsam ins Krankenhaus, um Carina zu sehen. Zur Erleichterung der Eltern ging es ihr den Umständen entsprechend schon viel besser.

Als die Familie in das Krankenzimmer trat, lag sie jedoch wie ein Häufchen Elend im Bett. Ihre Augen richteten sich auf Carolyn, die hinter ihren Eltern das Zimmer betreten hatte. Plötzlich fing sie laut an zu schreien.

»Du ... du Biest, bleib mir bloß vom Leib! Hau ab, sofort! Ich will dich nicht sehen!« Sie fing laut zu weinen an und zitterte am ganzen Körper.

Debbie Harris stürzte zum Bett ihrer Tochter und umarmte sie. »Aber Kind, so beruhige dich doch. Was ist denn nur los mit dir?«

»Mum, ich bin ja so froh, dass du da bist. Bitte, sage Lynn, dass sie gehen soll. Bitte, bitte ... ich will sie nicht sehen!«

»Aber warum denn nicht, mein Liebes? Lynn macht sich doch auch Sorgen um dich.«

»Nein, Mum ... bitte, schick sie weg. Sie ist ... sie hat ... sie wollte mich vergiften! Ja, genau das wollte sie. Ich habe solche Angst vor ihr!«

Nun griff der Vater ein.

»Carina, jetzt beruhige dich. Du hast nicht den geringsten Grund, vor deiner Schwester Angst zu haben. Wie kommst du denn auf eine solch absurde Idee, dass Carolyn dich vergiften wollte? Dein Blinddarm war akut entzündet und musste herausgenommen werden, was kann denn deine Schwester dafür?«

Carolyn sah ihren Vater dankbar an, sagte aber nichts.

»Daddy hat recht«, unterstützte jetzt Debbie ihren Mann. »Lynn hat sich wirklich sehr eingesetzt, Carrie-Baby. Es wäre nicht fair, sie einfach hinauszuschicken.«

»Ich wurde nicht vergiftet?«, fragte Carina ungläubig.

»Natürlich nicht! Wie kommst du nur auf sowas?« Debbie tätschelte besorgt die Hand ihrer Tochter.

»Weil ... weil ... ich hatte doch ... ich dachte ... mir war doch so übel ... und dann diese Bauchschmerzen«, stotterte Carina.

»Ja, aber das waren doch die Symptome der Blinddarmentzündung, mein Kind«, erklärte ihr die Mutter. »Hast du denn nicht gehört, was Doktor Baker gesagt hat?«

»Nein, hab ich nicht.« Carina blickte verwirrt zu Carolyn. »Bitte entschuldige, Lynn. Ich dachte wirklich, dass du ...« Sie brach ab, weil ihr bewusst wurde, dass sie beinahe wieder zu viel gesagt hätte. Die Eltern wussten ja nichts von dem Konflikt zwischen ihr und der Schwester. »Bitte, verzeih mir«, sagte sie dann noch einmal.

»Ist schon okay«, meinte Carolyn gewollt gleichgültig. »Du warst halt etwas durcheinander wegen der Schmerzen und so. Schwamm drüber.«

»Danke, Lynn. Es tut mir wirklich leid. Ich muss mit dem Blinddarm auch meinen Verstand verloren haben«, versuchte Carina nun zu scherzen.

In Carolyns Innerem tobte ein Sturm. Carina hatte verdammtes Glück gehabt! Es hätte auch anders kommen können ... sie hätte sterben können, und ihr, Carolyn, hätte es nicht das Geringste ausgemacht. Ihre Mutter hatte recht mit dem, was sie im Krankenhaus zu ihr gesagt hatte. Sie empfand wirklich kein Fünkchen Mitleid mit ihrer Schwester, ganz im Gegenteil. Ach, wie sehr sehnte sie sich nach Befreiung, nach diesem einzigartigen Hochgefühl, das sie immer dann empfand, wenn sie sich vorstellte, dass es Carina nicht gäbe.

KAPITEL 31

Am Freitag der darauffolgenden Woche kam Carina aus dem Krankenhaus heim. Sie war noch geschwächt und deshalb ungewohnt still. Die Atmosphäre im Hause Harris war ziemlich angespannt.

Carolyn bemerkte die forschenden Blicke, die ihre Schwester ihr von Zeit zu Zeit zuwarf.

Carina grübelte ständig darüber nach, was in Carolyn vor sich ging. Sie hatte schreckliche Angst davor, dass sie mit den Eltern über die leidige Sache mit Ben reden könnte. Es wäre jetzt der beste Zeitpunkt dafür, denn zweifellos würden die Eltern Carolyn sofort jedes Wort glauben.

Verdammt ... wie hatte sie nur so dumm sein können, ihre Schwester eines versuchten Giftmordes zu bezichtigen, auch wenn es ihr nach Carinas Meinung durchaus zuzutrauen wäre! Die Eltern würden sofort den Zusammenhang erkennen, und keine noch so raffinierte Lüge könnte daran etwas ändern.

Carolyn ahnte, was in ihrer Schwester vorging, und ein harter Zug legte sich um ihren jungen Mund. Auch ihr war völlig klar, dass sie zum ersten Mal in ihrem Leben ihre Zwillingsschwester in der Hand hatte. Sie wusste genau, dass Carina sich dieses Mal nicht mit infamen Lügen und faulen Ausreden aus der Affäre ziehen könnte, falls Carolyn sich entschließen sollte, den Eltern die Geschichte mit Ben zu erzählen.

Carolyn konnte die Angst im Gesicht ihrer Schwester sehen, und das bereitete ihr so viel Freude, dass sie vorhatte, Carina noch eine Weile zappeln zu lassen. Carolyn hatte nämlich gar nicht vor, den Eltern alles zu erzählen. Sie hatte eine viel bessere Idee, sich von ihr und ihrer Perfidie zu befreien.

Bei Tisch sprachen die Schwestern nur das Allernötigste miteinander, und die Anspannung zwischen den beiden machte ihren Eltern zu schaffen. Debbie und Philipp waren sehr besorgt, weil sie spürten, dass irgendetwas zwischen den beiden Mädchen nicht stimmte. Da sie von den Vorkommnissen der letzten Monate nichts wussten, konnten sie sich das Verhalten der beiden nicht erklären.

Eines Abends, als die Eheleute gemeinsam vor dem Fernseher saßen, fragte Philipp seine Frau: »Debbie-Liebling, was ist eigentlich mit unseren Mädchen los? Ist dir nicht auch aufgefallen, dass sie nicht ein einziges Wort miteinander reden?«

»Doch, ja natürlich«, erwiderte Debbie sorgenvoll, »das geht schon seit Wochen so. Zuerst dachte ich, es wäre wegen der Sache im Krankenzimmer ... du weißt schon, als Carrie verlangte, dass wir Lynn hinausschicken. Aber wenn ich es mir recht überlege, fing das schon Wochen davor an, um genau zu sein, an dem Wochenende, als wir in London waren.«

»Ja, du hast recht, das ist mir auch aufgefallen. Schon am Frühstückstisch sprachen sie kein Wort miteinander und später, als wir spazieren gingen, blieben sie weit hinter uns zurück, und es schien, als würden sie sich streiten.«

»Ja, genau. Da stimmt etwas nicht, Philipp. Aber wie können wir herausfinden, was es ist? Von Lynn können wir sowieso nichts erfahren, so verschlossen, wie sie immer ist. Und Carrie ... es scheint mir in letzter Zeit manchmal so, als hätte sie Angst vor Lynn. Das klingt seltsam, ich weiß, und doch kann ich es nicht anders erklären.«

»Ja, ich weiß, was du meinst, Debbie-Schätzchen. Den gleichen Eindruck habe ich auch, obwohl es mir völlig absurd erscheint.« Philipp Harris schüttelte ratlos den Kopf.

Eine Weile herrschte Schweigen zwischen den Eheleuten, bis Debbie plötzlich fragte: »Ist es nicht eigenartig, dass Carrie dachte, sie hätte eine Vergiftung gehabt und Lynn würde dahinterstecken?«

»Ja, das ist mir auch vollkommen unverständlich«, gab Philipp zu. »Unsere Carolyn ist ja nun wirklich das friedlichste Wesen auf Gottes Erden. Irgendetwas *muss* zwischen den Mädchen vorgefallen sein, sonst käme Carina niemals auf solch einen verrückten Gedanken. Aber was könnte das sein?«

»Vielleicht hat Carrie ihr einen kleinen Streich gespielt, den Lynn ihr sehr übel genommen hat«, überlegte Debbie. »Du weißt doch, wie humorlos Lynn sein kann. Ja, und dann hat Carrie geglaubt, dass ...«

»Also, das ist doch völlig unsinnig, Debbie-Maus. Ich meine, wenn es sich lediglich um einen harmlosen Streich gehandelt hätte, würde Carina doch nicht auf die wahnwitzige Idee kommen, dass Carolyn deshalb versuchen würde, sie umzubringen!«

»Du hast vollkommen recht, Phil, das macht absolut keinen Sinn. Aber trotzdem ... irgendwas ist da im Busch, und wir müssen versuchen herauszufinden, was das ist.«

»Ja, Debbie-Häschen, das sollten wir, obwohl ich wenig Hoffnung habe, dass es uns gelingen wird.«

Für den Bruchteil einer Sekunde zögerte Debbie, bevor sie leise fragte: »Glaubst du, dass Lynn wirklich fähig wäre, Carrie etwas anzutun, Phil?«

»Um Gottes willen, nein!«, rief ihr Mann entsetzt. »Unsere Carolyn könnte keiner Fliege etwas zuleide tun. Wie kannst du so etwas auch nur denken, Debbie-Darling?«

»Ach, Phil, du weißt doch ganz genau, dass Lynn eifersüchtig auf Carrie ist, obwohl sie natürlich nicht den geringsten Grund dazu hat.«

»Das ist aber jetzt ein bisschen weit hergeholt, Debbie«, erwiderte Philipp empört. »Eifersucht ist bei vielen Geschwistern ein Thema, aber darum vergiftet man sich doch nicht gegenseitig! Nein, Debbie, jetzt gehst du aber wirklich entschieden zu weit! Carolyn ist ein so folgsames Kind, immer gibt sie nach, wenn die beiden sich streiten. Niemals nimmt sie Carinas ständige Sticheleien gegen sie übel, im Gegenteil, oft lächelt sie sogar darüber und schweigt. Und du musst zugeben, dass Carolyn oft genug Grund hätte, wütend auf Carina zu sein.«

Als er sah, dass seine Frau aufbegehren wollte, sprach er schnell weiter: »Nein, nein, Debbie, was Recht ist, muss Recht bleiben! Unsere Carrie schlägt wirklich manchmal über die Stränge und nicht nur Lynn gegenüber. Ich habe oft den Eindruck, dass sie uns alle manipuliert.«

Debbie wusste, dass ihr Mann nicht so ganz im Unrecht war, wollte es jedoch nicht zugeben.

»Du hast schon recht, Phil, aber Carrie meint das nicht so. Sie ist sich dessen nicht bewusst, dass sie es manchmal ein bisschen übertreibt. Sie ist halt etwas gedankenlos und impulsiv.«

»Richtig! Unsere Carolyn hingegen ist immer besonnen und vernünftig. Niemals habe ich auch nur ein einziges böses Wort von ihr gehört. Sie gehorcht, ist immer hilfsbereit, auch Carina gegenüber, und eine Musterschülerin ist sie obendrein. Du traust ihr doch nicht ernsthaft etwas Schlechtes zu? Debbie-Maus ... ich bitte dich!«

»Nein, Phil. Ich kann es mir auch nicht vorstellen, dass sie etwas Böses tun könnte. Es ist aber manchmal so, dass ihre Augen einen kalten Glanz haben, wenn sie sich unbeobachtet fühlt. Als wir zum Beispiel zusammen im Krankenhausflur saßen und auf den Arzt gewartet haben, weißt du, da hatte sie einen Ausdruck in den Augen, der mir richtig Angst gemacht hat. Und auch Carrie hatte Angst vor ihr, als wir ins Krankenzimmer kamen. Da fragt man sich doch, warum!«

»Dafür habe ich keine Erklärung, Debbie-Schätzchen.« Philipp Harris sah verzweifelt aus. »Wir müssen mit den Mädchen so bald wie möglich sprechen.«

»Du hast recht, Phil. Lass uns gleich morgen mit den beiden reden.«

Sie gingen zu Bett, lagen aber beide noch lange wach.

KAPITEL 32

Unterdessen herrschte eine bedrückende Stille im Mädchenzimmer. Carinas Blicke wanderten immer wieder ängstlich zu Carolyn, aber die tat so, als wäre alles in bester Ordnung. Sie hatte keine Lust, mit Carina zu sprechen, sondern wollte einfach nur ihre Ruhe haben. Leider war es die Ruhe vor dem Sturm, denn nachdem eine halbe Stunde Stillschweigen geherrscht hatte, ergriff Carina endlich das Wort.

»Lass uns noch einmal über alles reden, Lynn. Warum können wir die ganze Sache nicht einfach vergessen und versuchen, unsere geschwisterliche Beziehung zu verbessern. Was meinst du?«

»Wenn du mir erklären könntest, wovon du sprichst, wäre uns beiden geholfen«, erwiderte Carolyn eisig.

»Du weißt ganz genau, dass ich von deinem untreuen Benny-Boy spreche und davon, dass du *mir* die Schuld an seinem Tod gibst. Tu doch nicht so!« Carina warf ihrer Schwester einen wütenden Blick zu.

Carolyn horchte auf.

»Wie kommst du denn auf die Idee, dass ich *dir* die Schuld an seinem Tod gebe?«

»Was? Ach so, hast du nicht mal so was erwähnt, kurz nachdem es passiert ist?«

Carolyn sah ihre Schwester nachdenklich an. »Nicht, dass ich wüsste.«

»Ach so, dann vergiss es!«, winkte Carina jetzt hektisch ab.

»Aber wenn ich mich richtig erinnere, warst du der Meinung, er hätte seinen Tod verdient, nicht wahr?«, hakte Carolyn nach.

»Weiß ich nicht mehr. Wie auch immer, auf jeden Fall war es dumm von mir, dich zu beschuldigen. So etwas würdest du schließlich niemals tun.«

»Ach ja? Stimmt, du hast ja dann erfahren, dass es eine Blinddarmentzündung war«, bemerkte Carolyn sarkastisch und lächelte böse. »Weißt du, Carina, es ist mir im Grunde genommen völlig gleichgültig, was du von mir denkst, solange du deine Gedanken für dich behältst und nicht die Eltern damit verrückt machst. Oder willst du etwa, dass Mum und Dad erfahren, was für ein hinterhältiges Biest du bist? Willst du das?« Carolyn sah ihre Schwester voller Verachtung an.

»Natürlich nicht. Du wirst es ihnen doch nicht erzählen, oder?«

»Sofern du mich in Zukunft in Ruhe lässt und dich mit deinen üblichen Gehässigkeiten zurückhältst, nicht! Leben und leben lassen! Das ist doch dein Motto, nicht wahr? Und das gilt in Zukunft auch für *mich*. Andernfalls werden unsere Eltern doch noch erfahren, was für ein verdorbenes Früchtchen du bist, verlass dich drauf! Und es wird dir diesmal auch nichts nützen, einfach alles abzustreiten. Sie werden sofort den Zusammenhang sehen zwischen deiner bösen Intrige und dem Verdacht gegen mich, ich hätte dich vergiften wollen, nicht wahr?« Carolyn blickte Carina mit eiskalt funkelnden Augen an. »Von jetzt an wirst du dich mir gegenüber anständig benehmen, so schwer es dir auch fallen mag. Ich hoffe, wir haben uns verstanden!«

»Okay, okay, kein Problem«, erwiderte Carina wütend. »Unsere Eltern sind halt Spießer, genau wie du. Sie würden es nicht verstehen, und nur deshalb hast du mich in der Hand. Ich meine, was ist denn schon so Schlimmes geschehen? Eigentlich müsstest du mir sogar dankbar sein, dass ich dir die Augen über deinen untreuen Benny geöffnet habe. Er hätte dich früher oder später sowieso betrogen, falls er am Leben geblieben wäre, versteht sich. Außerdem hast du doch wiederholt betont, er würde dir sowieso nichts mehr bedeuten. Und was die andere Sache betrifft ... nun, ich hatte schreckliche Angst! Das wäre alles nicht geschehen, wenn du dich mir gegenüber nicht so merkwürdig verhalten hättest. Da fragt man sich wirklich, *wer* hier *wen* gemein behandelt hat.«

Also, das war doch jetzt wirklich nicht mehr zu fassen! Heiß kochte die Wut in Carolyn hoch, und es kostete sie große Mühe, die Contenance zu bewahren. Am liebsten wäre sie mit den Fäusten auf ihre Schwester losgegangen. Jetzt versuchte dieses heimtückische Luder wahrhaftig, *ihr* die Schuld an allem in die Schuhe zu schieben. Und das Beeindruckendste an der Sache war, dass es so klang, als glaubte sie selbst an das, was sie da von sich gab.

Carolyn hielt in diesem Fall eine Antwort für überflüssig. Demonstrativ drehte sie ihrer Schwester den Rücken zu.

KAPITEL 33

Am Samstag nach dem morgendlichen Tischgebet war die Stimmung zwischen den beiden Mädchen zur Überraschung der Eltern erstaunlich gut. Sie erzählten sich gegenseitig, was sie für heute geplant hatten, und Carolyn bat Carina sogar darum, sich deren neue weiße Jeans ausleihen zu dürfen. Und seltsamerweise war die sofort dazu bereit, was wirklich an ein Wunder grenzte. Ja, sie bot Carolyn sogar an, ihre rote Seidenbluse dazu zu tragen.

Debbie und Philipp kamen aus dem Staunen nicht heraus.

Trotzdem sagte Philipp Harris nach einer Weile betont locker: »Mum und ich müssen nach dem Frühstück dringend mit euch reden, Mädels.«

»Was ist denn los, Daddy?«, tat Carolyn erstaunt, obwohl sie keineswegs überrascht war.

Carina blickte angestrengt auf ihren Teller und schwieg.

»Das werden wir euch dann schon sagen. Jetzt lasst uns in Ruhe zu Ende frühstücken, dann gehen wir zusammen ins Wohnzimmer, okay?«

»Wenn's denn sein muss«, antwortete Carolyn.

Schweigend frühstückten sie, und jeder hing seinen Gedanken nach.

Carina fühlte sich ein wenig mulmig in ihrer Haut. Was, wenn Mum oder Dad sie nun fragten, was zwischen ihnen vorgefallen war? Was, wenn sie sich nicht ablenken ließen? Was sollte sie denn bloß antworten auf die Frage, warum sie es Lynn zugetraut habe, sie vergiften zu wollen? Sie musste sich jetzt ganz schnell etwas Glaubwürdiges einfallen lassen. Auf keinen Fall wollte sie, dass Lynn doch noch die Wahrheit erzählte. Die Eltern hatten hohe moralische Werte, und natürlich waren sie fest davon überzeugt, dass ihre beiden Töchter diese Werte ebenfalls hochhielten. Niemals wären sie auf den Gedanken gekommen, dass Moral nicht die geringste Bedeutung für Carina hatte, dass sie sich im Gegenteil sogar lustig darüber machte. Wenn die Eltern also hartnäckig blieben und Lynn ihnen, entgegen ihrer Abmachung, doch alles erzählte, so würden sie ihr niemals mehr vertrauen, was sehr viele Nachteile für sie mit sich bringen würde. Abstreiten konnte sie aber nichts, weil die Szene im Krankenhaus für sich sprach.

Verdammt, was hatte sie da nur angerichtet? Wie hatte sie nur so dumm sein können, wo sie doch sonst immer alles im Griff hatte? Aber es nützte nun nichts, sie hatte sich in die Sache hineingeritten, jetzt musste sie auch zusehen, wie sie da wieder einigermaßen ungeschoren herauskam. Sie grübelte und grübelte, und ihr Gesicht wurde immer finsterer.

Carolyn hatte Carinas Mienenspiel beobachtet. Sie wusste, über was ihre Schwester nachdachte und war schadenfroh. Zum ersten Mal in den vielen Jahren hatte sie Macht über ihre Schwester, und das erzeugte ein geradezu euphorisches Gefühl in ihr. Sie wusste genau, dass Carina sich an den Kompromiss halten musste, wenn sie sich nicht selbst schaden wollte. Sie wusste aber auch, dass Carina es hasste, Kompromisse einzugehen. Carolyn lächelte böse.

Im Nachhinein betrachtet war es ein Segen, wie sich die Dinge entwickelt hatten ... ja, und dass Carina sie beschuldigt hatte.

Wenn es auch eigentlich ganz anders hätte für sie ausgehen sollen ...

Nachdem alle fertig gefrühstückt hatten, stand Philipp Harris als erster auf und sagte: »So, meine Lieben, dann wollen wir mal.«

Die anderen folgten ihm ins Wohnzimmer und warteten, bis er erneut das Wort ergriff.

»Ja, meine Mädchen, Mum und ich haben uns gefragt, was eigentlich mit euch beiden in letzter Zeit los ist. Wir meinen, dass euer Verhalten höchst seltsam ist, seitdem sie und ich in London waren. Nicht wahr, Debbie-Schatz, so ist es doch?«

Die Mutter blickte die beiden Mädchen an und sagte: »Ja, das stimmt. Es fiel mir sofort am nächsten Tag auf, als ihr am Frühstückstisch kein einziges Wort geredet habt, und später beim Spaziergang sah es so aus, als hättet ihr einen heftigen Streit. Danach habt ihr wieder nicht miteinander geredet. Ja, und dann die Sache im Krankenhaus ...« Sie blickte Carina an. »Wie kamst du darauf, Lynn hätte dich vergiften wollen, Carrie?«

Carina zuckte zusammen. Da war sie, die gefürchtete Frage! Im nächsten Moment aber fing sie sich und antwortete mit fester Stimme: »Mum, ganz ehrlich, ich weiß es selbst nicht mehr genau, wie ich darauf gekommen bin. Ich weiß nur, dass ich so einen eigenartigen Traum hatte, bevor ihr ins Zimmer kamt. Ich kann mich gar nicht mehr so richtig erinnern, was ich geträumt habe, aber ich war vollkommen durch den Wind danach.«

»Das kam mir aber überhaupt nicht so vor«, meinte Philipp. »Ganz im Gegenteil, du schienst sehr genau zu wissen, wovon du sprachst, mein Kind. Was meinst du, Debbie-Maus?«

»Daddy hat recht. Auch ich hatte den Eindruck, dass du ganz klar bei Verstand warst. Wir sind fest davon überzeugt, dass irgendetwas zwischen dir und Lynn vorgefallen sein muss. Die Tatsache, dass seit Wochen zwischen euch eine sonderbare Stimmung herrscht, spricht auch dafür. Und glaubt nur nicht, dass uns euer Verhalten heute beim Frühstück täuschen kann. Eine Schwalbe macht noch keinen Sommer. Wir wollen jetzt endlich wissen, was los ist! Also, Lynn. Was hast du denn dazu zu sagen?« Debbie sah Carolyn mit vorwurfsvollem Blick an, so als ob *sie* die Ursache allen Übels wäre.

Carolyn hatte Mühe, ihre aufsteigende Wut zu unterdrücken. »Ich habe nicht die geringste Ahnung, was zwischen uns vorgefallen sein soll, Mum. Ihr verrennt euch da in etwas, Daddy und du, wirklich.«

»Lynn hat recht«, meldete sich Carina erneut zu Wort. »Ihr wisst doch beide, dass sie und ich uns oft gegenseitig ärgern. Mal ist es dies, mal ist es jenes, meistens aber nichts Ernstes. Manchmal sprechen wir dann halt eine Weile nicht zusammen. Und im Krankenhaus war ich wirklich nicht ich selbst, so glaubt mir das doch! Die fürchterlichen Schmerzen, die Übelkeit, der merkwürdige Traum; das alles hat mich total verrückt gemacht. Lynn und ich haben das schon längst geklärt, nicht wahr, Lynn?«

»Na klar, haben wir. Carina hat sich bei mir entschuldigt, und alles ist wieder in Ordnung, ihr werdet sehen.«

Zweifelnd schauten die Eltern sich an. Stimmte es, was die Mädchen sagten? Aber warum sollten sie beide übereinstimmend das Gleiche sagen, wenn es sich nicht so verhielte? Vielleicht war es ja wirklich so, wie es beide Mädchen schilderten.

»Also gut. Dann wollen wir uns zunächst einmal damit zufriedengeben, nicht wahr, Debbie-Schatz?«

»Na ja ... wir werden sehen«, meinte die Mutter wenig überzeugt. Sie dachte an den Ausdruck in Carolyns Augen, als sie auf dem Gang des Krankenhauses saßen, und wieder lief ihr ein Schauer über den Rücken. Aber was sollten sie tun, Phil und sie? Beide Mädchen hatten die gleiche Erklärung für alles.

»Ist die Konferenz damit beendet?«, fragte Carina ungeduldig, und ihre Stimme hatte schon wieder den üblichen unbekümmerten Klang.

»Ja, dann trollt euch mal«, brummte der Vater widerwillig.

Die Mädchen warfen sich einen kurzen Blick zu.

»Komm Lynn, wir zischen ab«, sagte Carina.

Die Mädchen verließen den Raum, um nach oben in ihr Zimmer zu gehen.

Debbie sah ihren Mann stirnrunzelnd an. »Du kannst mir sagen, was du willst, Phil, irgendetwas stimmt da nicht.«

»Den Eindruck habe ich leider auch«, stimmte Philipp seiner Frau zu. »Aber wir können jetzt nur abwarten und sehen, wie sich die Kinder zukünftig verhalten. Bitte, Debbie-Mäuschen, lass uns die Sache vorerst abhaken. Wir könnten doch heute Nachmittag auch etwas Nettes unternehmen. Zuerst machen wir einen Spaziergang am Strand entlang, dann trinken wir eine schöne Tasse Tee, und später machen wir es uns hier mit einem Gläschen Wein gemütlich. Was meinst du, meine Süße? Es ist Samstag, und die Kinder haben bestimmt etwas vor. Dann haben wir wieder einmal sehr viel Zeit für uns, mein Debbie-Liebling.« Er zwinkerte ihr zu und gab ihr einen vielsagenden Klaps auf den Po.

»Ach Phil, du alter Draufgänger«, kicherte Debbie und errötete wie ein junges Mädchen.

***

Unterdessen waren die beiden Schwestern nach oben gegangen. Beide waren mit dem Ergebnis der Unterredung äußerst zufrieden, wenn auch aus völlig unterschiedlichen Gründen.

Sie wird sich in Zukunft schwer hüten, mich zu verärgern, dachte Carolyn, während Carina daran dachte, dass sie noch einmal mit heiler Haut davongekommen war.

Solange ich Lynn in Ruhe lasse, habe ich nichts zu befürchten, überlegte sie. *Immerhin gibt es genug andere Möglichkeiten, sich zu amüsieren. Ich werde schon meinen Spaß haben. Es gibt so viele Lynns und Benny-Boys auf dieser Welt.*

»Du weißt hoffentlich, dass wir in Zukunft nett zueinander sein müssen«, vergewisserte Carolyn sich noch einmal, »und das gilt besonders für dich!« Sie sah ihre Schwester bedeutungsvoll an.

»Na klar doch, liebes Schwesterherz!«, stimmte Carina ihr zu und grinste frech. »Leben und leben lassen!«

TEIL ZWEI

KAPITEL 34

Die Jahre vergingen, und Carolyn stand kurz davor, ihren Schulabschluss zu machen. Sie hatte vor, Medizin zu studieren und später einmal eine eigene Arztpraxis zu eröffnen. In den Ferien arbeitete sie deshalb aushilfsweise in der kleinen Apotheke in Seaford. Sie hatte ein eigenes Konto, auf das sie jeden Monat regelmäßig eine bestimmte Summe einzahlte.

Carolyn war sehr strebsam und verfolgte ihre Ziele, ohne nach rechts oder links zu schauen. Seit der unerfreulichen Erfahrung damals mit Ben hatte sie mit Jungen nichts mehr im Sinn und konzentrierte sich nur auf die Schule. Niemand hatte auch nur die geringste Chance bei ihr, obwohl es einige nette Jungen gab, die sich für sie interessierten.

Laura Carson, ihre beste Freundin, war nun schon seit drei Jahren mit Johnny Lawrence zusammen. Laura und Johnny waren wie füreinander geschaffen und hatten bereits feste Pläne für eine gemeinsame Zukunft geschmiedet. Laura hatte vor, Medizin zu studieren, und Johnny wollte Rechtsanwalt werden, wie sein Vater. Nach dem Studium würden sie heiraten und ein Haus in Bexhill beziehen, das Johnnys Eltern ihrem Sohn zur Hochzeit schenken wollten.

Laura war nach wie vor Carolyns einzige Vertraute, und die beiden Mädchen verbrachten regelmäßig einen großen Teil ihrer Freizeit zusammen. Carolyn liebte ihre Freundin und freute sich, dass sie und Johnny so glücklich miteinander waren. Trotzdem war sie manchmal ein kleines bisschen neidisch, wenn sie sah, wie liebevoll die beiden miteinander umgingen. Sie schämte sich dafür, konnte aber nichts dagegen tun.

Was sie nicht ahnte ... Laura wusste sehr wohl, wie Carolyn empfand, immerhin kannte sie ihre Freundin nun schon seit sieben Jahren. Sie wusste, dass Carolyn ihr das Glück mit Johnny nicht missgönnte, sondern sich manchmal einfach nur ein bisschen einsam fühlte. Eben aus diesem Grund gab sie sich große Mühe, einen netten Jungen für ihre Freundin zu finden und wurde dabei von Johnny tatkräftig unterstützt.

Jedoch wurden die gut gemeinten Bemühungen nicht von Erfolg gekrönt, denn Carolyn interessierte sich niemals auch nur im Entferntesten für einen der von ihren Freunden sorgfältig ausgewählten Kandidaten.

Carina hatte sich während der letzten drei Jahre an ihre Vereinbarung gehalten und sich völlig aus Carolyns Leben herausgehalten. Es hatte seitdem keinerlei Gemeinheiten und Intrigen mehr gegeben, und so hatte Carolyn sich in Ruhe auf die Schule und ihre beruflichen Zukunftspläne konzentrieren können.

Vor zwei Jahren hatte Carina mit der Mittleren Reife die Schule verlassen. Der Grund war nicht etwa der, dass sie nicht die nötige Intelligenz gehabt hätte, um das Abitur zu machen, sondern ihr fehlte nach wie vor ganz einfach die Lust am Lernen. Da sie sicher war, ihre Ziele auch mit wenig Einsatz erreichen zu können, sah sie nicht ein, warum sie sich über Gebühr anstrengen sollte. So hatte sie ihren Eltern immer wieder damit in den Ohren gelegen, eine Ausbildung zur Friseurin machen zu wollen, bis diese sich, wenn auch widerwillig, einverstanden erklärten.

Nun stand sie kurz vor ihrer Abschlussprüfung als Friseurin und würde bald in die USA gehen, um eine Ausbildung zur Maskenbildnerin zu machen. Selbstverliebt, wie sie nun einmal war, sah sie sich jetzt schon, von Superstars umgeben, als eine der besten Maskenbildnerinnen Hollywoods.

Diese dreijährige Ausbildung war eine sehr kostspielige Angelegenheit. Allein der Kurs war sündhaft teuer. Hinzu kamen die Reise- und Lebenshaltungskosten und nicht zuletzt die Unterkunft, die nur wenige Minuten von ihrer Ausbildungsstätte entfernt lag. Trotzdem waren die Eltern sofort bereit gewesen, dies alles zu finanzieren, mit der Begründung, dass Carolyn während ihres künftigen Studiums ebenfalls von ihnen unterstützt werden würde. Erwähnt wurde natürlich mit keinem Wort, dass Carolyn neben ihrem Studium in der Seaford Apotheke jobben und weiterhin zu Hause wohnen würde, um das Geld für eine entsprechende Unterkunft in Brighton einzusparen. Dies bedeutete, dass sie künftig jeden Morgen mindestens eine Stunde unterwegs sein würde, um nach Brighton zur Universität zu fahren und eine weitere Stunde am Nachmittag zurück.

Carolyn war wie immer diejenige, die Abstriche machen musste, damit Mummys kleine Prinzessin es so angenehm wie eben möglich hatte. Die Hoffnung, dass sich dies jemals ändern würde, hatte Carolyn im Laufe der vielen Jahre aufgegeben. Sie freute sich schon jetzt auf den Tag, an dem sie dieses Haus verlassen und ihr Leben unabhängig von ihren Eltern nach ihren eigenen Wünschen und Vorstellungen gestalten konnte. Immer dann, wenn Carolyn sich ungerecht behandelt fühlte, dachte sie an ihr Ziel, und dieser Gedanke gab ihr die nötige Kraft, alle Ungerechtigkeiten zu ertragen.

KAPITEL 35

Endlich war es soweit, und Carolyn verließ die Schule mit der Hochschulreife. Sie hatte in allen Fächern die bestmögliche Note erzielt und war als Beste ihres Jahrgangs ausgezeichnet worden. Stolz und mit strahlendem Gesicht zeigte sie ihren Eltern ihr Zeugnis.

»Herzlichen Glückwunsch, mein Kind. Das hast du wirklich fabelhaft gemacht«, lobte ihr Vater sie überschwänglich. »Einfach brillant!« Er nahm sie in die Arme und küsste sie liebevoll auf beide Wangen. Dann reichte er das Zeugnis an seine Frau weiter und fügte hinzu: »Wir sind sehr stolz auf dich. Was meinst du, Debbie-Maus?«

Debbie warf einen flüchtigen Blick darauf und meinte gleichgültig: »Ja, natürlich, sehr schön. Aber von dir hatte ich auch nichts anderes erwartet, Lynn. Kannst du mir nun helfen, den Tisch zu decken? Carrie wird auch jeden Moment hier sein. Ich bin schon ganz gespannt darauf, wie sie abgeschnitten hat. Sie hat ja wirklich sehr hart gearbeitet in letzter Zeit, das arme Ding.«

Carolyn verschlug es die Sprache. *Das darf ja wohl nicht wahr sein!* Sie brachte ein Reifezeugnis mit dem bestmöglichen Notendurchschnitt nach Hause und alles, woran ihre Mutter dachte, war Carinas Abschluss als Friseurin! Und hart gearbeitet, Carina!? Das war das Lächerlichste, was Carolyn je gehört hatte. Faul war sie, stinkfaul! Nie hatte sie auch nur ein kleines bisschen mehr getan als unbedingt nötig, sonst hätte nämlich auch sie ihr Abitur machen können.

Carolyns Herz war voller Bitterkeit. Immer wieder verletzte sie das Verhalten ihrer Mutter, so sehr sie sich auch bemühte, es an sich abprallen zu lassen. Ihr Vater versuchte zwar nach wie vor, die Gleichgültigkeit der Mutter Carolyn gegenüber auszugleichen, aber so richtig gelingen wollte es ihm nicht. Auch nach fast zwanzig Jahren Ehe mit seiner Debbie war er noch genauso vernarrt in sie wie am Anfang ihrer Beziehung, ständig bemüht, ihr alles recht zu machen, was sich wiederum negativ auf seine Beziehung zu Carolyn auswirkte. Traurig blickte Carolyn ihren Vater an, der schnell seinen Kopf senkte, um dem Blick seiner Tochter auszuweichen.

Ihm war nicht wohl in seiner Haut, wusste er doch diesen Blick genau zu deuten, diesen um Hilfe bettelnden Blick, den er schon so viele Jahre nur zu gut kannte. Er wusste tief in seinem Innern, dass er als Vater immer wieder versagt hatte, besonders gegenüber Carolyn. Er wusste es, und doch konnte er nichts daran ändern. Er betete seine Frau an, und der Wunsch, es ihr recht zu machen, war stärker als alles andere, stärker als seine Vaterliebe.

Debbie Harris war im Laufe der letzten Jahre immer runder geworden und hatte sogar ein kleines Doppelkinn bekommen. Trotzdem war sie noch recht hübsch, und außer ein paar Lachfältchen, die sich rings um ihre Augen eingegraben hatten, war ihre Haut erstaunlich glatt. Die großen blauen Augen mit den langen blonden Wimpern blickten fast kindlich-naiv in die Welt, und obwohl ihr Mund mit den Jahren etwas schmaler geworden war, hatte ihr Lächeln immer noch denselben Zauber wie vor vielen Jahren. In Philipps Augen hatte seine Frau sich nicht die Spur verändert, sondern war noch immer wunderschön.

Philipp war im Gegensatz zu Debbie genauso schlank

wie früher. Sein Haar war voll und wellig, wenn sich auch einige graue Strähnen hindurchzogen. Seine attraktive Erscheinung zog noch immer die Blicke der Frauen auf sich, was ihn aber überhaupt nicht interessierte.

Er konnte sich nur an einen einzigen Moment in seinem Leben erinnern, den er rückblickend zutiefst bereute.

Seine Gedanken wanderten zwei Jahre zurück, als er einer Frau begegnet war, die ihm hätte gefährlich werden können, obwohl sie das genaue Gegenteil von seiner Debbie war oder vielleicht gerade deshalb!? Er sah sie wieder vor sich ...

***

Helen Morrison, eine wunderschöne, zierliche Frau mit langen nussbraunen Haaren und großen dunklen Augen. Er hatte sie damals auf der Automesse in Earls Court kennengelernt. Debbie hatte ihn nicht begleiten können, weil sie sich eine starke Grippe eingefangen hatte und das Bett hüten musste.

Helen Morrison war eine wohlhabende Witwe Mitte Dreißig, deren verstorbener Mann ihr sein gesamtes Vermögen und einen großen Londoner Autokonzern hinterlassen hatte. Sie wurde Philipp bei einem Geschäftsessen von einem seiner langjährigen Kunden vorgestellt, und er war auf den ersten Blick von ihrer äußeren Erscheinung fasziniert.

Zweifellos fühlte auch Helen sich zu Philipp hingezogen und ließ ihn das nur allzu deutlich spüren. Sein Ehering, den er niemals vom Finger nahm, schien sie nicht im Geringsten zu stören, denn sie war kein Kind von Traurigkeit und daran gewöhnt, alles zu bekommen, was sie wollte. Nun, sie wollte diesen gut aussehenden Provinzler, und sie zweifelte nicht einen einzigen Augenblick daran, dass er dasselbe wollte wie sie.

Natürlich fühlte Philipp sich geschmeichelt, dass eine so attraktive Frau wie Helen ihm offensichtlich schöne Augen machte. Dennoch hatte er trotz seiner Bewunderung für sie keineswegs die Absicht, etwas mit ihr anzufangen. Immerhin liebte er seine Debbie und war sehr glücklich mit ihr verheiratet.

Da Helen und er im selben Hotel wohnten, begleitete er sie später bis zu ihrem Zimmer, und sie überredete ihn mit einer kleinen List, noch auf einen Drink mit hineinzukommen. Sie mixte für beide einen Whisky Soda und legte leise Musik auf. Sie unterhielten sich sehr angeregt, zuerst übers Geschäft, dann über persönliche Dinge, lachten und tranken.

Philipp fühlte sich in der Gegenwart dieser unkomplizierten Frau leicht und unbeschwert wie schon seit langer Zeit nicht mehr. Nun, es war nicht bei dem einen Whisky geblieben, und nach einer Weile hatte Philipp Raum und Zeit vergessen.

Plötzlich verschwand Helen mit einer Entschuldigung im Bad und kam kurz darauf, nur mit einem hauchdünnen Negligé bekleidet, wieder heraus.

Philipp war völlig überrumpelt und starrte sie nur sprachlos an. Ehe er zu irgendeiner Reaktion fähig war, setzte sie sich auf seinen Schoß und küsste ihn. Sekundenlang zögerte er, bevor er sie heftig an sich presste und ihren Kuss leidenschaftlich erwiderte.

Ja, er war in diesem Augenblick bereit, alle moralischen Bedenken über Bord zu werfen, gefährlich nahe daran, seine geliebte Debbie zu betrügen! Doch plötzlich sah er ihr Gesicht vor sich, ihre großen blauen Augen, die ihn ungläubig, ja fassungslos anstarrten. Mit aller Kraft stieß er Helen von sich, sprang auf und rannte fluchtartig aus dem Zimmer. Beim Hinauslaufen hörte er noch ihre erboste Stimme: »Du bist doch wohl nicht ganz bei Trost ... du verrückter Provinzler!«

Als Philipp in seinem eigenen Hotelzimmer ankam, sank er mit einem tiefen Seufzer aufs Bett. Wie hatte es nur so weit kommen können? Welcher Teufel hatte ihn geritten, mit dieser verführerischen Frau in ihr Zimmer zu gehen und unzählige Gläser Whisky zu trinken? Er hätte wissen müssen, was passieren würde, hatte sie ihm ihr Interesse doch vorher schon deutlich signalisiert!

Sein Gewissen quälte ihn, und er schämte sich zutiefst, dass er es so weit hatte kommen lassen. Was, wenn er noch einen einzigen Schritt weitergegangen wäre und wirklich mit ihr ...

Oh, mein Gott, nein ... niemals mehr hätte er seiner Debbie in die Augen schauen können!

Er dankte Gott, dass er ihn davor bewahrt hatte, indem er ihm gerade noch rechtzeitig das Gesicht seiner geliebten Frau ins Gedächtnis gerufen hatte.

Nun konnte er es kaum noch erwarten zurückzufahren, zurück zu seiner Frau, seiner geliebten Debbie, um sie in die Arme zu schließen, sie zu lieben.

Als er am nächsten Abend endlich wieder daheim war, überschüttete er Debbie mit Küssen. »Ich habe dich ja so vermisst, meine Debbie«, stammelte er. »Nie mehr fahre ich ohne dich irgendwohin, auch nicht für einen einzigen Tag!«

Ja, so war das damals gewesen, und seitdem hatte Philipp Harris nicht ein einziges Mal mehr eine andere Frau auch nur angeschaut.

Er hatte die allerbeste Frau der Welt, seine Debbie, und so sollte es auch bleiben!

***

»Philipp, was ist denn los mit dir?«, riss die Stimme seiner Frau ihn aus seinen Gedanken. Er blickte auf und fragte: »Was ... hast du was gesagt, Debbie-Darling?«

»Ja, natürlich, ich habe dich gefragt, ob du auch so gespannt auf Carries Abschlusszeugnis bist wie ich.«

»Ja ... ja, sicher«, murmelte Philipp verstört, obwohl er sich darüber überhaupt keine Gedanken gemacht hatte. Carinas Prüfungszeugnis als Friseurin würde genauso durchschnittlich ausfallen wie ihre sämtlichen Schulzeugnisse zuvor. Was gab es da gespannt zu sein? Seine Frau blickte ihn mit gerunzelter Stirn an, sagte aber nichts.

Ein paar Minuten später stürmte Carina ins Esszimmer, wedelte mit ihren Diplomen wie mit einer Trophäe und strahlte übers ganze Gesicht.

»Mummy, du wirst es nicht glauben, wie gut ich abgeschnitten habe«, rief sie. »Hier, bitte«, und sie legte ihr Abschlusszeugnis und den Gesellenbrief triumphierend auf den Tisch. »Daddy, du auch.«

Debbie Harris sah es sich an und strahlte.

»Die Gesellenprüfung bestanden und ein Notendurchschnitt von 2,9!«, lobte sie. »Das hast du wirklich gut gemacht, mein Schatz. Nicht wahr, Philipp? Das ist doch ein toller Erfolg?«

»Ja ... ja, das ist gar nicht so schlecht.« Philipp vermied es dabei, in Carolyns Richtung zu sehen.

Carolyn sah ihre Mutter völlig fassungslos an. Was war eigentlich los mit dieser Frau? War sie nicht ganz richtig im Kopf? Sie sang eine wahre Lobeshymne auf Carina, während sie *ihr* nicht ein einziges anerkennendes *Wort* gönnte!

Carolyn konnte sich nicht mehr beherrschen und platzte heraus: »Ja, das ist wirklich einsame Spitze, Carina! Eine bestandene Gesellenprüfung als Friseurin und ein Noten-durchschnitt von 2,9 ist natürlich ein viel größerer Erfolg als ein mit Auszeichnung bestandenes Abitur. Weiter so!« Carolyn klatschte mit gespielter Begeisterung Beifall und blickte ironisch in die Runde.

Carina sah ihre Schwester wütend an. Wie konnte es diese arrogante Streberin nur wagen, sie derartig zu er-niedrigen? Zum hundertsten Mal verfluchte sie den Tag, an dem sie diesen blöden Ben verführt und daraufhin ihre Schwester bezichtigt hatte, sie vergiften zu wollen. Ohne diesen verflixten Kompromiss, den sie deshalb hatte eingehen müssen, hätte sie es ihrer Schwester so manches Mal gezeigt, wie zum Beispiel jetzt! Schwei-gend und mit gesenktem Kopf starrte sie wütend auf ihren Teller.

Debbie Harris lief rot an vor Wut, denn sie deutete das Schweigen ihrer Tochter falsch. Wie verletzt ihre Carrie war! Mit schneidender Stimme sagte sie an Carolyn ge-wandt: »Es ist sehr schändlich von dir, dich so über deine Schwester lustig zu machen, Lynn. Carrie muss sich eben viel mehr anstrengen als du, um gute Noten zu bekom-men. Sie hat hart gearbeitet und deshalb ein Lob verdient, meine ich. Du hingegen solltest froh und dankbar sein, dass dir die guten Noten nur so zufliegen, ohne dass du dich besonders dafür anstrengen musst.«

Carolyn konnte es nicht glauben. Carina und hart ar-beiten ... das war der reinste Hohn! Sie lernte gerade das Nötigste, ließ sich von anderen die Aufgaben machen und schwänzte die Schule.

Mitten in ihre Gedanken hinein schrillte die hohe Stimme ihrer Mutter: »Habe ich nicht recht, Philipp? Nun sag du doch auch mal was!«

Philipp Harris wand sich wie ein Aal. Er war zwar nicht

derselben Meinung wie seine Frau, wollte ihr aber auch nicht widersprechen.

»Natürlich fällt Carolyn das Lernen leicht«, sagte er daher nach kurzem Zögern, »aber auch sie hat sehr hart gearbeitet, Debbie-Häschen, das lässt sich nicht bestreiten. Und nebenbei hat sie in ihrer Freizeit oft in der Apotheke ausgeholfen.«

Carolyn warf ihrem Vater einen dankbaren Blick zu.

»Carrie hat neben der Schule auch oft im Salon arbeiten müssen!«, protestierte Debbie, lenkte dann aber überraschend ein. »Na ja, unsere Töchter sind natürlich beide fleißig. Ich habe ja auch nur gesagt, dass Lynn sich für die Schule nicht so anstrengen musste wie Carrie. Von ihr ist man halt nichts anderes gewöhnt, als dass sie immer die besten Noten nach Hause bringt. Selbstverständlich bin ich auch stolz auf *dich*, Lynn«, fügte sie, an Carolyn gewandt, mit gönnerhafter Miene hinzu.

Carolyn, die vor einigen Jahren aufgehört hatte, ihre Mutter *Mum* zu nennen, erwiderte mit unverhohlenem Spott in der Stimme: »Vielen Dank, Mutter.« Damit war die Sache für sie erledigt. Wieder einmal sehnte sie den Tag herbei, an dem sie dieses Haus endgültig verlassen konnte.

KAPITEL 36

Einige Wochen später war es soweit, Carina ging in die USA. Die Aufregung im Hause Harris war riesengroß, und es herrschte das reinste Chaos. Endlich war alles unter Dach und Fach, und Carinas Koffer standen fertig gepackt in der Diele. Die Familie saß beim Frühstück auf der Terrasse, denn es war ein herrlich warmer Sommertag.

Carolyn liebte es, die warmen Sonnenstrahlen auf ihrer Haut zu spüren und zu beobachten, wie die Baumwipfel sich sanft im Wind bewegten. Sie erfreute sich am leisen Rascheln der Blätter und am Anblick des silbern glänzenden Teiches in der Mitte des Gartens.

Debbie Harris aber hatte heute keinen Blick für die Schönheit des Tages. Ihre Augen waren verweint, und sie sah übernächtigt aus.

Carolyn musterte sie verächtlich. Ja, nun würde ihre Mutter doch tatsächlich drei Jahre ohne ihr Prinzesschen auskommen müssen. Lediglich an Weihnachten würde Carina für einige Tage nach Hause kommen.

Carolyn selbst war natürlich froh. Ein Leben ohne Carina ... einfach unbeschreiblich! Bald begann ihr Studium, und sie freute sich schon sehr darauf. Laura und Johnny studierten ebenfalls in Brighton, genau wie Carolyn. Somit würden sich die Freundinnen weiterhin täglich sehen. Carolyn war darüber sehr glücklich, denn sie konnte sich nicht vorstellen, ihre Freundin für längere Zeit nicht zu sehen. Abends wollte sie dann die wunderbare Stille genießen und in Ruhe lernen. Obwohl Carina sie in den letzten Jahren nicht mit ihren Bosheiten belästigt hatte, lag es nun einmal in ihrer Natur, eine gewisse Unruhe zu verbreiten, ganz zu schweigen von ihrer entsetzlichen Unordnung. Die kommenden Jahre würden himmlisch sein und danach ... danach würde ihr schon etwas einfallen. Vielleicht würde sie sich dann ein möbliertes Zimmer in Brighton suchen. Immerhin hatten die Eltern dann auch wieder mehr Geld zur Verfügung und konnten sie dabei ein wenig unterstützen. Na ja, jetzt lag ja erst mal eine wundervolle Zeit ohne die Schwester vor ihr, und die wollte sie genießen!

Mitten in ihre Gedanken hinein hörte sie plötzlich ihre Mutter verzweifelt schluchzen. Verdutzt blickte sie auf.

»Es tut mir leid, Carrie, aber ich kann nicht anders«, weinte Debbie Harris. »Ich freue mich ja mit dir, aber ... ich werde dich schrecklich vermissen.« Das Schluchzen wurde lauter.

»Ach, Mummy, ich verstehe dich doch«, säuselte Carina mit zuckersüßer Stimme. »Ich werde dich und Daddy auch ganz doll vermissen, glaube mir. Sieh mal, jetzt ist es schon fast August, und Weihnachten komme ich schon für zwei Wochen nach Hause.«

»Ja, das weiß ich doch«, jammerte die Mutter, »aber fünf Monate ... das ist doch ... es kommt mir vor wie eine Ewigkeit.« Schluchzend lehnte sie den Kopf an die Schulter ihres Mannes, der den Arm um sie gelegt hatte und zärtlich ihre Wange tätschelte.

»Debbie-Häschen, so beruhige dich doch«, versuchte er sie zu trösten. »Fünf Monate sind doch nun wirklich keine Ewigkeit. Außerdem wird sie uns doch bestimmt jede Woche anrufen, nicht wahr, Carina, das wirst du doch?«

»Natürlich, Daddy! Jeden Sonntag rufe ich an, das ist doch klar. Bitte Mum, versprich mir jetzt, ganz tapfer zu sein, ja?«

»Ach, meine Kleine«, schluchzte Debbie Harris und schniefte geräuschvoll in ihr Taschentuch. »Ich werde es versuchen, aber ich weiß nicht, ob es ... ich kann es dir nicht versprechen.« Wieder schluchzte sie herzzerreißend.

Carina stand nun auf, kniete sich vor dem Stuhl ihrer Mutter nieder und nahm ihr Gesicht in beide Hände. Carolyn sah genau, wie sehr ihre Schwester diesen Auftritt genoss.

»Mummy, ich hab dich ja so lieb«, sagte Carina mit zitternder Stimme. »Du musst mir jetzt versprechen, tapfer zu sein, sonst kann ich nicht ... ich kann doch sonst nicht ...« Laut schluchzend warf Carina nun ihren Kopf in Debbies Schoß.

Carolyn musste an sich halten, um nicht laut loszulachen. Carina sollte lieber Schauspielerin statt Maskenbildnerin werden! Mit großen Augen beobachtete sie diese wirklich bühnenreife Szene und ihren Vater, der nun ebenfalls mit den Tränen zu kämpfen schien.

Carolyn konnte es nicht fassen. Was war hier eigentlich los? Am liebsten wäre sie aufgesprungen und weggerannt. Mehr denn je spürte sie, dass sie nicht hierhergehörte. Diese drei Menschen dort waren ihr vollkommen fremd, wirkten auf sie wie groteske Gestalten in einem drittklassigen Film, dessen unfreiwillige Zuschauerin sie war.

Sehnsüchtig blickte sie auf zum Himmel, wo gerade eine Möwe ihre Kreise zog. In diesem Augenblick beneidete sie diese Möwe, sie beneidete sie um ihre Freiheit. Eines Tages würde auch sie frei sein, so frei wie diese Möwe dort! Ja, eines Tages würde auch sie davonfliegen in eine bessere Welt. Sie würde davonfliegen in eine Welt, in der man sie beachtete, respektierte und liebte. Ja, sie fühlte es tief in ihrem Herzen, dass sie ihr Ziel erreichen würde. Sie würde frei und glücklich sein!

Wie aus weiter Ferne hörte sie die Stimme ihrer Mutter sagen: »Carrie-Schätzchen, jetzt hör doch auf zu weinen. Ich verspreche dir auch, tapfer zu sein.«

Schnell sprang Carina auf, gab ihrer Mutter einen schmatzenden Kuss auf die Wange. »Mum, du bist ein Schatz!«, sagte sie strahlend. »So, jetzt lass uns zu Ende frühstücken, und dann bringt Daddy mich zum Flughafen.«

Seltsam ... auf ihren Wangen sah man nicht die geringste Spur der bitteren Tränen, die sie doch angeblich noch vor wenigen Sekunden vergossen hatte. Fröhlich plappernd verdrückte sie mit gesundem Appetit drei Toast mit Orangenmarmelade und zwei Spiegeleier mit Speck. Als sie mit ihrem Frühstück fertig war, sprang sie auf.

»So Daddy, wir müssen jetzt los. Immerhin möchte ich nicht meinen Flieger verpassen.« An ihre Mutter gewandt, sagte sie munter: »Tschüss, Mum. Und denke bitte daran, was du mir versprochen hast, ja?« Sie küsste ihre Mutter noch einmal auf beide Wangen, rief in Carolyns Richtung: »Tschüss, Lynn. Halt die Stellung!«, und hüpfte dann fröhlich in Richtung Diele.

Debbie und Philipp Harris folgten ihr.

Carolyn blieb auf der Terrasse zurück und atmete erleichtert auf, als endlich die Tür hinter Carina und ihrem Vater ins Schloss gefallen war.

Ihre Mutter verschwand laut schluchzend im Elternschlafzimmer und ließ sich für den Rest des Tages nicht mehr blicken.

Als Carolyn um die Mittagszeit an die Tür klopfte und fragte, ob sie denn nicht etwas essen wolle, bekam sie nicht einmal eine Antwort. Stattdessen hörte sie ein lautes Schniefen und danach wieder dieses jämmerliche Weinen, wie das eines Kindes.

Widerwillig wandte Carolyn sich ab. Hatte sie allen Ernstes erwartet, ihre Mutter könnte sich dafür interessieren, dass auch für sie, Carolyn, schon sehr bald ein neuer Lebensabschnitt beginnen würde? Hatte sie tief in ihrem Innersten gehofft, dass Debbie sich zum Essen mit ihr zusammensetzen würde und sie beide ein nettes Gespräch führen könnten?

Nein, sie war eine Närrin zu hoffen, dass sich irgendetwas ändern würde, nur weil Carina für eine Weile nicht im Hause war. Es würde sich niemals etwas ändern zwischen ihr und ihrer Mutter, und je eher sie sich damit abfand, umso besser war es für sie.

»Zum Teufel mit ihr!«, zischte Carolyn voller Bitterkeit. Dann drehte sie sich abrupt um und verließ das Haus. In der Einsamkeit ihres geliebten Cradle Valley gab sie sich ganz ihrem Schmerz und ihrer Wut hin. Erst spät abends ging sie hoch erhobenen Hauptes heim. Es ging ihr wieder besser, und sie schwor sich, dass nichts und niemand sie jemals brechen würde. Sie war stark, und sie würde allen ihre Stärke zeigen!

Eines Tages würde ihre Mutter es bitter bereuen, sie wie ein Stück Dreck behandelt zu haben.

KAPITEL 37

An einem Montagmorgen Anfang Oktober war es endlich soweit. Carolyn war ziemlich aufgeregt und stand schon sehr früh auf, obwohl sie gut auf diesen ersten Tag ihres Studiums vorbereitet war. Ihre Tasche hatte sie bereits am Vorabend gepackt, ihre Kleider bereitgelegt, und so blieb ihr noch genügend Zeit, ein Bad zu nehmen und ausgiebig zu frühstücken.

Das Frühstücksgeschirr des Vaters stand noch auf dem Tisch, als Carolyn hinunter in die Küche kam. Natürlich hatte ihre Mutter sich wieder ins Bett gelegt, nachdem der Vater das Haus verlassen hatte. Carolyn hatte nichts anderes von ihr erwartet. Für Carina wäre sie zweifellos aufgeblieben, um ihr das Frühstück zuzubereiten, aber für sie ...

Carolyn ärgerte sich wieder einmal über sich selbst. Meine Güte, wie viele Jahre brauchte sie denn noch, bis sie sich endlich an die ungerechte und lieblose Behandlung ihrer Mutter gewöhnt hatte? Warum nur fühlte sie in solchen Momenten immer wieder diesen stechenden Schmerz? Aber heute Morgen spürte sie nicht nur diesen schmerzlichen Stich im Herzen, sondern noch etwas viel Stärkeres! Sie fühlte zum ersten Mal eine starke Aversion gegen ihre Mutter, schon beinahe so etwas wie ... Nein, sie wehrte sich innerlich gegen dieses Gefühl, das sie durchflutete, verdrängte es. Sie war doch trotz allem ihre Mutter, die Frau, die ihr das Leben geschenkt hatte!

Nach dem Frühstück räumte Carolyn den Tisch ab und verließ leise das Haus. Langsam schlenderte sie in Richtung Bahnhof. Ihr Zug ging erst in einer halben Stunde, und so konnte sie die frische Morgenluft genießen. Es war ein wunderschöner, fast windstiller Tag, und ein neuer Lebensabschnitt lag vor ihr. Sie würde neue Menschen kennenlernen und viele interessante Eindrücke gewinnen. Darauf freute sie sich von ganzem Herzen!

Im Zug traf sie Laura, und die Mädchen fielen einander lachend in die Arme.

»Du siehst so glücklich aus, Carry. Woran das wohl liegen mag?« Schelmisch zwinkerte Laura der Freundin zu.

»Das weiß ich auch nicht so genau«, ging Carolyn auf den scherzhaften Ton ihrer Freundin ein. »Seit Wochen bin ich in Hochstimmung und kann es mir nicht erklären!« Dabei lachte sie übers ganze Gesicht. »Wie geht's Johnny?«

»Dem geht's prima. Er sieht sich jetzt schon als *der* erfolgreiche Staranwalt, der jeden Fall gewinnt«, lachte Laura.

»Es würde mich nicht wundern, wenn er das irgendwann einmal wäre«, meinte Carolyn ernst. »In Johnny steckt mehr, als ihm so mancher zutraut, und seit er mit dir zusammen ist, hat er mehr und mehr an Selbstbewusstsein gewonnen, finde ich.«

»Ja, Johnny ist wirklich sehr klug«, antwortete Laura stolz, »und er ist ein Schatz. Einen Besseren als ihn hätte ich nicht finden können. Ach, Carry ... dasselbe wünsche ich mir für dich. Du bist so schön und so klug! Ich bin mir sicher, dass du schon bald den Richtigen finden wirst. Bestimmt wartet er schon auf dich.«

»Lass gut sein, Laura. Ich habe es überhaupt nicht eilig. Zuerst einmal denke ich an mein Studium und daran, so viel Geld wie möglich beiseitezulegen, um sehr bald schon unabhängig zu sein. An etwas anderes möchte ich jetzt gar nicht denken.« Dann wechselte sie schnell das

Thema und fragte: »Wie geht's eigentlich deiner Mum? Du hast doch letztens angedeutet, dass sie einen Mann kennengelernt hat. Meinst du, es könnte etwas Ernstes daraus werden?«

»Ach, ich weiß nicht«, erwiderte Laura. »Sie kennt ihn doch erst seit fünf Wochen. Außerdem kommt es mir vor, als wäre er ein bisschen zu sehr von sich überzeugt. So ein Ich-komme-und-siege-Typ, weißt du. Na ja, warten wir's ab. Vielleicht täusche ich mich ja, und er ist ganz anders. Ich würde meiner Mum ein bisschen Glück wirklich von Herzen gönnen. Sie hat seit dem Tod meines Vaters nicht viel von ihrem Leben gehabt.«

Den Rest der Wegstrecke verbrachten die Mädchen damit, über Belanglosigkeiten zu plaudern.

Der erste Tag war voller neuer Eindrücke. Der Dozent, Professor Herold Forester, war ein attraktiver Mann mittleren Alters mit ungewöhnlich dunklen Augen und vollem dunklen Haar, das an den Schläfen langsam ergraute. Einige Studentinnen steckten die Köpfe zusammen und tuschelten, als er sich vorstellte. Das schien den Professor aber keineswegs aus der Fassung zu bringen, wie sein belustigter Blick verriet.

Mittlerweile war er an das Aufsehen gewöhnt, das sein Erscheinen hervorrief, und es interessierte ihn nicht sonderlich. Immerhin war er seit über zwanzig Jahren glücklich verheiratet und hatte seine wilden Jahre lange hinter sich. Die Versuche einiger Studentinnen, mit ihm zu flirten, nahm er mit Humor. Er war sympathisch und gestaltete seine Vorlesung so interessant, dass die Augen sämtlicher Studenten wie gebannt an seinen Lippen hingen.

Carolyn und Laura waren genau wie die anderen Studenten und Studentinnen restlos begeistert von ihrem tollen Professor und schwärmten noch auf dem Heimweg von ihm. Beide fanden ihn »wahnsinnig nett« und waren beeindruckt von seinem erstaunlichen Talent, sein Wissen anderen zu vermitteln.

»Außerdem sieht er wirklich gut aus für sein Alter«, meinte Laura.

»Ja, das stimmt. Er hat sich wirklich gut gehalten«, gab Carolyn ihrer Freundin recht.

Den Rest ihrer Heimfahrt verbrachten die Mädchen damit, über die vielen unterschiedlichen Eindrücke des ersten Tages zu reden. Es gab so unendlich viel Neues, worüber sie sich austauschen mussten. Aber beide waren sich einig, dass dieser erste Tag ihres neuen Lebens ein voller Erfolg gewesen war.

Carolyn machte das Studium sehr viel Freude. Sie versäumte keine Vorlesung, verbrachte viel Zeit in der Uni-Bibliothek und hing auch daheim in jeder freien Minute über ihren Büchern. Die wenigen Stunden an den Wochenenden, die sie sich gönnte, verbrachte sie mit Laura, die oftmals ihren Johnny mitbrachte. Sie gingen dann entweder zum Billardspielen oder einfach nur zum Reden in ein Pub. Oft verbrachte Carolyn auch einige Stunden allein in ihrem Cradle Valley.

So vergingen die Monate sehr schnell. Bald hatte sich der farbenprächtige Herbst verabschiedet, die Tage wurden immer kürzer, und Weihnachten stand vor der Tür. Carolyns Laune wurde von Tag zu Tag schlechter. Sie hatte nicht die geringste Lust, das Fest mit ihrer Schwester zu verbringen, was sich aber wohl nicht vermeiden ließe.

Mutter Debbie hingegen war schon Wochen vorher völlig aus dem Häuschen. Es verging nicht ein einziger Tag, an dem sie es versäumt hätte, ihre große Freude über die bevorstehende Ankunft ihrer Carrie kundzutun.

Carolyn graute es vor den zehn Tagen mit Carina, und sie überlegte angestrengt, wie sie es anstellen könnte, so wenig Zeit wie möglich daheim sein zu müssen.

Als sie mit Laura darüber sprach, lud die sie für den ersten Weihnachtsfeiertag zu sich nach Hause ein. »Meine Mum wird sich freuen, wenn du zum Lunch zu uns kommst«, meinte sie begeistert. »Nachmittags gibt's zum Tee Mince Pie, und später machen wir zwei es uns in meinem Zimmer gemütlich. Na, wie hört sich das an?«

»Ich bin dabei!«, strahlte Carolyn. Sie konnte sich kaum halten vor Freude und fiel Laura stürmisch um den Hals.

Natürlich war ihre Mutter alles andere als begeistert von der Einladung.

»Na, du musst ja wissen, was du tust«, piepste sie pikiert. »Wenn dir deine Schwester so wenig bedeutet, dass du den Weihnachtstag lieber mit der kleinen Carson ver-bringst ...« Den Rest des Satzes ließ sie in der Luft hängen und seufzte sorgenschwer.

»Die kleine Carson heißt Laura, ist meine Freundin und bedeutet mir sehr viel!«, brauste Carolyn auf.

»Scheinbar mehr als deine eigene Schwester«, jam-merte Debbie weinerlich.

»Wenn du es genau wissen willst, ja!«, konterte Carolyn impulsiv.

Ihrer Mutter fielen fast die Augen aus dem Kopf, so ent-setzt starrte sie Carolyn nun an. Ihr Mund klappte ein paar Mal auf und zu, ehe sie keuchte: »Du wagst es, mir sowas ins Gesicht zu sagen? Du solltest dich wirklich schämen!«

Carolyn drehte sich um und wollte gehen.

»Halt, wo willst du hin?«, rief Debbie empört.

»Ich gehe und schäme mich«, erwiderte Carolyn zynisch.

»Du unverschämtes Ding, du! Ich verlange augenblicklich eine Erklärung dafür, dass dir eine Fremde mehr bedeutet als dein eigen Fleisch und Blut!«

»Erstens ist Laura keine Fremde für mich, und zweitens behandelt *sie* mich mit Zuneigung und Respekt. Ich hoffe, das beantwortet deine Frage!«

Mit diesen Worten verließ sie das Zimmer, begleitet von dem empörten Schnaufen ihrer Mutter.

Carolyn war zufrieden mit sich. Endlich hatte sie einmal den Mut gehabt, der Mutter die Stirn zu bieten.

KAPITEL 38

Einige Tage vor Weihnachten staunte Carolyn nicht schlecht, als sie morgens aus dem Fenster in den elterlichen Garten hinabsah. Es hatte in der Nacht kräftig geschneit, und der Schnee lag fast meterhoch. Die Sonne schien, und *Die sehnsüchtige Braut*, wie Carolyn den Apfelbaum mit den seltsam gebogenen Zweigen nannte, glich in ihrem glitzernden weißen Kleid mehr denn je einer Braut, die mit ausgebreiteten Armen ihrem Bräutigam entgegeneilt.

Begeistert betrachtete Carolyn die weiße Pracht und empfand dabei eine kindliche Freude. Wie unvergleichlich schön war doch das Leben! In solchen Augenblicken wie diesem verspürte sie eine stille Ehrfurcht vor dem Schöpfer, der alles so vollkommen und wunderbar erschaffen hatte! Lange Zeit stand sie verzückt am Fenster und konnte sich nicht lösen von dem Anblick des schneebedeckten Gartens.

Dann plötzlich verdunkelten sich ihre Gesichtszüge. In nur drei Tagen würde Carina hier sein.

Aber wie es der Zufall wollte, kam alles ganz anders als erwartet. Schon am nächsten Tag bekam die Familie einen Anruf aus New York. Debbie nahm das Gespräch entgegen und fing kurz darauf laut zu schluchzen an.

Carolyn hörte schon bald heraus, dass Carina die Grippe hatte und nicht reisen konnte. Der Arzt hatte ihr für mindestens zwei Wochen strikte Bettruhe verordnet.

Debbie war untröstlich, und auch Philipp wirkte sehr niedergeschlagen, wenn auch in erster Linie deshalb, weil seine Debbie so traurig war. Nachdem das Telefongespräch beendet war, lag sie wie ein Häufchen Elend in seinen Armen, und er streichelte hilflos ihren Rücken.

Carolyn hingegen war in Hochstimmung und konnte ihr Glück kaum fassen. Sie saß mit einem zufriedenen Gesichtsausdruck da und beobachtete schadenfroh die Szene.

Plötzlich fuhr Debbie hoch, zeigte mit dem Finger auf ihre Tochter und funkelte sie hasserfüllt an. »Bist du jetzt zufrieden, ja? Das ist doch genau das, was *du* dir gewünscht hast, nicht wahr?«

Carolyn zuckte zusammen und sah hilfesuchend zu ihrem Vater, der ebenfalls mit vor Schreck geweiteten Augen dasaß. Trotzdem fing er sich als Erster und fragte verständnislos: »Aber Debbie-Maus, was ist denn nur los mit dir? Du kannst doch Carolyn nicht dafür verantwortlich machen, dass Carina die Grippe bekommen hat! Das meinst du doch nicht im Ernst?«

Aber Debbie war nicht zu bremsen. »Und ob ich das kann!«, schrie sie außer sich. »Hast du etwa noch nie was davon gehört, dass schlechte Gedanken einen Menschen krank machen können? Sie hat doch von Anfang an gewollt, dass unsere Carrie nicht bei uns sein kann! Und nun ist Carrie wirklich krank, und *sie* ist heilfroh darüber! Hast du nicht ihr selbstzufriedenes Grinsen gesehen?«

»Debbie, so beruhige dich doch. Du weißt ja nicht, was du da sagst!«

Debbie antwortete nicht, sondern schlug die Hände vors Gesicht und weinte.

»Debbie, du musst dich bei Carolyn entschuldigen, hörst du? Sie hat doch nichts getan!«, drängte Philipp und an Carolyn gewandt: »Mum hat das nicht so gemeint, mein Kind. Sie ist nur mit den Nerven fertig, weil deine Schwester krank ist und nicht kommen kann.« Er nahm

Carolyn in die Arme und streichelte unbeholfen ihren Rücken. Sie legte den Kopf an die Schulter ihres Vaters, seufzte und sagte traurig: »Ist schon gut, Daddy. Ich bin es ja nicht anders gewöhnt.« Dann löste sie sich aus seiner Umarmung und verließ mit gesenktem Kopf das Zimmer.

Ihr Vater blickte ihr mit gerunzelter Stirn nach. Carolyn tat ihm unendlich leid, und zum ersten Mal in seiner Ehe war er wirklich wütend auf seine Frau. Grimmig blickte er auf sie hinab. Sie weinte immer noch leise vor sich hin, aber diesmal ging ihm ihr Gehabe gehörig auf die Nerven.

»Debbie, ich erwarte von dir, dass du dich bei unserer Tochter entschuldigst«, sagte er barsch. »Diesmal bist du entschieden zu weit gegangen, und das kann ich als Vater nicht dulden. Wenn du wieder bei Verstand bist, wirst du einsehen, wie irrational dein Verhalten ist!« Er drehte sich auf dem Absatz um und verließ den Raum.

Debbie, die es nicht gewohnt war, dass ihr Mann in diesem Ton mit ihr sprach, starrte ihm mit offenem Mund hinterher.

Als Carolyn am nächsten Morgen zum Frühstück herunterkam, erwartete sie eine Überraschung. Ihre Mutter kam ihr mit ausgebreiteten Armen entgegen, nahm sie in die Arme und drückte sie sekundenlang fest an sich. Dann sah sie Carolyn mit Tränen in den Augen an.

»Ich muss mich bei dir entschuldigen, mein Kind«, sagte sie leise. »Ich war gestern Abend nicht bei klarem Verstand. Kannst du mir verzeihen?«

Aus den Augenwinkeln heraus sah Carolyn, wie gerührt ihr Vater die Szene beobachtete. Er schien felsenfest an die Reue seiner Debbie zu glauben und wischte sich verstohlen über die Augen. Ihm zuliebe gab Carolyn sich einen Ruck.

»Natürlich, Mutter«, sagte sie mit zitternder Stimme, »ist schon okay.« Dabei lächelte sie Debbie aufmunternd an, aber in ihrem Herzen brannte ein höllischer Schmerz.

Der nächste Tag, Heiligabend, wurde für Carolyn zur Qual. Beide Eltern verhielten sich, als wäre nichts geschehen, während Carolyns Herz voller Bitterkeit war. Sicher, die Mutter hatte sich zwar bei ihr entschuldigt, aber Carolyn war fest davon überzeugt, dass sie dies nur getan hatte, weil der Vater es mit ungewohnter Vehemenz von ihr verlangt hatte und sie sich vor ihm ins rechte Licht rücken wollte. Nie zuvor hatte Carolyn es erlebt, dass ihr Vater so streng mit ihrer Mutter gewesen war. Endlich hatte er einmal Stellung bezogen und ein Machtwort gesprochen, wie er es schon viel früher und vor allem öfter hätte tun sollen.

Die aufgesetzte Fröhlichkeit ihrer Eltern am heutigen Tag war für Carolyn nur schwer zu ertragen. Die ganze Scheinheiligkeit ihrer Familie wurde ihr wieder einmal überdeutlich bewusst, und sie sehnte den nächsten Tag herbei, den sie mit Laura und deren Mutter verbringen würde.

KAPITEL 39

In den nächsten Wochen und Monaten war Carolyn in der Freizeit ausschließlich mit Laura und Johnny zusammen. Unter der Woche saß sie jeden Abend in ihrem Zimmer und lernte. Das Studium machte ihr großen Spaß, und sie setzte ihre ganze Energie dafür ein. Jeden zweiten Samstagvormittag arbeitete sie in der Seaford Apotheke, sodass sie Vater und Mutter fast nur noch zu den gemeinsamen Mahlzeiten sah. Das machte aber weder ihr noch ihren Eltern etwas aus.

Seit diesem unseligen Tag vor Heiligabend war das Verhältnis zwischen ihr und ihrer Mutter noch viel angespannter geworden. Carolyn konnte ihre Abneigung der Mutter gegenüber nur sehr schwer verbergen, und Debbie kam nicht über die Demütigung hinweg, dass ihr Mann sie in Gegenwart der Tochter so hart zurechtgewiesen hatte. Es war das erste Mal gewesen, dass sie ihren Mann so ungehalten ihr gegenüber erlebt hatte, und sie machte Carolyn dafür verantwortlich. Allerdings ließ sie es auch ihren Mann spüren, dass sie zutiefst verletzt gewesen war, als er sich auf die Seite seiner Tochter gestellt hatte. Sie schlief nun schon seit Wochen im Gästezimmer, und Carolyn konnte sich lebhaft vorstellen, wie unerträglich dies für ihren Vater sein musste. Schließlich hatte sie in der Vergangenheit oft genug das rege Sexualleben ihrer Eltern unfreiwillig miterlebt. Sie sah deutlich, wie sehr ihr Vater unter dem abweisenden Verhalten seiner Frau litt und sich darum bemühte, sie wieder milde zu stimmen. Es tat Carolyn weh, sehen zu müssen, wie sehr ihr Vater sich demütigte, wohingegen

Debbie das hündische Benehmen ihres Mannes zu genießen schien.

Endlich, nach fast drei Monaten, war das unwürdige Martyrium ihres Vaters beendet. Als Carolyn an einem Samstagabend im März spät nach Hause kam, hörte sie schon im Flur das wilde Stöhnen ihres Vaters, begleitet von dem ihr bekannten hohen Quieken ihrer Mutter. Die Schlafzimmertür stand einen Spaltbreit offen, und das Auf und Ab der Matratzen war ebenfalls deutlich zu hören. Wie es schon früher oft der Fall gewesen war, hatten sie nicht schnell genug ins Bett kommen können und völlig vergessen, dass sie nicht allein in diesem Haus lebten.

Schnell lief Carolyn auf die Treppe zu, um nicht länger als nötig Zeugin dieser unerwünschten Darbietung zu sein. Das Bild der schweißbedeckten, sich wild herumwälzenden Körper ihrer Eltern hatte sich ohnehin von Kindheit an tief in ihr Hirn eingeprägt, sodass sie es jedes Mal deutlich vor Augen hatte, sobald sie diese animalischen Laute hörte ...

Die kleine siebenjährige Carolyn stand vor Schreck wie erstarrt vor der Tür des Elternschlafzimmers, die einen Spaltbreit geöffnet war. Was ging da vor sich? Warum waren ihre Eltern nackt und rangen miteinander? Beide schienen große Schmerzen zu haben, denn ihr Daddy stöhnte immer lauter, während Mummy kurze spitze Laute ausstieß. Dann ganz plötzlich hörten sie auf zu kämpfen, umarmten und küssten sich. Dem kleinen Mädchen liefen die Tränen übers Gesicht, und als es sich umdrehte, blickte es in das seltsam lächelnde Gesicht seiner Zwillingsschwester.

»Na, haben Mummy und Daddy sich wieder lieb gehabt?«, fragte die kleine Schwester mit glänzenden Augen.

*Die kleine Carolyn gab keine Antwort, sondern lief weinend
hinauf ins Kinderzimmer.*

*In dieser Nacht lag sie völlig verstört in ihrem Bett und fand
keinen Schlaf.*

*Als sie älter wurde und wusste, was im elterlichen Schlafzim-
mer vor sich ging, schämte sie sich für ihre Eltern, verachtete
sie für ihre Sorglosigkeit, empfand Ekel. Wann immer sie diese
abstoßenden Geräusche hörte, rannte sie davon, im Gegensatz
zu ihrer Schwester, die sie oft dabei überraschte, wie sie vor der
Tür stand und fasziniert durch den Spalt lugte ...*

Carolyn war noch nicht halb oben, als sich die Leidenschaft ihrer Eltern hörbar ihrem Höhepunkt näherte.
Sich die Ohren zuhaltend rannte Carolyn schnell die
letzten Stufen hoch, hastete ins Zimmer und schlug die
Tür hinter sich zu. Heftig atmend stand sie sekundenlang
regungslos da, den Rücken an die Tür gelehnt, mit einem
angewiderten Ausdruck im Gesicht.

Oh, mein Gott! Wie lange würde sie es noch unter diesem Dach aushalten?

Am nächsten Morgen beim Frühstück konnte Carolyn
sich kaum mehr beherrschen, als sie das zuckersüße Ge-
zwitscher ihrer Mutter und das devote Gebaren ihres Vaters miterleben musste.

Philipps Augen strahlten, und Debbie kicherte albern,
als seine Hand unter dem Tisch über ihre Schenkel strich.

Carolyn beeilte sich mit ihrem Frühstück, um möglichst bald diesem unwürdigen Szenario zu entkommen.
Nach zehn Minuten warf sie ihre Serviette auf den Teller,
lächelte ironisch und sagte: »Ich lasse euch jetzt mal lieber
allein. Wie man sieht, habt ihr vor, eure Versöhnung noch
ein bisschen auszudehnen, nicht wahr? Dabei will ich

euch nicht stören! Bei mir wird es spät heute Abend. Ich denke, dass ich vor elf nicht zu Hause sein werde. Hoffentlich habt ihr euch bis dahin genügend ausgesöhnt.« Ohne ihre Eltern noch eines Blickes zu würdigen, stand sie auf.

Ihre Mutter schnaufte empört: »Also, das ist doch wirklich unerhört! Was man sich in seinem eigenen Haus alles bieten lassen muss!«

Als Carolyn die Tür hinter sich zuzog, hörte sie noch, wie ihr Vater mit besänftigender Stimme auf seine Frau einsprach: »Ach, mein Debbie-Herz, reg dich doch bitte nicht so auf. Jetzt, wo es wieder so schön mit uns beiden ist.«

Carolyn war sicher, dass ihr Vater es nicht noch einmal wagen würde, ihr die Stange zu halten.

Wie erbärmlich er doch war!

KAPITEL 40

Anfang April begann ein neues Trimester. Der erste Vormittag verging sehr schnell, und in der Mittagspause trafen sich Carolyn und Laura mit Johnny in der Studentenmensa. Die drei jungen Leute hatten sich viel zu erzählen und waren so sehr in ihre Unterhaltung vertieft, dass Carolyn zunächst den jungen Mann nicht bemerkte, der ein paar Tische von ihnen entfernt saß und sie ununterbrochen beobachtete. Als ihr Blick dann eher zufällig mit dem seinen zusammentraf, zuckte sie zusammen, und ihr wurde augenblicklich heiß. Das war doch nicht möglich!

Der junge Mann sah auffallend gut aus mit seinen braunen Locken und den ausdrucksvollen graublauen Augen. Er war schlank, hatte kräftige Schultern und muskulöse Oberarme. Aber es war nicht nur sein Aussehen, welches Carolyn so aus der Fassung brachte. Es war diese schmerzhafte Erinnerung, die sie während der letzten Jahre aus ihrem Gedächtnis hatte auslöschen wollen, so als hätte es sie niemals gegeben. Es war die Erinnerung an ihre erste Liebe. Dieser junge Mann dort drüben hatte auf eine unerklärliche Weise Ähnlichkeit mit Ben. Es war nicht so sehr die äußere Erscheinung, die sie an Ben erinnerte, sondern der Ausdruck seiner graublauen Augen, mit denen er sie genauso ansah, wie es Ben damals getan hatte.

Carolyn zwang sich, ihren Blick von ihm abzuwenden, und es gelang ihr für eine Weile. Dann aber hörte sie seine Stimme, und ihr Herz krampfte sich zusammen. Sie blickte in seine Richtung und sah, dass er sich mit einem jungen Mann unterhielt, der sich gerade zu ihm an den Tisch gesetzt hatte. Gebannt lauschte sie, und ihr Herz fing wild an zu klopfen. Niemals hätte sie vermutet, dass ihr noch einmal ein Mann begegnen würde, der sie vom ersten Augenblick an faszinierte, ihr Herz zum Stolpern brachte. Seine Stimme hatte einen tiefen, weichen Klang, der ihr kleine Schauer über den Rücken jagte.

Natürlich wusste Carolyn, dass es nirgendwo auf der Welt einen vollkommenen Menschen gab und dennoch ... würde es jemals einen geben, dann saß er dort, ihr gegenüber.

Nein, schrie es in ihr, *das darf nicht sein. Ich will das nicht!* Krampfhaft und unter Aufwendung ihrer ganzen Willenskraft versuchte Carolyn erneut, ihren Blick endgültig von dem jungen Mann abzuwenden, doch wie unter einem Zwang wanderten ihre Augen immer wieder zu ihm zurück.

Am Nachmittag war es ihr nicht möglich, sich voll und ganz auf den Lehrstoff zu konzentrieren, und als die Vorlesung endlich beendet war, musste Carolyn sich eingestehen, dass sie kaum etwas davon mitbekommen hatte.

Laura, die sehr wohl bemerkt hatte, dass mit ihrer Freundin etwas nicht stimmte, sprach sie auf dem Heimweg darauf an.

»Carry, was war denn heute Nachmittag mit dir los? Du warst nach dem Lunch wie ausgewechselt. Hast du überhaupt etwas von der Vorlesung mitbekommen?«

Carolyn hatte nicht die geringste Lust, über den Grund ihrer geistigen Abwesenheit zu sprechen und meinte deshalb nur: »Nein, viel mitbekommen habe ich wirklich nicht. Ich war plötzlich todmüde, weißt du. Ich hab letzte Nacht nicht besonders gut geschlafen, das ist alles. Mach dir keinen Kopf, heute Nacht schlaf ich bestimmt besser.«

Laura sah ihre Freundin forschend von der Seite an. Die Erklärung Carolyns schien leicht zu hinken, denn immerhin war sie bis zur Mittagspause noch ganz munter gewesen. Da Laura die Freundin aber nicht bedrängen wollte, ließ sie es gut sein.

Am nächsten Tag sah Carolyn den jungen Mann wieder in der Mensa. Er saß aber dieses Mal etwas weiter entfernt an einem Ecktisch, sodass ein Blickkontakt zwischen ihnen nicht möglich war. Carolyn war froh darüber, denn sie wollte sich voll und ganz auf ihr Studium konzentrieren.

Johnny hatte einen jungen Kommilitonen bei sich, den er den beiden Mädchen als Jeremy Edwards vorstellte. Jeremy und Johnny hatten sich in der Universitätsbibliothek kennengelernt und fanden sich sofort sympathisch. Jeremy hatte ein halbes Jahr in Deutschland studiert und in dieser Zeit in Hamburg bei seiner Tante, der Schwester seiner deutschen Mutter, gewohnt.

Er war ein sympathischer junger Mann mit sommersprossiger Stupsnase, rotbraunem Haar und heller Haut. Trotz seiner ausdrucksvollen grünbraunen Augen und der fein geschwungenen Lippen war er nicht wirklich attraktiv, strahlte aber so viel Wärme und Güte aus, dass man ihn auf Anhieb mochte.

Carolyn spürte von Anfang an, dass Johnny die Absicht hatte, sie mit Jeremy zu verkuppeln und blieb deshalb während der gesamten Mittagspause kühl und reserviert. Irgendwie tat ihr das zwar leid, weil Jeremy ein wirklich lieber Junge war, aber sie hatte nun einmal ihre Prinzipien. Wie oft hatte sie Laura nun schon gebeten, keine Versuche zu unternehmen, sie mit irgendwem zu verkuppeln, und doch kamen sie und Johnny immer wieder mit einem netten Kerl daher, rein zufällig natürlich, den sie ihr dann hinterher wärmstens ans Herz legten. Langsam, aber sicher hatte sie die Nase gestrichen voll davon!

Deshalb stand sie auch vor Ende der Pause auf und verabschiedete sich mit den Worten: »Ich gehe schon mal vor, Laura. Tschüss, Jeremy. War nett, dich kennenzulernen. Tschüss, Johnny.« Damit drehte sie sich auf dem Absatz um und verließ schnellen Schrittes die Mensa. Verflixt und zugenäht! Heute würde sie Laura aber mal die Meinung geigen!

Am Nachmittag ergab sich für die beiden Mädchen keine Gelegenheit, miteinander zu reden. Carolyn war so gefesselt von der Anatomievorlesung, dass sie für zwei Stunden alles andere vergaß.

Auf dem Nachhauseweg plauderte Laura gewollt munter drauflos, um die deutlich spürbare Anspannung zwischen ihnen zu vertreiben.

Nach einigen Minuten unterbrach Carolyn den Redeschwall ihrer Freundin. »Laura, ich muss dich und Johnny ein für alle Mal bitten, mich nicht ständig mit irgendeinem Typen verkuppeln zu wollen. Das nervt extrem, weißt du das?«

»Was heißt denn hier verkuppeln?«, verteidigte sich Laura. »Falls du von Jeremy sprechen solltest, Johnny hat sich mit ihm angefreundet und ihn zum Mittagessen mitgebracht. Das ist alles!«

»Ach, hör doch auf! Verkaufe mich doch bitte nicht für dumm!«, entrüstete sich Carolyn. »Ich kenne euch nun lange genug, um die Blicke deuten zu können, die ihr euch gegenseitig zuwerft, meinst du nicht?«

»Ja, und wenn schon. Du weißt genau, dass wir es nur gut meinen. Ich finde, dass ein netter Junge dir ganz guttun würde.«

»Deine Sorge in allen Ehren, Laura, aber das entscheide immer noch ich. Wenn ich eines Tages das Bedürfnis nach einem festen Freund haben sollte, dann suche ich ihn mir selbst aus, ist das klar? Ich bin doch keine alte Jungfer, die unter die Haube gebracht werden muss!«

»Das hat doch auch niemand behauptet«, konterte Laura. »Aber wie oft hast du mir selbst gesagt, dass du dich einsam fühlst. Ja, du hast sogar einmal zugegeben, dass du manchmal ein bisschen eifersüchtig auf Johnny und mich bist, weil wir so glücklich miteinander sind. Ich möchte halt nur, dass du ebenso glücklich bist wie ich, Carry, weil du meine Freundin bist und ich dich lieb habe. Kannst du das denn nicht verstehen?«

»Natürlich verstehe ich das, Laura, und ich habe dich auch sehr lieb. Trotzdem möchte ich nicht, dass du versuchst, mir irgendeinen Jungen aufzudrängen, der nach *deinem* Geschmack ist. Die sehen nämlich irgendwie alle aus wie dein Johnny. Bitte, versteh mich nicht falsch, Laura, Johnny ist wirklich ein ganz wunderbarer Mensch, und du liebst ihn. Er ist nun aber mal überhaupt nicht *mein* Typ, das müsstest du doch mittlerweile wissen.« Carolyn legte ihrer Freundin die Hand auf den Arm und sah sie bittend an. »Das weißt du doch auch, nicht wahr?«

Widerwillig gab Laura es zu. »Ja, das weiß ich. Trotzdem verstehe ich dich nicht, Carry. Das Äußere ist in meinen Augen zweitrangig, viel wichtiger ist doch das Herz eines Menschen!«

»Ja, natürlich ist das wichtig, das bestreite ich auch gar nicht. Aber ich muss doch in einen Mann verliebt sein, wenn ich mit ihm eine Beziehung eingehen möchte. Alles andere wäre doch unehrlich und nicht fair. Ich fühle mich aber nun einmal nicht zu Männern hingezogen, die so aussehen wie dein Johnny, womit ich keineswegs sagen möchte, dass Johnny nicht attraktiv ist, nur eben nicht für mich.« Sie machte eine kurze Pause und fuhr dann fort: »Nun sei mal ganz ehrlich, Laura. Hast du dich damals in Johnny verliebt, weil er ein gutes Herz hat oder weil er dir auch äußerlich gefallen hat?«

Laura schwieg für eine Weile. Dann hob sie den Kopf und sah Carolyn fest in die Augen.

»Ich werde versuchen, ganz ehrlich zu sein, Carry. Ich habe mich damals auf den ersten Blick in Johnny verliebt, weil ich auf Anhieb spürte, dass er der warmherzigste und gutmütigste Junge ist, den man sich nur wünschen kann. Mein Johnny hat etwas, was weder Ben noch Mike noch unser Professor noch sonst irgendeiner von den sogenannten schönen Männern hat. Von Anfang an wusste ich instinktiv, dass ich Johnny bedingungslos vertrauen kann und er mir das geben würde, was ich mir von einem Mann wünsche, nämlich aufopferungsvolle Liebe, Herzenswärme, Güte und Treue.«

»Willst du mir etwa weismachen, dass du Johnny hässlich findest?«, fragte Carolyn mit verständnislosem Blick.

»Natürlich nicht. Ich finde Johnny keineswegs hässlich, im Gegenteil.«

»Na also. Was soll dann das Gerede?« Carolyn schüttelte den Kopf.

»Sieh mal, Carry«, fuhr Laura geduldig fort, »wenn es aber nur das Äußere wäre, in das ich mich verliebt hätte, dann hätte unsere Beziehung nicht lange gehalten. Jeden Tag und überall begegnen wir gut aussehenden Menschen, haben aber nur Augen für den einen, den wir lieben. Ist das nicht so?«

Carolyn nickte.

»Ja, und was meinst du wohl, warum manchen Menschen erst nach langen Jahren des Zusammenlebens mit ihrem Partner plötzlich auffällt, dass er krumme Beine oder eine zu lange Nase hat?«

»Du wirst es mir gleich verraten, vermute ich.«

»Der Grund ist, dass es leider nicht allen Menschen gelingt, ihre Liebe ein ganzes Leben lang zu erhalten. Ja, und wenn die Liebe stirbt, sehen sie den Partner plötzlich mit anderen Augen, nicht mehr mit den Augen der Liebe. Die wenigen Paare aber, deren Liebe bestehen bleibt, werden zusammen alt und grau und finden ihren Partner noch genauso attraktiv wie zu Anfang.«

»Natürlich! Aber das ist doch genau das, was ich meine. Nur weil ich auf einen anderen Typ Mann stehe als du, heißt das doch nicht, dass ich mich in den erstbesten Schönling verlieben würde. Natürlich wünsche auch *ich* mir einen Mann mit einem liebenswerten Charakter. Ich denke einfach, dass jeder eine unterschiedliche Vorstellung von dem Menschen hat, in den er sich verlieben kann. Es kommt einfach darauf an, dass einem der ganze Mensch gefällt, nicht *nur* das Wesen oder *nur* das Äußere. Es gibt so vieles an einem Menschen, was einen faszinieren kann, die Art, wie er sich bewegt, der Ausdruck seiner Augen, das Lächeln, die Stimme ...«

Laura sah ein kurzes Aufblitzen in Carolyns Augen.

»Meinst du nicht auch, Laura?«

»Doch natürlich, da ist schon was dran«, erwiderte Laura lächelnd. »Warum sich wer in wen verliebt, bleibt letztlich ein Geheimnis«, fügte sie mehr zu sich selbst hinzu.

Carolyn sah verträumt aus dem Fenster. Wieder einmal musste sie an den jungen Mann aus der Mensa denken.

KAPITEL 41

In den nächsten Tagen sah Carolyn immer mal wieder hinüber zu dem jungen Mann und bemerkte, dass auch er sie auffallend oft ansah. Wenn sich ihre Blicke trafen, sahen sie sich sekundenlang in die Augen, bis Carolyn errötend den Blick senkte. Das ging eine ganze Weile so, bis er eines Tages, als sie sich angeregt mit Laura, Johnny und Jeremy unterhielt, plötzlich mit seinem Tablett lächelnd vor ihr stand.

»Darf ich mich zu euch setzen?« Dabei blickte er zuerst Carolyn und danach die drei anderen jungen Leute fragend an.

»Kein Problem«, meinte Johnny freundlich. Die beiden Mädchen und Jeremy nickten zustimmend. Carolyn sah interessiert auf ihren Teller.

Der junge Mann nahm Platz und stellte sich vor: »Ich bin Alexander Carpenter, meine Freunde nennen mich Alex.« Beim Klang seiner Stimme lief Carolyn ein Schauer über den Rücken. Die drei anderen stellten sich ebenfalls vor, während Carolyn sich immer noch intensiv mit ihrem Schnitzel beschäftigte.

»Darf ich auch *deinen* Namen erfahren?«, fragte Alex leise.

»Natürlich«, brachte sie mühsam heraus, räusperte sich verlegen und hauchte fast unhörbar: »Ich heiße Carolyn Harris ... Carry.«

»Freut mich, Carry.« Dabei blickte er ihr tief in die Augen, und Carolyn hatte das Gefühl, als könne er ihre Gedanken lesen. »Freut mich auch«, stammelte sie und widmete sich dann sofort wieder ihrem Schnitzel, so als gäbe es nichts Wichtigeres auf der Welt.

Alex lächelte, wandte sich dann den anderen zu, und schon bald entwickelte sich eine angeregte Unterhaltung. Während des Gesprächs erfuhren sie, dass Alex bereits seit dreieinhalb Jahren Medizin studierte, das letzte Jahr in New York. Er wollte gynäkologischer Chirurg werden und meinte, dass dieses Studienjahr in den USA sehr instruktiv für ihn war.

Carolyn beteiligte sich nur wenig an der Unterhaltung. Sie lauschte hingerissen dem Klang seiner tiefen Stimme, und ihr Blick hing versonnen an seinen Lippen. Immer wieder blickte Alex ihr so tief in die Augen, dass ihr abwechselnd heiß und kalt wurde und ihr Herz hart und unregelmäßig pochte.

Konnte es sein, dass dieser atemberaubende Typ an ihr interessiert war? Natürlich nicht! Es konnte doch nur ein Zufall sein, dass er sich zu ihnen an den Tisch gesetzt hatte. Morgen schon würde er sich wieder woanders hinsetzen. Nein, sie wollte sich keine falschen Hoffnungen machen, nie mehr wieder!

Sie hatte sich verrechnet, denn Alex setzte sich von nun an jeden Tag zu ihnen an den Tisch, und langsam taute Carolyn auf. Alex hatte einen natürlichen Charme, dem man sich auf Dauer einfach nicht entziehen konnte. Schon nach einer Woche kam es Carolyn und ihren Freunden so vor, als würden sie Alex schon seit vielen Jahren kennen. Und obwohl er, ebenso wie Johnny, aus einem wohlhabenden Elternhaus kam, war er ein sehr bescheidener Mensch.

Wenn er sie ansah, hatte Carolyn das Gefühl, als wolle er auf den Grund ihrer Seele schauen. Schon nach kurzer Zeit war es offensichtlich, dass die beiden jungen Menschen sich ernsthaft ineinander verliebt hatten.

Laura freute sich über diese Entwicklung der Dinge,

weil auch sie und Johnny Alex sehr mochten und fest davon überzeugt waren, dass er für Carolyn der Richtige sein könnte.

Schon bald verbrachten die vier jungen Leute ein Wochenende zusammen, und am darauffolgenden Samstag stellte Alex ihnen seine drei Freunde Kevin Howard, Dave Johnson und Charly Carter vor. So erfuhren sie ganz nebenbei, dass Alex Leadsänger und Bassgitarrist in der Band *The Silver Rocks* war, die er als Dreizehnjähriger zusammen mit seinen drei Freunden gegründet hatte. Kevin spielte Gitarre, Dave die Drums und Charly war der Keyboarder, und seit Alex aus New York zurück war, traten die vier Freunde wieder an jedem zweiten Wochenende in verschiedenen kleinen Clubs und Pubs in Brighton und Umgebung auf. Carolyn, Laura und Johnny waren mächtig stolz auf ihren begabten Freund.

Mit der Zeit kamen sich Carolyn und Alex immer näher. Zuerst warfen sie sich nur verliebte Blicke zu, bis Alex endlich den Mut fand, Carolyn einzuladen. Er schlug vor, zusammen nach Bexhill zu gehen, einen Strandspaziergang zu machen und danach im De La Warr Pavilion zu Abend zu essen.

Es war ein warmer Sommertag, und die Sonne schien an einem blauen, fast wolkenlosen Himmel.

Sie spazierten am Strand entlang, und ganz wie von selbst hielten sie sich plötzlich an den Händen. Carolyn empfand ein wunderbares Gefühl der Geborgenheit, so als wäre sie endlich am Ziel ihrer Wünsche und Träume angekommen.

Alex war der Erste, der zu reden anfing. Er blieb stehen, legte seine Hände auf ihre Schultern und sagte leise: »Du bist ein tolles Mädchen, Carry, und ich finde es super, dass wir endlich mal allein was zusammen unternehmen.«

Carolyns Herz begann heftig zu pochen. »Geht mir auch so.« Sie versuchte, ihrer Stimme einen festen Klang zu geben, ohne ihn dabei anzusehen.

Sanft legte er seine Hand unter ihr Kinn, hob ihren Kopf etwas an und berührte zärtlich mit seinen Lippen ihre Wange. Dann nahm er wieder ihre Hand in die seine und ging weiter.

Eine Weile liefen sie schweigend, jeder mit seinen eigenen Gedanken beschäftigt, bis Alex meinte: »Ich weiß nicht, wie es dir geht, aber ich habe jetzt einen Bärenhunger. Was hältst du davon, wenn wir zurücklaufen und einen Happen zu uns nehmen?«

Carolyn, die nun auch merkte, wie hungrig sie war, stimmte ihm zu. »Von mir aus sehr gern. Ich hab auch einen Riesenappetit bekommen.«

Im De La Warr Pavilion fanden sie auf der Terrasse einen Tisch für zwei Personen, von dem aus sie aufs Meer blicken konnten. Sie bestellten Filetsteak mit Röstkartoffeln und Salat und einen trockenen Rotwein.

Schon bald unterhielten sie sich lebhaft, denn es gab ja bekanntlich unendlich viel zu erzählen, wenn zwei verliebte Menschen gerade dabei waren, sich kennenzulernen. Sie stellten fest, dass sie ähnliche private und berufliche Pläne und zudem viele gemeinsame Interessen hatten.

Carolyns Wangen glühten, und ihre Augen strahlten vor Glück. Ach, wie lange war es her, seit sie sich so wohlgefühlt hatte!

Alex ging es genauso. Er legte seine Hand auf die ihre und sah ihr liebevoll in die Augen. »Weißt du eigentlich, wie schön du bist, Carolyn?« Seine Stimme vibrierte.

Carolyn wusste nicht, was sie darauf antworten sollte und war froh, dass die Bedienung gerade mit dem Essen kam. Schweigend aßen sie und blickten sich nur ab und zu ein wenig verlegen in die Augen. Nach dem köstlichen Essen wollten sie sich noch nicht trennen, und Alex setzte sich nun dicht neben Carolyn und legte seinen Arm um ihre Schultern. Versonnen schauten sie auf das glitzernde Meer hinaus und fühlten sich so wohl miteinander, dass die Zeit wie im Fluge verging.

»Carry, sieh mal, dieser wundervolle Sonnenuntergang!« Alex blickte fasziniert aufs Meer hinaus.

Sie folgte seinem Blick, und eng aneinandergeschmiegt bewunderten sie ehrfürchtig dieses einzigartige Naturschauspiel, den kupferroten Himmel und die Sonne, die wie ein riesiger Feuerball langsam ins Meer eintauchte und es schimmern ließ wie flüssiges Gold.

Im selben Augenblick, als die Sonne im Meer versank, berührten sich ihre Lippen, und sie küssten sich zum ersten Mal. Dieser erste Kuss traf sie beide wie eine Naturgewalt, und völlig losgelöst von ihrer Umwelt fühlten sie sich wie die einzigen Menschen auf der Welt. Die Zeit schien stillzustehen, und nur dieser eine magische Augenblick zählte.

»Ich liebe dich, Carry«, flüsterte Alex ihr zärtlich ins Ohr, als sie endlich Abschied voneinander nehmen mussten. »Wir sehen uns doch bald wieder?«

Völlig überwältigt von ihren Gefühlen, brachte Carolyn keinen Ton heraus, sondern sah ihn nur glücklich an und nickte.

Als sie am Abend in ihrem Bett lag, ließ sie in Gedanken diesen eindrucksvollen Tag noch einmal Revue passieren. Alex war einfach unbeschreiblich! Er sah nicht nur gut aus, sondern war intelligent und gebildet, aufmerksam und liebevoll. Nicht einmal für Ben hatte sie so intensiv empfunden, und in diesem Moment wusste sie ganz sicher, dass Alex ihre große und einzig wahre Liebe war! Ihn wollte sie einmal heiraten, Kinder bekommen, ein Zuhause schaffen. Ja, mit Alex zusammen wollte sie alt werden! Alles war so klar, so einfach und wunderbar!

Glücklich seufzend dachte sie an diesen atemberaubend schönen Sonnenuntergang, den sie gemeinsam erlebt hatten, und wie wild und doch zärtlich er sie geküsst hatte!

Tausende von Schmetterlingen flatterten in ihrem Bauch, wenn sie daran zurückdachte. Sie konnte es kaum erwarten, ihn schon bald wiederzusehen.

KAPITEL 42

Die beiden jungen Leute verbrachten von nun an viel Zeit zusammen. Sie trafen sich regelmäßig zum Essen, gingen ins Kino und unternahmen lange Spaziergänge am Strand oder auf den Klippen. Alex liebte es, von den Klippen aus aufs Meer hinauszublicken und konnte sich stundenlang dort aufhalten, ohne sich auch nur die Spur zu langweilen. So verbrachten die beiden Verliebten dort so manche Stunde zusammen und wurden immer vertrauter miteinander.

Alex war trotz seiner zweiundzwanzig Jahre zum ersten Mal ernsthaft verliebt. Carolyn war so ganz anders als alle Mädchen, die er vor ihr getroffen hatte. Sie war auf eine natürliche Weise wunderschön, zudem sehr klug und liebenswert. Außerdem fand er es ungemein romantisch und aufregend, dass sie unberührt in die Ehe gehen wollte, was sie ihm kürzlich etwas verlegen anvertraut hatte. Dadurch wurde sie zu etwas ganz Besonderem für ihn, und schon nach kurzer Zeit stand für ihn fest, dass er dieses wunderbare Mädchen so bald wie möglich heiraten wollte.

Zwei Wochen nach ihrem ersten Kuss im Glanze dieses unvergesslichen Sonnenuntergangs nahm er sie mit zu sich nach Hause, um sie seinen Eltern vorzustellen.

Carolyn war sehr aufgeregt. »Meinst du, deine Eltern mögen mich?«, fragte sie zweifelnd.

»Ich bin mir sogar sehr sicher, dass sie dich mögen werden«, beruhigte Alex sie. »Du bist genau ihr Typ, glaub mir.«

»Aber denkst du nicht, dass es noch zu früh ist, ich meine, wir kennen uns doch erst ein paar Monate. Sie werden sicher nicht damit einverstanden sein, dass wir ... bestimmt denken sie, dass ...«

Alex ließ sie nicht ausreden, sondern küsste sie, bis ihr die Luft wegblieb. »Sie werden dich lieben, mein Kleines, genau wie ich, und sich freuen, dass ihr einziger Sohn ein solcher Glückspilz ist!«

Und damit sollte Alex recht behalten. Miranda und Timothy Carpenter empfingen das Mädchen mit offenen Armen, und Carolyn hatte von Anfang an das Gefühl, als gehörte sie zur Familie. Sie spürte, dass Timothy und Miranda Carpenter sie wirklich mochten und sich über die Beziehung der beiden jungen Leute aufrichtig freuten. Zum ersten Mal in ihrem jungen Leben fühlte sie sich als vollwertiges Mitglied einer Familie, angenommen und geliebt.

Miranda und Timothy waren begeistert zu hören, dass auch Carolyn Medizin studierte. Timothy Carpenter war Arzt, ebenso wie sein verstorbener Vater, Leonard Carpenter, der seinem Sohn vor dreiundzwanzig Jahren seine Praxis in Hastings übergeben hatte. Timothy, der damals gerade einunddreißig Jahre alt geworden war, hatte im Laufe der Jahre expandiert und die ehemals kleine Praxis zu einer der größten und modernsten Praxen in ganz East Sussex gemacht. Er hoffte, dass sein Sohn Alexander nach seiner Facharztprüfung zunächst als sein Partner mit in die Praxis einsteigen und sie später, wenn er sich selbst zur Ruhe setzen wollte, übernehmen würde. Nun, da sein Sohn mit Carolyn feste Zukunftspläne schmiedete, konnten die beiden später vielleicht einmal eine Gemeinschaftspraxis führen. Timothy war mehr als zuversichtlich, dass sein Lebenswerk in gute Hände käme.

Auch Debbie und Philipp Harris waren sofort Feuer

und Flamme für Alex, als Carolyn ihn eines Nachmittags mit nach Hause brachte.

Debbie konnte sich nach dem Besuch nicht genug darüber auslassen, wie höflich und zuvorkommend Alex doch sei, und dazu noch eine blendende Erscheinung. »Und wenn man bedenkt, dass er aus einem solch angesehenen und wohlhabenden Elternhaus kommt und dabei so natürlich und bescheiden ist«, zwitscherte Debbie in den höchsten Tönen. »Da hast du ja wirklich mehr Glück als Verstand gehabt, Lynn! Nicht im Traum hätte ich gedacht, dass *du* mal eine so gute Partie machen würdest.«

Debbie Harris schien zum ersten Mal wirklich zufrieden mit Carolyn zu sein. Diese schluckte ihren aufsteigenden Ärger über die Worte der Mutter hinunter. Sie war einfach zu glücklich und wollte sich dieses Glück von nichts und niemandem kaputtmachen lassen.

Drei Wochen, nachdem Debbie und Philipp Harris den Freund ihrer Tochter kennengelernt hatten, berichteten Carolyn und Alex ganz aufgeregt von ihren Heiratsplänen.

Philipp Harris hob erstaunt seine Augenbrauen, als er hörte, dass die beiden frisch Verliebten bereits im nächsten Frühjahr heiraten wollten. »Ist das nicht ein bisschen überstürzt?«, fragte er und sah dabei seine Frau an. »Was meinst du dazu, Debbie-Liebling?«

Debbie war genauso überrascht und meinte zögernd an Carolyn gewandt: »Na ja, das ist es schon, ja ... immerhin bist du gerade erst neunzehn Jahre alt geworden ...«

Dann aber entstand vor ihrem geistigen Auge eine Vision, in der sie, Deborah Harris, sich im auserwählten Kreis der Reichen und Schönen bewegte, und bei dem

Gedanken daran wurde ihr ganz warm ums Herz. Sie lächelte nachsichtig, als sie sich erneut ihrem Mann zuwandte.

»Natürlich geht das alles ein bisschen schnell, Phil. Aber wenn man sich die beiden so anschaut ... wie verliebt sie sind.« Sie lächelte verschmitzt und seufzte sehnsüchtig. »Ach, wenn ich noch daran zurückdenke, wie verliebt wir beide damals waren! Nicht wahr, das waren wir doch, mein Liebster?«

Philipp nickte. »Ja, natürlich, Debbie-Schätzchen, das waren wir! Und wir konnten es auch kaum erwarten, für immer zusammen zu sein.«

Deborah Harris kicherte leise, als ihr Mann ihr vielsagend in die Augen sah und ihr dann zuzwinkerte.

Wie Carolyn dieses alberne Getue ihrer Eltern hasste! Und dieses jungmädchenhafte Gekicher ihrer Mutter ... Sie schluckte angewidert, was aber niemand bemerkte, und sagte lächelnd: »Schön, dass ihr Verständnis für uns habt, Mutter. Natürlich wird sich durch unsere Heirat nichts an unseren beruflichen Plänen ändern. Alex macht in zwei Jahren sein Examen und hat vor, bis zu seiner Facharztprüfung im Royal Sussex County Hospital in Brighton zu arbeiten. Danach wird er dann Partner in der Praxis seines Vaters in Hastings. Und stellt euch nur vor, im Haus seiner Eltern in St. Leonards werden wir eine eigene große Wohnung haben. Ist das nicht wunderbar?« Carolyns Gesicht strahlte bei diesen Worten mit der Abendsonne um die Wette.

Debbie Harris schaute ihre Tochter mit einem unergründlichen Blick an. Natürlich freute sie sich für sie und dennoch ... Sie musste in diesem Augenblick plötzlich an Carina denken und daran, wie sehr sie sich erst gefreut hätte, wenn ...

Schnell unterdrückte sie diesen Gedanken. Stattdessen lächelte sie strahlend und sagte mit zuckersüßer Stimme: »Na, wenn das kein Grund zum Feiern ist! Philipp, Schatz, holst du uns bitte eine Flasche Champagner aus dem Keller, damit wir auf die gute Neuigkeit anstoßen können?«

Es wurde ein sehr schöner Abend. Carolyns Eltern waren von Alex' Charme fast genauso hingerissen wie sie selbst. Es wurde erzählt, getrunken und gelacht. Als Alex sich pünktlich um zehn mit einem galanten Handkuss von Debbie verabschiedete, war diese vollends davon überzeugt, dass ihre Tochter Lynn eine geradezu unglaubliche Partie machte.

»Meine Eltern würden euch gern kennenlernen«, sagte Alex lächelnd. »Immerhin feiern Carry und ich schon bald unsere Verlobung«, fügte er mit einem zärtlichen Blick auf Carolyn hinzu.

»Carry ... ?«, fragte Debbie Harris konsterniert. Es war das erste Mal, dass Alex oder überhaupt jemand Carolyn in ihrer Gegenwart *Carry* nannte, und sie war so verwirrt, dass sie sekundenlang mit offenem Mund dastand.

Auch Alex war verwirrt. Was war so ungewöhnlich?

Carolyn hätte am liebsten laut gelacht.

»Ja, Mutter«, sagte sie und konnte dabei nicht verhindern, dass ihre Stimme einen höhnischen Klang bekam, »Alex nennt mich Carry. Alle meine Freunde nennen mich Carry. Sicher erinnerst du dich noch, oder etwa nicht?« Herausfordernd sah sie ihre Mutter an.

Debbie Harris erinnerte sich nur allzu gut an das kleine Mädchen, das vor Enttäuschung bitterlich geweint hatte. *Ach was, das ist doch Kinderkram!,* dachte sie verächtlich und beruhigte damit ihr schlechtes Gewissen, das tief in ihrem Innern schlummerte, wenn sie an den Vorfall zurückdachte. Laut sagte sie: »Ist doch kein Problem. Alex kann dich doch nennen, wie er es gern möchte, nicht wahr?«

Alex blickte irritiert von einem zum anderen, aber Carolyn verzichtete darauf, ihn aufzuklären, zumindest für den Augenblick.

»Meine Eltern werden sich wegen der Einladung bei euch melden«, sagte Alex noch, bevor er ging.

»Sag ihnen, wir freuen uns«, erwiderte Philipp, und Debbie schenkte ihm noch einmal ihr schönstes Lächeln.

Carolyn begleitete ihn hinaus, gefolgt von dem nachdenklichen Blick ihrer Mutter.

Eine ganze Weile standen die jungen Leute im Vorgarten und küssten sich hingebungsvoll.

Debbie Harris stand hinter der Gardine und beobachtete die Szene. Wieder einmal musste sie an Carina denken, und als sie später im Bett neben ihrem schlafenden Mann lag, kreiste immer wieder ein Gedanke durch ihren Kopf. Dieser Gedanke wollte sie einfach nicht mehr loslassen, und so oft sie auch versuchte, ihn zu verdrängen, es gelang ihr einfach nicht ...

Eigentlich würde Alex doch viel besser zu Carrie passen.

KAPITEL 43

Vierzehn Tage später war es soweit. Carolyn und ihre Eltern waren zum Dinner bei den Carpenters in deren Haus in St. Leonards eingeladen.

Debbie Harris hatte sich extra für diesen Abend ein neues Kleid gekauft und war sogar zum Friseur gegangen. Als sie dann am späten Nachmittag ins Wohnzimmer trat, starrten Carolyn und ihr Vater sie überrascht an.

Debbie hatte sich sehr sorgfältig zurechtgemacht, und Carolyn staunte, wie gut ihre Mutter mit ihren vierzig Jahren noch aussah. Sie hatte sich ihre langen blonden Haare etwas kürzer und stufig schneiden lassen. Das leicht getönte Make-up überdeckte ihre Sommersprossen, und der hellblaue Lidschatten verstärkte das Blau ihrer Augen. Die langen blonden Wimpern waren schwarz getuscht, was ihre großen Augen sehr vorteilhaft betonte. Auf die vollen Lippen hatte sie nur einen zart schimmernden Lippenpuder aufgetragen.

Ihr neues Kleid aus taubenblauer Seide war schlicht, aber sehr elegant. Es ließ durch seinen raffinierten Schnitt ihren etwas üppig gewordenen Körper schlanker erscheinen und brachte ihr noch sehr glattes, wohl gerundetes Dekolleté auf dezente Art zur Geltung. Um den Hals trug sie die Kette aus weißen Zuchtperlen, die Philipp ihr damals zum fünften Hochzeitstag geschenkt hatte, und ihre Füße steckten in schlichten weißen Lederpumps.

Philipp stieß einen bewundernden Pfiff aus, als er seine Frau sah. »Debbie-Darling, du siehst einfach hinreißend aus!«, schwärmte er, und in seinen Augen lag ein begehrlicher Glanz.

Debbie kannte diesen Glanz in den Augen ihres Mannes und wusste, dass sie sich nicht nur auf einen schönen Abend bei den Carpenters freuen durfte.

***

Debbie und Philipp fühlten sich in Gesellschaft von Alex' Eltern sichtlich wohl, wie Carolyn zufrieden feststellte. Miranda und Timothy Carpenter waren die perfekten Gastgeber, die alles taten, um ihre Gäste zu verwöhnen.

Debbie war in bester Laune und unterhielt sich angeregt mit Miranda. Sie bewunderte Alex' Mutter, die noch sehr jung aussah, obwohl sie schon achtundvierzig Jahre alt war, wie sie auf Debbies Frage unumwunden zugab.

Miranda war groß und schlank und hatte dunkelblondes, schulterlanges Haar. Ihr schmales Gesicht war nicht wirklich hübsch, jedoch sehr apart, und ihre schönen, tiefblauen Augen mit den langen dichten Wimpern strahlten Herzenswärme aus. Sie stammte aus einer alteingesessenen Familie und hatte nach dem Unfalltod ihrer Eltern vor zehn Jahren deren Vermögen geerbt. Sie war außerdem Besitzerin einer gut gehenden Boutique in Eastbourne und entwarf als gelernte Designerin den größten Teil der extravaganten Kleider selbst.

Timothy Carpenter war ein hochgewachsener Mann von kräftiger Statur. Er hatte volles, dunkles Haar, das von wenigen grauen Strähnen durchzogen war, eine kräftige Nase, graublaue Augen und ein energisches Kinn. Wenn er lächelte, hoben sich seine dichten Augenbrauen, was seinem Gesicht einen besonderen Charme verlieh.

Debbie und Philipp erfuhren im Verlauf der Unterhaltung, dass Miranda und Timothy vor achtzehn Jahren das Haus in St. Leonards gebaut hatten. Es war ein helles, freundlich aussehendes Haus, zu dem ein riesiges Grundstück mit einem kleinen Eichenwald gehörte. Dieses Haus, in dem Alex eine sehr glückliche Kindheit verbracht hatte, barg viele Erinnerungen für die Carpenters, und hier wollten sie gemeinsam alt werden. Die große Wohnung im Obergeschoss stand für Alexander und seine zukünftige Frau zur Verfügung.

Vor zwölf Jahren hatte sich das Ehepaar einen lang gehegten Traum erfüllt und ein kleines Ferienhaus in der wunderschönen kleinen Fischerstadt Nerja in Andalusien gebaut.

»Ihr könnt dort jederzeit Ferien machen. Gebt uns nur rechtzeitig Bescheid, wann ihr hinfliegen möchtet«, bot Timothy freundlich an.

»Das ist wahnsinnig nett von euch«, flötete Debbie hingerissen. »Vielleicht nehmen wir euch eines Tages beim Wort, nicht wahr, Phil?« Sie strahlte zuerst ihren Mann an und dann in die ganze Runde.

»Debbie hat recht, das ist wirklich sehr freundlich von euch«, bestätigte Philipp. »Aber ich glaube nicht, dass wir ein solch großzügiges Angebot annehmen können.«

»Aber natürlich könnt ihr das«, widersprach Timothy. »Immerhin sind wir doch schon bald eine Familie, nicht wahr?«

»Genau das denke ich auch«, sagte Miranda und lächelte freundlich. »Die Eltern unserer lieben Carry sind uns jederzeit herzlich willkommen. Wir haben eure Tochter sofort ins Herz geschlossen. Sie ist ein Juwel, nicht wahr, Timmy?«

»Das kann man wohl sagen. Wir sind unsagbar froh, dass unser Alexander eine so gute Wahl getroffen hat. Ihr seid doch sicher unheimlich stolz auf sie?«

»Ja, das sind wir!«, bestätigte Philipp. »Carolyn ist sehr

fleißig und hat uns noch nie Kummer bereitet, nicht wahr, Debbie-Schatz?«

»Nein, das hat sie wirklich nie ... uns Kummer gemacht, meine ich«, stotterte Debbie, »und fleißig ist sie auch, sehr ... obwohl ja auch unsere ...« Sie unterbrach sich kurz und sagte dann schnell: »Ja, Carolyn ist wirklich ein Schatz!«

Carolyn, die ihre Mutter nicht aus den Augen gelassen hatte, wusste genau, was dieser auf der Zunge gelegen hatte. Aber heute war sie fest entschlossen, sich von nichts und niemandem die gute Laune verderben zu lassen.

Es wurde ein langer, vergnüglicher Abend, ein voller Erfolg. Debbie war so aufgedreht und fröhlich, wie Carolyn ihre Mutter noch nie erlebt hatte, zumindest nicht in ihrer Gegenwart.

Philipp und Timothy verstanden sich ebenfalls prächtig. Sie unterhielten sich angeregt über Cricket, Musik und Oldtimer Cars, für die beide eine Vorliebe hatten.

Carolyn war unsagbar froh über die Entwicklung der Dinge. Zum ersten Mal in ihrem Leben stand sie bei ihren Eltern im Mittelpunkt, und das war ein fantastisches Gefühl!

KAPITEL 44

Die Zeit mit Alex war für Carolyn die schönste ihres bisherigen Lebens. Ihr Vater war unsagbar stolz auf sie, und sogar ihre Mutter war so nett zu ihr wie niemals zuvor. Carolyn hatte die ungeteilte Aufmerksamkeit ihrer Eltern, und sie genoss es.

Nahezu jeder in der Nachbarschaft wusste mittlerweile, dass Carolyn Harris schon bald den Sohn einer wohlhabenden und angesehenen Familie heiraten würde und wie gut Debbie sich mit dessen Mutter verstand. Sie kaufte ihre Kleider nur noch in Miranda Carpenters Boutique und gab mächtig damit an, dass sie als angehendes Mitglied der Familie einen Sonderrabatt bekam.

Carolyn war das Verhalten ihrer Mutter peinlich, da sie aber so glücklich war, nahm sie ihr die Wichtigtuerei nicht weiter krumm. Außerdem glaubte sie mittlerweile daran, dass ihre Mutter sich aufrichtig für sie freute.

Als sie aber eines Tages früher von der Uni nach Hause kam, wurde sie eines Besseren belehrt. Es war ein Donnerstagnachmittag, und Melissa Thompson war gerade zu Besuch. Die beiden Frauen hielten sich in der Küche auf und unterhielten sich ziemlich laut miteinander. Carolyn wollte gerade die Treppe hoch zu ihrem Zimmer laufen, als sie ihren Namen hörte. Unwillkürlich blieb sie auf dem Treppenabsatz stehen und lauschte.

»... dass Lynn einmal ein solches Glück haben würde!«, hörte sie die piepsige Stimme ihrer Mutter. »Eigentlich hätte ich eher damit gerechnet, dass Carrie eines Tages mit einem so gut aussehenden, wohlhabenden Jungen nach Hause käme. Nun, das Leben geht manchmal seltsame Wege.« Der letzte Satz ihrer Mutter wurde von einem tiefen Seufzer begleitet.

»Ja, gönnst du Carolyn denn ihr Glück nicht?«, fragte Melissa Thompson erstaunt.

»Aber selbstverständlich gönne ich es ihr!«, rief Debbie Harris. »Wofür hältst du mich denn?«

»Nun ja, das klang gerade eben aber nicht so. Ich hatte eher den Eindruck, als wäre es dir lieber, wenn Carina diejenige wäre, die sich demnächst mit Alexander Carpenter verlobt.«

»Das hast du völlig falsch verstanden, meine Liebe«, verteidigte sich Debbie. »Ich wollte damit lediglich sagen, dass ich es Lynn nicht zugetraut hätte, einen Mann wie Alexander auf sich aufmerksam zu machen, das ist alles.«

Die Erklärung klang nicht gerade überzeugend.

»Ach, komm schon, Deb«, rief Melissa, »mir brauchst du doch nichts vorzumachen. Carina war doch von jeher dein Liebling! Sie konnte machen, was sie wollte, immer hast du ihr die Stange gehalten. Wenn ich nur daran denke, was sie manchmal mit Carolyn angestellt hat, dieses kleine Biest! Carolyn hat mir oft wirklich leidgetan, das kannst du mir glauben.«

»Das ist doch überhaupt nicht wahr, Melissa Thompson. Carrie ist doch kein Biest! Sie ist halt sehr temperamentvoll und manchmal etwas gedankenlos, aber sie ist doch nicht bösartig. Außerdem ist Lynn auch nicht so harmlos, wie es immer den Anschein hat.« Debbies Wangen hatten sich vor Erregung gerötet.

»Da sieht man es doch wieder!«, meinte Melissa fast triumphierend. »Du verteidigst Carina wie eine Löwin ihr Junges, und auf Carolyn hackst du herum. Ich will dir mal etwas sagen, meine liebe Debbie. Wie du weißt, war meine Pamela lange Zeit mit Carina und Samantha

Gillis befreundet, und ich habe so manches über deine Carrie erfahren, was dir überhaupt nicht gefallen würde. Um ehrlich zu sein, hat sie es nämlich faustdick hinter den Ohren! Und Pam hat mir erzählt, wie oft sie Carolyn Sachen in die Schuhe geschoben hat, die sie selbst verbockt hatte.«

»Ach, hör doch auf, Mel. So etwas würde Carrie niemals tun. Wie kommt Pamela nur dazu, solche Geschichten über sie zu erzählen? Sie ist doch nur neidisch auf Carrie, genau wie alle anderen.«

»Meine Pamela hat es gar nicht nötig, neidisch auf Carina zu sein. Sie sagt die Wahrheit, und Samantha kann das jederzeit bestätigen, Debbie. Ich verstehe dich nicht. Carolyn war doch immer diejenige, die euch niemals Sorgen bereitet hat. Sie hat dir und Phil immer aufs Wort gehorcht, während du Carina alles doppelt und dreifach sagen musstest. Eine Dummheit nach der anderen hat sie ausgeheckt. Das kannst du doch nicht vergessen haben, oder?«

Debbie Harris schwieg und sah Melissa nur böse an.

»Ja, auf *dem* Ohr bist du taub. Und ich will dir auch sagen, warum. Weil du in Carina vernarrt bist! Und soll ich dir auch sagen, warum du so vernarrt in sie bist? Weil sie es von Anfang an verstanden hat, dich um den kleinen Finger zu wickeln. Sie braucht dich doch nur anzustrahlen, sich an dich zu kuscheln, und schon ist alles, was sie angestellt hat, vergessen. Warum gibst du es denn nicht zu? Dir wäre es tausendmal lieber, wenn Alexander Carpenter Carina zur Frau nähme, das steht mal fest!«

»Na gut«, gab Debbie zu, »es ist halt so, dass ich finde, Carrie würde besser zu Alex passen. Sie ist fröhlicher und spritziger als Lynn, immer gut gelaunt, witzig und charmant. Alexander ist ebenfalls äußerst charmant und unterhaltsam, während Lynn oftmals stundenlang schweigsam in einer Ecke herumsitzt und liest. Sie wirkt neben Alexander wie ein Aschenputtel, was aber noch lange nicht heißt, dass ich Lynn ihr Glück missgönne. Ich liebe beide meiner Töchter!«

»Na, das kannst du aber gut verbergen, wenn es sich um Carolyn handelt«, konterte Melissa bissig.

Debbie entgegnete nichts und stocherte wütend in ihrem Kuchen herum, so als wäre dieser die Wurzel allen Übels.

Melissa Thompson zog es nun ebenfalls vor zu schweigen. Sie wusste, es hätte keinen Zweck gehabt, weiter über das Thema zu diskutieren. Debbie war einfach blind, wenn es sich um ihre Tochter Carina handelte, blind und taub!

Melissa dachte daran, was ihre Tochter ihr erzählt hatte, nachdem Carina Harris in die USA geflogen war. Wenn Debbie auch nur die geringste Ahnung hätte, wie ihr kleiner Liebling wirklich war ... sie würde auf der Stelle tot umfallen.

Pamela wusste einige haarsträubende Dinge über Carina Harris zu berichten, wie zum Beispiel der »kleine Sonnenschein« es sich zum Hobby gemacht hatte, Tiere zu quälen. Und nicht nur das. Schon im Alter von dreizehn Jahren hatte sie sich mit verschiedenen Jungen eingelassen. Aus purer Bosheit spannte sie fast allen Mädchen an der Schule ihre Freunde aus, um diese dann nach wenigen Tagen wieder abzuservieren. Falls es ihr einmal nicht auf Anhieb gelang, einem Mädchen den Freund wegzunehmen, so griff sie zu gemeinen Tricks, erzählte dem Mädchen Lügen über den Freund und zerstörte auf diese Art und Weise die Beziehung. Sie schreckte vor nichts zurück, um ihre Ziele zu erreichen, nicht vor Verleumdung und Gewalttätigkeit, nicht einmal vor Erpressung.

Pamela und Samantha hatten ihr anfangs bei ihren schäbigen Intrigen geholfen, weil sie Carina bewunderten und ihr alles recht machen wollten. Später aber hatten sie aufgrund ihres schlechten Gewissens nicht mehr mitmachen wollen und waren daraufhin von Carina erpresst worden. Sie hatte den beiden Freundinnen damit gedroht, alles ihren Eltern zu erzählen, und zwar in einer Weise, dass Pam und Sam als die eigentlichen Übeltäterinnen dagestanden hätten. Jahrelang hatten die beiden darunter gelitten, und niemand hatte auch nur im Entferntesten etwas davon geahnt.

Als Melissa Thompson endlich die ganze Wahrheit erfuhr, wollte sie aus dem ersten Impuls heraus sofort zu Deborah und Philipp laufen und ihnen die Wahrheit ins Gesicht schleudern. Ihr Mann Jason hatte sie jedoch davon abgehalten und gemeint, es hätte keinen Zweck, weil die beiden ihnen sowieso kein Wort glauben würden. Außerdem wäre die Gefahr für die nächsten Jahre gebannt, da Carina nicht da war, um Unfrieden zu stiften.

So war das Ehepaar zu dem Schluss gekommen, zunächst noch Stillschweigen über die Sache zu bewahren, um zumindest vorerst den unvermeidlichen Nachbarschaftskonflikt abzuwenden. Sollte dieses Biest allerdings eines Tages zurückkommen und erneut versuchen, Pamela in ihre schäbigen Machenschaften hineinzuziehen, würden Melissa und Jason nicht zögern, Deborah und Philipp die ganze Wahrheit über ihre feine Tochter zu berichten, was natürlich unweigerlich zum kompletten Bruch zwischen den Familien führen würde.

Das Wissen um den wahren Charakter Carinas hatte sowieso schon dazu geführt, dass die Freundschaft der

Familien sich abgekühlt hatte. Die regelmäßigen Treffen fanden schon lange nicht mehr statt, weil die Thompsons sich mehr und mehr zurückgezogen hatten. Nur Melissa hatte es bis jetzt nicht übers Herz gebracht, sich vollständig von Debbie zu lösen, waren sie doch schon zusammen zur Schule gegangen. Wenn ihr Mann Jason wüsste, dass sie ab und an immer noch zum Kaffeetrinken zu Debbie hinüberging, wäre er sehr verärgert.

Melissa seufzte, denn heute war ihr mit aller Deutlichkeit klar geworden, wie richtig Jason und sie damals entschieden hatten. Debbie Harris würde niemals glauben, was für ein Mensch ihre Tochter Carina wirklich war. Das heutige Gespräch mit Debbie hatte ihr auch gezeigt, dass die Zeit gekommen war, ihren Kontakt zu Debbie endgültig abzubrechen.

Arme Carolyn! Das Mädchen konnte einem wirklich leidtun.

Während Melissa noch ihren Gedanken nachhing, schlich Carolyn mit gesenktem Kopf langsam die Treppe hinauf. Sie hatte genug gehört!

KAPITEL 45

Carina Harris saß mit düsterer Miene in ihrem Apartment und dachte darüber nach, was sie vor Kurzem von ihrer Mutter erfahren hatte. Diese hatte sie angerufen und ihr ganz aufgeregt berichtet, was sie kaum glauben konnte. Ihre Schwester hatte sich einen reichen Mann geangelt, der dazu noch blendend aussah, und die Hochzeit sollte schon im Mai stattfinden. Das konnte doch nur ein Scherz sein!

Gewiss, auch sie hatte in der Zeit, seit sie in den USA war, einige wirklich tolle Jungs kennengelernt und reichlich Spaß mit ihnen gehabt. Aber so sehr sie auch bei den Männern ankam, es war bisher keiner darunter gewesen, der sie vom Fleck weg hätte heiraten wollen. Je länger sie darüber nachdachte, umso mehr brannte der Neid in ihrem Herzen. Eigentlich hatte sie sich ja noch nie ernsthaft in einen Mann verliebt, und der Gedanke an Heirat war ihr bisher nicht im Entferntesten gekommen. Und doch konnte sie es nicht ertragen, dass die in ihren Augen unscheinbare Schwester einen Heiratsantrag von einem Mann wie Alexander Carpenter erhalten hatte und sie, die von allen angehimmelt wurde, noch niemand hatte heiraten wollen.

Es war wirklich ein Jammer, dass sie nicht augenblicklich die Gelegenheit bekam, in das Geschehen einzugreifen. Sie befand sich mitten in der Ausbildung und konnte hier nicht einfach so weg. Aber auch wenn es eine Möglichkeit gegeben hätte ... Da war doch dieser unselige Kompromiss, auf den sie notgedrungen hatte eingehen müssen, weil Lynn ansonsten den Eltern brühwarm von ihrem kleinen Intermezzo mit Ben berichtet hätte. Lynn hatte sie aufgrund ihrer eigenen Dummheit in der Hand.

Wie hatte sie nur damals so einfältig sein können zu behaupten, Lynn hätte sie vergiften wollen? Niemals hätte sie diesen Verdacht in Gegenwart ihrer Eltern äußern dürfen, auch wenn sie es ihrer Schwester unter den damaligen Umständen durchaus zugetraut hätte. Lynn war nämlich keineswegs so harmlos, wie es immer den Anschein hatte, und Carina hatte guten Grund zu glauben, dass ihre Schwester ihr damals wirklich nach dem Leben getrachtet hatte.

Nun ja, wenn es jemand gewagt hätte, mit *ihr* solch eine Nummer abzuziehen, *sie* hätte natürlich auch keinen Moment gezögert, die nötigen Schritte zu unternehmen! Wie damals bei diesem Trottel Ben … Ein grausamer Zug legte sich um Carinas Mund.

Ach, zum Teufel mit diesem Ben. Diesmal hatte sie einen viel größeren Fisch an der Angel. In ihrer unnachahmlichen Selbstüberschätzung war Carina natürlich felsenfest davon überzeugt, dass sie nur mit dem kleinen Finger zu schnippen brauchte und der von allen so bewunderte Alexander Carpenter läge ihr zu Füßen. Wenn da nur dieser verdammte Kompromiss nicht wäre!

Ach was, zum Teufel damit! Die Sache war doch jetzt vier Jahre her! Wäre Lynn in den Augen der Eltern überhaupt noch glaubwürdig, wenn sie erst nach so langer Zeit damit herausrücken würde? Ihr Gesicht hellte sich augenblicklich auf. Natürlich nicht! Carina lächelte maliziös. Bis Mai war es ja noch eine Weile hin, und über Weihnachten und Silvester flog sie nach Hause. Dort ergab sich dann gewiss mal eine Gelegenheit, diesen Alex kennenzulernen. Sie würde ihrer Schwester eine glaubhafte positive Veränderung ihres Wesens vortäuschen und ihr nicht den geringsten Anlass geben, an ihrer Loyalität zu zweifeln. Immerhin wäre sie nicht der erste Mensch, der nach einem längeren Auslandsaufenthalt gereift und geläutert heimkehrte. Sie würde ihre Rolle so hervorragend spielen, dass selbst Lynn von ihren guten Absichten überzeugt wäre.

Ihre Mutter war sowieso kein Problem. Die glaubte einfach alles, was sie ihr vorgaukelte, und würde sie in jeder Hinsicht unterstützen, dessen war sich Carina hundertprozentig sicher. Natürlich könnte die Umsetzung ihres Plans eine Weile dauern, aber um erfolgreich zu sein, musste sie sich diesmal in Geduld üben. Zunächst sollte dieser Wunderknabe nur sehen, was er verpasste, wenn er ihre stille, langweilige Zwillingsschwester zur Frau nähme.

Carina wusste genau, wie sie ihre Vorzüge hervorheben konnte, ohne dabei aufdringlich zu wirken. Sie würde einfach jede sich bietende Gelegenheit nutzen, ihm ganz unauffällig schöne Augen zu machen. Allerdings würde sie dies so geschickt anstellen, dass nicht einmal er selbst merken würde, dass es ihre Absicht war, ihn auf sich aufmerksam zu machen. Ja, und schon sehr bald würde sie wissen, ob er anfällig war für ihre Reize oder nicht. Oh ja, sie kannte die Männer und ihre sehnsüchtigen Blicke nur zu gut.

Ihre Gedanken schweiften ab, und ein selbstverliebtes Lächeln umspielte ihre Lippen, als sie ihr Spiegelbild betrachtete. Wie oft hatte sie dieses Spiel schon gespielt, und immer wieder bereitete es ihr ein geradezu berauschendes Vergnügen. Es war, als stünde sie unter Drogen ... ja, sie war regelrecht süchtig danach. Und dabei spielte es nicht einmal eine große Rolle, ob sie einen Mann wirklich attraktiv fand oder nicht. Es ging ihr einzig und allein um das Spiel, in dem *sie* die Fäden in der Hand hielt. Die Menschen in dem Spiel waren wie Marionetten, die sie in eine ihr beliebige Richtung bewegen konnte. Es machte ihr unbändigen Spaß, einem Mann den Kopf zu verdrehen und ihn eiskalt abblitzen zu lassen, wenn er ihr völlig verfallen war. Der Kick war umso größer, wenn dieser Mann mit einem anderen Mädchen liiert war.

Der höchste Genuss aber war es für sie, einen Mann zu verführen, den sie selbst leidenschaftlich begehrte und der sich ihretwegen von seiner Freundin trennte. Auf diese Weise konnte sie dem gedemütigten Mädchen ihre Überlegenheit zeigen und gleichzeitig ihr eigenes starkes Verlangen stillen. Sie brauchte dieses unbeschreiblich erhebende Gefühl der Macht wie die Luft zum Atmen. Aber leider hielt selbst diese höchste Befriedigung des Körpers und der Sinne niemals länger als drei bis vier Wochen an. Ihr Begehren erlosch, und sie ließ den Mann eiskalt fallen. Ihr nächstes Opfer hatte sie dann meistens schon im Visier.

Natürlich wusste Carina, dass sie in den Augen eines Durchschnittsmenschen ein richtiges Luder war, aber das machte ihr nichts aus. Sie war fest davon überzeugt, dass außergewöhnliche Menschen wie sie das Recht auf ihr Vergnügen hatten, auch wenn dieses auf Kosten anderer Menschen ging. Sie fühlte sich weder schuldig noch hatte sie Mitleid mit ihren Opfern. Im Gegenteil, sie genoss den Schmerz der verlassenen Mädchen, und es bereitete ihr Freude, die Männer vor den Augen ihrer Verflossenen zu demütigen und sie herumzukommandieren.

Natürlich kam es auch vor, dass sie Niederlagen einstecken musste, weil es durchaus Männer gab, die an Carina nicht das geringste Interesse zeigten oder ihr Spiel von Anfang an durchschauten. Wenn sämtliche Bemühungen und sogar ihre hinterlistigen Tricks nichts brachten, konnte sie das so zornig machen, dass sie ihre ganze Selbstbeherrschung aufbringen musste, um nicht mit ihren Fäusten auf die jungen Leute loszugehen. Dieses Gefühl der totalen Frustration und Aggression konnte Tage, manchmal sogar Wochen andauern, abhängig davon, wie sehr sie den Mann begehrt hatte. Sie hasste ihn, weil er es gewagt hatte, sie zu verschmähen, statt sich glücklich zu schätzen, von ihr erwählt worden zu sein. Und sie hasste das Mädchen, weil es *ihr* überlegen war, das Objekt *ihrer* Begierde in Besitz nahm, es *ihr* vorenthielt.

Wieder wanderten ihre Gedanken zu Ben und ihrem unbändigen Hass, der sie damals innerlich fast zerfressen hatte. Zwar hatte sie es geschafft, mit ihm zu schlafen und damit einen Keil zwischen ihn und Lynn zu treiben, aber dies war ihr doch eigentlich nur mit einem Trick gelungen. Dabei hätte es für sie einen besonderen Reiz gehabt, gerade ihrer ungeliebten Zwillingsschwester ihre erste große Liebe auszuspannen. Aber dieser Trottel hatte es überhaupt nicht zu schätzen gewusst, dass sie sich für ihn interessiert hatte, dass er die einmalige Gelegenheit gehabt hatte, sich für mindestens einen Monat mit ihr schmücken zu können. Stattdessen hatte sich dieser Idiot bei ihrer langweiligen Schwester Lynn zum Narren gemacht, war ihr nachgerannt und hatte sich wie ein Schoßhündchen benommen.

Sie hätte ihn damals auf der Stelle umbringen können, als er sie angeschrien hatte. Hinterhältiges Biest hatte er sie genannt, nachdem sie ihm so viel gegeben, ihn wie niemanden zuvor verwöhnt hatte. Dieser verfluchte Bastard! Er hatte es gewagt, ihr ins Gesicht zu sagen, dass ihm das alles überhaupt nichts bedeutet hätte, dass er in Carolyn verliebt wäre und sie um Verzeihung bitten wollte. Seine letzten Worte klangen ihr noch im Ohr.

›Ich hasse mich für das, was geschehen ist! Ja, das tue ich … und ich will dich nie mehr wiedersehen, hörst du? Nie mehr!‹, hatte er geschrien. Wie ein Irrer war er dann zur Tür hinausgerannt.

Dabei hatte sie sich schon alles so wunderbar ausgemalt, eine am Boden zerstörte Lynn und ein Ben, der sie, Carina, auf Händen tragen würde. Für den Genuss, ihre Schwester Lynn leiden zu sehen, hätte sie die Beziehung zu Ben sogar länger als einen Monat ertragen können, und das wollte bei ihr etwas heißen!

Carinas Gesicht verzerrte sich zu einer grausamen Maske bei dem Gedanken an die damalige Demütigung. Ihre Hände waren zu Fäusten geballt, und ihre Augen sprühten voller Hass. Aber sie hatte sich an ihm gerächt, hatte diesem Narren gezeigt, was es heißt, einer Carina Harris eine solche Schmach zuzufügen. Ihr Gesicht entspannte sich bei dem Gedanken an das lähmende Entsetzen in seinen Augen, damals auf dem Felsen, als er begriff, was mit ihm geschah.

Carina lächelte und dachte nun wieder mit Freude an ihren perfiden Plan. Sie wollte keinen Gedanken mehr an die Vergangenheit verschwenden, sondern voller Zuversicht in die Zukunft blicken. Sie bekam nun die Gelegenheit auf eine neue Chance, der verhassten Schwester das Herz zu brechen.

Also, wo war sie noch gleich stehen geblieben? Ja … sie würde diesem Alexander einige schlaflose Nächte bereiten. Zunächst würde sie ganz unbefangen und fröhlich mit ihm plaudern, auf völlig unverfängliche Weise ihren Charme versprühen. Dann ab und zu ein tiefgründiger Blick, ein gespielt verlegenes Lächeln, ein schuldbewusstes Senken des Kopfes und ein wie unbewusst wirkendes spielerisches Kreisen der Zunge um ihre vollen Lippen.

Sie hatte all dies hundertmal vor dem Spiegel einstudiert, und bisher hatte es auch bei fast allen männlichen Objekten die gewünschte Wirkung erzielt.

So würde es auch bei Lynns Angebetetem sein, da war Carina sich vollkommen sicher. Immerhin war *sie* die perfekte Ausgabe der Zwillinge, umwerfend schön, elegant, humorvoll und spritzig. Lynn hingegen war nichts weiter als eine billige Kopie, langweilig und unscheinbar.

Carina wusste sehr wohl, dass es nur geringfügige Unterschiede in der äußeren Erscheinung der Schwestern gab, verstand es aber sehr geschickt, diese kleinen Unterschiede mit Make-up, Frisur und Kleidung hervorzuheben. Ihr selbstbewusstes Auftreten, ihr verführerischer Charme und nicht zuletzt ihre erotische Stimme taten ihr übriges, und somit war Carina davon überzeugt, alles zu haben, was Carolyn nicht hatte.

Selbstgefällig lächelte sie in den Spiegel. Warum sollte sich ein Mann wie Alexander Carpenter mit einer humorlosen grauen Maus wie Lynn zufriedengeben, wenn er die charismatische Schwester haben konnte?

Wenn sie den Fisch erst fest an der Angel hatte, war die Lösung ganz einfach! Sie spielte zunächst die Rolle der liebenden Schwester, die es niemals übers Herz bringen würde, dieser den geliebten Mann fortzunehmen. Dann jedoch würde ihr »Widerstand« in sich zusammenbrechen, und sie konnte nicht mehr anders, als dem Drängen des Mannes nachzugeben, den sie über alles liebte. Sie musste dann natürlich ihre Schwester inständig und auf Knien um Vergebung bitten, was zumindest ihre Eltern davon überzeugen würde, dass sie völlig unschuldig an dieser unglückseligen Verwicklung der Umstände war.

Natürlich durfte sie diesen Alexander nicht nach einem Monat fallen lassen, sondern musste sich unter Umständen sogar auf eine Heirat mit ihm einlassen, um auch weiterhin glaubwürdig zu sein. Aber auch darin sah sie kein Problem, denn immerhin war dieser Mann reich und angesehen und konnte ihr vieles bieten. Auf ihre kleinen amourösen Abenteuer musste sie seinetwegen ja nicht verzichten. Sie konnte auch weiterhin hinter seinem Rücken ihren Spaß haben, was ihr Vergnügen daran sogar noch steigern könnte. Das Leben war herrlich, man musste nur zugreifen!

Carina versetzte sich in Gedanken so sehr in ihre Rolle, dass all das, was sie für die Zukunft geplant hatte, schon jetzt Realität für sie wurde. Ihr Gesicht strahlte. Nie zuvor hatte sie sich so auf Weihnachten gefreut!

KAPITEL 46

*A*lex stand Hand in Hand neben Carina am Rande des Beachy Head und flüsterte ihr etwas ins Ohr. Sie lachte leise. Alex sah ihr verliebt in die Augen und küsste sie leidenschaftlich.

Langsam ging Carolyn auf die beiden zu, als Carina plötzlich den Kopf in ihre Richtung drehte und spöttisch sagte: »Es tut mir ja so leid, aber du kannst ihn nicht haben, weil er mir gehört.«

»Das ist nicht wahr«, schrie Carolyn. »Du lügst! Er liebt nicht dich, sondern mich!«

»Du täuschst dich, Schwesterchen«, säuselte Carina. »Er wollte von Anfang an nur mich. Frag ihn doch selbst.«

»Alex«, schrie Carolyn verzweifelt, »bitte sag ihr doch, dass du zu mir gehörst! Oh bitte, Alex ...«

Alexander schien sie jedoch überhaupt nicht wahrzunehmen, hatte nur Augen für Carina.

»Siehst du, du kleines Dummerchen«, lachte Carina hämisch. »Er ist verrückt nach mir. Mit dir will er nichts mehr zu tun haben.«

»Du gemeines Biest«, schrie Carolyn, »du hast ihn verhext! Ja, das ist es ... du hast ihn verhext!«

Die Hexe lachte, presste ihren Körper herausfordernd an seinen, während ihre Lippen seinen Hals liebkosten.

»Alex, bitte, wach auf!«, beschwor Carolyn ihn mit zitternder Stimme. »Sie hat dich verhext. Bitte, glaube mir. Sie spielt nur mit uns, sie macht sich gar nichts aus dir. Ich bin die, die dich liebt. Bitte, wach doch auf! Wach auf, Alex!«

Alex aber hörte sie nicht, und Carolyn drehte sich traurig um und ging.

Plötzlich hörte sie einen markerschütternden Schrei. Es war Alex, der so verzweifelt schrie. Sie drehte sich um und sah, dass er die Arme nach ihr ausstreckte und ihren Namen rief, bevor er im Nichts verschwand. Da begann auch sie, laut zu schreien und konnte nicht mehr aufhören. Sie schrie und schrie ...

Schreiend wachte sie auf. Sie zitterte am ganzen Körper, und ihr Gesicht war nass von Tränen. Abrupt setzte sie sich in ihrem Bett auf. Dieser Traum, dieser fürchterliche Albtraum! Es war nahezu der gleiche Traum wie damals, bevor Ben sie mit Carina betrogen hatte. Und diesmal war er noch viel furchteinflößender gewesen. Noch immer zitterte sie wie Espenlaub, und ein sonderbares Gefühl der völligen Hilflosigkeit und Verzweiflung ergriff Besitz von ihr. Was war nur mit ihr los?

Seit sie mit Alex zusammen war, hatte sie keine Albträume mehr gehabt. Mit Alex fühlte sie sich absolut sicher und geborgen. Er liebte sie wirklich, und schon bald würden sie heiraten. Niemals würde er ihr weh tun, wie einst Ben es getan hatte. Alex verkörperte alles, was sie sich je gewünscht hatte. Sie liebte ihn über alles und vertraute ihm blind. Warum also dieser Traum? Es machte keinen Sinn. Oder zweifelte sie etwa doch an ihm? Hatte sie vielleicht die leise Befürchtung, dass er ... wenn er ...

Ach was, wie konnte sie nur so von ihm denken. Er war anders als die anderen, anders als Ben.

Sie schalt sich selbst eine Närrin, drehte sich auf die andere Seite und schlief bald ein. Und wieder träumte sie ...

Laut schluchzend wachte sie auf.

Oh, mein Gott, das war ja schauerlich gewesen ... so echt, so real! Und plötzlich wusste sie es. Der Traum konnte nur bedeuten, dass ...

Ihr Herz schlug hart und unregelmäßig, und vor ihren Augen flimmerten grelle Blitze. Eine Flut von Gedanken überschlug sich in ihrem Kopf. Ihr Atem ging stoßweise, sie war nahe daran zu hyperventilieren. Nun kam auch noch dieser hämmernde Kopfschmerz. Mühsam zwang sie sich zur Ruhe und versuchte, ihre wirren Gedanken zu ordnen. Nachdem ihr dies nach einer Weile einigermaßen gelungen war, fasste sie einen Entschluss.

***

Alex und Carolyn saßen zusammen im Beach Comber. Carolyn war heute ungewöhnlich lebhaft, und ihr Lachen klang irgendwie nervös. Von Zeit zu Zeit sah Alex seine Freundin prüfend an. Was war bloß los mit ihr? So hatte Alex sie nie zuvor erlebt.

»Ich habe eine ganz tolle Idee, Alex«, sagte sie plötzlich, und ihre Wangen waren vor Aufregung gerötet. Bevor er antworten konnte, fuhr sie fort: »Was hältst du davon, wenn wir einmal aus dem normalen Trott ausbrechen und über Weihnachten wegfahren?«

Alex blickte sie erstaunt und ein wenig verwirrt an. Hatte er richtig gehört? Wie oft hatte Carolyn ihm erzählt, dass ihre Eltern streng gläubig seien und ganz und gar auf Traditionen setzten. Und nun wollte sie an Weihnachten von zu Hause weg, mit ihm allein? Was, um alles in der Welt, ging nur auf einmal in ihr vor?

Carolyn nutzte seine vorübergehende Sprachlosigkeit, um weiterzureden. »Ich wollte eigentlich immer schon mal was ganz Verrücktes tun, weißt du«, plapperte sie munter drauflos. »Stell dir vor, Alex. Nur du und ich ganz allein. Wir könnten in die Staaten fliegen, nach Las Vegas. Wir könnten dort heiraten!«

Nun war es heraus, und ein bisschen war sie über sich selbst erschrocken. Was würde Alex sagen? Er musste sie doch für völlig verrückt halten. Ängstlich sah sie ihn an. Tatsächlich war Alex nun wie vor den Kopf geschlagen und blickte sie an, als zweifelte er an ihrem Verstand. Nach einer Weile, die beiden wie eine Ewigkeit erschien, sagte er: »Du machst Witze, Carry. Das ist doch nicht dein Ernst, oder?«

»Doch, das ist mein voller Ernst!«, rief sie euphorisch. »Weißt du, Alex-Schatz, ich war mein ganzes Leben lang immer nur vernünftig. Jeder kennt mich nur als die gehorsame Carolyn, die immer alles tut, was man ihr sagt. Carolyn, die Verständige und ... die Langweilige! Ich will diese Mauer durchbrechen, Alex, einmal in meinem Leben nicht langweilig sein! Ich will etwas Außergewöhnliches tun, etwas ganz Verrücktes, und das möchte ich mit dir tun, verstehst du, mein Liebster, nur mit dir! Ich liebe dich, Alex. Bitte, lass uns unvernünftig sein!«

Sie sah bezaubernd aus, so voller Elan, mit geröteten Wangen und einem Feuer in den Augen, das er nie zuvor in ihnen gesehen hatte. Verliebt sah er sie an, nahm ihre Hände in die seinen und sagte spontan: »Ja, meine Carry, dann lass uns unvernünftig sein.«

KAPITEL 47

»Wo ist denn mein Schwesterherz?«, wollte Carina wissen, nachdem sie zu Hause angekommen war und nirgendwo eine Spur von Carolyn entdecken konnte. Sie hatte überall gesucht und festgestellt, dass das Mädchenzimmer irgendwie unbewohnt aussah. Daraufhin war sie hinunter ins Esszimmer gestürmt, wo ihre Eltern gerade bei einer Tasse Tee zusammensaßen.

Auf die Frage ihrer Tochter verzog Debbie ihr Gesicht, als wollte sie jeden Moment anfangen zu weinen, sagte aber nichts. Auch Philipp saß nur mit versteinerter Miene da und schwieg.

»Hallo, hallo«, rief Carina ungeduldig, »jemand zu Hause? Ich habe euch etwas gefragt! Wo, zum Teufel, ist Lynn?«

Während ihr Vater weiterhin beharrlich schwieg, fing Debbie nun hysterisch an zu schluchzen, was Carina von jeher gehasst hatte. Trotzdem stand sie auf, ging um den Tisch herum zu ihrer Mutter und legte die Arme um ihren Hals.

»Nun weine doch nicht, Mummy. Was ist denn nur los? Bitte, sag's mir doch endlich!«

»Sag du's ihr, Phil«, schluchzte die Mutter. »Ich kann es nicht. Oh, es ist so furchtbar! Wie konnte sie uns das nur antun?«

Das Weinen wurde lauter, und am liebsten hätte Carina ihre Mutter angeschrien, doch endlich still zu sein. Aber sie beherrschte sich und sagte ganz ruhig, an ihren Vater gewandt: »Nun erzähl schon endlich, Daddy. Was hat Lynn euch angetan? Sie ist doch nicht etwa schon vor ihrer

Hochzeit schwanger geworden?« Ein spöttisches Lächeln konnte sie sich nun doch nicht verkneifen.

»Deine Schwester ist weggefahren«, ließ sich ihr Vater jetzt endlich vernehmen.

Carina wurde neugierig. Gleichzeitig sah sie augenblicklich ihre schönen Pläne durchkreuzt. Lynn war weggefahren, einen Tag vor Heiligabend? Warum denn bloß, zum Teufel?

»Also, ich möchte jetzt sofort wissen, was genau hier vor sich geht«, sagte sie mit schneidender Stimme. Es fiel ihr immer schwerer, ihre Haltung zu bewahren. Wütend blickte sie ihre Eltern an. »Ich höre!«

»Da gibt es nicht allzu viel zu erzählen«, meinte ihr Vater. »Lynn kam vor einigen Tagen zu uns und meinte, sie habe diesmal keine Lust auf das ganze übliche Familien-Tam-Tam, ja genauso hat sie es formuliert, Familien-Tam-Tam, und wolle mit Alex zusammen über Weihnachten und Neujahr irgendwohin fahren. Dann packte sie ihren großen braunen Koffer, und vorgestern hat Alex sie dann abgeholt. Das ist alles. Auf unsere Fragen hin, was denn in sie gefahren sei, hat sie nur gelächelt und gesagt, sie wolle einfach mal was ganz anderes machen. Außerdem hätten wir ja dich hier.«

Debbie fing erneut an zu schluchzen. »Dieses undankbare Kind! Ich hab's ja immer gewusst, sie hat kein Herz.«

Carina stand da wie vom Donner gerührt. Das darf doch wohl nicht wahr sein! Wie konnte sich dieses Miststück nur erlauben, ihre schönen Pläne zunichte zu machen, diese langweilige ... aber halt, ganz so langweilig schien sie wohl doch nicht mehr zu sein. Es war sogar ganz schön mutig von ihr, die Eltern einfach vor vollendete Tatsachen zu stellen. Chapeau!! Und so prüde, wie sie immer tat, war sie dann ja auch nicht. Einige Monate vor der Hochzeit mit diesem Alex ganz allein »irgendwohin« zu fahren.

Carina war zutiefst enttäuscht, so sehr, dass sie sich auf den Stuhl sinken ließ und schwieg.

Ihre Eltern verstanden ihr Verhalten völlig falsch, und Debbie weinte: »Siehst du, Phil, wie traurig unsere Carrie jetzt ist? Lynn bricht auch ihr das Herz. Ich werde ihr das nie verzeihen, das schwöre ich, niemals!«

Am 6. Januar flog Carina zurück in die Staaten. Sie war froh, von ihren Eltern wegzukommen. Mann, war das eine fürchterliche Zeit gewesen! Dieses ständige Gejammer ihrer Mutter und das düstere Schweigen ihres Vaters waren kaum noch zu ertragen gewesen. Carina brauchte jetzt dringend Abwechslung und wusste auch schon, wie sie sich diese verschaffen würde. Da war doch dieser Neue … dieser schnuckelige Edmund Miller, genannt Eddie, und auch ein Sohn aus reichem Haus. Hoffentlich hatte er sich während ihrer Abwesenheit nicht schon anderweitig orientiert. Ihr war kurz vor ihrer Abreise aufgefallen, dass diese kleine Alyssa Gabriel ihm schöne Augen gemacht hatte. Die sah gar nicht mal so übel aus mit ihren großen blauen Augen und der zierlichen Figur. Na ja, eine wirkliche Herausforderung war sie nicht, auf jeden Fall kein Problem für eine Carina Harris! Ein genüssliches Lächeln umspielte ihre knallrot geschminkten Lippen. Der Gedanke an das ihr bevorstehende Vergnügen verscheuchte die Erinnerung an die vergangenen zwei Wochen.

Nur einen Tag später erlitten Debbie und Philipp Harris einen weiteren Schock. Carolyn kam heim, jedoch in Begleitung ihres ihr frisch angetrauten Ehemannes.

Debbie fiel fast in Ohnmacht, als die beiden ihr eröffneten, dass sie am 27. Dezember geheiratet hätten und nun natürlich sofort in ihre Wohnung bei Alex' Eltern in St. Leonards einziehen würden. Diese hatten sich im Gegensatz zu Debbie und Philipp sehr gefreut, als sie einige Tage zuvor die Neuigkeit gehört hatten. Sofort hatten sie den beiden angeboten, die Wohnung im Obergeschoss ihres Hauses schon jetzt für sie herzurichten, was die jungen Eheleute sofort freudestrahlend angenommen hatten. Miranda und Timothy Carpenter gönnten den jungen Leuten ihr Glück und nahmen sich vor, sie nach besten Kräften zu unterstützen.

Wie anders sie doch waren als ihre eigenen Eltern! Von ihnen fühlte Carolyn sich angenommen, während ihre Eltern ihr das Gefühl gaben, ein schlechtes Gewissen haben zu müssen, obwohl sie ihnen doch immer eine folgsame Tochter gewesen war, bis auf dieses eine Mal.

Aber dieses eine Mal hatte sie nur an sich selbst gedacht, und es fühlte sich gut und richtig an. Das Wohlwollen von Alex' Eltern war ihr gewiss, und dies gab ihr die nötige Kraft, die Vorwürfe und Anschuldigungen ihrer Mutter und das eisige Schweigen des Vaters über sich ergehen zu lassen. Sie war glücklich! Alles andere war völlig unwichtig. Ihre Eltern würden sich schon mit der Zeit beruhigen.

KAPITEL 48

Bald nach ihrer Rückkehr aus Las Vegas ließen Carolyn und Alex ihre Heirat ordnungsgemäß in Lewis registrieren, lehnten eine nachträgliche Hochzeitsfeier im großen Rahmen jedoch ab.

Stattdessen feierten sie ihre Heirat nur im engsten Familien- und Freundeskreis. Alex' Eltern hatten die Feier arrangiert und natürlich auch Debbie und Phil eingeladen, die zwar kamen, jedoch durch ihr reserviertes Verhalten keinen Zweifel daran ließen, wie sehr man sie beleidigt hatte.

Selbstverständlich waren Laura und Johnny eingeladen worden, außerdem Johnnys Freund und Kommilitone Jeremy Edwards und Alex' Freunde Kevin Howard, Dave Jones und Charly Carter, die zu vorgerückter Stunde mit ihrer Musik für eine fröhliche Stimmung sorgten.

Es war eine schöne Feier, die nicht einmal Debbie Harris mit ihrer Leidensmiene verderben konnte.

Zum Abschluss des Abends hatte Alex eine besondere Überraschung für seine junge Frau. Er kündigte seinen Gästen einen Song an, den er für Carolyn geschrieben hatte, kurz nach ihrem ersten Kuss im Schein der untergehenden Sonne.

Dieser magische Augenblick hatte ihn zu seinem Song *Magical Love* inspiriert.

Carolyn durchlief ein Schauer, als Alex zu singen begann.

Your love is like music, your love is fantastic, your love is like magic ...

Alle Anwesenden waren zu Tränen gerührt, bis auf Debbie Harris, die mit unbewegter Miene und eiskaltem Blick dem Geschehen folgte.

Your love is a miracle, your love is so magical ...

Carolyn nahm nichts um sich herum wahr. Ihre Augen hingen wie gebannt an den Lippen ihres Mannes. Alex, ihr geliebter Alex, hatte damals ebenso empfunden wie sie und seine Gefühle in diesem Song zum Ausdruck gebracht.

Ja, ihre Liebe *war* Magie! Sie war wie die schönste Sinfonie, fantastisch und einzigartig ... ihre Liebe *war* ein Wunder!

Inzwischen waren Carolyn und Alex fast drei Monate glücklich miteinander verheiratet. Alex liebte seine Frau zärtlich und las ihr fast jeden Wunsch von den Augen ab.

Auf eine Hochzeitsreise hatten die beiden verliebten jungen Leute bisher jedoch verzichten müssen, da sie mitten im Trimester nicht einfach zwei Wochen ihr Studium vernachlässigen wollten. Trotzdem waren sie sehr glücklich miteinander, und auch Alex' Eltern taten alles Erdenkliche, um Carolyn das Leben so angenehm wie nur möglich zu machen, hatten sie doch inzwischen erfahren, dass das Mädchen es in seinem Elternhaus nicht leicht gehabt hatte.

Carolyn verstand sich ausnehmend gut mit ihren Schwiegereltern, und da diese die jungen Eheleute in jeder Hinsicht unterstützten, konnten beide ohne Probleme ihr Studium fortsetzen. Nebenbei arbeitete Carolyn weiterhin in der Apotheke in Seaford und finanzierte somit ihr Studium selbst. Das war sehr wichtig für sie, denn sie fand, dass Miranda und Timothy schon genug für sie taten. Das junge Paar lebte mietfrei in der schönen großen Wohnung und musste nicht einmal seine Lebenshaltungskosten selbst bestreiten. Carolyn hatte anfangs dagegen protestiert, war jedoch damit bei Timothy und Miranda auf taube Ohren gestoßen.

Niemals zuvor hatte Carolyn so viel Fürsorge erfahren, und sie war ihren Schwiegereltern unendlich dankbar, liebte und bewunderte sie. Ihre eigenen Eltern sah sie nur noch sehr selten, da ihre Mutter ihr auch nach Monaten noch das Gefühl gab, etwas Unrechtes getan zu haben. Debbie gab sich zwar Mühe, freundlich zu Carolyn und Alex zu sein, jedoch sprachen ihre Augen eine andere Sprache.

Nun, ihr sollte es recht sein, denn sie vermisste ihre Eltern nicht, schon gar nicht ihre Mutter. Ihre Schwiegereltern schenkten ihr all die Liebe und Geborgenheit, die sie in ihrem eigenen Elternhaus so schmerzlich vermisst hatte.

Ihr jetziges Leben schien Carolyn manchmal wie ein schöner Traum zu sein, aus dem sie irgendwann wieder erwachen würde.

**

In den Sommerferien fuhr das junge Paar zusammen mit Alex' Eltern zu deren Ferienhaus in Nerja. Sie verlebten dort eine wunderbare Zeit, unbeschwert und völlig losgelöst vom Alltag, der mittlerweile trotz ihrer großen Liebe auch bei Carolyn und Alex Einzug gehalten hatte.

Nach diesen unbeschwerten Wochen in Spanien fiel es den beiden schwer, wieder in den Alltag zurückzufinden. Zwar hatten sie noch ganze drei Wochen bis zum Studienbeginn, aber in dieser Zeit zogen die ersten dunklen Wolken am Ehehimmel auf.

Sie waren gerade vier Tage wieder daheim, als Alex eines Morgens schweigsam und mit mürrischer Miene am Frühstückstisch saß.

»Was ist dir denn für eine Laus über die Leber gelaufen?«, fragte Carolyn arglos.

»Nichts, alles roger«, erwiderte Alex mit verschlossener Miene und biss lustlos in seinen Toast.

»Aber du hast doch was«, beharrte Carolyn, »das sieht doch ein Blinder!«

Alex gab keine Antwort, sondern starrte gelangweilt an Carolyn vorbei.

Nun wurde sie wütend. »Was ist denn das für ein Benehmen!«, rief sie empört. »Wirst du mir jetzt augenblicklich sagen, was dein Problem ist?«

Alex verlor nun auch die Beherrschung. »Was mein Problem ist, willst du also wissen, ja? Das ist ganz einfach, mein Problem ist, dass ich mich tierisch langweile, verdammt noch mal!«

Carolyn war so schockiert, dass ihr sekundenlang die Worte fehlten. War das derselbe Mann, der ihr vor gar nicht langer Zeit einen Song über den Zauber ihrer Liebe gewidmet hatte?

Sie musste ein paarmal tief schlucken, ehe sie leise sagte: »Ich wusste nicht, dass du dich mit mir langweilst.« Tränen schossen ihr in die Augen und liefen langsam ihre Wangen hinunter. »Ich dachte, wir wären glücklich und hätten eine wunderschöne Zeit in Spanien gehabt«, fügte sie mit zitternder Stimme hinzu.

»Ja, die hatten wir ja auch«, räumte Alex ein. »Aber jetzt sind wir wieder hier und haben noch über zwei Wochen Ferien. Heute ist Freitag, und was haben wir geplant? Nichts! Wir sitzen Tag für Tag in den vier Wänden herum!«

»Aber wir gehen doch jeden Tag an die frische Luft, gehen spazieren ...«

»Ja, spazieren gehen, und was noch? Carry, wir sind doch keine achtzig! Wir sind jung, und das sind wir nur einmal! Wir arbeiten beide hart, und das ist auch gut so. Aber meinst du nicht, dass wir in unserer knapp bemessenen Freizeit *leben* sollten?«

»Willst du mir damit sagen, dass wir nicht leben, Alex?«, schluchzte Carolyn.

»Ja, genau das will ich sagen, meine Liebe. »Weißt du eigentlich, wie lange ich meine Freunde nicht mehr gesehen habe? Weißt du das?«, brauste er auf.

»Ach, daher weht der Wind!«, schrie Carolyn zurück. »Es geht dir einzig und allein darum, dass du was ohne mich machen willst, nicht darum, dass wir gemeinsam etwas unternehmen!«

»Aber wir machen doch nur noch alles gemeinsam. Keinen Schritt kann ich mehr alleine gehen! Dir hat es doch noch nie gepasst, wenn ich mal mit meinen Jungs zusammen war.«

»Das ist doch überhaupt nicht wahr, Alex. Ich mag Kevin und die anderen Jungs, und ich hab mich von Anfang an gut mit ihnen verstanden!«

»Ja, am Anfang warst du auch noch Feuer und Flamme, wenn ich mit den Jungs gespielt hab. Die Freundin vom Leadsänger zu sein, das fandest du ganz toll, oder nicht?«

»Das war doch etwas ganz anderes!«, rief Carolyn entrüstet. »Da hatten wir uns gerade erst kennengelernt, und alles war so neu für mich. Jetzt sind wir aber verheiratet und haben Zukunftspläne! Wir arbeiten hart dafür, unseren Kindern einmal materielle Sicherheit und Geborgenheit bieten zu können.«

»Ach, und da bleibt überhaupt keine Zeit mehr für ein bisschen Spaß zwischendurch?«

»Aber den haben wir doch! Wir sind gerade mal vier Tage aus dem Urlaub zurück. Hatten wir etwa keinen Spaß dort?«

»Ich möchte aber mal wieder etwas mit meinen Freunden unternehmen!«, kam es trotzig zurück. »Ich hätte mal wieder Lust auf einen Gig mit den Jungs. Verstehst du das nicht?«

»Ja, ich verstehe sehr gut, Alex. Ich weiß genau, was dir fehlt! Du vermisst die Bewunderung der Groupies, ist es nicht so?«

»Das musste ja jetzt kommen!«, sagte Alex verächtlich. »Du und deine Eifersucht ... das ist ja schon fast pathologisch! Auf alles und jeden bist du eifersüchtig, auf meine Musik, meine Freunde ... ja, sogar auf meine Mutter!«

»Was?«, rief Carolyn empört. »Ich bin eifersüchtig auf deine Mutter? Ich liebe deine Mutter, und das weißt du!«

»Und warum magst du es dann nicht, wenn sie ab und zu mal das Frühstück für uns macht oder wenn ich unten einen Tee mit ihr trinke?«

Darauf wusste Carolyn keine Antwort, verstand sie es doch selbst nicht. Leise schluchzte sie vor sich hin.

Alex merkte jetzt, dass er zu weit gegangen war. Obwohl er wusste, dass seine Vorwürfe nicht völlig aus der Luft gegriffen waren, tat Carolyn ihm plötzlich leid. Es war zwar nicht immer leicht mit ihr, aber er hatte schließlich auch seine Ecken und Kanten. Gab es nicht in jeder Ehe Höhen und Tiefen? Wenn sie nur nicht so besitzergreifend wäre!

Wie auch immer, er hätte nicht so grob zu ihr sein dürfen. In einer Ehe sollte man ruhig und vernünftig über alles reden, ohne gleich herumzubrüllen! Hatten seine Eltern jemals auf diesem Niveau gestritten?

Er liebte seine Carry doch über alles, und nun hatte er sie zum Weinen gebracht. Sie hatten sich noch nie so arg gestritten, und er musste sich bei ihr entschuldigen, jetzt gleich! Er setzte sich neben sie, legte tröstend seinen Arm um ihre Schultern und sagte versöhnlich: »Es tut mir leid, Kleines. Ich hätte nicht so aufbrausen dürfen. Bitte, verzeih mir.«

»Ist schon gut, Alex«, schluchzte Carolyn. »Ich bin ja auch laut geworden, und du hast ja ganz recht mit manchem, was du gesagt hast.«

»Ich bin auch manchmal etwas schwierig, Liebes. Lass uns jetzt nicht mehr streiten. Das nächste Mal, wenn einer von uns etwas auf dem Herzen hat, dann sprechen wir in aller Ruhe darüber, okay? Ich liebe dich doch, meine Kleine.«

»Ich liebe dich auch, Alex, sehr sogar.« Carolyn lächelte ihn unter Tränen an. »Und ich verspreche dir, nicht mehr eifersüchtig zu sein, weder auf deine Mum noch auf deine Freunde.«

»Was hältst du davon, wenn wir gleich Kevin und die anderen anrufen und fragen, ob sie morgen Zeit haben, und du kommst mit?«

»Wirklich, Alex?«, strahlte Carolyn. »Das wäre super!«

Sie fielen sich in die Arme, und der Ehefrieden war wiederhergestellt.

KAPITEL 49

An einem Freitagabend im November wurden Carolyn und Alex von Miranda und Timothy mit einem Geschenk überrascht. Sie saßen unten im Wohnzimmer der Eltern noch auf ein Gläschen Wein zusammen, als der Vater mit einem geheimnisvollen Gesicht einen Umschlag aus seiner Weste hervorzog.

»Wir haben eine Überraschung für euch«, schmunzelte er und überreichte Alex den Umschlag.

»Ja, nun öffne ihn schon!«, drängte Miranda.

Als Alex den Inhalt des Umschlags sah, strahlte er über das ganze Gesicht. »Sieh mal, Carry, ist das nicht cool von Mum und Dad?«

Auch Carolyns Augen wurden groß, als sie das großherzige Geschenk ihrer Schwiegereltern sah.

»Gran Canaria! Das ist ja der Wahnsinn!«, rief sie freudestrahlend. »Nun bekommen wir doch noch unsere Hochzeitsreise, einfach traumhaft!« Sie lief zuerst zu ihrer Schwiegermutter, umarmte sie und küsste sie herzhaft auf beide Wangen. Dann lief sie zum Schwiegervater und umarmte auch ihn. »Vielen, vielen Dank euch beiden, ihr seid ja so lieb!«

»Ihr habt es verdient«, sagte Timothy lächelnd. »Ihr arbeitet beide sehr hart, und das muss belohnt werden.«

»Danke, Dad! Danke, Mum!« Alex umarmte seine Eltern nun ebenfalls. »Das ist sehr großzügig von euch, und wir freuen uns wahnsinnig!«

An diesem Abend saßen Carolyn und Alex noch lange bei ihren Eltern und schmiedeten Pläne für die zweiwöchige Reise nach Maspalomas auf Gran Canaria.

Carolyn lag in dieser Nacht lange wach, dieses Mal aber vor Freude und Glück.

Wie schön ihr Leben doch war, seitdem sie ihren Alex kannte! Nun hatte sie endlich eine richtige Familie, wurde geliebt und umsorgt wie niemals zuvor. Sie konnte wirklich dankbar sein für dieses Glück! Niemals mehr wollte sie es trüben mit der dummen Eifersucht, die manchmal völlig grundlos in ihr aufkeimte.

Mit diesem Gedanken und einem seligen Lächeln auf den Lippen schlief sie endlich ein.

Die folgenden Wochen vergingen sehr schnell, weil beide mit ihrem Studium vollauf beschäftigt waren. Carolyn wurde immer aufgeregter, je näher der Abreisetermin rückte. Schon eine Woche vorher fing sie an, ihren Koffer zu packen, und in der letzten Nacht tat sie kein Auge zu.

Endlich war es soweit, und Alex' Eltern fuhren das junge Paar zum Flughafen London Heathrow. Nach einem wortreichen Abschied und tausend guten Wünschen saßen Carolyn und Alex glücklich und entspannt im Flieger. Alex nahm Carolyns Hand und sah ihr tief in die Augen.

»Ich liebe dich, Carry«, sagte er leise.

»Ich liebe dich auch, Alex«, hauchte Carolyn, »und daran wird sich nie etwas ändern.«

Sie verbrachten eine traumhaft schöne Zeit, losgelöst vom Alltag, sorglos und herrlich frei. Sie liefen kilometerweit am Strand entlang, lagen faul in der Sonne und schwammen weit aufs Meer hinaus. Sie aßen in den besten Restaurants, gingen in die Disco und tanzten bis spät in die Nacht hinein. Morgens schliefen sie meist lange, ließen das Frühstück ausfallen und brunchten stattdessen ausgiebig.

An ihrem ersten Hochzeitstag mieteten sie morgens in der Früh einen Wagen und fuhren in die wunderbare Bergwelt Gran Canarias. Sie buchten in einer netten, kleinen Pension ein Zimmer für eine Nacht. Ausgerüstet mit reichlich Wasser, Obst und Sandwiches wanderten sie so hoch, dass sie auf die Wolken hinabblicken konnten. Hand in Hand saßen sie auf einem Felsvorsprung und bewunderten in stiller Ehrfurcht die Schönheit der Schöpfung.

Abends gingen sie in ein Steak House und bestellten Filetsteak mit Röstkartoffeln und Salat und eine gute Flasche spanischen Rotweins. Es war das gleiche Dinner, das sie damals im De La Warr Pavilion eingenommen hatten, als sie sich im feurigen Glanz der untergehenden Sonne zum allerersten Mal geküsst hatten. Sie spürten wieder den Zauber dieses besonderen Augenblicks, die Leichtigkeit ihrer Herzen; sie waren einfach unbeschwert glücklich miteinander.

Die zweite Woche verging viel zu schnell, und beide waren ein wenig traurig, dass sie schon bald Abschied nehmen mussten von der Insel, auf der sie gemeinsam so viel Schönes erlebt hatten.

Am Abend vor der Heimreise machten sie nach dem Abendessen einen letzten Spaziergang entlang der Strandpromenade. Später lagen sie auf ihren Liegestühlen bis tief in die Nacht hinein.

Überwältigt von der Allmacht Gottes blickten sie hinauf in die unendliche Weite und Schönheit des Sternenhimmels, hielten sich an den Händen und fühlten, dass dieser Augenblick der innigen Verbundenheit ihrer Herzen einmalig war.

KAPITEL 50

Carolyn und Alex waren über zwei Monate wieder daheim, als der lang ersehnte Frühling bereits Mitte März seinen Einzug hielt. Der Winter in diesem Jahr war mit viel Schnee und Frost bitterkalt gewesen. Nach ihrer Hochzeitsreise auf den sonnigen Kanaren hatten sie sich erst nach Wochen mit Mühe und Not akklimatisiert und sich voller Ungeduld nach dem Frühling mit seinen ersten warmen Sonnenstrahlen gesehnt.

An einem sonnigen Morgen im März wurde es Carolyn ganz plötzlich so übel, dass sie sich übergeben musste. Oh nein, nicht gerade heute! Um viertel vor neun hatte sie eine wichtige Vorlesung, bei der sie unbedingt anwesend sein musste. Glücklicherweise ging es ihr schon bald wieder besser, und sie atmete erleichtert auf. Bestimmt hatte sie ein Gläschen zu viel von dem süffigen Wein getrunken, den ihre Schwiegereltern gestern Abend zum Dinner serviert hatten. Carolyn sah auf die Uhr. Ach, du meine Güte, schon kurz vor sieben, sie musste sich beeilen. Im selben Moment klopfte Alex an die Tür.

»Liebling, bist du immer noch im Bad?«, erklang seine sanfte Stimme.

»Ja, Schatz. Ich bin aber in einer Minute fertig«, rief Carolyn.

»Das kennt man ja«, lachte ihr Mann, »da hänge ich mal lieber eine Null hinten dran, was?« Fröhlich pfeifend entfernte er sich.

Als Carolyn nach fünf Minuten aus dem Bad kam, war Alex nirgends zu sehen. Sicher war er wieder im Gästebad, das in der unteren Etage lag. Es gehörte zur Wohnung seiner Eltern, und Carolyn mochte es nicht, dass er dorthin ging. Sie hatte ihm das bereits mehrmals gesagt, aber Alex lachte nur und meinte, dass er ja keine andere Wahl hätte, wenn er nicht ständig zu spät in die Uni kommen wolle.

Sie ärgerte sich über solche Bemerkungen, denn sie benötigte nicht mehr Zeit im Bad als Alex. Ihr Verdacht, dass er nur eine Ausrede brauchte, um mit seinen Eltern frühstücken zu können, bestätigte sich auch heute wieder.

Als sie hinunterkam, blickte er ihr augenzwinkernd entgegen.

»Komm, setz dich zu mir, mein Schatz. Mum hat frische Brötchen gebacken, die schmecken köstlich!«

Widerwillig setzte Carolyn sich, als auch schon Miranda mit einer Kanne frisch aufgebrühten Kaffees aus der Küche kam.

»Guten Morgen, mein Kind«, grüßte sie freundlich, »bitte, bedien dich. Die Brötchen sind noch warm.«

»Guten Morgen, Miranda«, sagte Carolyn leise, »vielen Dank. Du gibst dir immer so viel Mühe. Wir können uns doch eigentlich auch selber Frühstück machen. Was meinst du, Alex? Deine Mutter ist doch nicht unser Dienstmädchen.«

»Ich mache das doch sehr gern«, protestierte Miranda Carpenter. »Außerdem kann ich mir meine Zeit einteilen, wohingegen ihr euch morgens ziemlich sputen müsst. Lass mir doch bitte die Freude, euch ein bisschen zu verwöhnen, Carry.«

Trotz der Zuneigung, die Carolyn für ihre Schwiegermutter empfand, gefiel es ihr einfach nicht, wenn sie um Alex herumsprang, als wäre er noch immer ihr kleiner Junge. Immerhin war er *ihr* Ehemann, und sie wollte ihn selbst umsorgen. Manchmal wünschte sie, dass Alex und sie woanders eine Wohnung hätten. Leider war das nicht möglich, solange sie beide studierten. Na ja, sie musste halt Geduld haben. Eines Tages könnten sie sich vielleicht ein eigenes kleines Haus kaufen.

Dann aber schämte sie sich für ihre Eifersucht, die gegen ihren Willen immer wieder in ihr aufflammte. Warum nur war sie so undankbar? Das hatte Miranda, die sie wie eine eigene Tochter liebte und umsorgte, wirklich nicht verdient! Hatte sie sich nicht fest vorgenommen, diese dumme, völlig unbegründete Eifersucht nicht mehr zuzulassen? Sie hatte es Alex doch vor nicht allzu langer Zeit hoch und heilig versprochen.

Auch Laura hatte unzählige Male versucht, ihr ins Gewissen zu reden, sie eindringlich davor gewarnt, so besitzergreifend zu sein.

»Eifersucht kann Gefühle zerstören!«, hatte sie gesagt. »Du wirst geliebt, Carry, mach dir das bitte nicht kaputt!«

Was war denn bloß los mit ihr? Ihr Mann liebte sie über alles, und sie hatte wunderbare Schwiegereltern, die sie wie ihre eigene Tochter behandelten. Zum ersten Mal in ihrem Leben ging es ihr richtig gut … und was machte sie? Auf alles und jeden war sie eifersüchtig. Es war wie ein schleichendes Gift, das ihr Gehirn zersetzte.

Plötzlich wurde ihr wieder übel. Eine kurze Entschuldigung murmelnd, sprang sie schnell auf und rannte ins Bad. Sie hielt dabei eine Hand vor den Mund und schaffte es kaum bis zur Toilette, bevor sie sich in hohem Bogen übergab.

Als sie nach wenigen Minuten zurückkam, fragte Miranda besorgt: »Du bist ja kreidebleich. Was fehlt dir denn, mein Kind?«

»Ich weiß auch nicht«, stammelte Carolyn, »war vielleicht zu viel Wein gestern Abend.«

»Das kann ich mir nicht vorstellen«, meinte Alex, »du hast doch nur zwei Gläschen getrunken. Am besten fahren wir noch vor der Uni zu Dad in die Praxis.«

»Ach was, es geht ja schon wieder«, widersprach Carolyn. »Professor Forester hält heute eine wichtige Vorlesung. Die will ich auf keinen Fall verpassen. Bitte, lass uns jetzt fahren, Alex, sonst kommen wir noch zu spät.«

»Okay, mein Schatz, wie du willst. Ich bin sofort fertig. Bis später, Mum.« Er gab seiner Mutter einen zärtlichen Kuss auf die Wange.

»Bis später, mein Junge. Tschüss, Carry.«

»Bis bald, Miranda.« Carolyn küsste ihre Schwiegermutter flüchtig auf die Wange und rannte schnell hinaus.

Alex folgte ihr kopfschüttelnd. Was war heute bloß mit seiner Frau los?

KAPITEL 51

Eine Woche später war das junge Paar zu Besuch bei Carolyns Eltern eingeladen. Carolyn fühlte sich wie so oft in letzter Zeit nicht wohl und wäre am liebsten zu Hause geblieben. Da sie ihre Eltern aber seit Monaten nicht gesehen hatte, blieb ihr nichts anderes übrig als zuzusagen.

Debbie Harris lief ihnen schon freudestrahlend entgegen, als sie gegen halb vier aus dem Auto stiegen. Carolyn und auch Alex staunten nicht schlecht über die überschwängliche Begrüßung. Hatte sie endlich ihre Rolle als beleidigte Leberwurst an den Nagel gehängt?

Zu schön, um wahr zu sein, dachte Carolyn, und nur wenig später wurde ihr klar, dass sie damit völlig richtiggelegen hatte.

»Überraschung!«, flötete Debbie. »Nun ratet mal, wer hier ist und sich darauf freut, endlich deinen Alex kennenzulernen?«

Carolyn erstarrte.

»Nun kommt erst mal rein und setzt euch ins Wohnzimmer, meine lieben Kinder. Dad wartet auch schon ganz ungeduldig. Endlich ist mal wieder die ganze Familie zusammen.« Sie bugsierte Alex und die kreidebleiche Carolyn ins Wohnzimmer.

Carina, die neben ihrem Vater auf der Couch gesessen hatte, sprang lachend auf.

»Sieh doch nur, Lynn«, piepste Debbie, »Carrie konnte es kaum erwarten, endlich deinen Alex kennenzulernen. Bisher kam ja leider immer etwas dazwischen.« Währenddessen warf sie Carolyn einen vorwurfsvollen

Bis-jetzt-hast-du-es-ja-immer-zu-verhindern-gewusst-Blick zu.

»Das ist Carrie, Lynns Zwillingsschwester«, sagte sie nun mit unverkennbarem Stolz in der Stimme. »Carrie, und das ist unser guter Alex.«

»Hi, Alex, schön, dich endlich mal kennenzulernen!«, sagte Carina mit ihrer tiefen, etwas rauchigen Stimme und strahlte ihn an.

»Hey, Carina, ich freue mich auch, dich kennenzulernen!«, sagte Alex höflich und gab ihr die Hand. Dann blickte er etwas verlegen zur Seite und wandte sich seinem Schwiegervater zu. Während dieser ihn umarmte und die üblichen Höflichkeitsfloskeln ausgetauscht wurden, gingen ihm alle möglichen Gedanken durch den Kopf. Das war nun Carolyns Zwillingsschwester? Irgendwie hatte er sie sich ganz anders vorgestellt, mehr wie Carolyn. Carina aber wirkte so völlig anders als seine Frau.

Währenddessen hatte Carina sich herabgelassen, endlich auch ihre Schwester zu begrüßen. Gewollt herzlich nahm sie Carolyn in die Arme und küsste sie auf beide Wangen.

»Schwesterherz«, rief sie ein wenig zu laut, »wie schön, dich endlich mal wiederzusehen. Das war ja nun schon das zweite Weihnachten, an dem du uns davongelaufen bist, nicht wahr?« Sie zwinkerte Carolyn spitzbübisch zu und lachte.

Es klang wie ein harmloser Scherz, und alle stimmten in ihr Lachen ein, nicht so Carolyn. Sie wusste ganz genau, wie es gemeint war, und unwillkürlich bekam ihr Gesicht einen harten Ausdruck. Immer musste sich dieses Luder in Szene setzen, und wie raffiniert sie das anstellte! Sogar Alex fiel darauf herein.

In den folgenden Stunden fand eine lebhafte Unterhaltung statt, die natürlich – wie sollte es auch anders sein – hauptsächlich von Carina bestritten wurde. Schnell fanden Alex und sie ein gemeinsames Thema, nämlich das Showgeschäft.

Carina berichtete ausführlich über ihren USA-Aufenthalt, ihre Ausbildung zur Maskenbildnerin und darüber, was für interessante Leute sie kennengelernt hatte, unter anderem jede Menge Prominente.

Alex erzählte von *The Silver Rocks,* der Band, die er seinerzeit gegründet hatte, und davon, wie viel Spaß er mit seinen Jungs gehabt hatte. Er erwähnte auch, dass er nun kaum noch Zeit hätte, sich mit ihnen zu treffen und Musik zu machen.

Carina ließ sich darüber aus, wie schade das doch sei, und dass er sich die Zeit dafür ganz einfach nehmen müsse.

Sie redeten, lachten und scherzten miteinander, als würden sie sich schon seit einer Ewigkeit kennen.

Alex schien plötzlich ein ganz anderer zu sein, ausgelassen und heiter, wie Carolyn ihn schon lange nicht mehr erlebt hatte.

So wurde der Nachmittag für Carolyn zu einer einzigen Qual. Niemand nahm Notiz von ihr, nicht einmal Alex.

Aber war das nicht ihre eigene Schuld? Sie saß steif wie eine Statue neben ihrem Mann und beteiligte sich mit keinem Wort an der Unterhaltung der anderen. Verzweifelt fragte sie sich, warum das so war. Warum nur verlor sie in Gegenwart ihrer Zwillingsschwester jegliches Selbstbewusstsein? Laura hatte völlig recht, wenn sie sagte, dass irgendetwas mit ihr nicht in Ordnung sei.

Carolyn fühlte sich schrecklich gedemütigt, und krampfhaft bemühte sie sich, ihre Fassung zu bewahren. Am liebsten wäre sie aufgesprungen und davongelaufen.

Dabei konnte sie ihrer Schwester nicht einmal etwas vorwerfen. Entgegen ihrer früheren Gewohnheiten benahm Carina sich völlig korrekt. Sie flirtete nicht mit Alex, sondern führte lediglich eine nette, ungezwungene Unterhaltung mit ihm und ihren Eltern.

Und trotzdem ... Carolyn konnte es nicht in Worte fassen, es war nicht wirklich greifbar, aber mit jeder Faser ihres Herzens spürte sie, dass an diesem Nachmittag etwas vor sich ging, das ihr Leben verändern würde.

KAPITEL 52

In der nächsten Woche hatte Carolyn immer häufiger mit einer morgendlichen Übelkeit zu kämpfen. Sie musste sich oft ganz plötzlich übergeben, und langsam keimte ein bestimmter Verdacht in ihr auf. Es war ihr nicht sofort eingefallen, aber eigentlich hätte sie schon längst ihre Periode bekommen müssen. Alex und seinen Eltern gegenüber erwähnte sie nichts davon, denn seit dem Nachmittag bei ihren Eltern in Seaford hatte sich das Verhältnis zu ihrem Mann kaum spürbar verändert. Allerdings war Carolyn sich nicht sicher, ob diese Veränderung real war oder nur in ihrer Fantasie existierte.

Anfang April entschied sie sich endlich, einen Gynäkologen aufzusuchen. In die Praxis ihres Schwiegervaters wollte sie auf gar keinen Fall gehen. So rief sie bei einem Doktor Green in Brighton an und ließ sich einen Termin für den kommenden Donnerstagnachmittag geben. Donnerstags hatten Laura und sie Bio-Chemie-Seminar und bis halb eins eine Anatomievorlesung; der Nachmittag war frei. Die Freundinnen gingen dann gewöhnlich noch mit den anderen in die Mensa zum Mittagessen, bevor sie zu Laura nach Hause fuhren, um gemeinsam zu lernen. Manchmal machten sie es sich auch nur gemütlich und plauderten über dieses und jenes.

Alex blieb donnerstags immer in der Uni und saß den ganzen Nachmittag, umgeben von seinen Anatomiebüchern, in der Bibliothek. Er kam dann meistens erst am frühen Abend nach Hause. Es war somit nicht schwer für Carolyn, ihm den Besuch beim Arzt vorerst zu verschweigen.

Bei ihrer Freundin entschuldigte sie sich nach dem Lunch

mit der Begründung, sie habe noch einige dringende Besorgungen zu machen und käme vielleicht später noch zu ihr. Laura gab sich damit zufrieden, zumindest tat sie so. Es war nämlich sehr schwierig, die Freundin zu täuschen.

Doktor Thomas Green war ein freundlicher Mann um die fünfzig mit buschigen Augenbrauen und vollem grau melierten Haar. Er wirkte äußerst vertrauenerweckend und war Carolyn auf Anhieb sympathisch.

Nach einem ausführlichen Einführungsgespräch und einigen Fragen zu früheren Erkrankungen, untersuchte Doktor Green sie gründlich. Als sie ihm später wieder gegenübersaß, lächelte er ihr aufmunternd zu.

»Meine liebe Mrs. Carpenter, ich gratuliere Ihnen. Sie sind kerngesund und in der achten Woche schwanger. Im kommenden November werden Sie einem kleinen Menschen das Leben schenken.«

Carolyn saß da wie vom Donner gerührt. Eigentlich hatte sie es ja schon längst geahnt, und doch brachte sie nun keinen Ton heraus. Warum konnte sie sich nicht freuen? Sicher, es war eigentlich noch zu früh für ein Baby, aber müsste sie nicht trotzdem glücklich darüber sein, ein Kind des Mannes unter dem Herzen zu tragen, den sie mehr als alles in der Welt liebte? Stattdessen fühlte sie einen undefinierbaren Schmerz in ihrer Brust, eine tiefe Hoffnungslosigkeit, die sie sich selbst nicht erklären konnte.

»Aber Mrs. Carpenter, was ist denn nur mit Ihnen?«, hörte sie wie aus der Ferne die Stimme des Arztes. Sie wollte etwas sagen, aber ihr Hals war wie zugeschnürt.

»Mrs. Carpenter, mein Gott, Sie sind ja kreidebleich!« Der Arzt stand auf, ging mit raschen Schritten zum Waschbecken und kam bald darauf mit einem Glas Wasser zurück.

»Hier, mein liebes Kind, trinken Sie das. Gleich wird's Ihnen wieder besser gehen.«

Carolyn trank gehorsam das Glas leer.

»Die Nachricht kam wohl doch ein wenig überraschend«, fuhr Doktor Green fort. »Wenn es etwas gibt, was Sie mit mir besprechen möchten, meine Liebe ... Sie können sich mir ruhig anvertrauen. Soweit es in meiner Macht steht, werde ich gern versuchen, Ihnen zu helfen.«

Carolyn hatte sich wieder einigermaßen gefasst und stand auf. »Nein, nein, vielen Dank, es geht schon wieder. Entschuldigen Sie vielmals, Doktor. Die Nachricht kam tatsächlich etwas überraschend, aber ich freue mich, ehrlich. Ich freue mich wirklich sehr. Es ist alles in Ordnung.«

Der Arzt sah sie zweifelnd an, erhob sich dann aber ebenfalls. »Bitte, kommen Sie in vier Wochen zur nächsten Untersuchung, Mrs. Carpenter.« Er reichte ihr zum Abschied die Hand und blickte ihr nachdenklich hinterher, als sie fast fluchtartig das Zimmer verließ.

In Carolyns Kopf überschlugen sich die Gedanken. Sie konnte es kaum erwarten, mit Laura zu sprechen, dem einzigen Menschen, dem sie wirklich vertraute. Sie wollte Laura die Wahrheit sagen, mit ihr über ihre seltsame Gemütsverfassung reden. Vielleicht hatte ihre Freundin ja eine plausible Erklärung für die Ängste, die sie quälten und konnte sie beruhigen. Bisher hatte sie jedesmal einen guten Rat für sie gehabt, ihr immer geholfen, sich besser zu fühlen.

Laura war ein Schatz! Sie konnte sich glücklich schätzen, eine solche Freundin zu haben.

***

Als Carolyn am späten Nachmittag bei Laura eintraf, merkte diese sofort, dass mit ihr etwas nicht stimmte.

»Was ist denn los, Carry?«

Als Carolyn nicht sofort antwortete, drückte Laura ihre Freundin auf einen Sessel. »Nun setz dich erst einmal hin und beruhige dich. Du bist ja richtig außer Atem. Ich sage meiner Mum kurz Bescheid, dass sie uns eine schöne Tasse Tee macht. Und dann erzählst du mir, was los ist.«

Nach einer Weile kam Laura mit einem Tablett zurück. »So, mein Schatz, dann schieß mal los.«

Und Carolyn erzählte. Sie fing mit der morgendlichen Übelkeit an und endete mit dem Termin beim Arzt. Sie ließ nichts aus, auch nicht ihre erste Reaktion auf die eigentlich freudige Nachricht. Den Besuch bei ihren Eltern erwähnte sie allerdings mit gewollt gleichgültiger Miene nur am Rande.

Aufmerksam hörte Laura zu, stellte immer wieder einige Zwischenfragen, und als ihre Freundin geendet hatte, schwieg sie zunächst nachdenklich. Natürlich hatte sie bemerkt, dass Carolyn den Besuch bei ihren Eltern hatte herunterspielen wollen.

Carolyn rutschte ungeduldig auf ihrem Sessel herum. »Nun, was meinst du, Laura?«, fragte sie aufgeregt. »Hast du eine Erklärung dafür, dass ich mich so benommen habe?«

»Ja, die habe ich«, antwortete Laura endlich leise. »Und tief in deinem Innern hast du die auch. Ist es nicht so?«

»Nein, habe ich nicht«, beharrte Carolyn. »Warum sonst würde ich dich fragen?« Sie blickte die Freundin beleidigt an. »Willst du mir nun helfen oder nicht?«

»Du weißt sehr gut, dass ich dir helfen möchte, Carry. Aber kann ich das? Weißt du, Carry, es ist doch immer wieder dasselbe, nicht wahr? Immer wieder schafft Carina es ...«

»Aber sie ist doch nicht der Grund, weshalb ich ...«, wollte Carolyn protestieren.

»Bitte, Carry, sag jetzt nichts, lass mich bitte ausreden. Es war und ist wieder Carina, die dich verunsichert hat, auch wenn du es nicht wahrhaben willst. Wie oft habe ich in den vergangenen Jahren versucht, dir klarzumachen, wo dein Problem liegt und wie du es lösen kannst. Carina ist keine Gefahr für dich, Carry, wenn *du* es nicht zulässt!«

»Du glaubst also, dass ich mich wegen Carina nicht richtig auf unser Baby freuen kann? Das ist doch absurd!«

»Natürlich ist es das. Aber genau da liegt ja das Problem. Carina braucht nur aufzutauchen, und die liebenswerte Carolyn verwandelt sich augenblicklich in ein unsicheres, verschlossenes, um nicht zu sagen unsichtbares Wesen. Carry, lass das nicht länger zu! Du hast so viel zu bieten, so vieles, was Carina nicht hat, vor allem Herz und Charakter! Alex liebt dich, setz das bitte nicht aufs Spiel, indem du dich von ihm zurückziehst. Als Erstes musst du ihm von deiner Schwangerschaft erzählen. Er ist der Vater und hat ein Recht darauf.«

»Wer sagt denn, dass ich das nicht tun werde?«, begehrte Carolyn auf.

Laura zog es vor, nicht darauf zu antworten. Sie kannte ihre Freundin nur zu gut, um zu wissen, dass sie genau das nicht vorhatte. Warum sonst war sie nach dem Arztbesuch nicht sofort nach Hause gefahren, um zuerst ihrem Mann die Neuigkeit mitzuteilen? Stattdessen war sie völlig aufgelöst zu ihr gekommen!

»Tu mir bitte einen Gefallen, Carry, und konzentriere

dich jetzt nur auf dich, deinen Mann und euer Baby, das du im kommenden November im Arm halten wirst. Verschwende nicht einen einzigen Gedanken mehr an Carina.«

Als sie Carolyns zweifelnden Blick sah, fuhr sie fort: »Du glaubst doch nicht im Ernst, dass Carina eine Gefahr für deine Ehe ist? Ihr Urlaub ist doch sowieso bald vorbei, und sie fliegt zurück in die Staaten. Alex ist ihr gerade ein einziges Mal begegnet und hat sich lediglich mit ihr unterhalten. Nicht mehr und nicht weniger. Das hast du mir selbst so erzählt.«

»Ja, aber Alex hat *mich* die ganze Zeit über wie Luft behandelt!«, platzte es nun endlich aus Carolyn heraus.

»Und daran warst du mit Sicherheit selbst schuld, Carry, ist es nicht so? Ich kenne dich gut genug, um mir vorstellen zu können, wie stocksteif und stumm du dagesessen hast.«

Aus Carolyns Schweigen schloss Laura folgerichtig, dass sie den Nagel auf den Kopf getroffen hatte.

»Also, geh nach Hause, erzähle Alex, dass er bald Vater wird, und sei zur Abwechslung mal einfach nur glücklich. Du hast allen Grund dazu. Alex' Eltern werden sich bestimmt auch riesig freuen. Sie helfen euch ja nun wirklich, wo sie können.«

Carolyn schwieg noch immer. Sie wusste, dass ihre Freundin recht hatte mit allem, was sie sagte. Und doch, das ungute Gefühl wollte einfach nicht weichen.

»Nun«, drängte Laura, »wirst du wenigstens über das nachdenken, was ich dir gesagt habe?«

»Ja, natürlich werde ich das tun«, sagte Carolyn leise. »Ich weiß ja, dass du recht hast.«

Ja, das weißt du genau, dachte Laura, *aber wird das etwas ändern?* Laut sagte sie: »So, lass uns jetzt noch eine halbe Stunde mit meiner Mum plaudern. Sie wird sich bestimmt auch freuen. Du möchtest es ihr doch sagen, oder nicht?«

»Doch ja, natürlich«, murmelte Carolyn unsicher. »Aber ich will auf keinen Fall, dass sie es irgendwem sonst erzählt, wenigstens vorläufig nicht.«

»Das wird sie nicht, wenn du sie darum bittest.« *Wo soll das bloß noch hinführen?* Laura seufzte.

KAPITEL 53

Seit dem Besuch bei Carolyns Eltern war Alex sehr verwirrt. Viel zu oft dachte er an Carina, die so ganz anders war als ihre Schwester. Wie war das nur möglich? Bisher hatte er immer geglaubt, dass eineiige Zwillinge völlig identisch wären, im Aussehen sowie in ihrer Wesensart. Das war wohl etwas naiv von ihm gewesen, wie er nun wusste. Carina war wirklich bezaubernd, so unbekümmert fröhlich und charmant. Sie lachte sehr viel und brachte auch andere zum Lachen, eine Eigenschaft, die er an seiner Frau vermisste.

Carolyn ... ihm wurde im Nachhinein bewusst, dass sie kaum gesprochen hatte an diesem Nachmittag. Hatte sie überhaupt irgendetwas gesagt? Nein, wenn er sich recht erinnerte, hatte sie die ganze Zeit über nur dagesessen, und ihm war es nicht einmal aufgefallen! Er hatte sich angeregt mit Carina und seinen Schwiegereltern unterhalten und überhaupt nicht mehr an Carolyn gedacht! Erst später, nachdem sie sich verabschiedet hatten und Carolyn stillschweigend neben ihm im Wagen saß, war es ihm bewusst geworden. Auf seine Frage hin, warum sie denn so still gewesen sei, hatte sie wieder einmal ihre dubiosen Kopfschmerzen vorgeschoben. Zu Hause angekommen, war sie dann sofort nach oben gegangen, und er hatte sich unten noch eine Weile mit seinen Eltern unterhalten. Immerhin war es ein früher Samstagabend gewesen, nicht einmal acht Uhr.

Nachdenklich runzelte er die Stirn. Carolyn benahm sich wirklich manchmal äußerst seltsam. Aber war das Verhalten seiner Frau wirklich der einzige Grund, warum er ständig an ihre Schwester denken musste?

In den folgenden Wochen stellte er immer öfter eine zunehmende Veränderung in Carolyns Verhalten fest, was ihm überhaupt nicht gefiel. Es kam ihm vor, als zöge sie sich immer mehr von ihm zurück, sogar auf seine Zärtlichkeiten reagierte sie ausweichend. Mal war sie todmüde, ein anderes Mal musste sie unbedingt noch lernen, dann wieder war ihr übel, oder sie hatte ihre ominösen Kopfschmerzen.

Irgendwann platzte ihm der Kragen. »Was, zum Teufel, ist eigentlich los mit dir?«, fragte er schneidend, nachdem sie seine Annäherungsversuche wieder einmal mit ihrer obskuren Migräne-Aura hatte abwehren wollen.

Carolyn zuckte zusammen. »Nichts ist los«, flüsterte sie eingeschüchtert. »Ich bin nur hundemüde und habe rasende Kopfschmerzen.«

»Die hast du in letzter Zeit doch ständig. Ich kann es langsam nicht mehr hören. Du bist sowieso seit ein paar Wochen unausstehlich, merkst du das nicht? Auch meine Eltern haben schon bemerkt, dass du dich verändert hast.«

»So, *ich* habe mich also verändert, ja?« Carolyn wurde nun auch wütend. »Der Einzige, der sich hier verändert hat, bist doch *du*. Und ich weiß auch genau, seit wann und warum!«

»Ach, das ist ja interessant! Dann weißt du aber mehr als ich. Na, dann mal raus mit der Sprache, ich höre!«

»Seit dem Nachmittag bei meinen Eltern, genau seitdem.« So, nun war es heraus, und im selben Moment hätte sie sich die Zunge abbeißen mögen.

Seltsamerweise zögerte Alex mit seiner Antwort.

»Aha, du weißt also genau, wovon ich rede«, folgerte Carolyn. »Du weißt genau, dass du mich an dem Nachmittag wie Luft behandelt hast.«

»Ich dich wie Luft behandelt? *Du* warst doch diejenige, die dasaß wie ein Ölgötze und sich um niemanden gekümmert hat.«

»Ja, jetzt gib auch noch *mir* die Schuld daran, dass *du* nur Augen für Carina hattest. Das war richtig ekelhaft, wie du an ihren Lippen hingst und über ihre blöden Scherze gelacht hast.«

Alex wurde auf einmal ganz ruhig, obwohl seine Augen einen gefährlichen Glanz bekamen.

»Ja, deine Schwester ist in der Tat sehr charmant, und es war ein schöner und entspannter Nachmittag für mich. Carina und deine Eltern waren sehr nett zu mir, und wir haben uns wunderbar unterhalten. Deine Eltern waren ganz anders als sonst, viel entspannter und freundlicher. Darüber würde ich an deiner Stelle einmal nachdenken.« Damit drehte er sich auf die andere Seite und löschte das Licht.

Schon bald hörte Carolyn, dass er eingeschlafen war. Sie aber lag bis zum Morgengrauen wach.

***

Seit dieser Nacht kühlte sich das Verhältnis des jungen Ehepaars merklich ab. Alex versuchte zwar einige Male einzulenken und über die Sache zu sprechen, aber ohne jeden Erfolg. Carolyn zog sich mehr und mehr in eine Art Schneckenhaus zurück. Alex war verzweifelt. Wie war es nur dazu gekommen, dass seine Carry und er sich kaum noch etwas zu sagen hatten?

Eines Abends vertraute er sich seinem Vater an. Timothy Carpenter hörte seinem Sohn sehr aufmerksam zu, sah ihn dann mit ernstem Blick an und fragte unumwunden: »Hast du Carry denn einen Grund gegeben, eifersüchtig auf ihre Schwester Carina zu sein?«

»Aber nein, Dad, natürlich nicht! Du und Mum, ihr wisst doch ganz genau, dass ich Carry über alles liebe. Sie hat überhaupt keinen Grund, eifersüchtig auf irgendwen zu sein.«

»Ich spreche auch nicht von irgendwem, mein Sohn, sondern von der Schwester deiner Frau. Nun, hat Carry einen Grund?«

Timothy bemerkte sehr wohl das kurze Zögern seines Sohnes.

»Zumindest glaubt sie, einen zu haben«, antwortete Alex ausweichend. »Vater, ich liebe Carry!«

»Darum geht es aber nicht, Alex. Wenn Frauen meinen, einen Grund zur Eifersucht zu haben, dann gibt es gewöhnlich auch einen. Findest du die Schwester attraktiv?«

»Natürlich ist sie attraktiv, immerhin ist sie Carrys Zwillingsschwester«, versuchte Alex zu scherzen. Sein Vater ging nicht darauf ein.

»Du weißt genau, was ich meine. Also, wie ist sie, diese Carina Harris? Gefällt sie dir?«

»Ja, verdammt noch mal, sie gefällt mir!«, brauste Alex auf. »Na und ... was ist denn schon dabei? Carina ist charmant, hat Humor und sieht sehr gut aus. Aber deshalb muss Carolyn doch nicht eifersüchtig sein. Schließlich bin ich mit *ihr* verheiratet und nicht mit ihrer Schwester.«

»Junge, Junge, du musst noch sehr viel lernen. Frauen haben ein sehr feines Gespür dafür, wenn der Liebste von einer anderen Frau fasziniert ist, und sofort ...«

»Ich bin aber doch nicht ...«, setzte Alex an, sich zu verteidigen, wurde aber von seinem Vater unterbrochen.

»... und sofort schrillen bei ihnen sämtliche Alarmglocken. Ich bin ein paar Jährchen älter als du und habe so meine Erfahrungen mit der Damenwelt. Und versuche nicht, mir weiszumachen, dass du für diese Carina nur brüderliche Gefühle hegst, mein Sohn. Seinen alten Vater kann man nicht so leicht hinters Licht führen. Also versuch es erst gar nicht.«

Alex wich dem Blick des Vaters aus und schwieg.

»Alexander Carpenter, bring das ganz schnell wieder in Ordnung, hörst du?«, mahnte Timothy. »Schenke deiner Frau einen schönen Strauß roter Rosen, und lade sie am Wochenende zum Essen in ein gutes Restaurant ein. Zeige ihr, dass sie dir sehr viel bedeutet und keine andere Frau ihr das Wasser reichen kann. Und hör um Gottes willen damit auf, an diese Carina zu denken! Das ist der gut gemeinte Rat deines Vaters.« Damit stand er auf und ging in Richtung Tür, hielt dann aber plötzlich inne und sagte: »Ich hab da gerade eine brillante Idee, mein Junge. Wie wäre es, wenn Carry und du in den Ferien für zehn Tage nach Paris fahren würdet?«

Alex sah seinen Vater an, als hätte dieser völlig den Verstand verloren. »Ich weiß nicht so recht, Dad, aber …«

»Papperlapapp!«, unterbrach ihn sein Vater energisch. »Ich schenke euch die Reise zu eurem zweiten Hochzeitstag.«

»Aber unser Hochzeitstag ist doch erst …«, setzte Alex wieder an.

Abermals wurde er vom Vater unterbrochen. »Dann ist es eben ein kleiner Vorschuss, mein Sohn. Ich werde meinen Kindern doch wohl noch ein Geschenk machen dürfen!« Mit diesen Worten ließ er Alex allein, um ihm Gelegenheit zum Nachdenken zu geben.

KAPITEL 54

Alex kam gerade aus dem Blumenladen in East-bourne, als er plötzlich mit jemandem zusammen-stieß. Der dicke Rosenstrauß fiel auf den Boden, und er bückte sich, um ihn aufzuheben. Gleichzeitig öffnete er den Mund, um sein Gegenüber zurechtzuweisen. Ein fröhliches Lachen ertönte, das ihm sehr bekannt vorkam.

»Ja, wenn das nicht mein lieber Schwager ist! Das ist ja wahnsinnig nett von dir, mir Rosen zu schenken. Aber ist es nicht ein bisschen übertrieben, vor mir auf die Knie zu fallen?«

Vor ihm stand Carina und zwinkerte ihm schelmisch zu. Alex war so überrascht, sie zu sehen, dass er zunächst nichts zu erwidern wusste, sondern sie nur bewundernd anstarrte. Mann, oh Mann ... die Frau war wirklich der Hammer! Die lange, glänzende Lockenpracht hatte sie kunstvoll am Hinterkopf zusammengesteckt. Ihre strahlenden Augen hatten einen goldgrünen Schimmer, und der volle Mund glänzte feucht. Sie trug ein weißes Top, das unter der Brust leicht gerafft war, einen kurzen roten Rock und weiße Sandaletten. Schnell wanderte sein Blick zu ihren langen Beinen, und er schämte sich seiner Gedanken, die in diesem Moment durch seinen Kopf rasten. *Waren Carrys Beine auch so lang?*

»Hast du mich nun lange genug begutachtet?«, lachte Carina, die sich ihrer Wirkung natürlich voll bewusst war. *Hab ich's doch gewusst,* dachte sie mit hämischer Freude. *Es wird ein Kinderspiel für mich sein, ihn ihr auszuspannen.*

»Entschuldige bitte, Carina. Ich bin halt nur überrascht,

dich hier zu treffen«, sagte Alex endlich. »Ich wusste nicht, dass du noch im guten alten England weilst. Du fliegst doch sicher bald zurück in die USA?«

»Ach, jetzt noch nicht. Ich hab noch ein paar Tage. Wie wär's, hast du noch Zeit für einen Drink? Ich lade dich ein.«

Alex zögerte. Er fühlte instinktiv, dass es besser wäre, Carinas Einladung abzulehnen, und doch sagte er spontan zu.

Sie gingen in ein kleines Pub am Pier und bestellten zwei Cola. Es dauerte nicht lange und alles war genauso wie an dem Nachmittag im Hause der Familie Harris. Sie redeten, lachten und redeten, und im Nu waren fast drei Stunden vergangen.

Als Carina sich entschuldigte, um die Toilette aufzusuchen, sah Alex auf die Uhr und erschrak. Es war beinahe viertel vor sechs! Er hatte Carolyn doch heute mit den Blumen überraschen wollen! Die Blumen ... mein Gott, die roten Rosen ... er hatte sie auf der Straße liegen lassen. Wie konnte ihm sowas nur passieren? *Du weißt genau, wie das passieren konnte,* meldete sich die Stimme seines Gewissens.

»Ein Penny für deine Gedanken«, hauchte die rauchige Stimme Carinas dicht an seinem Ohr. Ihn durchlief ein wohliger Schauer, und er fühlte sich wie bei etwas Verbotenem ertappt.

»Ich muss jetzt aber wirklich gehen, Carina«, sagte er nervös. »Es ist schon viertel vor sechs, und ich habe Carry versprochen, um sechs zu Hause zu sein. Ich habe sie für heute Abend zum Essen eingeladen, und einen neuen Blumenstrauß muss ich ja jetzt auch noch besorgen.«

»Kein Problem«, sagte Carina. »Ich habe den Eltern auch versprochen, zeitig zum Abendessen zu kommen.

Dann wollen wir mal.« Sie zahlte die Rechnung, und beim Hinausgehen fragte sie lauernd: »Ich hoffe, deine Carry ist nicht allzu böse, dass du etwas später kommst?«

»Nein, das geht schon in Ordnung. Carry ist nicht so. Sie war heute Morgen guter Dinge und sagte, sie habe eine Überraschung für mich.« Er zwinkerte Carina spitzbübisch zu. »Ja, und ich habe auch eine Überraschung für sie geplant. Nun, eigentlich hatte mein Vater die super Idee, dass Carry und ich eine Urlaubsreise machen könnten. So hat er uns kurzerhand eine zehntägige Reise nach Paris gebucht, mit allem Drum und Dran. Stell dir nur vor, Carry und ich zusammen in Paris, in der Stadt der Liebe! Wenn sie das hört, wird sie außer sich sein vor Freude. Also mach dir mal keine unnötigen Sorgen. Ich bin überzeugt, dass es ein wunderschöner Abend wird.«

»Na, dann ist ja alles in Butter«, sagte Carina gewollt gleichgültig, während in ihrem Inneren ein Sturm tobte. *Sieh mal einer an!* Ihr Schwesterchen hatte also eine Überraschung für ihren Angetrauten, und er hatte vor, sie in die Stadt der Liebe zu entführen. *Wie süß!!* Zu süß für ihren Geschmack. Da war sie ja heute gerade noch zur rechten Zeit gekommen, um für eine gehörige Prise Salz in der Suppe zu sorgen, genauer gesagt, sie ihrer Schwester total zu versalzen.

***

Alex hatte ein schlechtes Gewissen. Ausgerechnet heute musste ihm das passieren. Dabei hatte er sich nach dem Gespräch mit seinem Vater fest vorgenommen, alles wieder in Ordnung zu bringen mit Carolyn. Er liebte sie doch!

Wenn er nur an gestern Abend dachte, als sie so spät nach Hause gekommen war. Er hatte sich große Sorgen um sie gemacht. Um neun Uhr war sie endlich heimgekommen, und er hatte sie vor lauter Erleichterung nur wortlos in die Arme geschlossen. Das erste Mal seit Wochen waren sie einander wieder richtig nahe gewesen, und er hatte sie für Freitagabend zum Essen in ihrem Lieblingsrestaurant eingeladen. Freudestrahlend hatte sie ihm daraufhin erzählt, dass sie ihn im Restaurant mit etwas ganz Wunderbarem überraschen würde. In der Nacht hatten sie sich zärtlich geliebt ... Und nun das!

Nicht nur, dass er zu spät kam, gleich einen Tag nach ihrer Versöhnung, nein ... es war mehr als das. Kaum, dass er aufgehört hatte, an Carina zu denken, stand sie auch schon leibhaftig vor ihm, schöner und bezaubernder als zuvor. Er durfte sie auf gar keinen Fall wiedersehen!

Mit einem dicken Strauß roter Baccararosen bewaffnet und einer Entschuldigung auf den Lippen, stürmte er um halb sieben in die Wohnung. Die Worte blieben ihm aber im Halse stecken, als er Carolyn im Wohnzimmer antraf.

Sie saß stocksteif und mit bleichem Gesicht auf der Couch neben dem Telefontischchen.

Er ging auf sie zu und wollte sie in die Arme nehmen, aber sie stieß ihn von sich.

»Liebling, es tut mir so leid. Ich weiß, dass ich viel zu spät komme. Weißt du, ich hab Kevin zufällig in der Stadt getroffen, und wir sind noch zusammen ein Bier trinken gegangen. Du weißt ja selbst, wie Kevin ist. Er redet und redet, und auf einmal schau ich auf die Uhr und ...«

»Spar dir deine Lügen!«, unterbrach Carolyn ihn gefährlich leise. »Ich weiß, mit wem du zusammen warst.«

Alex stockte der Atem. Wie konnte Carolyn wissen, dass er mit Carina zusammen gewesen war? Sie konnte ihn doch unmöglich mit ihr gesehen haben.

Carolyn las die unausgesprochene Frage in seinen Augen.

»Woher ich es weiß? Ja, vor ein paar Minuten hat sie angerufen und gefragt, ob wir beide Lust hätten, morgen Nachmittag zum Grillen zu kommen. Meine Eltern und sie würden sich wahnsinnig freuen, uns zu sehen. Das letzte Mal wäre es ja so lustig gewesen. Ja, und bei dieser Gelegenheit hat sie dann gefragt, ob du denn noch rechtzeitig zurückgekommen seist. Ich solle doch bitte, bitte nicht böse mit dir sein, weil es ja allein ihre Schuld gewesen sei, und so weiter und so fort. Tja, so war das.«

Alex war wie vor den Kopf geschlagen.

»Es tut mir leid, Carry. Ja, ich habe Carina ganz zufällig in Eastbourne getroffen und ja, ich habe gelogen. Ich wollte dich nicht schon wieder unnötig beunruhigen, weil wir doch kürzlich solche Probleme ihretwegen hatten und uns erst gestern versöhnt haben. Ich hätte trotzdem die Wahrheit sagen sollen. Bitte, verzeih mir.«

Carolyn blickte ihn nur traurig an und schwieg.

Nachdem Alex an diesem Abend lange vergeblich versucht hatte, mit seiner Frau ins Reine zu kommen, setzte er sich frustriert ins Auto und fuhr nach Seaford. In ihm tobte ein Sturm. Er war wütend auf seine Frau. Warum musste sie nur solch ein Drama aus allem machen? Er hatte doch nun wirklich die besten Absichten gehabt, wollte ihr alles recht machen, kam sogar mit einem Strauß roter Rosen heim, und jetzt das! War es etwa *seine* Schuld, wenn ihm zufällig seine Schwägerin über den Weg lief? Hätte er sie ignorieren sollen, sich unfreundlich verhalten sollen? Was, zum Teufel, erwartete Carolyn nur von ihm?

In Seaford angekommen, parkte er den Wagen nahe der Strandpromenade und ging die paar Meter zu Fuß zum Beach Comber. Er holte sich an der Theke ein Pint Bass und setzte sich in eine kleine Nische. Er musste nachdenken, und dazu brauchte er Ruhe und ein kühles Bier.

Nachdem die erste Wut auf Carolyn abgeklungen war, überkamen ihn nun doch Selbstzweifel. Er fragte sich, warum er seine Frau angelogen hatte. Das hatte er doch noch nie getan. Er hätte ihr doch einfach ganz unbefangen erzählen können, dass Carina ihm in Eastbourne zufällig über den Weg gelaufen war, da war doch eigentlich nichts dabei. Sie war Carrys Schwester, und er hatte etwas mit ihr getrunken, das war alles.

Aber war das wirklich alles, oder belog er sich nun sogar selbst? Immerhin war er mit seiner Frau um sechs Uhr verabredet gewesen, um mit ihr essen zu gehen, nachdem sie eine wunderschöne Versöhnungsnacht miteinander verbracht hatten. Er hätte Carinas Einladung ausschlagen müssen, so einfach war das. Er aber hatte die Einladung erstens angenommen, zweitens war er über Gebühr lange fortgeblieben und drittens ... ja, drittens hatte er die Gesellschaft Carinas so sehr genossen, dass er darüber die Zeit und seine eigene Frau völlig vergessen hatte. Das war einfach unverzeihlich! Er stand auf und ging an die Bar, um sich ein zweites Bier zu holen, als plötzlich die Tür aufging.

»Ja, hab ich doch richtig gesehen. Ich war gerade mit einer Freundin am Strand spazieren, da sah ich dich über die Straße laufen. Sicher war ich mir aber nicht, weil du doch mit Lynn essen gehen wolltest. Als meine Freundin dann nach Hause wollte, hab ich mir gedacht, dass ich mal kurz vorbeischaue. Und wahrhaftig, du bist es. Da stimmt doch was nicht.«

»Carina, das ist doch nicht möglich. Jetzt treffen wir uns heute schon zum zweiten Mal. Komm, setzen wir uns. Dann erzähl ich dir alles.«

In Carinas Augen blitzte es auf. Hatte ihre kleine Intrige etwa so schnell Erfolg gehabt?

Alex fing sofort zu erzählen an, kaum dass sie sich gesetzt hatten. Alles sprudelte nur so aus ihm heraus, und je mehr er redete, umso mehr sah er wieder Carolyn als die einzig Schuldige an. Nachdem er sich alles von der Seele geredet hatte, legte Carina ihre Hand auf die seine und blickte ihm tief in die Augen. Und da wusste er es ...

KAPITEL 55

Währenddessen lag Carolyn wach im Bett und wälzte sich von einer Seite auf die andere. Immer wieder dachte sie über die Ereignisse des vergangenen Tages nach, über den Anruf Carinas und ihre eigene Reaktion darauf. Laura würde ihr vorwerfen, wieder einmal völlig überreagiert und sich, durch ihren Mangel an Selbstbewusstsein ihrer Schwester gegenüber, selbst das Wasser abgegraben zu haben. Vielleicht hatte Laura mit allem recht, und sie sah Gespenster.

Aber warum hatte Alex sie dann angelogen? Wenn wirklich alles ganz harmlos war, hätte er ihr doch sofort von dem zufälligen Treffen erzählen können!

Es war schon sehr spät in der Nacht, als Alex endlich heimkam, und statt mit ihm zu reden, stellte sie sich schlafend, obwohl sie innerlich bebte. Wo war er nur so lange gewesen? Diese Frage quälte sie für den Rest der Nacht.

Am nächsten Tag herrschte eine gedrückte Stimmung zwischen den jungen Eheleuten. Carolyn war weiß wie eine Wand und hatte dunkle Ringe unter den Augen.

Schweigend saßen sie am Frühstückstisch, und keiner machte den Versuch, über den vergangenen Abend zu sprechen, obwohl beide an nichts anderes denken konnten, wenn auch aus völlig unterschiedlichen Gründen.

Nachdem sie ihr Frühstück beendet hatten, stand Carolyn auf, um das Geschirr in die Spüle zu stellen. »Möchtest du noch einen Kaffee?«, fragte sie mit zitternder Stimme.

»Nein, danke«, antwortete Alex. »Ich bin mit Kevin und

den anderen Jungs verabredet. Wir wollen mal wieder spielen … ich habe schon lange keine Zeit mehr dafür gehabt.«

»Nun ja, dein Studium ist ja auch wichtiger, denke ich.«

»Trotzdem sollte ich ab und zu auch mal ein bisschen Spaß haben dürfen, denke *ich*!«, antwortete Alex ungewohnt heftig.

Carolyn zuckte zusammen, erwiderte aber nichts mehr. Schweigend wusch sie das wenige Geschirr ab, während Alex ins Arbeitszimmer ging, um seine Sachen zusammenzupacken.

Kurz darauf hörte sie, wie die Tür ins Schloss fiel. Sie stürzte in die Diele, riss die Wohnungstür auf und rief hinter ihm her, aber Alex stürmte die Treppe hinab, ohne sich noch einmal umzudrehen.

Carolyn stand da wie erstarrt und konnte nicht fassen, was vor sich ging. Innerhalb weniger Wochen war aus ihrer – wie sie bisher geglaubt hatte – glücklichen Ehe ein Albtraum geworden. Dabei hatte sie Alex gestern Abend endlich mit der Nachricht überraschen wollen, dass sie ein Baby haben würden. Nach ihrer unsagbar zärtlichen Versöhnungsnacht war sie sicher gewesen, sich getäuscht zu haben und hatte sich für ihr, wie sie zu diesem Zeitpunkt geglaubt hatte, ungerechtfertigtes Misstrauen zutiefst geschämt.

Nun aber spürte sie es wieder mit aller Kraft, dass ihr anfängliches Bauchgefühl sie doch nicht getrogen hatte. Warum sonst hatte Alex sie gestern Abend angelogen? Warum war er völlig kopflos weggefahren und erst spät in der Nacht heimgekommen? Und nicht zuletzt sein verletzendes Verhalten gerade eben!

Irgendetwas ging vor sich … etwas, das mit ihrer Schwester zu tun hatte! Ja, denn hatte sie sich jemals getäuscht, wenn es um Carina ging? Sie stöhnte laut auf, und ihr Gesicht verzerrte sich in wilder Verzweiflung. Carina, immer und immer wieder Carina!

»Verdammt ... sie ist ein Fluch! Ja, ich werde niemals frei sein ... niemals frei von diesem Fluch. Dieses Biest! Ach, könnte ich mich doch nur befreien von ihr ... ein für alle Mal frei sein von ihr ... ach, ich wünschte, sie wäre tot!«

Erschrocken hielt sie inne und schlug sich mit der Hand auf den Mund. Sie hatte diese furchtbaren Worte laut herausgeschrien. Was war denn nur mit ihr geschehen, dass sie auf solch grässliche Gedanken kam und sie auch noch laut ausrief? Wie tief war sie gesunken, dass sie einen solchen Hass im Herzen verspürte? Wenn Laura sie gehört hätte, sie wäre zutiefst entsetzt gewesen. Laura hatte vollkommen recht, dass nichts, aber auch gar nichts, ein solch primitives Gefühl wie Hass rechtfertigte, und dass sie noch viel schlimmer war, als Carina es je sein könnte, wenn sie ihr den Tod wünschte.

Sie würde sich jetzt zusammenreißen, hinuntergehen und ein wenig mit Alex' Eltern plaudern. Sie konnte sich wirklich glücklich schätzen, so liebevolle Schwiegereltern zu haben, und warum sollte sie es Alex eigentlich nicht gönnen, mal wieder einen unbeschwerten Nachmittag mit seinen Freunden und seiner Musik genießen zu können? Sie liebte ihn doch und wollte ihn glücklich sehen. Bestimmt würden sie sich später wieder vertragen, und sie würde ihm endlich ihr süßes Geheimnis verraten. Lange würde sie es ohnehin nicht mehr vor ihm verbergen können. Ihre Figur veränderte sich langsam, und ihr zuvor flacher Bauch war schon etwas runder geworden.

Aber leider lief alles ganz anders, als Carolyn es sich ausgemalt hatte.

Alex hatte Carolyn angelogen, als er behauptete, mit

seinen Freunden verabredet zu sein. In Wahrheit traf er sich an diesem Tag heimlich mit Carina.

Als er ihr schuldbewusst von seiner Ausrede erzählte, meinte Carina spontan, es sei doch eigentlich eine super Idee, sich mal wieder mit seinen Freunden zu treffen. Sie schlug vor, ihn zum Treffpunkt der Jungs zu begleiten, Kevin und die anderen aber in dem Glauben zu lassen, sie sei Carolyn.

Alex wollte zunächst nichts davon wissen, weil er sich dabei vorkam wie ein Betrüger.

Carina schaffte es aber letzten Endes, ihn davon zu überzeugen, dass es nur ein harmloser Spaß wäre. Sie lachte und meinte: »Nun komm schon, Al, sei kein Spielverderber. Niemand wird etwas merken, glaub mir. Du wirst staunen, wie gut ich Lynn imitieren kann. Wir werden einen Riesenspaß haben!«

»Und was machen wir, wenn doch einer was merkt? Mein Freund Kevin kennt Carry ziemlich gut. Wir müssen vorsichtig sein, weißt du. Ich möchte nicht, dass Carry durch Dritte von uns erfährt. Wenn, dann muss ich den Mut haben, es ihr selbst zu sagen, meinst du nicht?«

»Es wird keiner was merken! Jetzt sei kein Frosch, Al. Wir schlagen zwei Fliegen mit einer Klappe. Du kannst endlich mal wieder mit deinen Freunden Musik machen, und wir beide können gleichzeitig zusammen sein.« Sie sah ihm dabei so verliebt in die Augen, dass er nicht anders konnte, als endlich nachzugeben.

Sie hatten wirklich großen Spaß, und er fühlte sich so gut wie schon lange nicht mehr.

Seine Freunde merkten nichts, und das lag nicht nur daran, dass sie nichts von der Existenz Carinas wussten. Sie spielte die Rolle ihrer Schwester so gut, dass selbst Alex fast vergaß, dass es nicht Carolyn war, mit der er es zu tun hatte. Das erschreckte und befremdete ihn, und als er später mit Carina allein war, kam er darauf zu sprechen.

Sie lachte und meinte, dass sie ihre Schwester halt lange genug kenne, außerdem habe sie sich einiges an Schauspielkunst von den Promis in den Staaten abgeschaut.

»Und jetzt komm, Alex. Lass uns die Zeit zusammen genießen.« Dabei zwinkerte sie ihm spitzbübisch zu und drückte ihm einen Kuss auf den Mund.

Er nahm sie daraufhin in seine Arme und drückte sie fest an sich.

Es wurde ein wunderschöner Tag für Alex. Es schien, als wäre sämtlicher Ballast des Alltags und seiner Pflichten von ihm abgefallen. Sie waren völlig unbeschwert, alberten herum und balgten sich im Gras wie die kleinen Kinder.

Plötzlich lag er auf ihr, und sie zog seinen Kopf zu sich herab.

Einen winzigen Moment lang zögerte er noch, doch dann presste er seinen Mund auf ihre geöffneten Lippen und küsste sie mit einer Leidenschaft, die er bis dahin nicht gekannt hatte. Sein Begehren, dieses Mädchen zu besitzen, war so übermächtig, dass in diesem Augenblick nichts anderes mehr zählte.

KAPITEL 56

Wieder kam Alex erst sehr spät in der Nacht nach Hause. Carolyn litt Höllenqualen, und doch konnte sie sich nicht dazu überwinden, ihn zu fragen, wo er so lange gewesen war, was immerhin ihr gutes Recht gewesen wäre. Stattdessen tat sie wieder so, als schliefe sie bereits.

Alex, den sein schlechtes Gewissen plagte, war erleichtert, dass Carolyn ihm keine Fragen stellte. Er hätte zum jetzigen Zeitpunkt nicht gewagt, ihr die Wahrheit zu gestehen, die er ja selbst noch kaum glauben konnte. Was war nur in den letzten Wochen mit ihm und seiner Liebe zu Carry geschehen?

Er war sich doch zuvor hundertprozentig sicher gewesen, dass sie die Frau seines Lebens war, die Frau, mit der er eine Familie gründen, mit der er alt werden wollte! Warum hatte sich in den wenigen Wochen alles geändert? Warum hatte Carry sich so verändert, warum seine Gefühle zu ihr?

Mach dir doch nichts vor, flüsterte die Stimme seines Gewissens vorwurfsvoll. *Du weißt es doch! Du weißt doch ganz genau, warum sich alles verändert hat, warum du dich verändert hast. Nun suche nicht die Schuld bei deiner Frau. Du bist schuld ... du und die andere.*

Er wusste, dass ihm seine innere Stimme die Wahrheit sagte. Ja, *er* war schuld an dem Chaos, in dem er sich jetzt befand und in das er auch seine Frau mit hineinzog, er und Carina.

Alles hatte genau an dem Tag angefangen, als er bei seinen Schwiegereltern zum ersten Mal seiner Schwägerin begegnet war. Von diesem Tag an war sie ihm nicht mehr aus dem Kopf gegangen, er hatte an nichts anderes mehr denken können als an diese Frau. Er hatte sich nicht in Carina verliebt, weil Carry sich in den letzten Wochen verändert hatte. Nein, vielmehr hatte Carry sich verändert, weil *sie* instinktiv von Anfang an die Wahrheit gespürt hatte, und die Wahrheit war, dass er ... Immer noch sträubte sich alles in ihm, es sich einzugestehen. Aber seine innere Stimme wurde immer lauter, bis ihm fast der Kopf platzte.

Ja, ja ... die Wahrheit ist, dass ich von Anfang an scharf auf Carina war, und nicht erst seit gestern!

Nun endlich ließ er seinen Gedanken freien Lauf, und sie führten ihn zurück zu dem Tag, als er Carina zum ersten Mal gesehen hatte und von ihrem Charme fasziniert gewesen war. Sie war so völlig anders als Carolyn, so ungezwungen und fröhlich. Er hatte sich in ihrer Gegenwart unglaublich frei und leicht gefühlt, völlig losgelöst von jeglichem Druck und von unangenehmen Pflichten. Sie hatten sich über alle möglichen Dinge unterhalten, über Dinge, die Spaß machen. Sie hatten gelacht und festgestellt, dass es vieles gab, was ihnen beiden Freude bereitete. Es waren Dinge, an die er schon lange nicht mehr hatte denken können, weil sie ihn von den Zielen abgehalten hätten, die er und Carolyn sich gesetzt hatten.

Nun lag er hier neben seiner Frau, und sein schlechtes Gewissen ließ ihn einfach nicht zur Ruhe kommen. Schlaflos wälzte er sich von einer Seite auf die andere. Er musste Carry die Wahrheit sagen, aber wie? Es würde ihr das Herz brechen zu erfahren, dass er sie mit ihrer eigenen Schwester betrogen hatte. Auch der Gedanke an seine Eltern bereitete ihm Kopfzerbrechen, wusste er doch, wie viel sie von Carry hielten, mehr noch, seine Eltern liebten sie wie eine eigene Tochter. Und die Meinung seines Vaters hatte dieser ihm ja bereits deutlich genug kundgetan.

Alex seufzte bei dem Gedanken an das Gespräch neulich. Es stand ihm eine sehr schwierige Zeit bevor, und der Gedanke daran trübte sein Glück. Kurz stellte er sich die bange Frage, ob seine Verliebtheit es wert war, dass er alles andere aufgab, seine noch junge Ehe, die gemeinsamen Pläne, all das, was ihm bislang so wichtig gewesen war. Die Antwort darauf blieb er sich schuldig, denn er wusste es nicht. Das Einzige, was er wusste, war, dass er verrückt nach Carina war, dass er sie begehrte, wie er Carolyn niemals begehrt hatte. Kein Wunder, denn Carolyn war zwar anschmiegsam und hingebungsvoll, jedoch eher passiv und etwas ... er scheute sich fast, den Gedanken zu Ende zu denken ... prüde. Ja, Carolyn war prüde, ging niemals aus sich heraus, wenn sie sich liebten, immer spürte er eine gewisse Distanz zwischen ihnen. Das war ihm eigentlich erst klar geworden, nachdem er mit Carina geschlafen hatte. Trotzdem liebte er seine Frau, wenn auch auf eine völlig andere Art und Weise, als er Carina liebte.

Was sollte er nur tun? Auf keinen Fall wollte er Carry wehtun, andererseits konnte er schon jetzt den Gedanken nicht ertragen, Carina aufgeben zu müssen. Carina, die so heißblütig und leidenschaftlich war, die sein Blut zum Kochen brachte. Es war heute einzigartig und wunderschön mit ihr gewesen, und er konnte und wollte nicht mehr auf sie und die starken Gefühle, die sie in ihm ausgelöst hatte, verzichten.

Ach, hätte er Carina doch früher kennengelernt, vor Carolyn ... ihnen allen wäre viel Kummer erspart geblieben.

In dieser bedeutenden Nacht lagen Carolyn und Alex dicht nebeneinander und waren doch weiter voneinander entfernt als je zuvor.

Lange, nachdem Alex endlich eingeschlafen war, lag Carolyn immer noch wach und grübelte. Morgen würde sie mit Alex reden! Sie musste es einfach tun, denn tief in ihrem Herzen fühlte sie ... nein, sie wusste es, dass ihre Ehe zerbrechen würde, wenn sie es nicht tat. Und was sollte dann aus ihr und dem ungeborenen Kind werden?

Ja, gleich morgen musste sie mit ihrem Mann reden! Mit diesem Gedanken schlief sie im Morgengrauen völlig erschöpft ein.

KAPITEL 57

In der nächsten Zeit traf sich Alex sehr oft heimlich mit Carina, aber sein Gewissen machte ihm so sehr zu schaffen, dass er immer nervöser wurde. Seiner Frau wich er aus. Sobald er merkte, dass Carolyn mit ihm reden wollte, zog er sich mit irgendeinem fadenscheinigen Vorwand zurück. Zärtlichkeiten oder gar Intimitäten zwischen ihnen fanden überhaupt nicht mehr statt.

Seine Eltern schienen auch inzwischen bemerkt zu haben, dass etwas ganz und gar nicht stimmte mit den beiden. Sein Vater hatte ihn kürzlich erst gefragt, wann er denn endlich mit Carolyn über die Reise nach Paris sprechen wolle.

Alex fühlte sich mehr und mehr in die Enge getrieben, je näher die Reise rückte. Was sollte er tun? Er musste sich bald entscheiden! Die Wahrheit war nämlich, dass er sich hin- und hergerissen fühlte zwischen seiner starken Leidenschaft für Carina und seiner inneren Verbundenheit mit Carolyn. Außerdem machte ihm sein schlechtes Gewissen ihr gegenüber so sehr zu schaffen, dass er kaum noch eine ruhige Nacht verbrachte.

Als er beim nächsten heimlichen Treffen Carina gegenüber andeutete, dass er nicht mehr lange so weitermachen könne, brach diese in Tränen aus. Zitternd umklammerte sie ihn und schluchzte: »Glaubst du denn, *mir* macht es überhaupt nichts aus, meine Schwester zu hintergehen? Keine Nacht kann ich mehr richtig schlafen, weil ich immerzu daran denken muss, wie weh es ihr tun wird, wenn sie von uns erfährt. Ich zerbreche mir ständig den Kopf, wann und wie wir es ihr sagen können.«

»Müssen wir das denn?«, fragte Alex leise. Er sah verzweifelt aus.

»Was willst du denn jetzt damit sagen?« Carina sah ihn lauernd an. »Hast du vergessen, dass eure Reise nach Paris bald ins Haus steht? Willst du die etwa mit ihr antreten?«

Alex stand nur da, wich ihrem Blick aus und sagte nichts. Tatsächlich hatte er in letzter Zeit oft darüber nachgedacht, genau das zu tun. Vielleicht kamen Carry und er sich in Paris wieder näher, und er fand danach die Kraft, sich von Carina zu lösen. Er empfand immer noch sehr viel für seine Frau und hatte sich in letzter Zeit nicht nur einmal gefragt, ob er um Carinas willen seine Ehe aufgeben und sein bisheriges Leben völlig umkrempeln sollte.

»Sag mal, spinnst du? Ich denke, du liebst mich!«

»Natürlich, ja. Ich bin verrückt nach dir, das weißt du doch.«

»Ja, und was soll das dann jetzt? Willst du womöglich bei ihr bleiben, und ich soll weiterhin die Rolle der heimlichen Geliebten spielen? Oder ...« Carinas Tränen waren versiegt, und ihre Augen funkelten vor Wut, »... hast du etwa vor, nachdem du deinen Spaß gehabt hast, Schluss mit mir zu machen? Ja, aber klar doch, genau das ist es! Du hoffst, dass sich alles von selbst erledigt, wenn du mit Lynn nach Paris fährst, du Bastard!«

Alex erschrak. Schweigend starrte er in Carinas wutverzerrtes Gesicht, das in diesem Moment fast hässlich aussah. So kannte er sie nicht, und so gefiel sie ihm auch nicht. Er drehte sich wortlos um und ging.

Carina sah ihm überrascht hinterher, bevor ihr klar wurde, dass sie einen großen Fehler gemacht hatte. Auf diese Art und Weise konnte sie einen Mann wie Alexander Carpenter nicht auf Dauer für sich gewinnen. Schnell änderte sie ihre Taktik, lief ihm nach und schlang die Arme um ihn.

»Alex, mein Liebling, ich habe mich schrecklich benommen. Bitte, verzeih mir! Aber ich bin so furchtbar verzweifelt, weißt du. Ich liebe meine Schwester und wollte sie niemals betrügen. Aber ich kann auch *dich* nicht einfach aufgeben, dazu liebe ich dich viel zu sehr. Der Gedanke, dass du mich nur benutzt haben könntest, um mich dann einfach wegzuwerfen, war mir so unerträglich, dass ich völlig die Beherrschung verloren habe. Ich will dich um keinen Preis verlieren, Alex, mein Liebster. Bitte, glaube mir doch! Sag, dass du mich noch liebst, bitte, bitte.« Wieder brach sie in Tränen aus, und dabei sah sie in ihrer Verzweiflung so bezaubernd aus, dass Alex nicht anders konnte, als sie in seine Arme zu ziehen.

Erleichtert atmete Carina auf. Das war ja gerade noch einmal gut gegangen. Solche Schnitzer konnte sie sich in Zukunft nicht mehr leisten, wenn sie den Mann ihrer Schwester ganz für sich gewinnen wollte. Sie war klug genug zu wissen, dass seine Gefühle zwiespältig waren und er sich innerlich noch nicht völlig von Carolyn gelöst hatte.

Sie musste behutsam vorgehen, bevor es zu spät war. Einem Mann wie ihm genügte es auf Dauer nicht, eine leidenschaftliche Geliebte zu haben. Nein, er brauchte ebenso die selbstlose Hingabe, die er von Carolyn gewöhnt war. Carina war sich dessen bewusst, dass ein Mann erst dann völlig glücklich war, wenn eine Frau beides in sich vereinte, leidenschaftliche Geliebte und treu sorgende Ehefrau. Ihre eigene Mutter hatte bewiesen, dass dies möglich war, hatte aber leider diese Fähigkeit ihren beiden Töchtern nicht vererbt.

Glücklicherweise aber hatte Carina das wirkungsvolle

Talent entwickelt, sich der jeweiligen Situation anzupassen und in jede beliebige Rolle schlüpfen zu können.

Von nun an würde sie die Frau sein, die er sich wünschte, und sie wollte alles dafür tun, um ihn völlig für sich einzunehmen. Er musste sich unbedingt ganz und gar für sie entscheiden, bevor diese verfluchte Reise nach Paris anstand. Noch waren es einige Wochen bis dahin, und die wollte sie ausgiebig nutzen!

KAPITEL 58

Carolyn hatte einige Male versucht, ihrem Mann wieder näherzukommen, jedoch vergeblich. Ständig wich er ihr aus und gab ihr das Gefühl, ihm lästig zu fallen. So verlor sie mehr und mehr den Mut, ihm von ihrer Schwangerschaft zu erzählen, obwohl sie diese nicht mehr allzu lange vor ihm würde verheimlichen können. Sie hatte sich inzwischen schon einige Kleidungsstücke in einer Nummer größer kaufen müssen.

Laura hatte einmal nachgefragt, ob Alex inzwischen Bescheid wüsste, dass er bald Vater werden würde. Daraufhin hatte Carolyn so wütend reagiert, dass Laura sich fest vorgenommen hatte, sich zukünftig nicht mehr mit diesem Thema zu beschäftigen. Immerhin war die Freundin erwachsen und musste selbst wissen, dass sie sich mit ihrer Verstocktheit auf sehr dünnem Eis bewegte.

So kam es, wie es kommen musste … Alex und Carina trafen sich nun schon seit fast zwei Monaten heimlich. Da Carolyn ihre Schwester schon längst wieder in den Staaten wähnte, konnte sie natürlich nicht ahnen, was hinter ihrem Rücken vor sich ging, nämlich dass diese kurz vor Abschluss ihrer Ausbildung in den USA alle Brücken hinter sich abgebrochen hatte, um sich an Alex heranzumachen. Ihre Ausbildung wäre sowieso in diesem Sommer beendet gewesen, und als die zukünftige Mrs. Carpenter würde sie es nicht mehr nötig haben, irgendwelchen Filmsternchen die Visage zu verschönern.

Carina hatte im Verlauf der letzten Wochen ihr Ziel erreicht. Alex war nun fest entschlossen, mit Carolyn zu reden, ihr seine Liebe zu Carina zu gestehen und sie um die Scheidung zu bitten. Er konnte und wollte auf Carina nicht mehr verzichten. Sie war alles, was er sich von einer Frau wünschte ... seine absolute Traumfrau!

Auch seinen Eltern wollte er endlich reinen Wein einschenken, denn immerhin hatte sein Vater ein Recht darauf zu erfahren, dass und warum die Reise nach Paris nicht stattfinden würde. Andererseits war es *sein* Leben, und er allein hatte das Recht zu entscheiden, mit wem er dieses Leben verbringen wollte. Seine Eltern würden das einsehen müssen, ob es ihnen nun gefiel oder nicht.

Das Schicksal wird jedoch häufig von Zufällen gelenkt, und ein solcher Zufall brachte die Wahrheit einen Tag früher ans Licht.

Als Carolyn eines Tages nach Eastbourne fuhr, um diverse Einkäufe zu erledigen, sah sie plötzlich in einigen Metern Entfernung ihre Zwillingsschwester über die Straße schlendern. Zuerst traute sie ihren Augen nicht, aber es gab keinen Zweifel, es war Carina. Carolyn war für einen Augenblick wie gelähmt, bevor sie sich entschied, ihrer Schwester unauffällig zu folgen.

Nach kurzer Zeit verschwand diese in einer teuren Boutique. Carolyn blieb vor einem Schaufenster stehen und wartete. Ihre Geduld wurde allerdings auf eine harte Probe gestellt. Nach einer gefühlten Ewigkeit trat Carina mit mehreren Tüten am Arm aus dem Laden und schritt mit wiegenden Hüften in Richtung Busstation. Zitternd und mit wild pochendem Herzen folgte Carolyn ihr und blieb in sicherer Entfernung stehen. Elf Minuten später sah sie, dass ihre Schwester in den Bus nach Seaford stieg. Fassungslos sah sie dem Bus so lange nach, bis er ihren Blicken entschwunden war.

Von da an überschlugen sich die Ereignisse. Nachdem Carolyn ihre Schwester im Elternhaus aufgespürt hatte, erfuhr sie die ganze Wahrheit, nämlich dass das Verhältnis zwischen Alex und Carina an demselben Tag angefangen hatte, als Carolyn ihn mit der freudigen Nachricht überraschen wollte, dass sie beide ein Baby haben würden.

Carina gestand unter Tränen, dass sie sich beide rettungslos ineinander verliebt hätten, als sie sich damals in Eastbourne zufällig wiedergetroffen hatten. Sie schwor, dass es beiden zuerst nicht bewusst gewesen wäre, aber als sie sich dann – natürlich wieder rein zufällig - am Abend desselben Tages erneut getroffen hatten, es bei beiden eingeschlagen hätte wie ein Blitz. Plötzlich hätten sie gewusst, dass sie füreinander bestimmt waren, und seitdem mussten sie sich immer wieder heimlich treffen, weil sie beide nicht wussten, wie sie es Carolyn möglichst schonend beibringen sollten.

»Ich konnte den Gedanken nicht ertragen, es dir eines Tages sagen zu müssen, Lynn. Das ist die volle Wahrheit, glaub mir doch bitte! Keine Nacht konnte ich seitdem mehr durchschlafen«, beteuerte Carina mit gekonnt verzweifelter Stimme. »Deshalb hab ich mich ja dann auch Mum anvertraut und sie um ihren Rat gebeten.«

So erfuhr Carolyn noch ganz nebenbei, dass ihre Mutter schon seit Wochen eingeweiht war, es jedoch nicht für nötig befunden hatte, es ihr zu sagen.

Für Carolyn brach eine Welt zusammen. Wie ein Häufchen Elend saß sie auf dem Sofa im elterlichen Wohnzimmer und ließ schweigend alles über sich ergehen.

Carina redete und redete. Immer wieder versuchte sie, ihr Verhalten damit zu rechtfertigen, dass Alex und sie gegen ihre Gefühle lange angekämpft hätten, am Ende aber machtlos gegen sie gewesen wären.

»Bitte, Lynn, glaub mir, um Himmels willen! Ich wäre fast daran zerbrochen! Unzählige Male habe ich mir fest vorgenommen, abzureisen und Alex niemals mehr wiederzusehen, aber ... oh, mein Gott ...« Theatralisch schlug sie ihre Hände vors Gesicht. »Ich ... ich konnte es einfach nicht, ich liebe ihn zu sehr. Verzeih mir bitte ... bitte.« Sie fing laut an zu schluchzen.

Jetzt sprang Debbie Harris auf, lief zu ihrer Tochter und umarmte sie.

»Nun weine doch nicht so, mein Kind. Lynn kann dich sicher verstehen. Sie wird dir verzeihen, nicht wahr, Lynn? Das wirst du doch?«

Carolyn saß da wie versteinert und brachte kein Wort über die Lippen. Sie fühlte sich wie in einem Albtraum, aus dem sie hoffentlich bald erwachen würde.

Aber der Albtraum war noch nicht zu Ende, denn plötzlich stand Alex in der Tür. Wo kam er auf einmal her? Hatte ihre Mutter ihn angerufen?

Alex, ihr Alex, stand mit hängenden Schultern in der Tür.

»Es tut mir ja alles so leid. Ich wollte nicht, dass es so kommt, dass du es auf diese Weise erfährst«, stammelte er leise. »Ich wollte dir nicht wehtun, Carolyn. Ich habe dich wirklich geliebt, und auf eine gewisse Weise liebe ich dich noch immer. Bitte, bitte verzeih mir ...«

Carina warf ihm einen solch vernichtenden Blick zu, dass er sich beeilte hinzuzufügen: »Ich habe es wirklich versucht, aber ich konnte mich auf Dauer nicht gegen meine Gefühle wehren, es ist einfach passiert. Ich hab mich in Carrie verliebt.«

Carolyn zuckte zusammen. Er nannte *sie* Carrie! Ihre Augen füllten sich mit Tränen.

»Bitte, sag doch was«, bettelte Alex. »Sag, dass du mir verzeihst, bitte!«

Aber Carolyn konnte nichts sagen, zu tief war sie getroffen. Nie würde sie den unbändigen Schmerz vergessen, der sie fast zerriss, den tiefen Hass, der durch ihr Herz flutete. Ja, sie hasste ihre Schwester mit der ganzen Kraft ihres Herzens und wusste, dass sie ihr diesen Betrug niemals würde verzeihen können. Zu sehr hatte sie Alex geliebt und an ihn und seine Gefühle für sie geglaubt. Die ganze Welt hatte er für sie bedeutet, alles verkörpert, wonach sie sich je in ihrem Leben gesehnt hatte ... und ihre Schwester hatte ihn ihr weggenommen, ohne sich darüber Gedanken zu machen, was sie ihr damit antat.

Denn dass Carinas Tränen, ihre Beteuerungen und ihre Bitten um Vergebung reines Theater waren, daran zweifelte Carolyn nicht einen einzigen Moment. Sie kannte ihre Schwester gut genug, um zu wissen, dass diese ihren Auftritt auf geradezu sadistische Weise genoss. Nur war Carolyn in dieser Runde die Einzige, die Carina durchschaute, die wusste, wie heimtückisch und durchtrieben sie wirklich war.

Sicher, sie hätte jetzt erzählen können, was damals vor fast sechs Jahren passiert war, dass Carina mit Carolyns erster Liebe Ben eine ähnliche Nummer abgezogen hatte. Die Eltern würden endlich erfahren, warum Carina damals vermutet hatte, ihre Schwester könnte einen Mordanschlag auf sie verübt haben.

Aber was hätte das jetzt noch für einen Sinn gehabt? Ihren geliebten Mann brachte ihr das nicht zurück, und Carina würde sich damit herausreden, dass sie damals halt noch sehr jung gewesen und in den letzten Jahren ein besserer Mensch geworden sei. Jeder würde ihr glauben und annehmen, Carolyn wolle sich nur an ihrer Schwester rächen. Ja, ihre Mutter käme im Nachhinein vermutlich noch auf die Idee, Carolyn habe ihre Schwester seinerzeit wirklich vergiften wollen und nur deshalb bis zum heutigen Tag geschwiegen.

Nein, es hatte alles keinen Sinn mehr. Wieder einmal war sie auf die infamste Art und Weise belogen und betrogen worden und konnte nichts dagegen tun.

Schweigend und mit versteinertem Gesicht verließ sie ihr Elternhaus, in der Gewissheit, dass dies ein endgültiger Abschied war. Die Tatsache, dass ihre eigene Mutter fast von Anfang an von dem Verhältnis gewusst, es sogar durch ihr Schweigen unterstützt hatte, konnte Carolyn ihr nicht verzeihen. So brach sie den Kontakt zu beiden Eltern ab, obwohl ihr Vater von der Sache nichts gewusst hatte. Carolyn kannte ihn jedoch gut genug, um zu wissen, dass er trotz allem auf der Seite seiner Frau stehen würde, und diese hündische Ergebenheit des Vaters der Mutter gegenüber hätte sie jetzt auf keinen Fall auch noch ertragen können. Sie war fertig mit ihren Eltern, und das tat ihr nicht einmal leid.

Als Alex' Eltern von der Sache erfuhren, waren sie zutiefst erschüttert, und Timothy Carpenter war sehr erzürnt über seinen Sohn. Er bat Carolyn inständig, um ihre Ehe zu kämpfen, weil er davon überzeugt war, dass Alex trotz allem nur Carolyn wirklich liebte und sie nicht verlieren wollte.

Nach einem langen Gespräch mit seinem Sohn, in dem er eindringlich an dessen Pflichtgefühl appellierte, sah selbst Timothy jedoch ein, dass die Ehe der beiden nicht zu retten war. Alex schien besessen zu sein von Carolyns Schwester, und obwohl Timothy seinen Sohn nicht verstehen konnte, musste er letztlich einsehen, dass hier jegliche Vernunft versagte.

Sobald sie eine passende Bleibe gefunden hatte, zog Carolyn aus dem Haus der Carpenters aus. Sie tat dies schweren Herzens, denn in der verhältnismäßig kurzen Zeit hatte sie ihre Schwiegereltern sehr lieb gewonnen. Miranda und Timothy legten ihr immer wieder ans Herz, mit ihnen in Kontakt zu bleiben.

»Wir haben dich wirklich sehr lieb, Carry. Bitte, vergiss das nicht!«, sagte Miranda Carpenter, als Carolyn sich endgültig von ihnen verabschiedete.

»Wenn du Hilfe brauchst, sind wir immer für dich da, mein Kind!«, bekräftigte Timothy. »Bitte, lass von dir hören. Wir möchten wissen, wie es dir geht, hörst du?«

Carolyn versprach, Kontakt zu halten, umarmte ihre Schwiegereltern ein letztes Mal, und die drei Menschen spürten deutlich, dass dies trotz aller Versprechungen ein Lebewohl war.

KAPITEL 59

Die folgende Zeit war die härteste überhaupt in Carolyns jungem Leben. Sie zog in ein kleines Apartment, das ganz in der Nähe der Apotheke lag, in der sie neben dem Studium jobbte. Ihre Freundin Laura zog fürs Erste bei Carolyn ein und half ihr, so gut es eben ging. Sie machte sich große Sorgen um ihre Freundin, denn Carolyn fiel mehr und mehr in eine tiefe Depression. Monatelang war sie nicht in der Lage, ihr Studium fortzusetzen. Sie lebte von ihren hart erarbeiteten Ersparnissen, und Johnny bezahlte im Einverständnis mit seinen Eltern die Miete. Er wusste genau, dass Carolyn, sobald es ihr irgendwann möglich wäre, ihm alles bis auf den letzten Penny zurückzahlen würde.

In der darauffolgenden Zeit ging es mit Carolyn stetig bergab. Einen Tag, nachdem Alex die Scheidung eingereicht hatte, erlitt sie einen totalen Nervenzusammenbruch, und Johnny musste sie ins Krankenhaus bringen. Als Laura und Johnny sie am nächsten Tag besuchten, lag sie mit tief in den Höhlen liegenden Augen und eingefallenen Wangen im Bett und starrte ins Leere. Sie hatte ihr Baby verloren ... Alex' Sohn, von dem er nicht einmal etwas gewusst hatte.

Laura musste weinen, als sie Carolyn so daliegen sah. Es brach ihr das Herz, ihre beste Freundin auf diese Weise leiden zu sehen. Das hatte sie nicht verdient! Laura nahm Carolyns Hände und sprach beruhigend und tröstend auf sie ein, während ihr die Tränen übers Gesicht liefen. Auch Johnny war zutiefst erschüttert.

»Ich werde mir Alex und dieses Flittchen vorknöpfen, das schwöre ich dir!«, schimpfte er, als Laura und er auf dem Heimweg waren.

»Ich bitte dich, Johnny, lass das lieber sein«, bat Laura. »Du weißt doch ganz genau, dass Carry auf keinen Fall möchte, dass Alex im Nachhinein noch von ihrer Schwangerschaft und der Fehlgeburt erfährt. Und das würde er, weil du dich nicht zurückhalten könntest, wenn du ihn vor dir hättest. Carry würde uns das niemals verzeihen, das weißt du!«

Johnny schwieg eine Weile nachdenklich. Dann sagte er, immer noch etwas zögernd: »Vielleicht hast du recht, Liebling.« Er schaute düster vor sich hin. »Es ist eine Schande, wirklich. Er sollte es eigentlich wissen.«

Carolyn lag wochenlang völlig apathisch im Bett und sprach kein Wort. Nachdem sie endlich soweit war, dass sie das Krankenhaus verlassen konnte, bestand Laura darauf, dass sie eine Psychotherapie machte. Nach anfänglichem Protest fügte Carolyn sich ins Unvermeidliche und machte nach zwei Monaten endlich langsame Fortschritte. Nach weiteren drei Monaten schöpfte sie wieder etwas Lebensmut. Allerdings zogen noch zwei weitere Monate ins Land, ehe sie stark genug war, an die Wiederaufnahme ihres Studiums zu denken.

Als es dann im Frühjahr endlich soweit war und sie den Sprung zurück ins Leben geschafft hatte, fielen Laura und sie einander lachend und weinend zugleich in die Arme.

»Ich danke dir ja so sehr, Laura«, schluchzte Carolyn, »dir und auch Johnny.« Sie ging zu Johnny und umarmte auch ihn. »Ihr seid die treuesten Freunde, die ein Mensch haben kann. Was hätte ich nur ohne euch angefangen?«

»Wir beide haben dich sehr lieb, Carry«, sagte Laura mit tränenerstickter Stimme. »Was auch passiert, wir halten immer zu dir. Bitte, vergiss das nicht!«

TEIL DREI

KAPITEL 60

Die Jahre flogen dahin, und das Wichtigste in Carolyns Leben war ihr Beruf. Seit der Trennung von Alexander Carpenter vor fast zehn Jahren hatte sie kaum mehr Interesse an ihrem Privatleben gezeigt, sondern ging völlig darin auf, sich für das Wohl ihrer Patienten einzusetzen. Mit ihrer besten Freundin Laura, die inzwischen mit Johnny verheiratet war, hatte sie vor drei Jahren eine Gemeinschaftspraxis gegründet. Laura hatte sich als Psychotherapeutin etabliert, und Carolyn war Internistin. Die gemeinsame Praxis lief gut, sodass Carolyn zumindest keine finanziellen Probleme hatte. Johnny und sein langjähriger Freund, Jeremy Edwards, waren Partner in ihrer eigenen Rechtsanwaltskanzlei in Brighton und hatten inzwischen eine beachtliche Klientel.

Laura und Johnny planten, in spätestens zwei Jahren ihr erstes Baby zu bekommen, und Laura vertraute ihrer Freundin an, dass sie in einem halben Jahr die Pille weglassen wolle. Carolyn dachte in diesem Augenblick wehmütig an ihr eigenes Baby, das nun beinahe zehn Jahre alt wäre, hätte es Eltern wie Laura und Johnny gehabt.

So manches Mal, wenn Carolyn sah, wie sehr sich ihre beiden besten Freunde liebten und wie harmonisch ihr gemeinsames Leben verlief, verspürte sie einen leisen Schmerz in der Herzgegend. Umso mehr stürzte sie sich dann in die Arbeit, denn dies war das beste Mittel, um Vergessen zu finden.

Während der letzten Jahre war es ihr mehr oder weniger gelungen, nicht mehr an Alex und Carina zu denken, die vor acht Jahren geheiratet hatten, nicht lange nach Carolyns Scheidung von Alex.

Damals, als Carolyn durch Pamela Thompson von der Hochzeit erfahren hatte, war dies noch einmal ein harter Schlag für sie gewesen, und eine Weile hatte es so ausgesehen, als wären alle Bemühungen der letzten anderthalb Jahre umsonst gewesen. Laura und Johnny hatten noch einmal all ihre Kraft aufwenden müssen, um die Freundin von ihrer tiefen Verzweiflung abzulenken.

Endlich, drei Monate nach der Hochzeit von Alex und Carina, hatte Carolyn ganz plötzlich ihren Kopf in die Höhe gehoben und mit fester Stimme erklärt: »Ich werde kämpfen! Ich werde nicht aufgeben, sondern gegen das Böse kämpfen, indem ich Gutes tue. Ich will unbedingt Ärztin werden und anderen Menschen helfen. Schluss mit den trüben Gedanken!«

Laura hatte vor Erleichterung weinen müssen und ihre Freundin in die Arme geschlossen.

»Carry, oh Carry, wie froh ich bin! Ich hab ja wieder solche Angst um dich gehabt.«

Von diesem Tage an war es endgültig bergauf gegangen. Carolyn hatte gearbeitet wie eine Besessene und schon bald alles Versäumte nachgeholt, sodass sie trotz der damaligen Unterbrechung ihres Studiums zeitgleich mit Laura ihr Examen machen konnte.

Beide hatten dann ein paar Jahre später im Royal Sussex County Hospital in Brighton ihre Facharztprüfung abgelegt und kurz danach ihre eigene Praxis eröffnet.

Nun war Carolyn endlich mit ihrem Leben zufrieden. Sie hatte ihren Traumberuf, die gemeinsame Praxis in Little Common, westlich von Bexhill-on-Sea, lief gut, und was das Wichtigste war, sie hatte die besten Freunde auf der ganzen Welt!

Mittlerweile wohnte sie zur Miete in einem hübschen kleinen Haus mit Garten und Garage, in dem sie sich pudelwohl fühlte. Dieses Haus hatte zuvor Johnnys Eltern gehört, ebenso wie das etwas größere Haus, in dem Laura und Johnny lebten. Janice und Wilfried Lawrence waren sehr stolz auf ihren Sohn und hatten ihm und Laura zur Hochzeit beide Häuser überschrieben.

»Du hättest sie ja sowieso eines Tages bekommen, mein Sohn«, hatte Wilfried Lawrence augenzwinkernd gesagt. »Du und deine kleine Frau könnt doch ein Startkapital gut brauchen, nicht wahr?«

Das Haus, in dem Carolyn wohnte, stand etwas abgelegen auf einer Anhöhe, direkt am Rande eines kleinen Waldes, und die einzigen unmittelbaren Nachbarn, ein älteres Ehepaar namens Field, wohnten in circa fünfzig Metern Entfernung schräg gegenüber.

Carolyn war damals sofort hellauf begeistert gewesen, als sie das kleine Haus und die malerische Idylle ringsherum zum ersten Mal gesehen hatte. Johnny hatte Carolyn daraufhin vorgeschlagen, zunächst auf Mietbasis in das Häuschen einzuziehen und es später zu kaufen. Ihre bis zu diesem Zeitpunkt geleisteten Mietzahlungen würde er dann vom Kaufpreis abziehen. Natürlich hatte Carolyn dieses mehr als großzügige Angebot überglücklich angenommen, denn sie hatte sich vom ersten Augenblick an in das kleine Haus verliebt.

Da sie ein sehr bescheidenes Leben führte, hatte sie in den vergangenen drei Jahren bereits eine beträchtliche Summe ansparen können, und es würde nicht mehr lange dauern, bis sie ihr kleines Traumhaus endlich kaufen konnte.

Den einzigen Luxus, den Carolyn sich während dieser Zeit gegönnt hatte, war ein gebrauchter Triumph Spitfire, ein kleiner blauer Sportwagen, mit dem sie manchmal ganz allein aufs Land hinausfuhr. Sie liebte es, mit hoher Geschwindigkeit und geöffnetem Verdeck dahinzubrausen und ihre Haare im Wind fliegen zu lassen, was ihr ein berauschendes Gefühl von Abenteuer und Freiheit vermittelte.

Das kleine Haus wiederum gab ihr Geborgenheit und inneren Frieden, ein Gefühl, das sie bisher nur in ihrem geliebten Cradle Valley und während der kurzen Zeit im Haus ihrer Schwiegereltern empfunden hatte. Sie konnte dort wunderbar entspannen, wenn sie abends in ihrem alten Schaukelstuhl, den sie einst auf dem Flohmarkt erstanden hatte, vor dem Kamin saß und verträumt in das hell lodernde Feuer blickte.

An den freien Wochenenden, an denen sie keine Rufbereitschaft hatte, arbeitete sie mit großer Freude in ihrem Garten, wo sie vorwiegend Gemüse und allerlei Kräuter anpflanzte. Nachmittags setzte sie sich dann mit einem guten Buch auf die Terrasse, erfreute sich an ihrem wunderschönen weißen Rosenstock und dem betörenden Duft der Blüten.

Carolyn fühlte zum ersten Mal nach sehr langer Zeit so etwas wie Glück, und die Tatsache, dass ihre Freunde nur etwa fünfhundert Meter hangabwärts wohnten, trug nicht unerheblich zu diesem stillen Glück bei. So sah sie ihre Freundin Laura nicht nur während der Arbeit in der nahe gelegenen Praxis, sondern auch oft genug in der Freizeit. Natürlich verstand es sich von selbst, dass die drei Freunde sich so oft wie eben möglich gegenseitig besuchten.

Doch trotz der mehr als positiven Entwicklung der letzten Jahre machten sich Laura und Johnny Lawrence immer noch Sorgen um ihre Freundin, deren ganzes Sinnen und Streben in erster Linie ihren Patienten galt. Ihre eigenen Bedürfnisse kamen dabei viel zu kurz, und Laura und Johnny waren der Überzeugung, dass dies auf Dauer nicht gut gehen könne.

Umso erleichterter waren beide, als Carolyn von einem Tag auf den anderen wie umgewandelt war. Ihre Augen strahlten, und zum ersten Mal seit Jahren schien sie wieder unbeschwert und glücklich zu sein.

Die Freunde kamen aus dem Staunen nicht heraus, als sie an einem Samstagabend zusammen im Garten der Lawrence saßen und die letzten warmen Sonnenstrahlen eines herrlichen Sommertages bei einem kühlen Glas Weißwein genossen.

Carolyn war gelöster denn je und lachte herzlich über die kleinen Anekdoten, die Johnny aus seinem Berufsalltag zum Besten gab. Ihre Augen hatten einen eigenartigen Glanz ... und nicht nur einmal zwinkerte Johnny seiner Frau zu.

Laura wusste genau, was ihr Mann dachte, und natürlich dachte sie genau das Gleiche ... Carolyn hatte sich endlich wieder verliebt!

Und tatsächlich war am Tag zuvor etwas geschehen, was für Carolyns strahlende Laune verantwortlich war ...

KAPITEL 61

Als am frühen Freitagabend das Telefon läutete, war Carolyn gerade in der Küche damit beschäftigt, ihr Abendessen zuzubereiten. Sie wollte sich heute endlich wieder einmal etwas Warmes kochen.

Schnell wischte sie sich die Hände am Küchentuch ab und lief zum Telefon. Als Carolyn die Stimme am anderen Ende der Leitung hörte, fing ihr Herz wie wild zu pochen an. Alex ... Es war wirklich und wahrhaftig Alex Carpenter, der sie dringend um ein Treffen bat, dessen Stimme so verzweifelt und doch voller Hoffnung klang. Nach kurzem Zögern stimmte Carolyn zu und lud ihn noch am selben Abend zu sich nach Hause ein.

Alex stand bereits eine halbe Stunde später vor ihrer Tür.

Bei seinem Anblick erschrak sie zutiefst, denn er hatte tiefe Ringe unter den Augen, und seine Wangen wirkten eingefallen. Obwohl er erst vierunddreißig Jahre alt war, sah er um etliche Jahre älter aus.

»Darf ich reinkommen?«, fragte er leise, als Carolyn keine Anstalten machte, ihn hereinzubitten.

»Aber natürlich, komm rein«, stammelte sie und ließ ihn eintreten.

»Bitte entschuldige, dass ich dich so überfalle«, sagte Alex, »aber ich musste dich unbedingt sehen.«

Er folgte Carolyn ins Wohnzimmer und sah sich unauffällig um. »Es ist sehr schön hier«, meinte er anerkennend.

»Bitte, nimm doch Platz«, bot Carolyn an und wies auf einen bequemen Ledersessel.

»Danke.« Er setzte sich und rieb sich verlegen die Hände.

»Ich war gerade dabei, mir Abendessen zu machen,

es ist gleich fertig«, sagte Carolyn mit belegter Stimme. »Wenn du mitessen möchtest, es ist genug da.«

Alex stimmte zu, obwohl er eigentlich keinen Appetit hatte.

Es gab Hähnchenbrust in Metaxasauce, mit Cheddar Cheese überbacken, Basmatireis und Tomatensalat. Schweigend aßen sie und tranken ein Glas Rotwein dazu.

»Vielen Dank für das wundervolle Essen, Carry«, lobte Alex, nachdem beide stillschweigend gegessen hatten. »Es war köstlich!«

Carolyn zuckte leicht zusammen, als sie die Kurzform ihres Namens aus seinem Munde hörte, ließ sich ansonsten aber nichts anmerken.

»Danke für das Kompliment«, erwiderte sie. »Wenn du jetzt mit mir reden möchtest, ich bin bereit.« Fragend sah sie ihn an.

Es dauerte eine Weile, bis Alex anfing zu sprechen, und was Carolyn dann hörte, erschütterte sie zutiefst. Sie erfuhr, dass die Ehe von Alex und Carina schon seit Jahren nur noch auf dem Papier bestand und dass sie ihn gleich zu Anfang ihrer Ehe betrogen hatte. Nicht mit *einem* Mann, nein ... im Laufe der Jahre hatte es unzählige Männer gegeben.

»Sogar vor Kevin hat sie nicht Halt gemacht! Kannst du dir das vorstellen, Carry? Sie hat sogar meinen besten Freund verführt! Kevin kam kürzlich zu mir und gestand, mit ihr geschlafen zu haben. Er sagte, dass er zwar schon lange verrückt nach ihr gewesen sei, aber mich nicht habe hintergehen wollen. Sie aber habe nicht lockergelassen, bis er dann doch schwach geworden sei. Immer wieder habe er das Verhältnis beenden wollen, aber nie die Kraft dazu aufbringen können. Der arme Kerl hat sich wirklich und wahrhaftig in sie verliebt! Oh, mein

Gott.« Alex seufzte aus tiefstem Herzen. »Er behauptete sogar, er könne ohne sie nicht mehr leben!« Alex Hände spielten nervös mit dem Tischtuch, bevor er leise hinzufügte: »Aber das habe ich Trottel vor langer Zeit auch geglaubt.«

Carolyn schluckte bei diesen Worten, zwang sich dann aber zu sagen: »Das muss ja furchtbar für dich gewesen sein.«

»Ja, das war es, aber nur, weil ich so enttäuscht von Kevin bin. Was mit ihr los ist, weiß ich ja schon seit Jahren, und es berührt mich nicht mehr. Nun, ich hab Kevin keine Vorwürfe gemacht, weil ich weiß, dass er noch früh genug seine eigenen Erfahrungen mit dieser Frau machen wird, und damit ist er gestraft genug, denke ich.«

»Du hast also gar nichts dazu gesagt?«, fragte Carolyn verblüfft.

»Nein, nicht viel. Ich sagte nur, dass ich den beiden meinen Segen gäbe und forderte ihn auf zu gehen. Das war's dann mit unserer Freundschaft.«

Wieder machte er eine Pause, bevor er darüber sprach, was passierte, als Carina von Kevins Besuch bei Alex erfuhr. Natürlich hatte sie versucht, alles herunterzuspielen und Kevin die Schuld zu geben.

»Sie behauptete, es sei nur ein einziges Mal gewesen, und das auch nur, weil Kevin sie betrunken gemacht und arg bedrängt habe, um sein Ziel zu erreichen. Sie schwor, Kevin würde ihr nicht das Geringste bedeuten und dass sie auf gar keinen Fall mit einer Scheidung einverstanden sei. Dann brach sie in ihre berühmten Krokodilstränen aus und beteuerte, mich mehr als alles andere auf der Welt zu lieben und ohne mich nicht leben zu können. Für wie dumm hält mich diese Frau eigentlich?«

Carolyn verkniff sich eine Antwort darauf und ließ ihn mit seiner Erzählung fortfahren.

»Ich verlor dann zum ersten Mal in dieser unglückseligen Ehe komplett die Beherrschung, worauf ich nicht stolz bin. Ich schrie sie an, wie sehr ich sie verachte, dass ich schon sehr lange über sie und ihre schmutzigen kleinen Affären Bescheid wüsste und nur mit Rücksicht auf meine Eltern und deren Stellung in der Gesellschaft geschwiegen hätte. Zum Schluss sagte ich, dass ich es schon bald nach unserer Hochzeit bereut hätte, dich ihretwegen verlassen zu haben. Ja, und daraufhin rastete sie total aus. Wie eine Furie ging sie auf mich los. Zuerst schlug sie mit den Fäusten auf mich ein, dann warf sie Geschirr nach mir. Sie schrie wie am Spieß und benutzte dabei die unflätigsten Ausdrücke. Immer wieder schrie sie, was für ein verdammter Bastard ich doch sei und dass ich es noch bereuen würde.«

Alex zitterte am ganzen Körper.

»Carry, diese Frau ist ein Monster!« Er sah Carolyn an, und sie konnte die Qual in seinen Augen erkennen. Trotzdem zählte für sie im Moment nur eines.

»Ist das wirklich wahr?«, fragte sie.

Irritiert blickte er sie an. »Was meinst du?«

Ihre Stimme zitterte. »Hast du es wirklich bereut, mich damals verlassen zu haben?«

»Ja, das ist nur allzu wahr, Carry. Ich hätte dich niemals mit ihr betrügen dürfen. Glaub mir, ich würde alles dafür geben, wenn ich meinen Fehler ungeschehen machen könnte. Trotzdem will ich dir jetzt nichts vormachen, sondern vollkommen ehrlich zu dir sein, auch wenn dir mein Geständnis nicht gefallen wird. Ja, ich war fasziniert von ihrem Charme und ... ich wollte es mir zuerst nicht eingestehen, aber ich war von Anfang an scharf auf sie. Nachdem ich dann zum ersten Mal mit ihr geschlafen hatte, war ich total verrückt nach ihr und glaubte wirklich, in sie verliebt zu sein, wie es der arme Kevin jetzt auch glaubt. Aber schon sehr bald nach unserer Hochzeit wurde mir klar, dass mein Gefühl für sie nicht Liebe gewesen war, sondern Besessenheit, ein Strohfeuer. Nun, die übrig gebliebene Asche habe ich lange genug auffegen müssen.« Seine Stimme klang bitter.

Als er in Carolyns Gesicht blickte und den Schmerz in ihren Augen sah, fügte er hinzu: »Bitte entschuldige, Carry. Wir Männer sind manchmal furchtbar unsensibel. Ich wollte dich mit meiner Offenheit nicht verletzen. Bitte, glaube mir, dass die Art Gefühle, die ich einst für deine Schwester hatte, den Schmerz nicht wert sind, den du und auch ich empfinden mögen.« Er sah sie bittend an, doch Carolyn hielt den Kopf gesenkt. In ihrem Herzen tobte ein wilder Schmerz, unbändige Eifersucht und brennender Hass auf ihre Schwester.

»Weißt du, Carry, meine Eltern hatten mich von Anfang an vor dieser Frau gewarnt, aber ich schlug ja damals alle Warnungen in den Wind. Ich glaube, das war auch der Hauptgrund, warum ich trotz allem so lange an dieser Ehe festgehalten habe. Dabei weiß ich schon seit Jahren, dass ich eigentlich immer nur dich geliebt habe.«

Er hielt den Blick gesenkt, als er diese Worte sprach, so als schämte er sich, sie ausgesprochen zu haben.

Carolyns Herz aber war mit jedem seiner Worte leichter geworden, und sie fieberte seinen nächsten Worten entgegen.

Nach einer gefühlten Ewigkeit hob Alex seinen Blick und sah Carolyn fest in die Augen.

»Carry, ich liebe dich, sehr sogar. Kannst du mir verzeihen, was ich dir damals angetan habe?«

Carolyn zitterte, als sie leise sagte: »Ich weiß es nicht, Alex. Das alles kommt so plötzlich und überraschend für mich, verstehst du?«

»Ich möchte dich nicht unter Druck setzen, indem ich sofort eine Antwort von dir erwarte. Ich weiß aber, dass du mit keinem anderen Mann liiert bist, sonst hätte ich dir diese Frage gar nicht gestellt. Bitte, denke in Ruhe darüber nach, ob du dir, nach allem was geschehen ist, noch eine Zukunft mit mir vorstellen kannst, ob du ... mich überhaupt noch lieben kannst.«

Im ersten Impuls wollte Carolyn ihm die Arme um den Hals legen und ihm sagen, dass sie ja niemals aufgehört habe, ihn zu lieben. Aber sie tat es nicht. Der Schmerz, die Enttäuschung und Verzweiflung der langen Jahre fielen nicht in wenigen Minuten einfach so von ihr ab. Sie dachte an ihr Baby, das sie verloren hatte, und daran, dass dieser Verlust sie beinahe ihr eigenes Leben gekostet hätte. Nein, sie durfte es ihm jetzt nicht allzu leicht machen!

»Du hast recht, ich brauche etwas Zeit«, sagte sie deshalb mit fester Stimme. »Ich muss zuerst lernen, dir wieder zu vertrauen. Ich weiß, dass ich keine Frau bin, die solche Gefühle in einem Mann auslösen kann, wie du sie bei Carina empfunden hast. Was wäre, wenn in ein paar Jahren wieder eine Frau auftauchen würde, die dich total scharf macht, wie du es ausdrückst. Was würdest du tun, Alex?«

Er sah sie traurig an. »Ich verstehe sehr gut, dass du so denkst, Carry. Aber glaube mir, dass ich aus meinen schlechten Erfahrungen gelernt habe. Niemals mehr würde ich sexuelle Besessenheit mit wahrer Liebe verwechseln, im Gegenteil, ich weiß jetzt ganz genau, dass es keine größere Erfüllung gibt, als sexuelle Leidenschaft mit der Frau zu erleben, die ich von ganzem Herzen liebe, und das bist du, Carry. Ich liebe dich und sehne mich nach dir.« Er legte seine Hand auf die ihre und blickte ihr tief in die Augen.

Sie wusste, dass er die Wahrheit sprach, spürte sein Begehren und die Liebe, die er für sie empfand. Nur ein winzig kleiner Schritt von ihr, und sie würden einander in die Arme fallen, sich leidenschaftlich lieben, alles andere vergessen. Sie kämpfte mit sich, aber es war zu früh.

Alex sah ihren Kampf und wartete. Wie gern hätte er sie an sich gerissen, sie gestreichelt und geküsst. Er liebte sie von ganzem Herzen, begehrte sie mit jeder Faser seines Körpers. Ach, wie sehr wünschte er sich, sie würde sich ihm jetzt auf der Stelle hingeben und ihm sagen, dass sie ihn immer noch liebte und ihm alles verzieh. Aber auch er fühlte, dass dies nicht geschehen würde.

»Bitte, gib mir Zeit, Alex«, hörte er sie flüstern.

»Du hast alle Zeit der Welt, Carry. Ich kann warten, solange ich weiß, dass es nicht vergeblich ist.«

»Das ist es nicht ... Es ist nicht vergeblich!«

Alex' Augen strahlten. »Das macht mich sehr glücklich, Carry.« Er griff in die Seitentasche seines Jackets, zog ein Päckchen heraus und legte es vor sie auf den Tisch. »Bitte, pack es aus, wenn du dich dafür entschieden hast, mir noch eine Chance zu geben.« Er stand auf und ging langsam zur Tür. »Können wir denn in Kontakt bleiben, bis du ... Ich meine, ich würde dich gern ab und zu mal anrufen, natürlich nur, wenn du damit einverstanden bist.«

Und ob sie damit einverstanden war! Auch wenn sie es Alex zu dem Zeitpunkt noch nicht sagen wollte, so wusste sie doch schon, wie ihre Entscheidung ausfallen würde, was sie ihm schon sehr bald sagen wollte.

Nach all den Jahren liebte sie ihn noch immer über alles, und sie würde ihn lieben, solange sie lebte. So war das nun einmal, und sie konnte nichts daran ändern.

KAPITEL 62

An einem Samstagmorgen stand Carolyn unter der Dusche und war gerade dabei, sich die Haare zu waschen, als das Telefon klingelte. Sie ließ sich jedoch nicht stören. Ihr schlanker Körper drehte sich wohlig unter dem prickelnden Strahl des heißen Wassers.

Das Telefon klingelte und klingelte, bis sich endlich der Anrufbeantworter einschaltete. Trotz des rauschenden Wassers hörte Carolyn die aufgeregte Stimme ihrer Mutter, konnte aber nicht verstehen, was sie sagte. Unwillig runzelte sie die Stirn. Sie hatte sich so sehr auf dieses Wochenende gefreut. Immerhin war dies ein ganz besonderer Tag, denn in ein paar Stunden würde sie Alex wiedersehen. Sie würde ihm sagen, dass sie ihn immer noch liebte und mit ihm zusammen sein wollte.

Nun rief ausgerechnet heute ihre Mutter an, mit der sie doch seit Jahren keinen Kontakt mehr gehabt hatte, seit damals, als Carina ... Der bittere Zug um Carolyns Mund verstärkte sich, als sie an ihre Zwillingsschwester dachte.

Mit einem leisen Fluch auf den Lippen sprang sie aus der Dusche, riss ein Handtuch vom Haken und rannte ins Wohnzimmer zum Telefon. Schnell nahm sie den Hörer ab und fragte mit einem deutlich ironischen Unterton: »Mutter, was verschafft mir die Ehre? Wenn du mich nach zehn Jahren am frühen Morgen anrufst, und deine Stimme klingt, als stünde der Weltuntergang kurz bevor, dann muss es ja wirklich ernst sein. Was ist los?«

»Wie gut, dass du zu Hause bist!«, stammelte ihre Mutter. Sie zögerte kurz und sprach dann weiter: »Etwas ganz Schreckliches ist passiert. Du kannst es dir nicht vorstellen!« Sie stieß einen tiefen Seufzer aus. »Ach, deine arme Schwester! Ich kann es immer noch nicht fassen.«

Carolyns Gesicht versteinerte sich, und ihre Augen bekamen einen kalten Glanz.

Das ist ja wieder einmal typisch! Nichts hat sich in all den Jahren geändert. Noch immer dreht sich alles nur um Carina.

»Was hat Carina denn wieder angestellt, Mutter? Und was um alles in der Welt habe *ich* damit zu tun?«, fragte sie mit einem bösen Lächeln auf den Lippen.

Ohne auf die spöttische Bemerkung einzugehen, sagte ihre Mutter leise: »Es handelt sich um Alex.«

Carolyn erstarrte. Alles Blut war aus ihrem Gesicht gewichen. Alex ... Was war mit ihm? Wie aus weiter Ferne hörte sie ihre Mutter sagen: »Er ist tot! Oh, mein Gott, Alex ist tot!« Debbie Harris fing jetzt laut zu schluchzen an.

Carolyn glaubte für einen kurzen Moment, sich verhört zu haben. Was hatte ihre Mutter da gesagt? Sie musste verrückt geworden sein. Mit mühsam beherrschter Stimme sagte sie: »Mutter, was redest du da nur für einen Unsinn! Alex ist tot? Wie kommst du nur darauf, um alles in der Welt? Warum sollte Alex denn tot sein?«

»Es ist wahr!«, weinte ihre Mutter. »Er wurde gefunden ... tot ... auf den Felsen, am Fuße des Beachy Head. Es ist ja so entsetzlich!« Die Mutter schluchzte herzzerreißend.

In Carolyns Kopf begann sich plötzlich alles zu drehen. Schweiß trat auf ihre Stirn, und bunte Blitze tanzten vor ihren Augen.

»Lynn, so sag doch etwas«, jammerte Debbie. Aber Carolyn saß wie erstarrt mit leichenblassem Gesicht auf dem Wohnzimmerteppich und war einer Ohnmacht nahe.

»Lynn, mein Gott, warum sagst du denn nichts? Tut dir

deine Schwester denn überhaupt nicht leid? Wirst du ihr denn niemals verzeihen?«, schrie ihre Mutter in den Hörer.

Carolyn rang mühsam um Fassung. Die Worte ignorierend, löste sie sich langsam aus ihrer Erstarrung und fragte mit ausdrucksloser Stimme: »Wie konnte das geschehen?«

»Das weiß niemand so genau, er war ja allein. Es muss ein Unfall gewesen sein. Alex liebte es, so dicht wie eben möglich am Rande der Felsen entlangzulaufen. Das hat Carrie mir selbst erzählt. Er wird den Halt verloren haben und dann ... oh, mein Gott, die arme Carrie! Sie hat Alex doch so sehr geliebt.«

»Mutter, bitte hör auf! Es tut mir unendlich leid, was geschehen ist. Es ist grauenvoll, auch für mich. Immerhin habe auch *ich* Alex geliebt, wie du dich hoffentlich noch erinnerst. Und *ich* habe ihn nie betrogen!«

»Was willst du damit sagen?«, schrie ihre Mutter.

»Genau das, Mutter«, sagte Carolyn schneidend. »Du willst mir doch wohl nicht allen Ernstes einreden wollen, dass du von Carinas Eskapaden keine Ahnung hattest?«

Am anderen Ende der Leitung herrschte sekundenlange Stille.

»Dass du dich nicht schämst, Lynn!«, ertönte dann die Stimme ihrer Mutter gefährlich leise. »Selbst von dir hätte ich etwas mehr Pietät erwartet. Kannst du deiner Schwester denn nicht einmal im Angesicht des Todes verzeihen? Wirst du denn niemals die unselige Geschichte von damals vergessen?«

»Vergessen? Verzeihen? Den Teufel werde ich tun! Das ist doch wohl nicht dein Ernst, Mutter? Hast du völlig vergessen, wie weh sie mir getan hat? Sie hat mich belogen und betrogen, und das sogar mit *deiner* Unterstützung! Und ich soll jetzt so tun, als sei das alles nie geschehen?

Nein, Mutter! Was Carina und auch du mir damals angetan habt, ist unverzeihlich!«

»Jetzt hör mir bitte mal zu, meine Liebe«, setzte ihre Mutter zum Sprechen an.

»Nein, Mutter, jetzt hörst du mir erst einmal zu«, rief Carolyn, und ihre Stimme überschlug sich fast. »Diesen schäbigen Betrug werde ich euch beiden niemals verzeihen! Niemals, hast du mich verstanden? So lange ich lebe!«

»Lynn, bitte«, versuchte es ihre Mutter erneut, »nun komm doch zur Vernunft! Was hätte ich denn damals tun sollen, als Carrie sich mir weinend anvertraut hat? Ich stand doch zwischen zwei Stühlen. Was hätte es denn für einen Unterschied gemacht, wenn ich es dir gesagt hätte?«

»Wahrscheinlich keinen, aber es wäre immerhin fair gewesen.«

»Wie auch immer. Deiner Schwester und auch mir tut es von Herzen leid, was damals geschehen ist, und du musst doch irgendwann ...« Erneut wurde sie von Carolyn unterbrochen.

»Ich muss überhaupt nichts, hörst du? Ich kann es einfach nicht begreifen!« Carolyn schlug sich mit der flachen Hand an die Stirn. »Ich begreife es nicht, Mutter. Warum hast du immer, aber auch immer Verständnis für Carina und nicht ein einziges Mal für mich? Du bist doch auch *meine* Mutter! Hast du denn niemals Mitleid mit *mir* empfunden? Das, was Carina getan hat ... es hat mich damals fast umgebracht! Hast du das denn völlig vergessen? Warum nur liebst du sie so sehr, dass für mich nichts mehr übrig bleibt? Bitte Mutter, sag es mir!«

Carolyns letzte Worte klangen wie ein Schrei. Die Empörung schnürte ihr fast die Kehle zu. Ihre ganze Bitterkeit, die Wut und der Hass von damals stiegen wieder in ihr hoch, wenn sie an Carina dachte. Was erwartete die Frau, die sich ihre Mutter nannte, denn von ihr, nachdem die Schwester ihr den geliebten Mann gestohlen hatte, erst anderthalb Jahre nach ihrer Hochzeit?! Das Allerschlimmste aber ... sie hatte ihr Baby getötet und wahrscheinlich sogar Alex in den Tod getrieben!

Die Stimme ihrer Mutter riss sie abermals aus ihren aufwühlenden Gedanken, die innerhalb weniger Sekunden durch ihr Gehirn gerast waren.

»Du redest dir das alles doch nur ein! Vater und ich lieben dich genauso, wie wir Carrie lieben«, sagte die Mutter mit empörter Stimme. »Von Anfang an warst du eifersüchtig auf deine Schwester, weil sie anders ist als du, fröhlicher und unbeschwerter. Du warst immer viel zu ernst und introvertiert, während Carrie mit ihrem natürlichen Charme immer und überall Frohsinn verbreitet hat. Sie hat es uns halt leichter gemacht, sie zu lieben. Du hast doch niemals jemanden an dich herankommen lassen! Sobald sich Menschen für dich interessierten, hast du dich zurückgezogen, als hättest du Angst vor ihnen.

Trotzdem haben wir dich immer geliebt und versucht, dich zu verstehen. Das aber willst du nicht wahrhaben! Nein, du redest dir lieber ein, dass wir deine Schwester mehr lieben als dich, weil du einfach nur eifersüchtig bist auf die Art, wie Carrie mit Menschen umgeht. Warum versuchst du stattdessen nicht, auch fröhlicher und unbeschwerter zu sein und offen auf die Menschen zuzugehen? Du gibst Carrie die Schuld daran, dass alle sie mögen, weil *du* nicht in der Lage bist, dich so zu sehen, wie du wirklich bist, nämlich krankhaft eifersüchtig und besitzergreifend!

Ich will dir jetzt mal etwas sagen, Lynn. Es war nicht allein die Schuld deiner Schwester, dass Alex sich in sie verliebt hat, es war zum größten Teil deine eigene! Bei Carrie konnte er endlich so sein, wie es seinem Wesen entsprach. Gib doch endlich zu, dass du versucht hast, ihn nach deinen eigenen Wünschen und Vorstellungen umzuformen, ihm deine Lebensanschauung aufzuzwingen. Er konnte doch gar nicht er selbst sein in deiner Gegenwart!«

Carolyn schluckte. Dann sagte sie leise: »Natürlich habe auch ich den einen oder anderen Fehler gemacht, das gebe ich zu. Aber das ist ja wohl in jeder Ehe so, dass beide Partner Fehler machen. Das ist noch lange kein Grund, den Ehepartner zu betrügen.«

»Das habe ich damit auch nicht sagen wollen. Bitte Lynn, vergiss die Vergangenheit, und schließe endlich Frieden. Immerhin ist das alles zehn Jahre her! Mein Gott, du hast doch jetzt alles erreicht, was du dir vorgenommen hattest. Du bist Ärztin geworden, hast mit deiner Freundin eine eigene Praxis aufgebaut, wohnst in einem hübschen kleinen Haus und bist finanziell unabhängig. Was willst du denn noch?«

Vielleicht meinen Mann und unseren Sohn, die ich beide dank deiner geliebten Carrie verloren habe?, hätte Carolyn am liebsten geschrien. Aber sie sprach es nicht aus, denn dass sie damals ein Baby erwartet hatte, war ihr Geheimnis, von dem niemand, außer ihrer besten Freundin Laura und deren Mann, jemals erfahren hatte.

»Du bist ja bestens über mein Leben informiert, Mutter«, sagte sie deshalb nur.

»Du bist schließlich immer noch unsere Tochter!«, schnaubte ihre Mutter entrüstet. »Da werden wir doch wohl noch das Recht haben, in Erfahrung zu bringen, in welchen Verhältnissen du lebst!«

Carolyn ignorierte den Einwand. »Was willst du eigentlich von mir, Mutter?«

»Deine Schwester hat ihren Mann verloren und braucht uns jetzt, jeden von uns, auch dich! Sie wird es nicht leicht haben in den nächsten Wochen und Monaten. Bitte Lynn, nimm ihr doch wenigstens die Last vom Herzen, ihre einzige Schwester für immer verloren zu haben. Hat sie denn nicht auch genug darunter gelitten, dass du sie die ganzen Jahre verstoßen hast, obwohl sie dich damals auf Knien um Verzeihung gebeten hat? Bitte, gib deinem Herzen endlich einen Stoß und verzeih ihr!« Deborah Harris konnte nicht mehr an sich halten und weinte bitterlich.

Carolyn war während der leidenschaftlichen Rede ihrer Mutter ruhig geblieben, obwohl ihr Gesicht rot angelaufen war vor unterdrücktem Zorn. Das konnte doch wohl nicht wahr sein. Wie war es nur möglich, dass ihre Mutter derart die Tatsachen verdrehte?

»Carina hat also gelitten? Weißt du überhaupt, was du da redest, Mutter? Du verstehst nichts, rein gar nichts. Carina hat in ihrem ganzen Leben noch nicht gelitten, weil sie nämlich keine menschlichen Gefühle hat. Sie ist rücksichtslos, hinterhältig und gemein. Es interessiert sie nicht, ob andere Menschen leiden, solange *sie* alles bekommt, was *sie* will!«

»Wie kannst du es wagen, so über deine Schwester ...«

»Aber sie hat es ja auch nie anders gekannt!«, fuhr Carolyn ihrer Mutter über den Mund. »Du hast ihr doch immer alles durchgehen lassen, während du auf *mir* herumgehackt hast. Nie konnte ich dir irgendetwas recht machen. Immer musste ich ausbaden, was Carina ausgefressen hatte. Ständig hast du mir eingeredet, dass ich die Vernünftigere wäre. Aber wir sind doch Zwillinge, nicht wahr, und ich bin nur ganze sieben Minuten älter als meine »kleine Schwester«. Warum um alles in der Welt sollte ich denn vernünftiger sein als sie? Und nun willst du mir weismachen, dass du uns beide gleich behandelt hast? Mach dir doch nichts vor, Mutter! Denk doch nur mal an die Sache mit unseren Namen. Da hast du doch auch ...«

»Das ist doch Kleinkinderkram!«, zischte die Mutter verächtlich.

»Ja, Mutter, genau das war ich damals ... ein kleines Kind! Ein einsames kleines Mädchen, dem ein Unrecht widerfuhr und das sich unverstanden, ungeliebt und verlassen fühlte.«

»Das ist doch völliger Unsinn!«, schimpfte Debbie Harris. »Alles Schnee von gestern. Mein Gott, Lynn, du bist doch eine erwachsene Frau! Wie kannst du nur so kindisch sein und auf Dingen herumreiten, die über fünfundzwanzig Jahre her sind!«

»Weil diese Dinge vor siebenundzwanzig Jahren eine schwere Last für mich waren, Mutter. Diese Dinge haben sich in mein Gedächtnis eingebrannt. Ich werde diese Dinge niemals vergessen! Und du, Mutter, würdest lieber sterben als zuzugeben, dass du Carina immer vorgezogen hast, deine herzallerliebste kleine Carrie, die immer genau wusste, wie sie dich um den Finger wickeln konnte. Mit ihrer verlogenen Unschuldsmiene und ihrem süßen Lächeln hat sie doch nicht nur dich und Vater getäuscht.

Ja, ich war eifersüchtig auf dieses hinterlistige Biest, weil ich allen Grund dazu hatte! Du und sie, ihr allein seid schuld daran, dass ich so geworden bin, wie du es mir vorhin vorgeworfen hast.«

»Jetzt gehst du aber entschieden zu weit, Lynn!«, schrie ihre Mutter. »Deine arme Schwester hat gerade ihren geliebten Mann verloren. Du solltest ...«

»Ach, hör doch auf mit der Heuchelei, Mutter! Carina

hat Alex nie geliebt und ihn nach Strich und Faden betrogen. Sie hat ihn doch nur benutzt, um *mich* zu verletzen. Das hat ihr ja schon immer großen Spaß gemacht. Gib es doch endlich zu, Mutter! Du weißt doch ganz genau, dass Carina ein durchtriebenes kleines Luder ist. Und trotzdem hast du sie immer mehr geliebt als mich, oder vielleicht gerade deshalb?! Ist es nicht so?

Du hast ihre Bosheiten mir gegenüber stillschweigend geduldet. Du wusstest ganz genau, dass Carina mich ständig schikaniert hat und hast trotzdem immer zu ihr gehalten. Und ich will dir auch sagen, warum. Du hast sie für ihre Durchtriebenheit bewundert, das ist die traurige Wahrheit! Und hast *du* es nicht ähnlich mit Vater gemacht? Du hast *ihn* doch Zeit seines Lebens manipuliert, ebenso wie Carina *dich* manipuliert hat und alle anderen Menschen, die mit ihr zu tun hatten.«

»Das ist ungeheuerlich! Ich höre mir das nicht länger mit an«, schrie Debbie mit sich fast überschlagender Stimme.

»Natürlich willst du das nicht hören! Die Wahrheit ist nicht gerade angenehm, was? Es tut weh, nach über dreißig Jahren einsehen zu müssen, bei der Erziehung deiner Töchter jämmerlich versagt zu haben!«

Am anderen Ende der Leitung war es ganz still. Deborah Harris wimmerte leise vor sich hin. In ihrem Kopf drehte sich alles, und sie versuchte, ihre Gedanken zu ordnen. Für einen winzigen Moment regte sich tief in ihrem Innern der Gedanke, dass Carolyn mit ihren Anschuldigungen nicht so ganz im Unrecht war. Aber würde das nicht bedeuten, dass sie und Philipp, ihr Mann, die Verantwortung trugen für all das, was geschehen war? Würde das nicht bedeuten, dass sie beide Carolyn zu dem gemacht hatten, was sie heute war, nämlich zu einer verbitterten, unglücklichen jungen Frau, die mit ihrem Schicksal haderte?

Dann aber bäumte sie sich gegen diesen Gedanken auf. *Nein!*, schrie es in ihr, *nein, das ist einfach nicht wahr! Phil und auch ich haben alles für unsere Mädchen getan. Wir haben sie beide geliebt! Lynn war immer nur eifersüchtig auf Carrie, ohne jeden Grund! Es liegt einzig und allein an ihr selbst!*

Wieder völlig davon überzeugt, im Recht zu sein, sagte sie deshalb: »Ich sehe, dass es sinnlos ist, an deine Vernunft zu appellieren. Du willst einfach nicht einsehen, dass du im Unrecht bist! Ich möchte jetzt nicht weiter mit dir streiten. Die Trauerfeier ist nächsten Mittwoch um 10.30 Uhr in der Friedenskapelle in St. Leonards. Ich bete zu Gott, dass du bis dahin zur Vernunft gekommen bist und einsiehst, dass an diesem Tag dein Platz an der Seite deiner Familie ist. Bitte Lynn, denke noch einmal über alles nach.« Dann legte sie, ohne eine Antwort abzuwarten, den Hörer auf.

KAPITEL 63

Carolyn saß mit ausdruckslosem Gesicht auf dem Teppich. In ihr brodelte ein Wirrwarr an Gefühlen, und unzählige Gedanken jagten durch ihren Kopf. Alex, ihr geliebter Alex, er hatte zu ihr zurückkommen wollen, weil er sie liebte. Und jetzt war er tot! Ihr über alles geliebter Alex war tot, und sie konnte ihm nicht mehr sagen, wie sehr sie ihn immer noch liebte, wie sehr sie ihn immer noch wollte! Heute hatte sie es ihm sagen wollen! Heute hätten sie sich wiedergesehen, in Bexhill ... im De La Warr Pavilion, dort wo sie beide vor zwölf Jahren ihren ersten gemeinsamen Sonnenuntergang bewundert hatten!

Damals hatten sie nur still dagesessen, Hand in Hand, und dieses einzigartige Schauspiel beobachtet. Als der rote Feuerball langsam im Meer versank, hatten sie sich zum ersten Mal geküsst. Sie war unendlich glücklich gewesen, und doch hatte sie im selben Augenblick einen Stich in ihrem Herzen gespürt, eine eigenartige Trostlosigkeit, die sie sich damals nicht hatte erklären können. Erst viel später war ihr klar geworden, dass es eine seltsame Vorahnung gewesen war ... ein Zeichen, dass ihr Glück nur von kurzer Dauer sein würde.

Die Aussicht auf das heutige Treffen mit Alex an genau diesem Platz hatte ihr ein Hochgefühl vermittelt, die Hoffnung auf einen Neuanfang ... auf einen strahlenden Sonnen*aufgang.

Sie dachte an die Hoffnung in *seinen* Augen, als er das Päckchen auf den Tisch legte, an seine Worte, bevor er sich von ihr verabschiedet hatte.

Erst heute Morgen hatte sie das Päckchen geöffnet. Freudestrahlend hatte sie dann die CD mit dem Titel *Our Time* in ihren zitternden Händen gehalten, sie wieder und wieder abgespielt.

Alex hatte diesen instrumentalen Song für *sie* geschrieben und aufgenommen und dabei an *sie* gedacht, an sie und ihre gemeinsame Zeit. Sein ganzes Herz hatte er in diese wunderschöne Melodie gelegt, seine Liebe zu ihr und seine Hoffnung auf einen Neubeginn.

Und nun war es zu spät ... mit einem Mal war alles aus und vorbei, bevor Alex und sie eine zweite Chance bekommen hatten. Sie hatte ihren geliebten Mann ein zweites Mal verloren, und nun für immer! Ach, hätte sie ihm doch sofort gesagt, dass sie ihm verziehen hatte und ihn mehr als alles in der Welt liebte. Warum hatte sie nicht ein einziges Mal über ihren Schatten springen können? Sie hatte doch sein Begehren gespürt, seine aufrichtige Liebe. Und hatte nicht auch sie sich nach ihm gesehnt?

»Oh, Alex ... bitte, verzeih mir!« Carolyn stöhnte laut auf vor Schmerz. Wie sollte sie jetzt bloß weiterleben? Mit leeren Augen starrte sie auf den Teppich und rührte sich nicht.

Sie dachte an ihre Mutter, die ihr nach so langer Zeit wieder einmal gezeigt hatte, wie wenig sie ihr bedeutete. In den vergangenen Jahren hatte Carolyn tief im Innern immer noch gehofft, ihre Mutter würde eines Tages vor ihrer Tür stehen, um sie um Verzeihung zu bitten. Sie hatte darauf gewartet, dass die Mutter einsehen würde, wie oft sie ihr Unrecht getan hatte. Sie hatte sich danach gesehnt, von ihr in die Arme genommen zu werden, tröstende Worte zu hören. Sie hatte von ihr hören wollen, wie leid es ihr täte, dass Carolyn in ihrer Kindheit so sehr gelitten hatte. Nur ein einziges Wort des Verstehens vonseiten der Mutter, durch welche Hölle Carolyn gegangen war, als sie den geliebten Mann an Carina verlor, hätte sie versöhnen können mit der Vergangenheit, mit der Ungerechtigkeit, die sie durch die Eltern und die Schwester erfahren hatte.

Stattdessen galt das Mitgefühl ihrer Mutter wieder einzig und allein ihrer geliebten Carina. Ja, für Carina war sie sogar über ihren Schatten gesprungen, hatte ihre ungeliebte Tochter angerufen, um Vergebung für ihren Liebling zu erbitten. Für Carina hatte sie bittere Tränen vergossen, Carolyn aber gleichzeitig mit unglaublich hartherzigen Worten das Herz aus der Brust gerissen.

Stundenlang saß Carolyn zusammengesunken auf dem Teppich, während heiße Tränen ihr in Strömen übers Gesicht liefen. Als ihre Tränen endlich versiegt waren, bäumte sie sich auf, und ihre Augen begannen böse zu funkeln. Carina! Immer wieder Carina! *Sie* war die Wurzel allen Übels, sie allein. Sie hatte ihr das Leben zur Hölle gemacht, es langsam, aber sicher vergiftet, und nun hatte dieses Gift Alex getötet!

***

Als Laura und Johnny von Alex' Tod erfuhren, waren sie verständlicherweise ebenfalls sehr schockiert. Laura wusste instinktiv, dass Carolyn jetzt dringend ihre Hilfe benötigte. Doch dieses Mal kam sie nicht an ihre Freundin heran, so sehr sie sich auch um ein Gespräch mit ihr bemühte.

Carolyn schien völlig geistesabwesend zu sein, und obwohl sie nach wie vor ihre Aufgaben gewissenhaft erledigte, geschah dies auf eine eher mechanische Weise. Die Trauer um Alex beherrschte ihr Dasein, und der Schmerz saß so tief, dass selbst ihre Arbeit, die ihr in den letzten Jahren alles bedeutet hatte, keine Ablenkung brachte.

In der Nacht lag sie stundenlang wach, und wenn sie endlich im Morgengrauen in einen unruhigen Schlaf fiel, hatte sie schlimme Albträume. Auch der Traum von früher kehrte zurück, was Carolyn besonders erschreckte, war dieser Traum ja nicht weit von den tatsächlichen Ereignissen entfernt. Nach zwei für sie nahezu unerträglichen Wochen, in denen sie sich nur mühsam auf den Beinen hielt, ging es einfach nicht mehr. Sie teilte Laura mit, dass sie dringend Urlaub benötigte.

In der folgenden Zeit zog Carolyn sich völlig zurück und blockte sämtliche Versuche Lauras, zu ihr durchzudringen, ab. Sie konnte und wollte einfach niemanden mehr sehen, nicht einmal ihre beste Freundin, die immer für sie da gewesen war. Ihre Arbeit, die ihr den nötigen Halt gegeben hatte, war ihr nun völlig gleichgültig geworden. Nichts war mehr von Bedeutung, sie fühlte sich leer und ausgebrannt. Zum zweiten Mal und endgültig hatte sie ihre große Liebe verloren und damit auch den Sinn ihres Lebens. Sie war wie gelähmt und hatte zeitweise das unwirkliche Gefühl, ihren Körper verlassen zu haben. Ihre Bewegungen waren wie die eines Roboters, und sie erledigte mechanisch nur die nötigsten Dinge des täglichen Lebens.

Eine ganze Woche lang saß sie tagsüber mit leerem Blick in ihrem Wohnzimmer auf dem Sofa. An Schlaf war kaum noch zu denken, und während der kurzen Schlafphasen quälten sie immer wieder grausame Albträume, bis sie Traum und Wirklichkeit kaum noch voneinander unterscheiden konnte. Das Befremdlichste aber war, dass sie immer öfter Stimmen in ihrem Kopf wahrnahm, die abwechselnd mit ihr und miteinander stritten. So sehr

Carolyn sich auch bemühte, es gelang ihr einfach nicht, diese Stimmen aus ihrem Inneren zu vertreiben ...

Eines Tages kam ihr der Gedanke, ohne Alex nicht mehr leben zu wollen.

Aber sie soll mit ihr gehen! Sie muss büßen für alles, was sie ihr angetan hat, schrie plötzlich eine hasserfüllte Stimme in ihrem Kopf.

Ja, ihre Schwester war verantwortlich für all das Leid, das ihr im Leben widerfahren war. Mehr noch, sie hatte ihr ganzes Leben ruiniert, hatte ihr alles genommen, was sie geliebt hatte, ihren Mann und sogar ihr ungeborenes Kind. Wäre es nicht gerecht, sie für alles büßen zu lassen, was sie ihr und auch anderen Menschen angetan hatte?

Ja, sie muss sterben!, erklang eine tiefe Stimme, die wie das Grollen eines Donners in ihrem Kopf widerhallte.

Sie ist trotz allem ihre Schwester, ihr Zwilling, konterte eine sanfte, gütige Stimme eindringlich.

Aber sie hat ihr das Leben zur Hölle gemacht! Nie war sie vor ihren gemeinen Intrigen sicher, donnerte die tiefe Stimme.

Du sollst nicht Böses mit Bösem vergelten! Vergib ihr, dann kannst du deinen inneren Frieden finden, flehte die gütige Stimme.

Sie hat dir deine große Liebe und dein Kind genommen!, kreischte eine dritte Stimme jetzt so laut, dass ihr speiübel wurde. Es begann heftig hinter ihrer Stirn zu pochen.

Bitte ... bitte, vergiss die Vergangenheit, schließe Frieden und fang ein neues Leben an, versuchte die friedfertige Stimme den schmerzhaften Druck zu lindern. *Lass diesen zerstörerischen Hass nicht dein Herz vergiften, sonst wird das Böse dich besiegen!*

Ja, das Böse ... es hatte sie infiziert wie ein schleichendes Gift. Wie oft in letzter Zeit hatte sie darüber nachgedacht, inwieweit der Mensch das Produkt seiner Erziehung, seiner Erfahrungen und der Umwelt ist, und wie viel von dem, was den Menschen ausmacht, bereits unwiderruflich in seinen Genen liegt. Waren Carina und sie wirklich so verschieden, wie es immer den Anschein gehabt hatte? War es überhaupt möglich, dass eineiige Zwillinge so unterschiedliche Charaktere hatten?

Sie bezweifelte das, spürte sie doch immer häufiger die Gewissheit, dass der Unterschied zwischen ihr und ihrer Schwester gar nicht so groß war, wie sie selbst und auch Laura es immer geglaubt hatten. Auch *sie* kämpfte doch ständig mit abgründigen Gedanken und Wünschen, die sich weder mit ihrem Glauben noch mit den Werten vereinbaren ließen, die sie nach außen hin vertrat. Etwas Böses lauerte tief in ihr, das sie Zeit ihres Lebens unterdrückt hatte und das jetzt mit aller Gewalt an die Oberfläche ihres Bewusstseins vordringen wollte. Würde sie zulassen, dass es sie besiegte? Nein!! Das durfte sie auf keinen Fall zulassen!

Nein, lass das nicht zu! Mach deinen Frieden mit ihr und der Vergangenheit, bat die sanfte Stimme beschwörend.

Aber sie hat ihr den geliebten Mann ein zweites Mal genommen, ihn in den Tod getrieben!, donnerte die tiefe Stimme voller Zorn.

Mit beiden Händen umklammerte Carolyn in wilder Verzweiflung ihren Kopf. Alles schien sich um sie herum zu drehen, und helle Blitze tanzten vor ihren geschlossenen Augen.

»Geht weg, lasst mich in Ruhe!«, rief sie in höchster Not. »Geht doch endlich weg!«

Was war nur los mit ihr? War sie irrsinnig geworden? Diese entsetzlichen Stimmen in ihrem Kopf ... War sie dabei, den Verstand zu verlieren?

KAPITEL 64

Es war ein Freitag, fast vier Wochen nach dem folgenschweren Telefongespräch mit ihrer Mutter. Carolyn saß mit einem seltsamen Gesichtsausdruck in ihrem Wohnzimmer und dachte an den unheilvollen Traum, der sie in der letzten Nacht aufgeschreckt hatte ...

Laut schreiend stand sie am Rande einer steil abfallenden Klippe und starrte auf den zerschmetterten Körper ihres geliebten Mannes hinab.

Einige Meter von ihr entfernt stand ihre Schwester. Das lange Haar wehte im Wind, und ihr spöttisches Lachen dröhnte in Carolyns Ohren.

»Und jetzt bist du dran!«, schrie sie. Mit vorgestreckten Armen lief sie auf Carolyn zu, die sich nicht von der Stelle rührte und sich in ihr Schicksal ergab.

Warum sollte sie um ihr Leben kämpfen? Schon bald wäre sie mit ihrem geliebten Mann wieder vereint.

Carina kam immer näher und näher ... und im gleichen Augenblick, als ihre Hände sie beinahe berührten, kam plötzlich Leben in Carolyn.

Blitzschnell sprang sie zur Seite und versetzte der anderen einen kräftigen Stoß.

»Fahr zur Hölle, du Hexe!«

Mit einem gellenden Schrei stürzte Carina in die Tiefe ...

Noch jetzt spürte Carolyn die Erleichterung, die sie in dem Traum empfunden hatte. Sie fühlte sich unglaublich leicht und unbeschwert wie nie zuvor in ihrem Leben, von einer schweren Bürde befreit! Dann aber wurde sie von Gewissensbissen geplagt und empfand Grauen vor sich selbst. Das war nicht sie! Sie wäre doch niemals fähig ...

Oh, mein Gott, nein ... das war doch nichts weiter gewesen als ein Traum, ein verstörender schrecklicher Albtraum, hervorgerufen durch hässliche Rachegedanken, von denen sie sich auf der Stelle befreien musste!!

Aber sie hat es nicht verdient, dass du ihr verzeihst! Sie hat deinen Mann und dein Kind auf dem Gewissen, brüllte es in ihrem Kopf.

Oh nein, bitte nicht schon wieder diese furchtbaren Stimmen!! Verzweifelt presste sie ihre Fäuste gegen die Schläfen.

Lass dich nicht vom Bösen besiegen, sondern besiege das Böse mit dem Guten, zitierte die vertraute, sanfte Stimme den ihr bekannten Bibelvers.

Ein Zucken lief durch Carolyns Körper.

Du musst deinen inneren Frieden finden und weiterleben! Die Stimme klang gütig und friedvoll und verfehlte ihre Wirkung nicht.

Ja, sie wollte gegen das Böse ankämpfen, bevor es endgültig die Oberhand über sie gewinnen würde! Das war sie sich und ihrer Freundin Laura, die immer fest an sie und das Gute in ihr geglaubt hatte, schuldig.

Und ja, sie musste ihren Frieden finden und weiterleben, so wie es ihr geliebter Alex auch gewollt hätte. Das aber konnte sie nur, wenn sie mit ihrer Schwester offen über alles redete. Sie wollte sie fragen, was an diesem Abend vorgefallen war, wie es zu dem Unfall auf den Klippen hatte kommen können. Erst dann konnte sie sich mit ihr und der Vergangenheit aussöhnen und Frieden finden.

Entschlossen sprang sie auf, lief mit schnellen Schritten zum Telefon, suchte kurz im Telefonbuch und wählte dann mit zitternden Fingern die Nummer.

Es dauerte eine ganze Weile, bis am anderen Ende der Leitung der Hörer abgenommen wurde. Dann endlich hörte Carolyn die Stimme ihrer Schwester, zum ersten Mal nach zehn Jahren, und bei deren Klang fing ihr Herz so heftig zu schlagen an, dass das Blut in ihren Kopf schoss und ihr schwindelig wurde.

»Carina Carpenter am Apparat. Mit wem habe ich das Vergnügen?«

Carolyn war sekundenlang wie gelähmt und konnte nicht antworten.

»Hallo! Wer ist denn da? Entweder Sie melden sich jetzt oder ich lege auf!«, sagte Carina mit schneidender Stimme.

Carolyn zuckte erschreckt zusammen.

»Hier ist Carolyn. Ich muss dich dringend sprechen!«

»Hopplala ... was für eine Überraschung! Ich fass es nicht! Zwei Seelen, ein Gedanke! Gerade eben hatte ich nämlich beschlossen, dass ich mich unbedingt noch vor meiner Abreise von dir verabschieden muss, und siehe da, meine Schwester ruft mich an! Ich gehe nämlich wieder ins Ausland, diesmal nach Mauritius. Ein himmlisches Fleckchen Erde! Man sagt, es sei dort wie im Paradies ... ach, ich kann's kaum erwarten!

Aber halt ... wo waren wir doch gleich stehengeblieben? Ach ja ... bist du sicher, dich nicht verwählt zu haben, meine liebe Lynn? Immerhin bist du nicht einmal zur Beerdigung des guten alten Alex erschienen, obwohl unsere Mutter dich so flehentlich darum gebeten hatte. Sie würde es mir übrigens strikt verbieten, mit dir noch ein einziges Wort zu wechseln, geschweige denn, dich zu besuchen. Aber wann habe ich jemals auf sie oder auf irgendjemand anderen gehört!? Also, was verschafft mir die Ehre deines Anrufs?«

Carolyn schluckte. Beim Klang dieser Stimme und der impertinenten Worte gerieten all ihre guten Vorsätze ins Wanken. Leise wiederholte sie dennoch ihr Anliegen. »Bitte, ich muss dich dringend sprechen. Du wolltest doch immer, dass wir uns aussprechen. Also, falls du immer noch interessiert sein solltest, ich stehe zur Verfügung. Bei der Gelegenheit kannst du mir dann auch Lebewohl sagen. Also, wann können wir uns treffen?«

Sekundenlang herrschte Stille in der Leitung.

»Du bist doch immer wieder für eine Überraschung gut, Schwesterherz«, kam es nun ein wenig zögernd zurück. »Aber ich muss sagen, ich freue mich darüber! Ich bin nämlich wie du der Meinung, dass eine Aussprache zwischen uns schon lange überfällig ist, meine liebe Lynn. Allerdings haben wir beide, wie ich vermute, völlig unterschiedliche Gründe.«

»Das können wir ja dann an Ort und Stelle herausfinden. Ich schlage vor, dass wir uns möglichst bald bei mir treffen. Was hältst du davon?«, fragte Carolyn.

Carina lachte. »Also Lynn, ich komme wirklich nicht darüber hinweg, dass wir beide die gleiche Idee hatten und dazu noch fast zum gleichen Zeitpunkt. Wir scheinen wider Erwarten doch einiges gemeinsam zu haben, meinst du nicht?«

Carolyn ließ diese Frage unbeantwortet. »Also, wann kannst du nun kommen?«, fragte sie stattdessen.

»Am Montagabend geht mein Flieger. Ich hatte sowieso geplant, am Sonntagnachmittag bei dir aufzuschlagen und habe mich im Stillen schon auf dein überraschtes Gesicht gefreut. Nun, dieses Vergnügen bleibt mir zwar jetzt versagt, aber dafür kann ich das Hotelzimmer in der Nähe des Flughafens stornieren. Du hast doch sicher nichts dagegen, wenn ich bei dir übernachte!«

Carolyn wurde aschfahl, und obwohl Carina das nicht sehen konnte, erklang im selben Moment ihr spöttisches Lachen.

»Meine Güte, Schwesterchen. Ich sehe dein entsetztes Gesicht geradezu vor mir! Eine einzige Nacht wirst du mich wohl ertragen können, was? Dann bist du mich ein für alle Mal los! Na, ist das nichts?« Als Carolyn nicht gleich antwortete, fügte sie hinzu: »Also gut, dann wäre das gebongt.«

Endlich fand Carolyn ihre Stimme wieder. »Okay, ich bin einverstanden. Um wie viel Uhr kannst du hier sein?«

»Na, warte mal ... so zwischen fünf und halb sechs, schätze ich.«

»Okay, bis dann. Ich wohne in ...«

»... in Little Common. Ich weiß, du Dummerchen!«, unterbrach Carina sie ironisch. »Deine Adresse wusste ich doch schon von unserer Mutter! Wie sonst hätte ich denn überraschend bei dir aufkreuzen können, im Falle, dass du mich heute nicht angerufen hättest? Übrigens darf sie auf keinen Fall von unserem Treffen etwas erfahren, hörst du?«

»Von mir wird sie es mit Sicherheit nicht erfahren!«, erwiderte Carolyn.

KAPITEL 65

Carina stand am Sonntag bereits um zehn Minuten vor fünf vor Carolyns Tür. Ihre Haare waren kunstvoll hochgesteckt, und sie trug ein für ihre Verhältnisse schlichtes, aber sehr elegantes dunkles Kleid. Ihr Make-up war dezent, sodass sie nach außen hin das perfekte Bild einer seriösen jungen Frau aus besten Verhältnissen abgab.

»So, hier bin ich nun, mein liebes Schwesterchen. Ich hoffe, du hast nichts dagegen, dass ich mein Gepäck bis morgen in deinem Flur abstelle?«

Carolyn warf einen kurzen Blick auf das vor der Haustür stehende Gepäck. »Nein, kein Problem.«

»Ich bin nämlich mit dem Taxi gekommen, weißt du. Meinen Wagen hab ich letzte Woche verkauft«, sagte Carina fröhlich, trat ein und stellte ihre Reisetasche ab. »Ich kann mir ja jederzeit einen neuen kaufen, nicht wahr? Bist du nun so lieb und bringst mein restliches Gepäck ins Haus, Lynn?«, flötete sie zuckersüß.

Carolyn wollte schon protestieren, besann sich dann aber und begann, die unzähligen Gepäckstücke ins Haus zu tragen. Als sie endlich damit fertig war, zwang sie sich zu einem freundlichen Lächeln und reichte Carina die Hand.

»Schön, dass du gekommen bist. Bitte ...« Sie wies mit der Hand in Richtung Wohnzimmer.

Carina spazierte mit wiegenden Hüften vor ihr her und blickte sich mit spöttisch hochgezogenen Augenbrauen um.

»Schön spießig hast du's hier«, schmunzelte sie süffisant. »Genauso hab ich's mir vorgestellt!«

»Bitte, setz dich doch«, ignorierte Carolyn die spitze Bemerkung. »Möchtest du etwas trinken?«

»Im Moment noch nicht, meine Liebe. Zuerst bin ich einfach nur neugierig zu erfahren, aus welchem Grund *du* mich unbedingt sprechen wolltest. *Meinen* verrate ich dir dann später. Nun, dann schieß mal los!«

»Ich habe halt viel nachgedacht und bin der Meinung, dass wir uns aussprechen sollten nach all den Jahren. Vielleicht ist es ja doch noch möglich, unseren Frieden miteinander zu machen. Immerhin sind wir Zwillingsschwestern.« Carolyn hatte sehr leise gesprochen, und ihr Blick wich dem ihrer Schwester aus.

Carina sah für einen kurzen Augenblick wirklich verblüfft aus. Dann lachte sie schallend.

»Mach mir doch nichts vor, Lynn. Es mag ja sein, dass du dir das so lange eingeredet hast, bis du es selbst geglaubt hast. Aber nun ist Klartext angesagt! Also, heraus mit der Sprache!«

»Also gut, du hast recht. Warum um den heißen Brei herumreden? Um ehrlich zu sein, möchte ich zuerst mit dir über Alex reden. Was war zwischen euch vorgefallen, dass er allein um diese ungewöhnliche Uhrzeit so kopflos auf den Felsen herumlief?«

Augenblicklich lief Carinas Gesicht rot an vor Ärger. »Wie kommst du mir denn vor?«, konterte sie. »Was geht es denn *dich* an, was zwischen mir und *meinem* Ehemann war?«

Ihre Stimme wurde schneidend. »Ach ja, ich vergaß. Er wollte ja zu dir zurück, nicht wahr? Zumindest hat er dich das glauben lassen. Und mein kleines, naives Schwesterherz war natürlich sofort Feuer und Flamme.« Sie ließ ein hässliches Lachen hören.

»Womit wir aber beim Thema wären. Das war nämlich

genau der Punkt, den *ich* noch vor meiner Abreise mit dir klären wollte! Ja, dein über alles geliebter Alex ... Da konntest du dann die Moral über Bord werfen und zur Ehebrecherin werden! Das hattest du dir fein ausgemalt, was?«

Carinas Stimme war schrill geworden, und ihre Augen glühten vor Hass. Gleich darauf hatte sie sich aber wieder in der Gewalt.

»Ach, meine liebe Lynn, nun schau doch nicht so. Ich weiß doch, dass du niemals mit Alex geschlafen hättest, solange er nicht von mir geschieden worden wäre. Aber dazu ist es ja nun nicht mehr gekommen, nicht wahr? Stattdessen bin ich nun eine ziemlich wohlhabende und ehrbare Witwe mit einem ungeborenen Kind unter dem Herzen. Ist das nicht tragisch?«

Carolyn war bleich geworden. Was hatte Carina da gesagt? Sie war schwanger? Aber das war doch nicht möglich. Alex hatte ihr glaubhaft versichert, dass es schon seit Jahren keine körperlichen Berührungen mehr zwischen den Eheleuten gegeben hätte. Dann fiel es ihr wie Schuppen von den Augen. Natürlich ... Kevin war der Vater! Sie sagte es Carina auf den Kopf zu.

»Wie süß du bist, Schwesterchen. Natürlich wäre das Kind nicht von Alex gewesen! Du und ich wissen das! Aber mir hätte es genügt, wenn alle anderen das Gegenteil geglaubt hätten. Und warum Kevin? Denkst du etwa, er wäre der Einzige gewesen?

Meine Güte, Lynn, nun schau doch nicht so entsetzt drein! Das Kind war ein Joke! Ich wollte dich nur ein bisschen erschrecken, und deine erste Reaktion darauf war einfach köstlich! Du weißt doch, dass mir sowas riesigen Spaß macht, oder nicht?« Sie lachte hämisch. »Du glaubst doch nicht im Ernst, dass ich so dumm wäre, mir ein

Kind machen zu lassen?! Ich und ein ständig quengelndes Balg!?« Sie verzog angewidert ihr Gesicht. »Ich habe noch einiges mit meinem Leben vor, weißt du.« Wieder lachte sie selbstgefällig.

»Nun aber zurück zum Wesentlichen. Wie auch immer die Dinge zwischen mir und Alex lagen, *ich* lasse mich von keinem Mann abservieren, meine Liebe. Aber das habe ich ja nun auch zu verhindern gewusst, nicht wahr?«

Carolyn erschrak. »Was hast du getan?«, fragte sie mit tonloser Stimme.

»Was denkst du wohl, na? Ich habe dem lieben Alex gezeigt, dass man eine Frau wie mich nicht ungestraft verlässt. Oder glaubst du etwa, ich ließe mich derart demütigen, und das auch noch wegen einer wie dir? Das hat auch damals dein Ben zu spüren bekommen. Dieser Trottel hatte nämlich auch geglaubt, dass *du* ihn um ein Treffen gebeten hättest. Mein Gott, wie er angerannt kam! Du hättest mal sein Gesicht sehen sollen, als er erkannte, mit wem er sich in Wirklichkeit auf dem Beachy Head getroffen hatte. Und dann das Entsetzen in seinen Augen, als ich ihm einen kleinen Stoß versetzte. Mann, war das ein Spaß!«

Carolyn war mit jedem Wort blasser geworden. Sie starrte Carina an wie einen Geist.

Die fuhr unbeeindruckt fort: »Eigentlich müsstest du mir ja dankbar sein, denn du hättest diesen Bastard doch auch am liebsten umgebracht, gib's ruhig zu. Aber während *du* dich mit dem Gedanken daran begnügt hast, bin *ich* zur Tat geschritten.« Sie warf Carolyn einen lauernden Blick zu, bevor sie mit unverhohlenem Genuss zum nächsten Schlag ausholte. »Ist schon komisch, dass deine beiden Traummänner denselben Lieblingsplatz hatten, nicht wahr?«, fuhr sie im leichten Plauderton fort, während ihre Augen gefährlich glitzerten.

»Deshalb hat auch bedauerlicherweise beide das gleiche Schicksal ereilt, denn auch dein geliebter Alex dachte, *du* hättest ihn zu einem romantischen Spaziergang am Lovers'Leap eingeladen. Der Trottel dachte, dass du vor lauter Sehnsucht nach ihm euer Date vorverlegt hast. Du weißt doch sicher noch, wie gut ich deine Schrift kopieren kann. Der gute Alex bekam eine schmalzige Liebesnachricht, unterschrieben mit *Deine Carry,* Carry mit einem Ypsilon, nicht zu vergessen! Der Rest war ein Kinderspiel.«

Carolyn konnte nicht glauben, was sie da hörte. Mühsam rang sie nach Luft.

»Und erinnerst du dich an den Zeitungsartikel damals, einige Monate nach deinem überstürzten Trip nach Las Vegas? Der Artikel, in dem von einem gewissen Edmund Miller berichtet wurde?

Ach Gott, der süße Eddie! Er dachte auch, er könne sich ungestraft davonmachen, nachdem wir eine Menge Spaß miteinander gehabt hatten. Stell dir nur vor, er eilte zurück in die Arme dieser langweiligen Provinzmaus! Nun, ihm und der kleinen Gabriel habe ich dann auch gehörig die Suppe versalzen, was? Die süße kleine Alyssa verschwand spurlos, und er brachte sich bedauerlicherweise um.

So, meine liebe Lynn, nun weißt du, wie es Leuten ergeht, die mir den Spaß verderben!«

KAPITEL 66

Starr vor Entsetzen sah Carolyn ihre Schwester an. Sie erinnerte sich vage an einige Zeitungsberichte von damals. Edmund Miller, der Sohn eines reichen Bauunternehmers, war angeblich in eine Drogenaffäre verwickelt. Es hieß, er habe seine Freundin auch drogenabhängig gemacht. Eines Tages fand man ihn tot auf, er hatte sich den goldenen Schuss gesetzt. Von seiner Freundin fehlte jede Spur, und die Polizei vermutete, dass er sie im Drogenrausch getötet und irgendwo verscharrt hatte. Die Leiche des Mädchens wurde jedoch nie gefunden, der Fall nie aufgeklärt.

Nun stellte sich heraus, dass Carina ... Oh, mein Gott, wie grauenhaft! So gemein und bösartig sie auch sein mochte, niemals hätte Carolyn vermutet, dass sie eine kaltblütige Mörderin war, die vier unschuldige Menschen auf dem Gewissen hatte, und dazu noch ihren eigenen Mann!

Carolyn erwartete jeden Moment, das spöttische Lachen ihrer Schwester zu hören, dass sie sagte, sie habe nur einen Scherz gemacht, um sie zu erschrecken. Das würde immerhin zu Carina passen!

»Da staunst du, was?«, hörte sie die Stimme ihrer Schwester, die vor Kälte klirrte. »Ich erzähle dir das alles nur, damit du in Zukunft weißt, wo dein Platz ist und was mit Leuten geschieht, die sich mir in den Weg stellen. Bis jetzt hast du Glück gehabt, immerhin bist du trotz allem meine Schwester. Aber darauf werde ich nicht für immer und ewig Rücksicht nehmen. Ich ändere meine Pläne sehr schnell, wenn es nötig wird, merke dir das gut! Und falls du mit dem Gedanken spielen solltest, zur Polizei zu gehen, vergiss es. Die haben nicht die geringsten Beweise gegen mich. Im Gegenteil, sämtliche Spuren würden in *deine* Richtung führen, dafür habe ich gesorgt. Du würdest dir somit nur selbst schaden.

Und die Sache in den USA … auch da gibt es nicht die geringste Spur, die zu mir führen würde. Ich war sehr clever, weißt du? Außerdem solltest du unbedingt berücksichtigen, dass du mit deinen Anschuldigungen gegen mich den Eltern das Herz brechen würdest, besonders das unserer Mutter.«

Als sie Carolyns Blick sah, lachte sie und zwinkerte ihr spitzbübisch zu, sodass man hätte meinen können, sie habe die ganze Zeit über nur gescherzt. Aber ihr eiskalter Blick verriet, dass alles, was sie in den vergangenen Minuten gesagt hatte, die volle Wahrheit war.

»Ach, komm schon, Lynn, lass uns endlich Frieden schließen. Das war doch angeblich der Grund, warum du mich sehen wolltest, oder nicht? Ach, ich vergaß … der wahre Grund war ja ein ganz anderer. Du wolltest von mir hören, was mit deinem Geliebten passiert ist, und ich habe es dir verraten, was wiederum mein Grund war herzukommen. Somit sind wir beide auf unsere Kosten gekommen, ist das nicht witzig?«

Carolyn konnte nicht antworten, zu tief saß der Schock über das soeben Gehörte in ihren Gliedern. Hinter ihrer Stirn fing es heftig an zu pochen, und Blitze flimmerten vor ihren Augen auf und ab … das sichere Zeichen für eine nahende Migräneattacke.

Was sie soeben gehört hatte, änderte einfach alles. Carina war nicht nur indirekt schuld an Alex' Tod, sondern sie hatte ihn mit ihren eigenen Händen ermordet. Außerdem hatte sie Ben und zwei andere Menschen getötet, und am Tode von Carolyns ungeborenem Baby trug sie zumindest eine moralische Schuld. Sie war es nicht wert, die Witwe eines ehrbaren Arztes zu sein und seinen Namen zu tragen.

»Ach Lynn, was ist los? Du warst doch früher immer so undurchschaubar! Jetzt kann ich in deinem Gesicht lesen wie in einem Buch, und was ich da lese, gefällt mir nicht. Du willst keinen Frieden, aber das ist *dein* Pech. *Ich* bin schon morgen weit weg von hier und werde ein wundervolles Leben haben. Alles, was ich dazu brauche, befindet sich in dieser kleinen Handtasche hier.« Sie hob ihre braune Tasche in die Höhe. »Ich hab das Haus mit der Praxis verkauft und fange nochmal ganz neu an, in einem anderen Land mit anderen Menschen.

Die alten Carpenters haben sich mächtig aufgeregt, von wegen Lebenswerk und so, aber sie konnten nichts dagegen tun. Immerhin haben sie Alex vor drei Jahren alles überschrieben, und ich bin nun mal seine Erbin.« Carinas Mund verzog sich zu einem zynischen Grinsen.

»Nun, letztendlich waren sie nur noch heilfroh, mich loszuwerden, wie du dir vorstellen kannst. Ihre wirkliche Schwiegertochter warst immer du, meine Liebe. Ständig haben sie mir dich als leuchtendes Beispiel vorgeführt, einfach zum Kotzen! Wie du siehst, habe ich alle Brücken hinter mir abgebrochen.«

Als Carolyn weiterhin schwieg, fuhr sie fort: »Der tränenreiche Abschied von den Eltern hat auch schon stattgefunden. Das Theater von Mum kannst du dir sicherlich vorstellen, was?«

Theatralisch schlug sie die Hände vors Gesicht und imitierte die piepsige Stimme ihrer Mutter: »Ach Carrie, das kannst du mir doch nicht antun! Was soll ich denn ohne dich anfangen? Bitte, überleg's dir doch noch mal.« Sie ahmte das Schluchzen der Mutter erstaunlich echt nach und lachte dann laut auf. »Wenn unsere Mutter wüsste, wie lächerlich ich sie und ihr Getue finde! Aber das lasse ich mir natürlich nicht anmerken, sondern schluchze mit ihr um die Wette.« Wieder lachte sie spöttisch.

Oh, wie Carolyn dieses Lachen hasste! Angeekelt blickte sie ihrer Schwester sekundenlang in die Augen, bevor sie endlich ihr Schweigen brach.

»Ich weiß nicht, wie es *dir* geht, aber *ich* kann jetzt wirklich einen Drink gebrauchen«, sagte sie mit mühsam beherrschter Stimme. »Danach zeige ich dir das Gästezimmer.« Langsam ging sie mit seltsam steifen Schritten zur Bar und öffnete eine Flasche Single Malt Whisky. Sie füllte ein Glas bis zum Rand und leerte es in einem Zug.

»Na, wie sieht's mit dir aus ... Lust auf einen zwanzig Jahre alten Scotch?«

»Na klar doch, ich könnte jetzt auch einen vertragen, weißt du! Erst recht, wenn es sich um einen solch edlen Tropfen handelt!«, ertönte die tiefe Stimme Carinas hinter ihrem Rücken. »Außerdem ist mein Mund ganz trocken von den langen Monologen, die ich hier führen musste. Ich dachte schon, meine Anekdoten hätten dir ein für alle Mal die Sprache verschlagen.«

Mechanisch füllte Carolyn zwei Gläser, reichte eines davon ihrer Schwester und ließ sich ihr gegenüber in den Sessel fallen. Das Flimmern vor den Augen hatte nachgelassen, und hinter ihrer Stirn begann es nun fürchterlich zu hämmern. Hastig nahm sie einen kräftigen Schluck aus ihrem Glas, bevor sie es auf den Tisch zurückstellte.

Carina drehte ihres unschlüssig in den Händen. »Ich trinke meinen Whisky immer mit etwas Wasser, Lynn. Am liebsten wäre mir Highland Spring. Bitte, sei doch so lieb«, raunte sie, schlug graziös ein Bein über das andere und lehnte sich bequem in die Polster zurück.

Der Anblick ihrer selbstgefällig lächelnden Schwester und ihre vulgäre Stimme verursachten Carolyn Übelkeit, und plötzlich meldeten sich auch diese entsetzlichen Stimmen wieder zu Wort.

Langsam stand sie auf, ging zurück an die Bar und holte eine kleine Karaffe aus dem Barschrank. Sie öffnete den Kühlschrank, griff nach einer Flasche und goss deren Inhalt in die Karaffe. Wie in Trance zog sie eine Schublade auf und nahm eine Schachtel heraus. Wieder hatte sie das Gefühl, sich außerhalb ihres Körpers zu befinden. Fasziniert beobachtete sie jeden ihrer Handgriffe.

»Was machst du denn da so lange?«, rief Carina ungeduldig. »Wenn du kein Highland Spring hast, tut's zur Not auch Mineralwasser!«

»Nein, kein Problem, Carina. Natürlich bekommst du, was du brauchst! Ich nehme nur noch eben eine Kopfschmerztablette«, kam es leise zurück.

Kurz darauf stellte Carolyn mit steifen Bewegungen die Karaffe vor Carina auf den Tisch und setzte sich ihr gegenüber.

»Vielen Dank, meine Liebe«, sagte Carina mit einem huldvollen Lächeln. Als von Carolyn wiederum keine Antwort kam, wurde sie wütend. In ihren Augen lag der blanke Hass, als sie zischte: »Du selbstgerechtes kleines Aas, du. Was glaubst du eigentlich, wer du bist? Du bist doch selbst kein Unschuldsengel! Und ich bin die Einzige, die weiß, dass du zwei Gesichter hast, meine Liebe, eines, das du nach außen hin zeigst und eines, das du tief in deinem Inneren verbirgst. Kennst du es eigentlich selbst, dein zweites Ich?«

Sie blickte ihre Schwester herausfordernd an. »Ich bin

nach wie vor der festen Überzeugung, dass du mir damals irgendwas eingeflößt hast. Ich hatte einfach nur tierisches Glück, dass zufällig mein Blinddarm akut entzündet war und ich mir die Seele aus dem Leib gekotzt habe. Sonst wäre ich an dem Zeug gestorben!«

»Du weißt ja nicht, was du da redest!« Carolyns Gesicht war leichenblass geworden. Mit zitternder Hand nahm sie ihr Glas vom Tisch und trank es in einem Zug aus.

»Oh doch, das weiß ich sehr wohl, meine Liebe. Schon allein deshalb hätte ich noch eine Rechnung mit dir zu begleichen! Hinzu kommt, dass unser guter Alex noch leben würde, wenn du mir nicht schon wieder in die Quere gekommen wärst. Du erinnerst dich doch noch an unsere Devise, nicht wahr? Du hast sie immer und immer wieder gebrochen! Denkst du nicht, dass du dafür eine Strafe verdient hättest?« Lauernd sah sie Carolyn an.

Die ging auf den letzten Satz nicht ein. »Ja, leben und leben lassen, solange jeder nach deiner Pfeife tanzt!«, sagte sie mit bitterer Stimme.

»Das hast du perfekt auf den Punkt gebracht, Schwester. Nur leider zu spät! Der gute Alex ist mausetot, und *du* hast ihn auf dem Gewissen! Ich war dir wie immer einen Schritt voraus, nicht wahr, meine liebe Lynn?« Sie schüttete etwas Wasser in ihren Whisky.

»Eigentlich ist es doch sehr schade, dass es so mit uns enden muss, findest du nicht? Die Eltern hätten sich riesig über eine Versöhnung gefreut, aber du musstest sie ja vor den Kopf stoßen und mich bei unserer Mutter schlechtmachen! Du hättest sie immerhin ein wenig darüber hinwegtrösten können, dass ich wieder mal für sehr lange Zeit außer Landes sein werde, vielleicht sogar für immer. Obwohl du natürlich nur ein schwacher Trost für sie gewesen wärst, nicht wahr?«

Mit einem arroganten Lächeln auf den Lippen nahm sie ihr Glas und prostete Carolyn zu.

»Nun zieh doch nicht schon wieder ein so säuerliches Gesicht, Lynn! Bald ist alles vorbei, ich bin weg, und du hast für immer deine Ruhe.«

In ihren Augen lag ein seltsamer Glanz.

KAPITEL 67

Laura hatte das ganze Wochenende über versucht, ihre Freundin telefonisch zu erreichen, jedoch vergeblich. Entweder war Carolyn nicht zu Hause oder sie nahm einfach nicht ab. Das war in der Vergangenheit von Zeit zu Zeit vorgekommen, immer dann, wenn sie ihre Migräne hatte, unter der sie seit ihrer frühen Jugend litt.

Dabei hatte es doch vor einigen Wochen noch so ausgesehen, als gäbe es endlich wieder einen Mann in ihrem Leben. Sie hatte so glücklich gewirkt, und ihre Augen hatten wieder dieses Leuchten gehabt ... so wie damals, als Alex Carpenter in ihr Leben getreten war. Obwohl Carolyn nichts dergleichen erwähnt hatte, hatten Johnny und sie angenommen, sie hätte sich endlich wieder verliebt. Laura kannte ihre Freundin und wusste, dass sie sich in Geduld üben musste. Carolyn konnte es nicht leiden, wenn man sie frühzeitig mit Fragen bedrängte. Aber Laura hatte fest damit gerechnet, dass sie nach einer Weile mit ihrer Neuigkeit herausrücken würde. Doch nichts dergleichen war geschehen, sodass Laura und Johnny nun überzeugt waren, sich getäuscht zu haben. Hinzu kam dann diese traurige Nachricht von Alexander Carpenters Tod auf den Klippen und Carolyns Reaktion darauf.

Seit Alex' Tod war Carolyn immer stiller und trauriger geworden, und Laura machte sich deshalb wieder große Sorgen um ihre Freundin. Die Vermutung lag nahe, dass Carolyn niemals wirklich ihre Liebe zu Alex überwunden und dies nun eine erneute schwere Depression in ihr ausgelöst hatte.

Vor drei Wochen hatte sie sich sogar aus der gemeinsamen Praxis zurückgezogen mit der Begründung, sie sei urlaubsreif. Das wäre ja an sich völlig in Ordnung gewesen, wenn es nicht so plötzlich gewesen wäre. Seit Jahr und Tag hatten Laura und Johnny ihr ans Herz gelegt, endlich einmal richtig Urlaub zu machen, und immer hatte sie lächelnd abgewinkt und gemeint, die Arbeit tue ihr gut. Sie hatte meistens nur wenige Tage frei genommen und sie zu Hause mit Gartenarbeit verbracht.

Und dann Knall auf Fall kündigte sie an, dass sie mindestens vier Wochen Urlaub bräuchte und während dieser Zeit durch nichts und niemanden gestört werden wolle. Bis jetzt hatte Laura diesen Wunsch respektiert, aber nach drei Wochen ... Mein Gott, Carolyn konnte es ihr doch nicht verübeln, dass sie nach dieser Zeit endlich einmal nach ihr sehen wollte. Eigentlich könnte sie doch jetzt noch kurz bei ihr vorbeischauen. Johnny war früh zu Bett gegangen, weil er am nächsten Morgen einen wichtigen Gerichtstermin hatte. Er schlief bestimmt schon fest und würde es gar nicht merken, dass sie für kurze Zeit nicht im Haus war.

Kurz entschlossen warf Laura sich eine leichte Jacke über die Schultern und machte sich auf den kurzen Weg zu Carolyns Haus. Als sie dort ankam, war es bereits dunkel, aber hinter keinem der Fenster brannte Licht. Entweder war Carolyn nicht daheim oder sie war früh zu Bett gegangen.

Laura wollte schon umkehren, als sie plötzlich ein leise scharrendes Geräusch hörte, so als wenn Holz über einen Boden kratzte. Unwillkürlich hielt sie den Atem an und lauschte angestrengt. Nein, da war nichts, alles war wieder still. Vielleicht war es eine Katze gewesen, die sich an einem Baum im Garten die Krallen wetzte.

Laura hatte sich schon ein paar Schritte vom Haus der Freundin entfernt, als sie sich instinktiv noch einmal umdrehte. Im selben Moment glaubte sie, hinter einem der Fenster ein kurz aufflackerndes Licht zu sehen, ähnlich wie das einer Taschenlampe. Gleich darauf war es wieder stockdunkel, und Laura war sich nicht mehr sicher, ob sie das Flackern wirklich gesehen oder es sich nur eingebildet hatte. Mit nachdenklich gerunzelter Stirn ging sie langsam nach Hause.

***

Um sie herum herrschte völlige Dunkelheit. Es war schrecklich heiß, und das Atmen fiel ihr schwer. Etwas steckte in ihrem Mund. Sie wollte es herausziehen, konnte aber den Arm nicht heben. Arme und Oberkörper waren fest zusammengeschnürt!

Sie versuchte, das Ding auszuspucken, konnte aber den Mund nicht öffnen. Er war zugeklebt! Sie geriet in Panik. Wo war sie, und was ging hier vor sich? Sie hatte doch gerade eben noch mit ihrer Schwester zusammengesessen. Und was war dann geschehen? So sehr sie sich auch anstrengte, sie konnte sich nicht erinnern.

Nun lag sie eingepfercht in gekrümmter Haltung in irgendeiner Kiste, gefesselt und geknebelt, und konnte nicht einmal ihre Beine ausstrecken. Das konnte doch nur ein Albtraum sein! Sie war auf dem Sessel eingeschlafen und würde jeden Moment aufwachen. Ja, so musste es sein!

Als sie nach einer Weile versuchte, sich aufzurichten, stieß sie mit dem Kopf heftig gegen einen harten Widerstand, und ein stechender Schmerz fuhr durch ihren Kopf.

Warum bin ich nicht aufgewacht?, dachte sie in wilder Verzweiflung. *Das hat richtig wehgetan! Ich hätte doch aufwachen müssen! Oh, mein Gott, das ist kein Traum, das ist real!!*

Voller Panik stemmte sie ihre Knie nach oben gegen das harte Holz, aber nichts bewegte sich. Sie versuchte es seitlich rechts und links, ohne Erfolg. Dem Wahnsinn nahe, schlug sie wieder und wieder abwechselnd mit ihren Knien und dem Kopf gegen das harte Holz, bis sämtliche Kräfte sie verließen und sie kaum noch atmen konnte. Sie wollte um Hilfe schreien, was der Knebel in ihrem Mund verhinderte, sodass sie nur ein leises, klägliches Wimmern zustande brachte. Ihr stiller Schrei wurde zu einem stummen Flehen.

Hilfe … Hilfe, ich bin gefangen, bitte helft mir, Hilfe!! Warum hilft mir denn niemand?

Die Hitze wurde immer unerträglicher, und der Schweiß rann in Strömen über ihren Körper. Ihre Lungen schmerzten, ihr Kopf dröhnte.

Oh, mein Gott, ich sterbe … Nein, oh nein, das ist doch nicht wahr! Ich kann doch nicht sterben! Bitte, bitte nicht! Ich will nicht sterben, ich will nicht …

Ihre Schwester … der Whisky … plötzlich war sie müde geworden …

Oh, mein Gott, nein!! Neeeeiiiin!!

Sie schrie verzweifelt, aber nur ein gurgelndes Röcheln entrang sich ihrer Kehle, bevor ihr langsam die Sinne schwanden.

Die grausame Erkenntnis, was mit ihr geschehen war, erreichte noch ihr Bewusstsein, bevor ewige Dunkelheit sie umfing.

KAPITEL 68

Laura wälzte sich die halbe Nacht grübelnd in ihrem Bett herum. Irgendetwas stimmte da nicht! Es war äußerst ungewöhnlich, dass Carolyn am Sonntagabend nicht zu Hause war. Außerdem ... die Atmosphäre dort draußen vor dem Haus ... geradezu unheimlich war das gewesen. Ja, genau das war es, was sie empfunden hatte.

Sie machte sich die größten Vorwürfe, der Sache nicht weiter auf den Grund gegangen zu sein. Dieses scharrende Geräusch und das aufflackernde Licht ...

Aber sie war sich doch gar nicht sicher gewesen, dass da wirklich ein Licht gewesen war. Außerdem konnte Carry doch in ihrem Haus machen, was sie wollte! Vielleicht war sie nur kurz in die Küche gegangen, um etwas zu trinken und wollte nicht extra das große Licht einschalten. Sie wäre bestimmt erschrocken gewesen, wenn Laura plötzlich vor ihrem Bett gestanden hätte. Den Hausschlüssel hatte Carolyn ihr lediglich für den Notfall überlassen, jedoch nicht, um ihr nachzuspionieren.

Wie auch immer, Tatsache war, dass sie sich in den letzten Wochen nicht genügend um ihre Freundin gekümmert hatte. Sie war so sehr mit sich selbst, ihrer Arbeit, den Patienten beschäftigt gewesen, dass sie das, was mit Carolyn passierte, einfach verdrängt hatte. Ja, sie hatte ihre Freundin diesmal einfach beiseitegeschoben.

Sicher, Carolyn hatte ihre anfänglichen Bemühungen zwar abgeblockt, aber das hatte sie in der Vergangenheit auch immer getan und sich nach einer Weile helfen lassen.

Laura hatte dieses Mal viel zu schnell aufgegeben, und

nur sie allein kannte den Grund. Sie war es mit der Zeit einfach müde geworden, sich immer und immer wieder mit dem Kummer und den Sorgen ihrer Freundin belasten zu müssen. Das war die traurige Wahrheit, und Laura schämte sich zutiefst dafür.

Sie durfte keinesfalls wieder aufgeben, nur weil sie Carolyn gestern Abend nicht angetroffen hatte. Sie musste ihr jetzt unbedingt helfen, damit dieses erneute Trauma nicht womöglich zu einer Psychose führte.

Bisher hatte Laura trotz der Traumata in Carolyns Leben niemals psychotische Symptome bei ihr diagnostizieren können. Trotzdem war es nicht auszuschließen, dass dies unter gewissen Umständen geschehen könnte oder im schlimmsten Fall bereits geschehen war.

Am nächsten Tag machte Laura sich in der Mittagspause auf den Weg, um nochmals nach ihrer Freundin zu sehen.

Als nach mehrmaligem Läuten nicht geöffnet wurde, ging sie zunächst rechts ums Haus herum, um nachzusehen, ob die Seitentür zum Garten geöffnet war. Sie rüttelte an der Klinke, aber die Tür war verschlossen. Da Carolyn seinerzeit rings um den Garten eine dichte hohe Hecke angepflanzt hatte, konnte man von hier aus weder die Terrasse noch den Garten einsehen.

Nachdenklich ging Laura zurück zur Haustür, stand eine Weile unschlüssig davor und überlegte. Sollte sie wirklich die Tür aufschließen und nachsehen? War dies ein Notfall? Ihr Bauchgefühl gab ihr die Antwort, und schnell griff sie nun in ihre Tasche, um den Schlüssel herauszuholen. Sie war gerade dabei, ihn ins Schloss zu stecken, als eine laute Stimme sie aufschreckte.

»Guten Morgen, Doktor Lawrence. Wie geht's denn so? Ich hab Sie ja schon eine Ewigkeit nicht mehr gesehen.«

Laura zuckte zusammen und drehte den Kopf. »Guten Morgen, Mrs. Field«, grüßte sie zurück, als sie Carolyns Nachbarin erkannte, die im Haus gegenüber wohnte.

»Sie möchten mal wieder Ihre Freundin besuchen? Na, da wird sie sich aber freuen. Sie sind doch jetzt schon seit Wochen nicht mehr hier gewesen, nicht?« Mrs. Field war langsam zu ihr herübergekommen, bis sie dicht vor ihr stand.

Unwillkürlich wich Laura einen Schritt zurück. Sie öffnete ihren Mund, um zu einer Erklärung anzusetzen, aber die ältere Frau plapperte schon weiter: »In den letzten Wochen hat sie ja kaum noch das Haus verlassen, regelrecht eingeigelt hat sie sich. Mein Mann und ich haben uns gewundert, weil sie auch gar niemand besucht hat, nicht einmal Sie und Ihr Mann.«

Wieder setzte Laura zum Sprechen an, und wieder ließ Mrs. Field sie nicht zu Wort kommen.

»Dabei schien sie vor einigen Wochen noch so glücklich zu sein, kurz nachdem der junge Mann bei ihr gewesen war.«

Laura horchte auf. Ein junger Mann war bei Carry gewesen? Also hatten sie und Johnny doch richtig vermutet, dass es wieder einen Mann in Carrys Leben gab. Aber warum hatte der Tod von Alex sie dann derart aus der Bahn geworfen?

»Und dann plötzlich, wie aus heiterem Himmel, kam diese elegante Lady zu Besuch«, unterbrach die Stimme der Nachbarin ihre Gedanken.

Elegante Lady? Das wurde ja immer mysteriöser.

»Wann war diese Lady denn hier?«, fragte Laura interessiert.

»Oh, das war erst gestern Nachmittag ... ja, so um kurz vor fünf. Das weiß ich so genau, weil ich in der Küche den Tee aufgebrüht und zufällig aus dem Fenster gesehen habe. Die junge Frau kam in einem Taxi und hatte Reisegepäck bei sich.«

»Können Sie sich erinnern, wie die Dame aussah, Mrs. Field?«

»Nun ja, sie war groß und schlank, hatte braunes Haar ... oder war es dunkelblond? Na, auf jeden Fall trug sie es hochgesteckt ... und ein dunkelgraues Kleid hatte sie an, sehr elegant. Ihr Gesicht konnte ich aber leider nicht sehen, tut mir leid.«

»Wissen Sie vielleicht auch zufällig, wann diese Dame wieder gegangen ist?«, fragte Laura mit zitternder Stimme.

»Also, ich bin nun wahrhaftig keine Person, die ihre Nachbarn auf Schritt und Tritt beobachtet«, empörte sich Mrs. Field.

»Natürlich sind Sie das nicht, Mrs. Field. So habe ich das auch gar nicht gemeint. Ich mache mir halt nur Sorgen um meine Freundin«, versuchte Laura die aufgebrachte Frau zu beschwichtigen, »und es hätte ja durchaus sein können, dass Sie, nur rein zufällig selbstverständlich ... Entschuldigen Sie bitte, Mrs. Field.«

Die ältere Frau lächelte versöhnlich und sagte: »Ist schon gut, Kindchen. Ich meinte ja auch nur ... Nun, Sie müssen nicht denken, dass ich die ganze Zeit auf der Lauer liege und meine Nachbarn beobachte. Aber mein Mann hat heute am späten Vormittag zufällig gesehen, wie die junge Dame mit ihrem ganzen Gepäck in ein Taxi gestiegen ist. Ein knallrotes enges Kostüm hat sie angehabt, bestimmt sündhaft teuer. Na ja, der Rock war ja etwas kurz, aber sehr elegant, das muss man schon sagen ...«

Als sie Lauras amüsierten Blick sah, fügte sie schnell hinzu: »Hat mein Arthur gemeint.«

»Ja, natürlich«, beeilte sich Laura zu sagen. Auf keinen Fall wollte sie die Frau noch einmal verärgern. »War meine Freundin denn dabei? Ich meine, war sie draußen, um die Dame zu verabschieden?«

»Nein, das nicht, aber sie hat ungefähr eine halbe Stunde vorher das ganze Gepäck rausgestellt. Mein Mann meinte, diese Lady wäre sich wohl zu fein, ihr Gepäck selbst zu schleppen. Gestern Nachmittag hat Ihre Freundin nämlich auch alles ganz allein ins Haus getragen!«

Mrs. Field schüttelte den Kopf. »Aber so sind diese feinen Damen wohl, lassen sich von vorne bis hinten bedienen. Übrigens ist es noch gar nicht lange her, als die Dame abgereist ist. Wären Sie nur eine Stunde früher hier gewesen, hätten Sie sie noch selbst angetroffen.«

»Vielen Dank, Mrs. Field«, sagte Laura leise. »Dann will ich jetzt mal nach meiner Freundin sehen.«

»Tun Sie das, meine Liebe, tun Sie das«, säuselte die Ältere. »Einen schönen Tag wünsch ich noch.«

»Danke, Ihnen auch«, murmelte Laura geistesabwesend.

Nach dem zu urteilen, was Mrs. Field gerade erzählt hatte, musste Carry zu Hause sein. Laura steckte den Schlüssel zurück in die Tasche und läutete. Nichts! Sie läutete abermals, aber wieder rührte sich drinnen nichts. Was um alles in der Welt hatte das zu bedeuten? Schnell zog Laura den Schlüssel wieder hervor und schloss leise die Tür auf.

»Carry, bist du zu Hause?«, rief sie, bekam jedoch keine Antwort. Schnell lief sie durch den Flur und öffnete die schmale Verbindungstür zur Garage. Laura atmete auf, als sie Carolyns kleinen Sportwagen dort stehen sah. Als nächstes inspizierte sie die Küche, das Wohnzimmer und zuletzt das Esszimmer. Sie öffnete die Tür zur Terrasse, und sofort fiel ihr Blick auf den wunderschönen weißen Rosenstock hinten im Garten auf der rechten Seite. Sie konnte sich nicht erinnern, ihn jemals dort gesehen zu haben. Sie wusste nur, dass auf der Terrasse ein weißer Rosenstock gestanden hatte. Carolyn liebte es, bei schönem Wetter ganz nah neben den Rosen zu sitzen und deren Duft einzuatmen.

Nun stand anstelle des Rosenstocks nur noch der leere Kübel dort. An die Wand gelehnt, standen eine mit loser Erde bedeckte große Schaufel und eine Hacke, daneben eine Sackkarre. Nur von Carolyn keine Spur ...

Lauras Blick fiel wieder auf den herrlich blühenden Rosenstock. Warum hatte sie für den Garten nicht einfach einen neuen Rosenstock gekauft? Manchmal konnte sie Carrys Gedankengänge wirklich nur schwer nachvollziehen.

Kopfschüttelnd schloss Laura die Terrassentür und wollte das Zimmer gerade verlassen, als sie plötzlich erneut stutzte. Die antike Eichentruhe, die Carolyn seinerzeit auf einem Trödelmarkt zu einem Schnäppchenpreis erworben hatte, war fort. Als Laura das letzte Mal hier gewesen war, hatte sie noch an ihrem gewohnten Platz gestanden.

Das war seltsam, denn Carolyn war unheimlich stolz auf diese weit über hundert Jahre alte Errungenschaft. Das Möbel war handbemalt, und das Schloss und die Griffe an beiden Seiten waren aus echter Bronze. Vermutlich hatte man es im neunzehnten Jahrhundert auch als Überseekoffer benutzt. Nun, Truhe oder Überseekoffer, auf jeden Fall war es eine wirklich schöne Antiquität, und Carolyn hätte das gute Stück niemals verkauft, da war sich Laura ziemlich sicher. Wirklich sehr merkwürdig! Langsam bekam sie es mit der Angst zu tun. Was war hier los? Wo steckte Carolyn nur? Hier stimmte doch offensichtlich etwas nicht.

Mit schnellen Schritten lief Laura die Treppe hinauf. Carry würde doch am Mittag nicht mehr im Bett liegen und schlafen!? Das passte überhaupt nicht zu ihren sonstigen Gewohnheiten. Oder vielleicht doch, nach dem, was mit Alex geschehen war?

Hoffnungsvoll rannte sie in Richtung Schlafzimmer und riss die Tür auf. Das Zimmer war leer. Laura öffnete den großen Kleiderschrank, der einen Spaltbreit offen stand. Soweit sie es beurteilen konnte, fehlte nicht ein einziges Kleidungsstück. Sogar Carolyns schickes dunkelblaues Lieblingskostüm hing zwischen all den anderen Kleidern. Zögernd öffnete Laura die Tür zum Bad, aber auch hier schien alles unverändert.

Die Sache wurde immer rätselhafter! Warum verpflanzte Carry den Rosenstock und verließ dann zu Fuß das Haus, kurz nachdem ihr Besuch abgereist war? Außerdem war sie eine Ordnungsfanatikerin und würde unter normalen Umständen niemals ihre Terrasse so schmutzig und unaufgeräumt zurücklassen, selbst dann nicht, wenn sie nur kurz etwas einkaufen wollte. Das war mehr als ungewöhnlich!

Unschlüssig und völlig ratlos stand Laura in der Tür, bevor sie voller Sorge um die Freundin das Haus verließ.

Was war hier nur geschehen, und wo um alles in der Welt war Carolyn?

KAPITEL 69

Laura fühlte sich schrecklich, und da sie heute Nachmittag sowieso keine Gesprächstermine mehr hatte, rief sie in der Praxis an und meldete sich für den Rest des Tages krank. Mit der Abrechnung wurde ihre Helferin auch allein fertig.

Erschöpft lag Laura auf der Couch und zermarterte sich das Hirn. Zwischendurch versuchte sie immer wieder, ihre Freundin zu erreichen, ohne Erfolg.

Was war bloß geschehen? Wer war diese geheimnisvolle Besucherin, die gestern Abend bei Carry gewesen war? Und wo war Carry jetzt? Mrs. Field hatte doch behauptet, ihr Mann habe am Vormittag noch beobachtet, dass sie das Gepäck dieser Besucherin vors Haus gestellt hatte. Nun, es bestand natürlich die Möglichkeit, dass Carry nach der Abreise ihres Besuchs aus dem Haus gegangen war, ohne dass die Fields es bemerkt hatten. Die hatten ja auch irgendwann einmal etwas anderes zu tun, als hinter den Gardinen zu stehen.

Aber wohin konnte Carry zu Fuß gegangen sein? Hätte sie lediglich einen Spaziergang durch den Wald machen wollen, so wäre sie doch jetzt längst wieder daheim. Und um schnell etwas in der Stadt zu erledigen, wäre sie mit dem Auto gefahren und inzwischen ebenfalls zurück. Eine kurzfristig geplante Reise aber war erst recht auszuschließen, denn niemand verreiste ohne Gepäck, und Carry schon gar nicht ohne ihren geliebten kleinen Flitzer!

Nein ... wie man es auch immer anging, nichts ergab einen Sinn. Lauter unerklärliche Dinge waren geschehen, und Carolyn war wie vom Erdboden verschluckt!

Lauras Gedanken wanderten wieder zu der ominösen Besucherin. Konnte es sein, dass es sich bei dieser um Carina gehandelt hatte? Aber auch das war eher unwahrscheinlich, denn Carolyn hatte den Kontakt zu ihrer Schwester vor zehn Jahren komplett abgebrochen. Sie wollte weder Carina noch ihre Eltern jemals wiedersehen und war deshalb nicht einmal zu Alex' Beerdigung gegangen, sondern hatte kurz nach dem Unglück Alexanders Eltern aufgesucht, um ihnen persönlich ihr Beileid auszusprechen. Nicht lange danach hatte sie Urlaub genommen und sich völlig zurückgezogen.

Laura fiel jetzt wieder die Sache mit dem jungen Mann ein, der Carolyn vor einigen Wochen besucht hatte. Auch das ließ ihr keine Ruhe, und ihr Instinkt sagte ihr, dass all diese Ereignisse irgendwie zusammenhingen.

Kurz entschlossen griff Laura zum Telefon, um Debbie Harris anzurufen. Vielleicht wusste sie, ob Carina einen Besuch bei Carolyn geplant hatte. Falls sie wider Erwarten diese Besucherin gewesen war, könnte *sie* wahrscheinlich Licht in die mysteriösen Geschehnisse bringen.

Bereits nach einem Freizeichen in der Leitung wurde abgenommen. »Deborah Harris«, ertönte die piepsige Stimme Debbies.

»Laura Lawrence am Apparat. Guten Tag, Mrs. Harris. Wie geht es Ihnen?«

Sekundenlang war es still in der Leitung.

»Aha, Mrs. Lawrence, die Freundin von Lynn, wenn mich nicht alles täuscht. Sie rufen doch sicher nicht an, um sich nach meinem Befinden zu erkundigen! Also, was wollen Sie?«

»Sie haben recht, ich habe eine Frage an Sie. Hat Ihre Tochter Carina Ihnen gegenüber erwähnt, dass sie vorhatte, Carolyn zu besuchen?«

»Was, sind Sie verrückt geworden?«, kreischte es in der Leitung.

Laura zuckte zusammen.

»Sie als Lynns Freundin müssten doch wohl wissen, dass meine saubere Tochter nicht zur Beerdigung des Mannes ihrer Schwester erschienen ist, oder etwa nicht?«, schrie Debbie Harris wie von Sinnen.

»Äh, ja … aber …« Weiter kam Laura nicht.

»Wie können Sie dann noch fragen, ob meine Carrie die Absicht gehabt hätte, Lynn zu besuchen? Carrie ist fertig mit ihr, ein für alle Mal, merken Sie sich das! Und auch mein Mann und ich sind fertig mit ihr. *Ihr* haben wir es schließlich zu verdanken, dass unsere Carrie uns wieder verlässt. Sie will wieder ins Ausland, weit weg von allem.« Debbie Harris fing laut an zu schluchzen.

»So beruhigen Sie sich doch, Mrs. Harris«, sagte Laura. »Bitte, können Sie mir verraten, was Carolyn mit dem Entschluss Carinas zu tun hat, wieder ins Ausland zu gehen?«

»Nun tun Sie doch nicht so ahnungslos! Zuerst verliert meine Carrie ihren geliebten Mann und wird dann von ihrer eigenen Schwester beschuldigt, ihn belogen und betrogen zu haben! Und den Grund für diese Diffamierung kennen *Sie* doch bestimmt schon viel länger als meine arme Tochter!«

»Nein, Mrs. Harris, Sie irren sich!«, sagte Laura mit schneidender Stimme. »Ich habe nicht die geringste Ahnung, wovon Sie sprechen.«

»Lynn hat sich hinter Carries Rücken wieder an Alex herangemacht, und die beiden haben sich sogar heimlich getroffen, jawohl! Ihr schlechtes Gewissen war nämlich der wahre Grund, warum sie dem Begräbnis ihres Schwagers ferngeblieben ist. Oh, mein Gott, dass ich das alles noch erleben muss!« Debbie schluchzte herzzerreißend.

»Carrie hat erst nach der Beerdigung von dem hässlichen Betrug der beiden erfahren. Anonym, in schonungsloser Offenheit! Meine arme Kleine! Sie kann das alles nicht verkraften und braucht dringend Abstand, wie sie mir unter Tränen gestanden hat. Deshalb geht sie fort ... vielleicht sogar für immer. Oh Gott, meine arme kleine Carrie!«

»Das tut mir sehr leid, Mrs. Harris«, sagte Laura. »Ich würde ganz gern noch mit Ihrer Tochter reden, bevor sie abreist. Würden Sie mir vielleicht ihre ...«

»Sie ist doch schon fort!«, weinte Debbie. »Ihr Flieger geht in drei Stunden. Sie hat mich vor einer Stunde noch mal angerufen und gesagt, ich solle mir keine Sorgen um sie machen, alles würde gut werden.«

»Na, sehen Sie, Mrs. Harris. Ihre Tochter kommt schon zurecht. Alles Gute für Sie und Ihren Mann«, beendete Laura schnell dieses unerfreuliche Gespräch, bevor sie noch mehr Gejammer über sich ergehen lassen musste. Debbie Harris und ihre kleine Carrie; das war jetzt einfach zu viel für Laura. Aber das, was sie gerade von Debbie erfahren hatte, war äußerst aufschlussreich.

Der junge Mann, der Carry vor einigen Wochen besucht hatte, war also Alexander Carpenter gewesen! Dies erklärte Carolyns strahlende Laune damals und auch ihre tiefe Trauer, als sie von seinem Tod erfuhr.

Nervös blickte Laura auf ihre Armbanduhr. Johnny musste jeden Moment nach Hause kommen, und sie konnte es kaum erwarten, mit ihm über die ganze Sache zu sprechen. Vielleicht hatte er ja eine Idee, was hier vor sich ging. Gemeinsam kämen sie der Lösung vielleicht ein wenig näher. Kaum hatte sie diesen Gedanken zu Ende gedacht, hörte sie auch schon, wie die Tür aufgeschlossen wurde.

Sie sprang auf und lief in den Flur, um ihren Mann dort zu begrüßen. »Hallo, Liebling. Schön, dass du da bist. Ich muss dringend etwas mit dir besprechen.«

»Nun lass mich doch erst mal ankommen, mein Schatz«, lachte Johnny. Er zog Jacke und Schuhe aus und folgte seiner Frau ins Wohnzimmer.

»So, meine Süße, dann lass mal hören, was du auf dem Herzen hast.«

Laura erzählte ihm von Anfang an, was passiert war und was sie vor einigen Minuten von Debbie Harris erfahren hatte. Dann sah sie ihn fragend an.

»Hast du vielleicht eine Idee, was da los sein könnte?«

»Na, das ist schon etwas merkwürdig«, meinte ihr Mann und runzelte nachdenklich die Stirn. »Bist du sicher, dass die Fields das alles richtig beobachtet haben?«

»Ja, ich denke schon. Glaub mir, Johnny, irgendwas stimmt da nicht, das ist offensichtlich. Ich bin mir so gut wie sicher, dass Carina diese Besucherin war, und ich mache mir furchtbare Vorwürfe, Johnny. Ich hätte mich wirklich mehr kümmern müssen. Vor allen Dingen hätte ich nicht so lange damit warten dürfen. Wenn Carry jetzt was passiert ist, dann ist es meine Schuld.«

»Rede dir doch sowas nicht ein, mein Liebling! Du kannst nun wirklich nichts dafür. Carry ist immerhin eine erwachsene Frau! Sie wollte nicht gestört werden, und du hast dich daran gehalten. Was hättest du denn tun können?«

»Einfach hingehen und nach ihr sehen, das hätte ich tun können!«, beharrte Laura. »Ich wusste doch, dass sie psychisch sehr labil ist, nach allem, was sie durchmachen musste. Dann noch der Tod von Alex, das hat ihr den Rest gegeben, Johnny, verstehst du? Ich bin doch ihre einzige Freundin!« Laura fing zu weinen an. »Oh, mein Gott, wenn ihr bloß nichts passiert ist. Das würde ich mir nie im Leben verzeihen, niemals!«, schluchzte sie.

Johnny nahm seine zitternde Frau in die Arme. »Aber Schatz, du kannst doch eine erwachsene Frau nicht ständig überwachen. Falls ihr wirklich etwas passiert sein sollte, was ich nicht glaube, dann musst *du* dir ganz bestimmt keine Vorwürfe machen! Wir warten jetzt erst einmal ab, und wenn Carry bis morgen Abend noch nicht wieder aufgetaucht ist, verständigen wir die Polizei. Ist das okay für dich?«

Laura nickte schluchzend.

»Dann hör jetzt auf zu weinen, Liebes, und lass uns eine Kleinigkeit essen. Ich bereite uns jetzt etwas Leckeres zu, und du beruhigst dich in der Zeit ein bisschen. Nach dem Essen reden wir noch einmal über alles. Vielleicht kommen wir dann der Sache ein paar Schritte näher.« Zärtlich strich Johnny seiner Frau über den Kopf und verschwand mit nachdenklich gerunzelter Stirn in Richtung Küche. In Wahrheit machte er sich größere Sorgen, als er Laura gegenüber zugab.

KAPITEL 70

Laura zwang sich unterdessen zur Ruhe und ließ sämtliche Geschehnisse noch einmal Revue passieren. Die junge Besucherin konnte niemand anders als Carina gewesen sein, auch wenn Mrs. Harris dies vehement bestritt. Wann hatte Carina denn jemals ihre Mutter in ihre Pläne eingeweiht?! Alles passte doch zusammen. Carina wollte für unbestimmte Zeit ins Ausland und befand sich auf dem Weg zum Flughafen oder war bereits dort. Die feine Lady, von der Mrs. Field gesprochen hatte, war gestern Nachmittag mit unzähligen Gepäckstücken bei Carolyn eingetroffen und heute Vormittag wieder abgereist. Ja, es gab keinen Zweifel, es musste Carina gewesen sein!

Laura rief sich noch einmal ins Gedächtnis, was sie vorhin von Debbie Harris gehört hatte. Demnach hatte Carry ihrer Mutter gegenüber Carina beschuldigt, Alex belogen und betrogen zu haben. Carry und Alex waren einander wieder nähergekommen, und er hatte sich ihr offensichtlich anvertraut. Als Carina von der Sache erfuhr, war sie sicher furchtbar wütend gewesen. Es war doch durchaus möglich, dass sie sich daraufhin mit Carolyn in Verbindung gesetzt hatte, um sie noch vor ihrer Abreise zur Rede zu stellen.

Daraufhin musste es zwischen den Schwestern zum Streit gekommen sein, der außer Kontrolle geriet und alle nachfolgenden Ereignisse ins Rollen brachte. Nach Mrs. Fields Angaben war Carina am nächsten Morgen in einem Taxi weggefahren, und Carolyn hatte ungefähr eine halbe Stunde früher Carinas Gepäck vor die Haustür gestellt.

Seitdem aber war Carolyn spurlos verschwunden! Ihr geliebter kleiner Sportwagen stand in der Garage, und alles im Haus schien unverändert. Laura wurde das Gefühl nicht los, dass irgendetwas Furchtbares geschehen war und Carina dabei eine wesentliche Rolle spielte. Was, wenn Carina ihrer Schwester etwas angetan hatte?

Laura erinnerte sich an gestern Abend, als sie vor dem Haus gestanden und dieses scharrende Geräusch gehört hatte. Es war eine geradezu unheimliche Atmosphäre gewesen, und dann dieser Lichtschein, den sie kurz hatte aufflackern sehen. Sie war sich jetzt vollkommen sicher, dass jemand mit einer Taschenlampe durchs Haus geschlichen war.

Ihr fiel wieder der Rosenstock ein, der nun ganz hinten im Garten stand und der sie an irgendetwas erinnerte. Angestrengt dachte sie nach, und plötzlich wusste sie es! Carolyn hatte vor vielen Jahren ihren geliebten kleinen Kater Dusty im elterlichen Garten begraben. Das kleine Grab befand sich in der rechten hinteren Ecke des Gartens, neben einem weißen Rosenstock.

Ja, natürlich … es war doch jetzt fast auf den Tag genau achtzehn Jahre her, dass Carolyn das Kätzchen tot neben diesem Rosenstock aufgefunden hatte.

Der kleine Kater, den Carolyn und Laura damals auf dem Weg ins Cradle Valley halb verhungert auf der Straße aufgelesen hatten und um den sich Carolyn in rührender Weise gekümmert hatte, war vergiftet worden, und Carry hatte sich vor lauter Kummer die Augen aus dem Kopf geweint.

Natürlich hatte sie geahnt, wer dahintersteckte, und Jahre später hatte sie eine anonyme Nachricht bekommen, in der ihr Verdacht bestätigt wurde. Ihre Schwester Carina hatte das Kätzchen damals vergiftet. Weiter hieß es, Carina habe schon als kleines Mädchen Freude daran gehabt, Tiere zu quälen und zu töten, und der kleine Dusty sei nicht ihr erstes und auch nicht ihr letztes Opfer gewesen. Ja, sie habe nicht einmal davor zurückgeschreckt, ihre Mitschüler zu drangsalieren, zu verleumden und sogar zu erpressen.

Für Laura und Carolyn hatte es damals auf der Hand gelegen, dass entweder Pamela Thompson, Samantha Gillis oder auch beide zusammen den anonymen Brief geschrieben hatten. Immerhin waren sie jahrelang Carinas beste Freundinnen gewesen, hatten sich jedoch beide kurz vor Carinas Abreise in die USA von ihr distanziert.

Die Erinnerung an Carolyns Kummer machte Laura traurig. Eine Welle des Mitleids durchflutete sie plötzlich so stark, dass sie Mühe hatte, ihre Tränen zurückzuhalten. Voller Zuneigung dachte sie an ihre Freundin, die von Kindheit an unzählige Male unter den Gemeinheiten, Lügen und Intrigen ihrer Schwester hatte leiden müssen. Wie oft war Carolyn zu ihr gekommen, hatte sich in ihre Arme geschmiegt und bitterlich geweint.

Aber die tiefe Traurigkeit, die sie als kleines Mädchen empfunden hatte, war mit zunehmendem Alter immer mehr in Wut und Hass umgeschlagen, was Laura mit wachsender Sorge beobachtet hatte. Dies war auch ihre Hauptmotivation gewesen, Fachärztin für Psychiatrie und Psychotherapie zu werden und sich mit der Zwillingsforschung zu beschäftigen.

Jahrelang setzte Laura sich nun schon intensiv mit der Frage auseinander, ob eineiige Zwillinge überhaupt völlig konträre Charaktereigenschaften aufweisen können, obwohl doch ihr Erbgut identisch ist. Die Wissenschaft steckte auf diesem Gebiet noch in den Kinderschuhen und kam immer wieder zu neuen spektakulären Erkenntnissen.

Alles sprach dafür, dass Carina eine dissoziale Persönlichkeitsstörung mit ausgeprägten narzisstischen Merkmalen hatte; ihre Selbstverliebtheit, ihre Lügen, ihre völlige Ichbezogenheit, ihr Mangel an Empathie! Sie verspürte offensichtlich weder Mitleid noch Schuldgefühle, wenn sie ihre Mitmenschen terrorisierte, im Gegenteil, sie schien eine geradezu sadistische Freude daran zu haben. Mit ihrem trügerischen Charme gelang es ihr spielend, die Menschen zu manipulieren, um sie am Ende zu zerstören.

Carolyn hingegen war ein liebenswerter und sehr empfindsamer Mensch, zudem geduldig und mitfühlend. Trotzdem kam Laura nicht umhin zuzugeben, dass auch sie sich oft äußerst fragwürdig verhalten hatte. Diese ständig wachsende Bitterkeit und der abgrundtiefe Hass auf ihre Zwillingsschwester passten eigentlich überhaupt nicht zu ihrem stillen und sanftmütigen Charakter.

Aber war Carolyn wirklich so sanftmütig, wie es nach außen hin den Anschein hatte? Laura dachte an den jähzornigen Gefühlsausbruch Carolyns vor über sechzehn Jahren zurück.

›Ich hasse sie! Ich könnte sie eigenhändig umbringen‹, hatte sie hasserfüllt geschrien, nachdem sie ihre Schwester mit Ben erwischt hatte. Eigentlich wusste Laura doch von vielen Begebenheiten, bei denen Carolyn der Hass auf ihre Schwester aus den Augen gesprüht hatte.

War es nicht vielleicht sogar möglich, dass Carry ihrer Schwester etwas angetan hatte? Nein, das konnte nicht sein! Oder vielleicht doch? Was, wenn die Depressionen und das erneute Trauma eine Psychose oder eine dissoziative Störung bei ihr ausgelöst hatten und sie …

Lauras Hände begannen zu zittern. Sie dachte wieder an den Rosenstock, der erst kürzlich von der Terrasse in den Garten umgepflanzt worden war, und ein eiskalter Schauer lief ihr über den Rücken.

Plötzlich fiel es ihr wie Schuppen von den Augen! Das, was gestern Abend und in der Nacht geschehen sein musste, lief wie ein Film vor Lauras Augen ab, und das blanke Entsetzen schnürte ihr die Kehle zu. Ja, alles ergab einen Sinn, sogar die alte Truhe fügte sich perfekt in dieses Szenario des Grauens ein.

Lauras Herz weigerte sich jedoch, an das Unfassbare zu glauben. Nein, Carry wäre doch niemals fähig, etwas so Abscheuliches zu tun!!

Erinnerungen an ihr Gespräch mit Mrs. Field kreisten durch Lauras Kopf.

Mein Mann hat heute Vormittag zufällig gesehen, wie die junge Dame mit ihrem ganzen Gepäck in ein Taxi gestiegen ist.

War meine Freundin denn dabei? Ich meine, war sie draußen, um die Dame zu verabschieden?

Nein, das nicht, aber sie hat ungefähr eine halbe Stunde vorher das ganze Gepäck rausgestellt.

Es musste Carina gewesen sein, die am Morgen das Gepäck aus dem Haus getragen hatte, im Outfit ihrer Schwester. Ja, Carina war es gewesen. *Sie* hatte diese grauenvolle Tat begangen. Es konnte nicht anders sein, es musste einfach so sein!

Tief im Innersten ihres Herzens verborgen verspürte Laura ein eigenartiges Gefühl. Es war ein Gefühl, das ihr Angst machte. Eine heimliche Hoffnung ... die Hoffnung, dass ihre geliebte Freundin noch am Leben war, auch wenn dies bedeuten würde ...

Nein, das wollte und durfte sie nicht denken! Carry wäre nie und nimmer zu einer bösen Tat fähig. Sie als ihre einzige Freundin musste es doch wissen und fest an sie glauben! Fast ihr ganzes Leben lang hatte Laura hautnah miterlebt, durch welche Hölle ihre Freundin gegangen war, wie furchtbar sie gelitten hatte ... Und nun war sie ...

»... tot! Carry ist tot!«, schrie sie nun in höchster Verzweiflung. »Oh, mein Gott, nein ... bitte nicht! Oh, Carry!« Sie schlug die Hände vor ihr Gesicht und fing laut zu weinen an.

Johnny kam mit einem Küchentuch in der Hand ins Zimmer gestürzt. »Laura, Liebling, was ist denn bloß passiert?«, rief er entsetzt.

Lauras Gesicht war tränenüberströmt. »Ruf die Polizei, Johnny!«, schluchzte sie. »Bitte, mach schnell! Ich erkläre dir später alles. Carry ist etwas Schreckliches zugestoßen! Ich glaube, ich weiß jetzt, was geschehen ist. Carina darf das Land auf keinen Fall verlassen. Ruf die Polizei an!«

Ohne weitere Fragen zu stellen, rannte Johnny zum Telefon.

»Verzeih mir, Carry! Ich hätte für dich da sein müssen!«, wimmerte Laura, während ihr Mann die Nummer der Bexhill Police Station wählte.

EPILOG

Ungefähr um die gleiche Zeit durchquerte eine auffallend hübsche junge Frau selbstsicher die Halle des Flughafens und ging zielstrebig auf den Schalter zu. Sie legte ihren Pass und das Flugticket aufs Pult. Der junge Mann dahinter tippte emsig auf seiner Tastatur herum.

»Raucher oder Nichtraucher?«

»Nichtraucher, bitte. Ich hätte auch gern einen Fensterplatz.«

»Einen Moment, bitte.« Wieder haute er eifrig in die Tasten. »Ein Fensterplatz für die Lady. Alles bestens, Madam, Fensterplatz und Nichtraucher für Sie. Würden Sie jetzt bitte Ihr Gepäck aufs Band stellen?« Er warf einen Blick auf die vielen Gepäckstücke. »Das soll wohl ein etwas längerer Aufenthalt werden?«

»Da könnten Sie durchaus recht haben«, erwiderte die junge Frau, blickte ihm tief in die Augen und schenkte ihm ein Lächeln, das ihn bis in die Haarwurzeln erröten ließ.

»Ich wünsche Ihnen einen angenehmen Flug, Mrs. Carpenter«, sagte er verlegen und überreichte ihr die Boarding Card.

»Für Sie Carrie«, sagte die junge Frau, bedachte ihn noch einmal mit einem tiefgründigen Blick aus ihren großen goldbraunen Augen und warf einen kurzen Blick auf sein Namensschild. »Vielen Dank, Thommy-Boy. Vielleicht sieht man sich ja mal wieder.« Sie spitzte die vollen roten Lippen wie zu einem Kuss und schritt mit wiegenden Hüften von dannen. Ihr kurzer, enger Rock gab den größten Teil ihrer langen, wohlgeformten Beine frei. Zurück ließ sie einen verwirrten jungen Mann namens Thomas Jefferson.

»Was für ein Superweib«, murmelte er und schaute ihr so lange hinterher, bis sie seinen Blicken entschwunden war.

Wenig später saß die junge Frau mit geschlossenen Augen und einem verträumten Lächeln auf den vollen Lippen im Flieger. Sie dachte an ihr zukünftiges Leben auf Mauritius und seufzte sehnsüchtig. Mauritius ... das Paradies auf Erden, es wartete nur auf *sie*. Alles würde herrlich sein ... das Leben, die Freiheit!

Ein nie gekanntes Glücksgefühl durchströmte ihren Körper. Ach, wie fantastisch war es, endlich frei zu sein! Nun würde alles gut werden.

Plötzlich spürte sie eine Berührung an ihrem rechten Ohr.

Was hast du getan?, hauchte eine sanfte Stimme vorwurfsvoll. *Wo ist deine Schwester? Was hast du mit ihr gemacht?*

Sie zuckte heftig zusammen. Nein!! Bitte, nicht schon wieder!

Du hast sie grausam ermordet, rauschte es durch ihren Kopf. Eine Gänsehaut lief über ihren Rücken, und sie presste beide Hände gegen die pochenden Schläfen.

Wir sehen uns in der Hölle, Schwester, wisperte es nun bedrohlich dicht an ihrem Ohr.

Ihr Herz setzte einen Schlag lang aus, und eiskalter Schweiß bildete sich auf ihrer Stirn. *Geht weg und lasst mich endlich in Frieden,* flehte sie in stummer Verzweiflung.

Unter Aufbietung all ihrer Kräfte zwang sie sich, die aufkommende Panik zu unterdrücken, das Stimmengewirr aus ihrem Kopf zu vertreiben. Sie presste die Hände fest auf beide Ohren, und als nach einer Weile alles still blieb, atmete sie erleichtert auf. Stolz reckte sie ihr Kinn nach vorn.

Sie war Mrs. Alexander Carpenter, die wunderschöne, wohlhabende Witwe eines angesehenen Arztes aus St. Leonards in East Sussex, und sie würde ein ihm wohlgefälliges Leben führen. Sie hatte niemandem etwas Böses angetan, im Gegenteil, *sie* war Zeit ihres Lebens schlecht behandelt worden!

Aber nun war sie endlich frei, und ein besseres Leben lag vor ihr. Ja, sie würde es schaffen! Fest umklammerte ihre linke Hand die kleine braune Handtasche, in der sich alles befand, was sie für ihr neues Leben brauchte. Auf in die Freiheit! Leben und leben lassen! Endlich bekam diese Devise die volle Bedeutung für sie. Sie konnte endlich *leben!* Sie war frei, so herrlich frei! Und eines Tages wäre sie wieder mit ihrem geliebten Mann und ihrem Kind vereint.

Plötzlich wurde sie von einer lauten Stimme aus ihren wunderbaren Zukunftsträumen gerissen.

»Mrs. Carpenter?«

Verwirrt blickte sie hoch und sah direkt in die kalten Augen eines hochgewachsenen älteren Mannes, der ihr eine Polizeimarke unter die Nase hielt. Neben ihm stand eine junge Frau, die sich gleichermaßen als Polizeibeamtin auswies.

»Ja, ich bin Mrs. Alexander Carpenter! Was kann ich für Sie tun?«, fragte sie freundlich lächelnd.

»Bexhill Police. Detective Chief Inspector Bruce Higgins und Detective Sergeant Kyra Fuller. Carina Carpenter, Sie sind vorläufig festgenommen. Aufgrund einer glaubhaften Zeugenaussage besteht der dringende Tatverdacht gegen Sie, Ihre Zwillingsschwester ermordet zu haben. Sie haben das Recht zu schweigen. Alles, was Sie sagen, kann und wird vor Gericht gegen Sie verwendet werden. Sie haben das Recht, sich einen Anwalt zu nehmen. Falls Sie sich keinen Anwalt leisten können, wird Ihnen einer gestellt. Haben Sie das verstanden, Mrs. Carpenter?«

In ihrem Kopf begann sich alles zu drehen, wie in einem Karussell. Was ging hier nur vor sich? Sie sollte ihre Schwester ermordet haben? Aber die hatte sie doch schon seit einer Ewigkeit nicht mehr gesehen! Oder doch? Sie konnte sich nicht erinnern. Ihre Augen füllten sich mit Tränen.

»Haben Sie das verstanden, Mrs. Carpenter?«, wiederholte der Chief Inspector eindringlich den letzten Teil seiner Frage. Sie nickte, ließ sich widerstandslos die Handschellen anlegen und folgte den beiden Kriminalbeamten.

Kurze Zeit später saß sie völlig teilnahmslos auf der Rückbank des Polizeiwagens und starrte ins Leere. Was war geschehen? Sie konnte sich an nichts erinnern.

Plötzlich kreischte eine schrille Stimme so laut durch ihren Kopf, dass sie unwillkürlich laut aufschrie.

Die junge Kriminalbeamtin drehte sich zu ihr um.

»Geht es Ihnen nicht gut?«, fragte sie mit gleichgültiger Miene. Als sie keine Antwort bekam, zuckte sie nur mit den Schultern und wandte sich wieder nach vorn.

Chief Inspector Higgins, der den Wagen steuerte, tippte mit dem Zeigefinger gegen seine Stirn, während er seiner jungen Kollegin einen vielsagenden Blick zuwarf.

Die junge Frau auf der Rückbank hielt sich währenddessen mit beiden Händen in wilder Verzweiflung die Ohren zu. Das Stimmengewirr in ihrem Kopf ließ sich jedoch nicht stoppen.

Deine Schwester ist tot, und du *hast sie umgebracht,* hörte sie die ihr vertraute milde Stimme vorwurfsvoll sagen. *Du hast dein eigen Fleisch und Blut auf grauenvolle Weise getötet. Du bist eine Mörderin!*

»Ich habe niemanden getötet!«, rief sie voller Entsetzen laut aus.

»Das können Sie später dem Staatsanwalt erzählen«, wurde sie von Sergeant Fuller unterbrochen, die sich diesmal nicht einmal mehr die Mühe machte, sich zu ihr umzudrehen.

Du hast niemanden getötet! Sie *war es,* sie *hat deinen geliebten Mann ermordet, deinen Alex,* dröhnte die tiefe Stimme wie ein Donnergroll, sodass sie das Gefühl hatte, ihr Kopf würde jeden Augenblick explodieren. *Sie hat dein Kind getötet und viele andere Menschen.* Sie *ist die Mörderin, nicht* du! *Und nun lacht sie dich aus, weil* du *für* ihre *Verbrechen büßen wirst. Kannst du es denn nicht hören? Hörst du nicht, wie hämisch sie lacht?*

Ein angstvoller Schauer lief durch ihren Körper. Ja, hatte sie da nicht gerade ein leises spöttisches Lachen gehört?

Voller Entsetzen hielt sie einige Sekunden lang den Atem an und lauschte.

Nein, nichts! Ihre Nerven hatten ihr, wie so oft in letzter Zeit, einen bösen Streich gespielt. Nein, da war kein Lachen!

Ganz langsam entspannten sich ihre Gesichtszüge, und ein glückliches Lächeln erhellte ihr Gesicht. Aber nein, natürlich nicht!

Dieses Lachen war für immer verstummt ...

Danksagung

Mein herzliches Dankeschön gilt meinen Testleserinnen und Freundinnen Tina Antkowiak, Claudia Evers und Angela Longree.

Ihr habt mir mit Euren wertvollen Anregungen und Eurer konstruktiven Kritik sehr geholfen!

Ich danke besonders meinem Mann David für seine geduldige Ermutigung, wenn ich manchmal nahe daran war aufzugeben.

Du hast mich immer wieder motiviert und für mein leibliches Wohl gesorgt, wenn ich während des Schreibens alles andere vergaß.

Last, but not least, danke ich Ihnen, liebe Leser/innen, dass Sie mein Buch gelesen haben.

Ich hoffe, dass es Ihnen gefallen hat.

Im Buch erwähnte Songtitel- und –ausschnitte:

I Need You Right Now
Magical Love
Our Time

www.edinadavis.com
edina.davis@outlook.de